O garoto do cachecol vermelho

CB035922

ANA BEATRIZ BRANDÃO

O garoto do cachecol vermelho

15ª edição

Rio de Janeiro-RJ / São Paulo-SP, 2023

VERUS
EDITORA

Editora executiva
Raïssa Castro

Edição
Thiago Mlaker

Coordenação editorial
Ana Paula Gomes

Copidesque
Lígia Alves

Revisão
Raquel de Sena Rodrigues Tersi

Capa
Idée Arte e Comunicação

Ilustração casal
Franklin Fernandes

Projeto gráfico e diagramação
André S. Tavares da Silva

ISBN: 978-85-7686-535-3

Copyright © Verus Editora, 2016
Todos os direitos reservados.
Direitos reservados em língua portuguesa, no Brasil, por Verus Editora. Nenhuma parte desta obra pode ser reproduzida ou transmitida por qualquer forma e/ou quaisquer meios (eletrônico ou mecânico, incluindo fotocópia e gravação) ou arquivada em qualquer sistema ou banco de dados sem permissão escrita da editora.

Verus Editora Ltda.
Rua Argentina, 171, São Cristóvão, Rio de Janeiro/RJ, 20921-380
www.veruseditora.com.br

CIP-BRASIL. CATALOGAÇÃO NA FONTE
SINDICATO NACIONAL DOS EDITORES DE LIVROS, RJ

B817g

Brandão, Ana Beatriz
    O garoto do cachecol vermelho / Ana Beatriz Brandão.
- 15. ed. - Rio de janeiro, RJ : Verus, 2023.
    23 cm.

    ISBN 978-85-7686-535-3

    1. Literatura brasileira. I. Título.

16-34030
CDD: 869.93
CDU: 821.134.3(81)-3

Revisado conforme o novo acordo ortográfico

Para meu pai, Alessandro,
com todo meu amor e minha admiração!

Renda-se, como eu me rendi. Mergulhe no que você não conhece como eu mergulhei. Não se preocupe em entender, viver ultrapassa qualquer entendimento.

— CLARICE LISPECTOR

Sumário

O vazio

Eu podia ouvir o barulho da chuva fraca do lado de fora. Ela batia contra a janela de um jeito melancólico. Eu sabia que ainda não havia amanhecido. Olhei para o relógio ao lado da cama e vi que passava das quatro horas, mas alguma coisa me mantinha acordada. A sensação de saudade de algo que nunca chegou a ser meu. Não sabia o que era, mas aquilo me perturbava havia semanas, como se me preparasse para alguma coisa que estava por vir. A antecipação de um vazio futuro.

Espreguicei na cama, me esticando o máximo que consegui. Projetada no teto, a sombra das gotas de chuva que desciam pela janela era hipnotizante. Eu seria capaz de passar horas encarando aquilo sem me cansar.

Olhei novamente para o despertador. Quatro e meia. Sentei na cama, colocando os pés no chão frio de madeira escura que revestia minha casa inteira, e me levantei, tentando não cambalear de cansaço, enquanto tentava ir em direção ao banheiro.

Coloquei a mão na maçaneta, parei em frente à porta e pressionei a testa contra ela, fechando os olhos. Aquilo estava acabando comigo. Eu só precisava de uma boa noite de sono. Só isso.

Abri a porta. Em frente à pia, observei minha imagem refletida no espelho.

O rosto tinha olheiras, e o cabelo preto e cacheado caía desgrenhado até a cintura. Suspirei, me apoiando no balcão de mármore preto e encarando a mim mesma mais de perto.

Minha pele era negra, e meus olhos eram castanho-escuros. Sua expressão estava cansada. Cansada, não: exausta.

Tecnicamente, eu teria que sair da cama para ir à faculdade por volta das seis e meia, mas tinha certeza de que não conseguiria voltar a dormir. Nunca conseguia; minhas noites tinham se reduzido a duas horas de sono no máximo, e muitas outras rolando na cama sem conseguir pregar o olho. Suspirei, abrindo a torneira e lavando o rosto com água fria. Os vestígios de lápis e rímel ao redor dos olhos apenas acentuavam ainda mais minhas olheiras.

Encarei-me no espelho enquanto a água escurecida pela maquiagem ia embora pelo ralo. Queria poder lavar também o enjoo que estava sentindo. Noites de festas e bebidas realmente não eram sinônimo de "bem-estar", mas fazer o quê? Era daquele jeito que eu conseguia me distrair, fugir um pouco da minha vida chata e entediante.

Eu era praticamente emancipada; minha mãe passava os dias viajando de cidade em cidade, no sertão do Brasil, para cuidar "daqueles que não podem pagar um convênio médico", ou, como eu costumava chamar: pessoas com preguiça de ganhar o próprio dinheiro.

Regina era uma cirurgiã plástica famosa. As pessoas mais importantes do país, e até algumas de fora, frequentavam sua clínica. Quando ela não estava ao lado delas, voava de um lado para o outro fazendo cirurgias reparadoras em seus queridos necessitados. Ela gostava de fingir que era uma benfeitora, e essa era uma das coisas de que eu menos gostava na minha mãe: a aura de bondade infinita e a idolatria das pessoas. Mas tudo era uma farsa. Só eu conhecia a verdadeira Regina, em todas as suas nuances, em todo o seu abandono.

Minha vida se resumia a ir à faculdade, me dedicar às três horas de treino diário de balé no quarto e depois fazer o que me dava na telha. Podia rolar uma festa ou uma volta na rua com os meus "amigos".

Agora estava me preparando para entrar no banho, sentindo a cabeça latejar por causa da quantidade de álcool que eu tinha ingerido. Minha boca tinha um gosto metálico horrível, e eu queria muito vomitar.

Já tinha me acostumado àquela sensação. A bebida me fazia esquecer, por alguns momentos, quem eu era, e eu precisava disso. O álcool dá essa ilusão de liberdade, mas, depois do efeito entorpecente, a realidade volta a atingir a gente feito uma bomba nuclear, nos devastando por completo, e somos obrigados a encará-la novamente.

Sentei-me no boxe, sentindo o jato de água quente bater com força contra as minhas costas. Abracei os joelhos, suspirando. Como é que eu ia começar mais esse dia?

Era como se eu estivesse perdida, num modo automático quase permanentemente, agindo como todos achavam que deveria, mantendo as aparências, correndo atrás do que seria o meu sonho e lutando para chegar lá mesmo que tivesse que passar por cima de qualquer um para alcançá-lo. Mas eu sabia que aquilo não se sustentaria para sempre. Alguma coisa me dizia que tudo iria mudar, e não levaria muito tempo até que eu me tornasse algo que nunca pensei me tornar.

Eu só precisava esperar que esse dia finalmente chegasse.

Fim da rua

— Mel! Olha pra cá! — ouvi alguém gritar e olhei na direção da voz.

Um flash cegou meus olhos, e resisti ao impulso de cobri-los com as mãos. Eu sabia que Laila havia tirado aquela foto. Ela tinha ganhado dos seus pais uma Polaroide azul-bebê no Natal, e em seis dias já havia gastado todos os dez filmes que vinham com a máquina.

Eu já estava cansada de xingá-la, de pedir que parasse de agir feito criança e guardasse aqueles retratos para alguma situação que os fizesse valer a pena, mas meus protestos entravam por um ouvido e saíam pelo outro.

— O que você tem? — perguntou Pedro, sentado ao meu lado. Seus olhos verde-escuros tinham um brilho de curiosidade.

Observei Pedro por alguns segundos. Tinha a pele negra clara, e o cabelo preto com poucos centímetros de comprimento. Ele tinha falado qualquer coisa sobre estar pensando em deixá-lo crescer. Tinha os traços fortes, a mandíbula quadrada e o olhar sério.

Pedro e eu tínhamos o que muita gente chama de "amizade colorida", apesar de eu não sentir nada muito forte por ele. Éramos jovens entediados, e os dois tiravam proveito da solidão do outro.

Eu sabia que ele alimentava algum tipo de amor platônico por mim. Sinceramente? Não me importava nem um pouco, e até me aproveitava disso de vez em quando.

Estávamos todos sentados em uma calçada do centro da cidade esperando a meia-noite chegar e a queima de fogos brilhar no céu. Não havia muitas pessoas por ali. A maioria estava no festão que acontecia na Avenida Paulista. Uma muvuca sem fim: pessoas se espremendo, cantando músicas sem sentido de uma frase só, repetidas infinitamente, gritando enlouquecidas pelo "astro" do momento. Fato: aquele não era o meu lugar.

Das onze pessoas sentadas no meio-fio, metade tinha um cigarro aceso, inclusive eu, e a fumaça formava uma névoa ao nosso redor. Acho que a parte mais curiosa daquilo era o fato de todos nós usarmos preto ou alguma cor bem escura. Apesar de ser verão, o ar era frio, e eu estava vestindo um blazer azul--marinho.

— Nada que seja da sua conta — respondi. Ele sabia muito bem que eu detestava falar da minha intimidade.

— Gentil e delicada feito uma bazuca — ele murmurou, sorrindo.

— Como sempre — disse alguém parado à minha frente.

Passei o olhar pela garota que falava comigo. Seu cabelo loiro mais liso que o normal estava preso em um rabo de cavalo apertado, e ela não usava roupas adequadas para a ocasião nem para o clima. Eu não a culpava. A beleza era sua única arma para atrair os homens. Eu ainda me perguntava se era possível uma pessoa ter nascido sem cérebro. Talvez fosse o caso dela.

— Qual é, Mel?! — ela disse, tão bêbada que mal conseguia se manter em pé. Segurava uma garrafa de vodca que tinha apenas metade do conteúdo, e o braço livre estava por cima do ombro do garoto que, no momento, ela usava como brinquedo. Um dos muitos. — Cadê o espírito de Ano-Novo?

Resisti ao impulso de mostrar o dedo do meio e responder: "Bem aqui, não tá vendo?" Tive vontade de rir imaginando essa cena. Levantei uma sobrancelha, abrindo a boca para falar, quando o garoto ao meu lado o fez por mim:

— Não sei por que você se surpreende, Fê. Ela está com o humor de sempre.

— Que bom que você virou telepata, Pedro. — Fingi estar surpresa. — Por que não tenta adivinhar o que eu estou pensando agora?

Fiquei feliz por ter guardado o lance do dedo do meio para uma oportunidade melhor. A cara dele foi impagável. Assoprei a fumaça em seu rosto e ele tossiu, se abanando com ambas as mãos. Eu ri, me levantando do chão e conferindo a hora na tela do celular. Faltavam alguns minutos para a virada do ano.

Guardei o celular de volta no bolso, dando tempo suficiente para que Pedro se levantasse também e me abraçasse por trás. Será que a situação ficaria muito chata se eu revirasse os olhos? Me livrei do seu aperto, dando alguns passos na direção do final da rua, onde um grupo de pessoas começava a formar uma roda. Eu não tinha ideia do motivo.

— Você não pode me rejeitar em pleno Ano-Novo! Ontem você estava tão... receptiva — Pedro disse, tentando voltar a se aproximar. Me lançou um olhar malicioso que faria qualquer outra garota se atirar em seus braços.

O que dizer sobre o comentário dele? Bom... Eu tinha vergonha de ficar com aquele garoto, uma vez que a criação e a situação financeira da família dele eram muito diferentes das minhas. Ele não era pobre: tinha uma vida confortável, um carro novo, morava em um bairro razoável. Sua mãe tinha um bom emprego e até alguns amigos influentes, mas o fato é que eles não tinham tanto dinheiro quanto eu. Sim, o dinheiro importava no meu caso. E muito. Eu preferia não me meter com a classe média.

O que eu estava fazendo com Pedro? Foi um caso de pena e tédio, como já falei. O cara pensou que teria alguma chance comigo, então eu topei fingir que estava caindo no seu jogo. Não custava nada me divertir um pouco, não é?

Quando o barulho no fim da rua começou a aumentar, a curiosidade me atingiu. O que havia de tão interessante ali para ninguém se preocupar com a contagem regressiva para a virada do ano?

— 59... 58... 57! — meus amigos haviam começado a berrar aqueles números, tão alto que meus ouvidos chiavam.

Fernanda passou um braço por cima dos meus ombros, praticamente me obrigando a voltar a atenção para eles. Era melhor ficar com aquele bando de bêbados sem noção do que com a única parte da família que havia restado depois que meu pai morreu. Era sempre a mesma coisa. Lágrimas, palavras vazias e o silêncio na mesa de jantar. Eu odiava aquilo mais do que qualquer coisa. Falsidade disfarçada de boa educação.

— 30... 29! — ela gritou no meu ouvido.

Olhei por cima do ombro, na direção do fim da rua, de onde vinha um barulho de algo batendo com força no metal, no ritmo da contagem. Não pude deixar de sorrir ao ver três ou quatro pessoas dançando e dando piruetas, como se aquilo fosse algum tipo de música. Elas não eram muito habilidosas na arte da dança, mas pareciam se divertir.

Uma lufada de fumaça foi soprada em meu rosto, tentando chamar minha atenção. Desisti de tentar me concentrar em outras coisas e me juntei aos meus amigos.

— 10... 9... 8... — todos gritamos.

Quando a contagem — que parecia interminável — cessou, uma explosão de fogos surgiu no céu. Todo mundo gritou e se abraçou. O álcool tem a capacidade incrível de simular uma sensação de felicidade. Eu tinha que admitir que, por alguns instantes, me permiti sentir aquele êxtase de Ano-Novo percorrendo minhas veias, misturado ao álcool e ao sangue. Aquela sensação de que talvez tudo pudesse ser diferente no ano novinho em folha que estava se iniciando.

Mas não durou muito. Alguns segundos depois, fui tomada pelo vazio que estava tirando meu sono havia semanas. Não! Eu não ia permitir que minha festa acabasse ali. Peguei a garrafa das mãos de Fernanda e tomei um gole caprichado, sentindo o álcool descer quente pela garganta e atingir meu estômago vazio como um soco. Mais alguns segundos, eu estava bem de novo.

Deixei que Pedro me levantasse no colo e ergui a mão que segurava o cigarro. Assoprei a fumaça para cima e ri, me permitindo me divertir pelo menos um pouco. Quando ele me pôs no chão e me beijou, retribuí com ânimo, fingindo me importar.

Depois, afastei Pedro com um empurrão e dei as costas para ele, joguei o cigarro no chão e o pisoteei. Olhei de novo para as pessoas do fim da rua. Elas batucavam no que parecia ser latas de tinta.

Aos poucos, meu olhar distinguiu uma pessoa no meio da roda. Um garoto loiro que se movimentava de um lado para o outro com agilidade. Ele parecia estar pintando o asfalto. Não dava para vê-lo direito, mas eu sabia que o seu pescoço estava protegido por um cachecol enorme. Eu nunca tinha visto um tom de vermelho tão vivo.

O cara parou por um segundo, quase como se tivesse sentido que estava sendo observado, e olhou na minha direção. Sorriu de leve. Eu desviei o olhar, trincando os dentes e fingindo estar distraída. Abusado... Pintar o asfalto no meio da rua? Vândalo.

Voltei a olhar na direção dos meus amigos. Fernanda se agarrava com o namorado ali perto. Um garoto alto de cabelo preto e olhos verdes; até que era bem bonitinho. Carlos Eduardo, ou, como gostávamos de chamá-lo, Cadu. Eu sorri. Mal sabia ela que havia sido traída poucas semanas antes. Comigo. Suspirei.

Foi uma fraqueza momentânea, mais nada. Eu não podia culpá-lo: eu sempre conseguia o que queria. Não sabia o que era um não. Quando, em uma festa, eu o puxei para o quarto da aniversariante e disse que queria saber o que ele tinha de tão especial, ele até tentou resistir, mas não precisei de mais que dez segundos para conseguir o que queria. Para provar a mim mesma que podia ter tudo. Não passou de uns amassos; meu limite com os caras era bem estabelecido. Adorei ver a cara de frustração dele quando o empurrei em direção à porta e o expulsei do quarto sem ir até o fim. Idiota. Jurava que ia se dar bem comigo.

Olhei para o céu. Ainda tínhamos mais algum tempo de show de fogos, pelo que eu sabia. Naquele ano seriam quinze minutos; pelo menos era o que tinha saído na imprensa.

Fiquei ali, parada, encarando o céu e tentando aproveitar cada segundo daquilo até que acabasse.

O garoto do cachecol vermelho

O show de fogos havia terminado poucos minutos antes, e ainda assim ninguém tinha ido embora. Todos festejavam, inclusive eu, que ignorava o fato de estar começando a ficar mais bêbada do que pretendia. Quando Fernanda percebeu a confusão no fim da rua, enfiou na cabeça que queria ir até lá ver o que era.

É óbvio que eu aderi à ideia. Estava de olho naquela aglomeração, imaginando o que acontecia, fazia tempo.

Fernanda me puxou pela manga do blazer, e nós nos encaminhamos ao grupo de pessoas, seguidas por Cadu e Pedro. Os outros decidiram continuar ali, curtindo a bebedeira, sem socializar.

Espichando o pescoço para descobrir o que acontecia sem ser notada, vi o tal garoto agora ajoelhado no chão, rodeado por latas de tinta. Ele verificava algumas delas, checava se ainda estavam cheias. As vazias eram jogadas longe, em direção à calçada. O cara pouco ligava se poderia acertar alguém. Tão concentrado estava que parecia não notar o tumulto em volta. Os seus companheiros recolhiam as latas e batucavam nelas, cantarolando sambinhas aleatórios enquanto andavam em círculos. Eles se abraçavam como se fossem as pessoas mais felizes do mundo. Na verdade, pareciam mais um bando de índios em um ritual qualquer, dançando ao redor de uma fogueira. Este último pensamento me fez sorrir por alguns segundos.

Prestei mais atenção ao garoto, que, todo sujo de tinta, continuava a desenhar no chão. Era uma mistura de amarelo, laranja, azul e roxo. Até que bem legal. Meu queixo caiu quando olhei para o asfalto onde ele estava ajoelhado. Algo parecido com uma enorme e complexa mandala ganhava vida ali. Era linda, mesmo ainda incompleta, alguns espaços apenas rascunhados com borrões de tinta. Dei mais alguns passos, desviando das pessoas, e o garoto ergueu o olhar até mim. Os olhos eram azuis da cor do céu do meio-dia. O rosto era indescritível, tão lindo quanto um daqueles modelos de revista, mas o que mais me chamou a atenção foi o cachecol enrolado em seu pescoço. Era grande e de um vermelho tão vivo e vibrante quanto o desenho que ele criava no asfalto.

Parei perto dele, observando com mais atenção. Uma de suas latas de tinta veio quicando e rolou na minha direção, não sujando por um triz as sandálias Jimmy Choo novinhas que eu tinha comprado na última viagem a Nova York.

— O que é isso? — perguntei, irritada, chutando a lata para longe. Todo mundo parou o que estava fazendo e olhou para mim.

Ele me encarou, inclinando um pouco a cabeça para o lado, como se não tivesse me entendido. Não moveu mais nenhum músculo. Pedro e Fernanda pararam ao meu lado. Eu não tinha certeza se eles estavam admirados ou chocados com a falta de vergonha na cara daquele garoto. Como não tive resposta, tentei mais uma vez:

— O que você está fazendo?!

— Estou criando arte — ele respondeu, se levantando e encarando o próprio trabalho. Pareceu satisfeito. Seus amigos aplaudiram, com cara de impressionados.

O garoto murmurou alguma coisa que eu não ouvi antes de pegar as latas ao seu redor e levá-las até a parte da pintura que parecia incompleta. Tomou bastante cuidado para não pisar sobre a mandala que havia acabado de pintar. Se ajoelhou mais uma vez, abriu outra lata, enfiou as duas mãos lá dentro e começou a passá-las pelo chão, como uma criança. Parecia ignorar o fato de eu continuar ali, indignada. Me aproximei, agora não ligando mais se iria sujar meus sapatos ou atrapalhar o trabalho do carinha. Ser ignorada me tirava do sério! O garoto falou, sem olhar para mim, quando parei na sua frente:

— Você acabou de estragar metade do meu trabalho.

— Que se dane! Você não pode fazer isso!

— Nossa — ele começou, seu olhar de repente se tornando grave. Girou o pescoço para olhar em volta, para os amigos que nos observavam, parecendo ofendido ou talvez surpreso. — Você... Ah, meu Deus. Eu... eu não sabia! — Se levantou, colocando as mãos na frente da boca. — Me desculpe... senhorita autoridade máxima da rua! — concluiu, finalmente. Trinquei os dentes. Abusado. Continuou, abrindo um sorriso malicioso: — Que eu saiba, arte não é crime, e a rua ainda é pública.

— Isto aí não é arte, é vandalismo! — retruquei, sentindo crescer dentro de mim uma raiva inexplicável.

— Mel... não fala assim. Vem. Você tá ficando sóbria e chata. Vamos resolver isso com uma boa dose de felicidade líquida! — Fernanda segurou meu braço e o balançou de um lado para o outro.

— Me deixa em paz! — gritei, me livrando de seu aperto.

Ela deu alguns passos para trás, murmurando algo que não entendi, e se afastou. Agora todos nos encaravam. O garoto riu, balançando a cabeça, antes de voltar ao seu trabalho. Semicerrei os olhos. Ele estava rindo? Devia era estar com medo de eu chamar a polícia e mandar prendê-lo por vandalismo.

— Aí, Dan! — disse um dos amigos dele. — Vamos vazar! Precisa de carona pra casa? — Passando o olhar para mim. — Ou de um guarda-costas?

— Não. Tudo bem — respondeu o tal Dan, ainda ignorando minha presença.

Só quando todos deram as costas o garoto voltou seus grandes olhos azuis para mim.

— Mel, vamos embora! — Pedro chamou, um pouco atrás de mim, segurando meu braço. — É melhor a gente ir também.

— Isso, vá embora e me deixe terminar o meu trabalho em paz — disse o vândalo.

Chutei uma lata azul e ela tombou para o lado. Quando a tinta escorreu pelo asfalto, encobriu e manchou boa parte da pintura. Primeiro ele me desafiava, me tratando com sarcasmo, e depois me mandava embora?! Não, ninguém falava daquele jeito comigo. De jeito nenhum. Ele me encarou e perguntou, levemente indignado:

— Por que isso?!

— Porque eu quero — respondi, petulante. — Porque eu posso. — Sorri um pouco, me afastando alguns passos antes de continuar: — Boa sorte ao tentar consertar isso aí.

Ao contrário do que eu esperava, ele sorriu. Juntei as sobrancelhas, confusa, e dei as costas para ele, indo em direção a Pedro, que já começava a se afastar. Ouvi o cara gritar, atrás de mim:

— Obrigado! Se quer saber, ficou bem melhor assim!

Cerrei os punhos, não me dando o trabalho de virar. Não iria responder às provocações dele. Aquele garoto não sabia com quem estava falando. Aliás, eu não me daria o trabalho de conversar com aquele pobre idiota. Pedro se aproximou, me pegou pela mão e me puxou ainda mais para longe. Reclamou comigo:

— Você não precisava ter feito aquilo.

— Ah... que se dane — falei, dando de ombros. — É só um idiota... Preciso de mais uma bebida.

— Não, Mel. Você já bebeu demais. É melhor ir pra casa.

— Sai! — quase gritei, empurrando Pedro para longe. — Eu tô bem!

Eu sabia que havia bebido mais do que devia. Muito mais. Mas não me importava. Minha vida não era da conta de ninguém, e, desde que alguém me levasse para casa, estaria tudo certo. O resto era por minha conta.

— Vamos... — Pedro passou o braço ao redor da minha cintura, me levando para longe quase à força.

Ele anunciou aos *meus* amigos que me levaria de volta e praticamente me jogou dentro do carro, estacionado a algumas quadras dali. Em poucos minutos, eu estava na porta de casa.

Esse foi o ponto alto das minhas férias.

Balé

Meus pés doíam, a cabeça girava e as pernas mal aguentavam meu peso. A música alta fazia meus ouvidos chiarem, mas eu tentava o máximo possível me concentrar e terminar a contagem de duzentos *relevés*. Faltavam dez.

Eu precisava ter foco: meu objetivo era a transferência para a Juilliard. Para isso, eu tinha que ser uma bailarina perfeita e dedicar todo o meu tempo livre e cada gota do meu sangue a esse projeto. Não que eu não estivesse dando o meu máximo ali. Já havia treinado duas horas e meia, e estava ficando exausta demais para mais um *relevé* sequer. Mas eu precisava continuar.

Minha mãe batia à porta insistentemente, pedindo que eu parasse para comer alguma coisa, mas eu dava tanta atenção a ela quanto ela geralmente dava a mim: nenhuma. Quem escolheu não passar nem um dia da semana inteiro em casa havia sido ela. Não eu.

Suspirei, terminando a contagem. Peguei a toalha branca pendurada na barra de exercícios e sequei o rosto, examinando minha sala de dança. Ficava em um andar superior da casa e tinha janelas que iam do chão ao teto.

O piso era de madeira escura e as paredes eram cruas; de propósito, os tijolos e rejuntes estavam expostos. Eu gostava daquela simplicidade e do toque vintage. Por sinal, eu adorava coisas vintage.

A parede oposta à das janelas era completamente espelhada. Eu amava a forma como a luz do sol refletia nos espelhos quando eu ensaiava no fim da tarde. Era como se os anjos me observassem dançar.

Barras pintadas de preto contornavam a sala, e um equipamento de som completo ficava bem ao lado da porta, também preta.

Sentei no chão, exausta. Com os pés latejando como nunca, tirei as sapatilhas com cuidado, já sabendo qual seria a minha visão: mais uma unha quebrada, mais um dedo encharcado de sangue. Com cuidado, arranquei o pedaço da unha que havia se partido e cortado a carne do lado direito do dedão. Eu estava acostumada; já tive falanges fraturadas, torções no tornozelo, luxações e todo tipo de calo, vergões e machucados.

São "ossos do ofício, o sacrifício que toda bailarina deve fazer para ser o perfeito anjo na terra", era o que dizia a minha professora mais exigente toda vez que uma garotinha chorava depois de ter se machucado. Eu seria esse anjo; pagaria o preço que fosse, sem titubear.

Coloquei a toalha debaixo do braço, me levantei e segui para o quarto, ignorando minha mãe, parada ao lado da porta. Entrei direto no banheiro, me tranquei lá e liguei o rádio em cima da pia.

— Melissa! Você não pode me ignorar pelo resto da vida! — minha mãe falou alto, do outro lado. Revirei os olhos. Ela tinha me seguido até ali?

— Posso, posso sim! Você duvida? — perguntei.

Antes que ela pudesse responder, aumentei o volume do rádio e liguei o chuveiro. Que ela esperasse até eu sair, então. Eu não tinha medo da Regina. Nunca tive. O que ela poderia fazer? Brigar comigo? Me deixar de castigo? Nós duas sabíamos que no dia seguinte ela não estaria por perto para aplicá-lo.

Era o último dia de férias, e eu tinha que confessar que não estava muito empolgada. Eu gostava de poder sair todo dia, de fazer o que quisesse. Todas as ressacas haviam valido a pena.

Naquele ano eu teria que me dedicar mais do que nunca. Se eu queria mesmo a transferência para a Juilliard, a única alternativa era continuar treinando e me aperfeiçoando. Eu já tinha mandado um vídeo para eles e esperava ansiosamente a resposta, mas ainda devia demorar algumas semanas.

Eu já tinha feito um curso de férias em uma das melhores escolas de dança do mundo, a Joffrey, graças à indicação de uma das minhas professoras de balé clássico, que conhecia alguém lá. Ela passou meses falando de mim para esse professor conhecido, até que finalmente me conseguiu um teste. Com uma hora de apresentação, fui aprovada. Ao final de três semanas, ele disse que eu era a melhor do curso e que deveria mandar um vídeo de inscrição para a Juilliard. Uma semana de ensaios, broncas, pés sangrando e exaustão depois, o vídeo estava sendo enviado, com cinco cartas de recomendação. Agora eu esperava, sem paciência, pela minha chance. Quando ela finalmente chegasse, eu teria que ser a melhor da turma, me destacar nos testes para ganhar a vaga. Eu ficava ainda mais exausta só de pensar em como o ano seguinte seria difícil.

Saí do banho, me enrolando na maior toalha que tinha, e abri a porta do banheiro. Minha mãe havia decidido me dar um tempo, e agradeci silenciosamente a Deus por isso. Vesti um short jeans e uma camiseta larga e lisa cor-de-rosa antes de deixar o quarto. Estava morrendo de fome.

Como se fosse novidade, ela me esperava na sala de jantar. Eu a avistei assim que pisei na escada que levava ao primeiro andar, apesar de a sala ficar do outro lado da casa, depois do salão de entrada, da sala de estar e da sala de TV.

Minha mãe estava sentada de pernas cruzadas na cadeira de couro marrom-escuro e pés de plástico preto. A mesa era enorme e retangular, tinha tampo de metal polido e centro de vidro. A base era feita de madeira, mais clara que a do chão.

A parede ao lado da mesa era de vidro, e através dela dava para ver a cidade se estendendo preguiçosa e grandiosamente pelo que antes devia ser um enorme vale. Eu gostava do fato de nossa casa ter sido construída numa das partes mais altas de São Paulo. A vista era demais.

Fui direto para a cozinha, que era uma mistura imponente de azulejos cor de areia, madeira escura e eletrodomésticos de inox importados. Abri a geladeira de duas portas e comecei a analisar o conteúdo, apenas esperando minha mãe iniciar seu discurso.

— Não podemos mais viver assim. Você sabe disso, Melissa — começou. — Eu sei que nunca tive muito tempo para você por causa do meu trabalho, mas eu...

— Não me interessa, Regina — retruquei, interrompendo-a e pegando um galão enorme de suco de laranja. Tomei um gole dos grandes antes de continuar. — Foi você quem escolheu isso. Não eu. Agora pague o preço da minha falta de afeto por você.

Eu estava indo em direção à sala de TV quando ela murmurou qualquer coisa sobre o fato de eu nunca chamá-la de mãe, como se a única coisa que tivesse ouvido fosse o seu nome. Revirei os olhos, parando de andar e me virando mais uma vez para ela. Perguntei:

— Depois de tudo, você ainda acha que eu vou te chamar por algo que não seja o seu nome? Não, Regina. Não até que você prove que merece o contrário.

Eu me virei e segui em direção ao quarto, esperando sinceramente que ela não dissesse mais nada. Eu estava muito cansada para mais uma briga, mais uma discussão infindável sobre como eu era ingrata e injusta, e como ela me amava e esperava que eu fosse mais carinhosa.

Um dia... Quem sabe um dia eu realmente falasse tudo o que pensava e sentia sobre o amor da minha mãe por mim. Não hoje, não agora. Hoje eu só queria um pouco de paz.

A salvação

Alguns dias depois, quando o despertador tocou, precisei de alguns minutos para me convencer a não jogá-lo pela janela. Foi difícil, mas consegui.

Levantei cambaleando e fui direto para o banheiro, as mãos na frente dos olhos para protegê-los da luz. A cabeça latejava, o estômago revirava e o gosto metálico me obrigava a vomitar com urgência. Ressaca. Das piores.

Tomei um banho demorado, enrolando para me arrumar. Primeiro dia de aula do segundo ano na faculdade. O dia em que eu teria que encarar os nerds esquisitos e imbecis e as garotas idiotas que ficavam tentando me imitar. O dia em que eu teria que lembrar a todo mundo quem mandava naquele lugar. No caso, eu.

— Mel, você já está vindo? — Fernanda perguntou, ao telefone. Parecia mais empolgada que o normal.

— Meu Deus! É a quarta vez que você pergunta, Fê! Relaxa! — respondi, enquanto tentava enfiar um suéter azul-celeste pela cabeça sem borrar a maquiagem. — O que você tem?

— Eu quero ver se os calouros são tão gatos quanto as meninas disseram — ela murmurou. Provavelmente estava perto dos pais.

Revirei os olhos. Minha melhor amiga tinha que ficar com todos os caras bonitos antes de qualquer outra. Não foi surpresa nenhuma quando ela terminou o namoro com Cadu uma semana antes do início das aulas: ela queria estar disponível para novas oportunidades. Fernanda não fazia ideia do que as pessoas a chamavam pelas costas. Nada que não fosse muito a cara dela: vadia.

Quando me dei conta, faltavam vinte minutos para a primeira aula e eu ainda não tinha nem tomado o café. Peguei a bolsa em cima da escrivaninha e corri para a cozinha.

— Bom dia, Mel. O que você vai querer? — Vera, que estava na meia-idade e trabalhava com a gente desde que eu tinha uns cinco anos, estava a postos para me atender. — Quer que eu faça umas torradas?

— Não vou comer nada, Vera. Estou superatrasada — expliquei, já abrindo a porta que dava acesso à saída de serviço e seguindo para a entrada da garagem. — Eu como alguma coisa na faculdade.

— Nada disso, mocinha. Pode voltar aqui e pegar pelo menos uma fruta · — Aquele tom de repreensão já era meu velho conhecido. Ela sempre fingia que estava brava comigo.

Voltei a contragosto e peguei uma maçã na fruteira em cima do balcão da cozinha, sabendo que, se não fizesse isso, era bem capaz de ela me seguir até a sala de aula e me entregar uma lancheira cheia de comida saudável, como fez uma vez quando eu estava no jardim de infância e esqueci de levar meu lanche.

— Pronto. Satisfeita? — Dei uma mordida enquanto saía da cozinha. Pude ver por cima do ombro o olhar triunfante de alguém que tinha vencido uma guerra.

Ela era a única pessoa de classe mais baixa que eu respeitava no mundo inteiro. Havia me criado, ensinado tudo o que eu deveria aprender, e sempre teve paciência para aguentar meus chiliques. Vera era tudo o que minha mãe deveria ser.

O carro da Regina estava bem na frente do meu. Olhei para o relógio. Tinha só mais quinze minutos.

Chutei o pneu do carro, irritada, e peguei a chave no para-brisa.

— Que se dane. Eu vou com o seu carro, *mamãezinha* — ironizei, sentindo a raiva borbulhar nas veias.

Eu não gostava do carro dela. Era uma lata-velha preta do ano anterior. Não era nada comparado à minha Mercedes SLR McLaren preta, mas, àquela altura, não daria tempo de manobrar os carros. Sentei ao volante, com a irritação crescendo dentro de mim, arrumei os espelhos e ajustei o banco. Dei a partida e apertei o controle para abrir o portão.

Com um pouco de sorte, eu conseguiria chegar em dez minutos. Era tempo suficiente para estacionar e correr para o prédio onde ficava a minha sala.

O caminho até a faculdade era tranquilo, já que eu pegava o contrafluxo do trânsito. Felizmente, quase todos os faróis estavam abertos. Cheguei em exatos nove minutos. Não havia nenhuma vaga livre perto do prédio 2, que concentrava os cursos de artes em geral, então estacionei na vaga de deficientes. Não estava a fim de andar. Se algum deles chegasse, que desse um jeito.

Saí do carro correndo, cruzando com um monte de calouros aglomerados na frente da escadaria que levava ao segundo andar.

No topo da escada estava um garoto, com um megafone na mão, dando instruções para os recém-chegados. Não prestei atenção nele de início e também não ouvi o que falava. Fui logo empurrando todo mundo para abrir passagem Tinha só dois minutos antes de o professor entrar na sala e eu ficar para fora.

Quando finalmente consegui chegar lá em cima, o garoto do megafone entrou na minha frente, e foi então que o reconheci. Era o mesmo cara que eu tinha visto na noite de Ano-Novo pintando o asfalto. O mesmo com o qual eu havia brigado. O garoto do cachecol vermelho.

Por sinal, ele estava usando o mesmo cachecol vermelho-vivo de lã, só que agora estava com uma camiseta preta, jeans azul-escuro e All Star preto.

— Sai da minha frente, garoto! — Eu o empurrei.

— Calminha aí, senhorita. Aonde pensa que vai? Os calouros têm que ir para o portão 3 e entrar no ônibus. O trote solidário começa daqui a pouco — ele explicou, voltando a bloquear minha passagem e me mandando o sorriso mais sexy que eu já tinha visto.

— Quem disse que eu sou caloura, seu babaca? Estou atrasada e, se não entrar na sala nos próximos dez segundos, vou perder a primeira aula. Então, sai da minha frente! — Empurrei o garoto mais uma vez e, antes de dar mais um passo em direção à sala de aula, vi o professor entrando e fechando a porta. Bufei, revirando os olhos e voltando a olhar para ele. — Não acredito nisso... Tá vendo o que você fez, seu retardado? Satisfeito?! Eu perdi a primeira aula por sua culpa! — esbravejei, dando um soco no ombro dele, que se encolheu de dor.

— Ai!! Tá louca? Se a senhorita tivesse saído mais cedo de casa, não teria chegado em cima da hora e estaria sentadinha na sua cadeira quando o professor chegou. Então, a culpa é sua, não minha. –- Ele fez cara de deboche e abriu mais um sorriso, que me tirou o ar por um segundo. — Agora, já que você perdeu a aula, que tal fazer parte de uma coisa realmente importante? Estamos indo para a ABrELA. Vamos fazer um show de talentos com os calouros lá. Você vai gostar. Prometo que não vou colocar nenhum nariz de palhaço em você.

— Vai sonhando que vou a qualquer lugar que seja com você. Eu não saio com marginais. Muito menos para um lugar com um nome ridículo como esse... Abreu. Abréu. Abrele... — retruquei. Nem morta iria sair dali com aquele cara. — Enfim... eu tenho coisas mais importantes para fazer.

Eu sabia que todos os calouros estavam nos encarando, e essa não era exatamente a primeira impressão que eu queria causar, mas aquele... *vândalo* estava me irritando. Nem deveria estar ali! De onde ele saiu? Dos portões do inferno?!

— É ABrELA — ele corrigiu, erguendo uma sobrancelha. — Associação Brasileira de Esclerose Lateral Amiotrófica. E, para sua informação, senhorita, o trabalho que desenvolvem lá é muito mais importante do que qualquer coisa que você tenha para fazer — ele explicou, se aproximando de mim e falando cada vez mais baixo. — Uma visitinha lá iria fazer muito bem para você. Quem sabe assim você se dá conta de que o mundo é muito maior do que o seu umbigo?

— Que tal a gente fazer um acordo? Assim que você aprender a ter educação, eu vou com você. Que tal?

Antes que ele pudesse responder, eu o empurrei e saí andando o mais rápido que pude. Queria ficar longe daquele idiota. Era quase como se fôssemos ímãs que se repelem. Exatamente como tinha acontecido da última vez, não tínhamos conseguido trocar duas frases sem bater boca.

Eu nunca tinha cruzado com alguém que não fizesse o que eu queria no momento em que eu exigia. Minha mãe, eternamente culpada por suas ausências, sempre dava um jeito de providenciar o que eu mandava.

Acredito que pais que trabalham muito sentem essa necessidade de bajular os filhos, dando o que eles querem para suprir a carência de afeto. Sempre que minha mãe deixava de ir a algum evento da escola, fosse uma apresentação de teatro ou uma comemoração do Dia das Mães, aparecia com um brinquedo. Com o tempo, aprendi a tirar proveito disso e passei a exigir essas compensações. A última vez foi quando me formei na turma de balé e ela não pôde ver a apresentação porque estava fora da cidade, trabalhando em uma campanha de cirurgias de correção de lábio leporino. As crianças carentes ganharam lábios novos, e eu ganhei um carro. Troca mais do que justa.

Agora aquele garoto queria me enfrentar, dizer o que eu deveria fazer. Hahaha. Ninguém manda em mim. Ninguém ousa determinar o que eu devo ou não fazer. Ninguém se atreve a falar na minha cara que as minhas coisas não são importantes.

— Idiota! — xinguei, baixinho, enquanto caminhava na direção da sala de aula, sabendo que ele ainda me acompanhava com o olhar.

Bati à porta, rezando para o professor abrir uma exceção para mim pelo menos naquele dia. Por sorte, ele estava de bom humor e entendeu que a bagunça do hall de entrada me impediu de chegar a tempo. Mesmo assim eu precisei me humilhar um pouco para ele liberar minha passagem.

Eu mal tinha me ajeitado na cadeira quando alguém interrompeu a aula. Grudei o olhar na carteira, examinando o livro sobre dança contemporânea que eu tinha trazido, sem me preocupar em verificar quem tinha entrado.

— Bom dia, professor Roberto — alguém o cumprimentou, na entrada da sala, parado em frente à porta. — Será que eu poderia, por favor, dar um recado para a sala? É sobre o trote solidário. — Trinquei os dentes. Aquela voz... De novo, não.

— Mas é claro! Pode entrar, Daniel — o professor consentiu.

Não acompanhei com o olhar o tal Daniel entrar na sala. Mantive a cabeça baixa, folheando o livro da forma mais despreocupada possível. Só que um tornado estava se formando dentro de mim.

— Bom dia, pessoal — o garoto começou a falar.

Eu quase podia senti-lo parado à minha frente, de pé, me encarando. Eu costumava sentar nas primeiras carteiras. Para conseguir logo a minha transferência para a Juilliard, eu precisava de notas altas, e sentar no fundo não me ajudaria nessa parte.

— Todos aqui sabem que a nossa faculdade leva os calouros para se apresentar na ABrELA todos os anos. A ideia é entreter aqueles que são assistidos pela associação — continuou. Sua voz parecia animada demais para o meu gosto. — Tem uma baita burocracia para levar algumas dezenas de alunos para lá, por isso nós sempre contamos com a ajuda tanto da diretoria quanto de vocês, alunos veteranos. — Só aí eu arrumei coragem para olhar para ele. Não me surpreendi nada ao ver que seus olhos azuis estavam colados em mim. — Este ano, uma aluna desta sala, Melissa Azevedo Garcia, decidiu contribuir com o nosso trote.

— O quê?! — murmurei, fuzilando-o com o olhar.

— Ela se ofereceu para ir com a gente e ajudar na organização do evento. Foi uma iniciativa que a gente não vê todo dia — anunciou, parecendo orgulhoso de si mesmo por estar mentindo tão bem. — Então, antes que ela saia da sala para nos acompanhar, eu gostaria de pedir uma salva de palmas para o seu gesto generoso e solidário.

Ele estendeu a mão na minha direção, enquanto a sala começava a bater palmas, fazendo muito barulho. Eu estava sendo desafiada a dar andamento à mentira dele. Se negasse tudo, a imagem queimada seria a minha, então tudo o que pude fazer antes de me levantar foi fuzilá-lo com o olhar mais furioso de todos os tempos, guardar tudo o que tinha tirado da bolsa e xingar o garoto mentalmente com todos os palavrões que existiam e mais alguns que eu consegui inventar ali na hora.

Saí da sala sem nem olhar para a turma, que ainda batia palmas, e atravessei sem pedir licença o mar de calouros que me esperava. Tinha descido o primeiro degrau da escada, prestes a fugir dali o mais rápido possível, quando Daniel me alcançou, segurando meu braço e me impedindo de ir embora.

— Aonde pensa que vai, senhorita?

— Pra casa, já que você acabou de ferrar o meu primeiro dia de aula.

— Eu não ferrei o seu dia — ele disse, ficando no mesmo degrau que eu e soltando meu braço. Naquele momento ele pareceu ter o maior sorriso do mundo, como se estivesse extremamente satisfeito. — Eu salvei o seu dia.

Plateia

Sentada na última poltrona de um dos nove ridículos ônibus prateados da faculdade, eu fazia o que podia para ter o mínimo contato com aquela coisa. O tecido azul era sujo e nojento.

Estávamos parados no trânsito havia quase meia hora, e eu tinha esquecido os fones de ouvido em casa, então era obrigada a ouvir Daniel falando no seu megafone que a nossa faculdade era a melhor do mundo e que eles iriam adorar o lugar para onde estavam indo. Tudo baboseira de primeiro dia. Tudo ilusão.

Peguei o tablet, que carregava sempre na bolsa, e comecei a assistir a um episódio da minha série favorita, *American Horror Story*. Apesar de ter esquecido os fones e de não ouvir a voz dos personagens, eu já tinha assistido tanto àquilo que sabia cada cena de cor.

— Eu também gosto dessa parte. — De repente, alguém tinha se materializado ao meu lado. O maldito vândalo. — Do cinismo dele. — Naquele momento, um dos personagens foi morto por um grupo de policiais em seu próprio quarto. — O fato de estar tão doente e drogado chega a tornar essa cena engraçada.

— Ele merecia um prêmio por isso. Uma cena quase clássica — comentei, tão baixo que duvidava de que Daniel tivesse ouvido. Continuei, agora mais alto: — Você não deveria estar enchendo os calouros de mais idiotices e mentiras sobre a nossa faculdade? — perguntei, sem nem mesmo olhar para ele. Ainda estava com raiva por ter sido forçada a participar do maldito trote, mas não adiantaria gastar energia brigando com ele. Decidi, então, que iria apenas ignorar, fazer o que tivesse que fazer o mais rápido possível e me livrar definitivamente daquele cara chato.

Eu o senti sentando ao meu lado. Pelo menos o perfume era bom, embora um pouco amadeirado demais para o meu gosto. Ele riu, e eu quase pude vê-lo balançando a cabeça, em sinal de descrença.

— Eu decidi dar um descanso para eles. Mais algumas frases e ficaria óbvio que eu estava mentindo — brincou.

— Isso você faz muito bem, por sinal — sussurrei, finalmente me virando para olhar para ele, que me encarava.

Analisei-o por alguns segundos, esperando uma resposta. Seus olhos azul-claros tinham algumas manchas mais escuras, e o cabelo dourado era cheio de cachos grossos. A pele era bem clara, e as bochechas, coradas. Lembrava um daqueles querubins que apareciam nas pinturas. O queixo era quadrado, e os dentes, que teimavam em morder o lábio inferior, eram perfeitos. Aliás, ele era quase perfeito. Exceto por uma cicatriz na sobrancelha direita, que provocava uma pequena falha nos pelos.

— Quem é você, afinal? — eu quis saber quando vi que não obteria resposta alguma.

— O monitor-chefe do trote — ele respondeu, como se fosse a coisa mais óbvia do mundo.

— Estou falando sério! Por que deixaram você entrar na minha sala daquele jeito para falar aquelas coisas? Aliás, como você descobriu o meu nome?

Ele sorriu, passando o olhar pela poltrona à nossa frente, que estava vazia, antes de responder:

— Eu sou filho da Marcia, a reitora da faculdade. Por isso eu posso entrar daquele jeito nas salas. Brincadeira. — Ele piscou para mim. — Os professores me deixam entrar porque eu sou monitor e o responsável pela organização do trote solidário. Como eu sei o seu nome? Bem... eu sei o nome de todo mundo naquele lugar.

Franzi a testa e cruzei os braços. Então ele já sabia quem eu era naquela noite de Ano-Novo. Provavelmente tinha reclamado de mim para a mãe e agora eu estava ferrada. Que ótimo!

— Não, eu não falei nada sobre você — ele completou, antes que eu tivesse a chance de perguntar. — Ainda não temos essa intimidade toda para eu te apresentar pra minha família.

— Você é tão engraçadinho. Já cogitou a possibilidade de ser comediante? — murmurei, tentando esconder o alívio. *Pelo menos isso!*

— Aliás, eu nem teria motivo para isso — continuou, ignorando meu sarcasmo. — O que aconteceu naquela noite não tem nada a ver com a faculdade, e, se você quer saber, eu estava sendo sincero quando disse que o desenho ficou melhor depois que você, toda linda e graciosa, jogou tinta nele.

— Você sendo sincero com alguma coisa? — Fiz uma expressão exagerada de espanto. — Nós trocamos meia dúzia de frases aqui, e em mais da metade delas você estava mentindo, o que me faz acreditar que pelo menos noventa por cento do que você diz não tem um pingo de sinceridade.

Ele abriu ainda mais o sorriso que já estava no seu rosto, inclinando o tronco na minha direção e ficando bem mais próximo do que a minha zona de conforto permitia. Decidi ficar quieta, só esperando pelo que ele diria a seguir. Sua próxima mentira.

— Eu também estava falando a verdade quando disse que você estava "toda linda e graciosa".

— Eu já falei que você deveria ser comediante? — perguntei, no tom mais irônico que consegui.

— Sim, sim — ele respondeu, se levantando. Agora seu olhar estava fixo na janela. — Você pode me falar mais sobre isso depois, mas. por enquanto... CHEGAMOS! — anunciou. Proferiu a última palavra tão alto que cheguei a levar um susto, me encolhendo contra a poltrona.

Todos se levantaram, inclusive eu, formando uma fila para sair (finalmente) do ônibus.

Não demorou muito até que todos estivéssemos na frente de um grande hospital. Pelo que ouvi de um dos monitores, este ano o número de calouros tinha batido o recorde. Era um mar de rostos desconhecidos; devia haver quase duzentos e cinquenta alunos.

Fomos conduzidos para dentro do prédio, com um dos monitores mostrando alguns lugares lá dentro. Eu sempre me mantinha atrás da turma. Não gostava muito daquela coisa de proximidade e calor humano, ainda mais de pessoas que eu não conhecia.

Foram uns bons minutos de apresentações e baboseiras sobre o lugar que eu não queria ouvir, até que entramos no auditório.

Não era exatamente enorme, mas eu sabia que todos nós caberíamos ali com certo conforto. As paredes tinham um tom marrom-amadeirado, e as cadeiras, arrumadas em meia-lua, eram forradas de um tecido preto liso.

Descendo as escadas, havia um palco de madeira clara com um tipo de púlpito no canto. Na parede acima do palco havia um projetor.

Fiz questão de me sentar na última fileira, longe de todos, de braços cruzados, emburrada. Claro que Daniel decidiu se sentar ao meu lado. Não aguentei:

— O que você quer de mim?!

Ele colocou um dedo na frente dos lábios, pedindo silêncio, e em seguida apontou na direção do palco, onde uma monitora havia se postado atrás do púlpito para fazer algum anúncio.

Era uma garota exageradamente baixa e gorda, com cabelo comprido castanho-escuro e ondulado, de camiseta rosa e jeans escuro. Eu via de longe que seu rosto e seus braços eram cobertos de sardas. A menina começou, depois que todos pararam de falar:

— Bom dia! Meu nome é Isabela, mas podem me chamar de Isa. — Fez uma pausa. Parecia um pouco nervosa. — Como todos vocês sabem, eu sou uma das monitoras do trote solidário da Faculdade François Aran, organizado pelo Daniel Oliveira Lobos, que é aluno do quarto ano — explicou, apontando em nossa direção. Eu me encolhi um pouco na cadeira enquanto ele acenava e sorria para todos que haviam se virado para olhar. — Acho que ele já deve ter dito para vocês que hoje nós vamos apresentar um show de talentos para os pacientes e familiares que frequentam a Associação Brasileira de Esclerose Lateral Amiotrófica. O motivo de estarmos aqui neste hospital, e não na casa onde ela se localiza, é que lá é um espaço improvisado e muito pequeno. Não caberia todo mundo. Então, o hospital cedeu gentilmente o seu auditório para o nosso pequeno show. A boa notícia é que em breve a ABrELA vai estar em uma casa nova, com mais espaço e mais condições de cuidar de muito mais pacientes. Se vocês quiserem saber um pouco mais sobre a associação, ou mesmo ajudar, é só acessar o site abrela.org.br. Lá tem todas as informações...

Ela continuou a explicar como tudo funcionaria. Nenhum aluno seria obrigado a participar, mas aqueles que se interessassem iriam subir ao palco, em ordem alfabética, para mostrar o que sabiam fazer. Tudo seria feito de improviso, e essa era a graça da coisa, segundo Isa. Para mim, era tudo um porre e uma enorme perda de tempo.

No final, haveria pelo menos trinta apresentações de alunos dos grupos de dança, música e teatro.

Pouco tempo depois, o auditório se encheu de pacientes. Eu não sabia qual eram suas doenças ou quem eles eram, e não me importava. Desde que não se sentassem ao meu lado, tudo bem.

— Não deveriam entregar máscaras para os alunos? — perguntei a Daniel. — É perigoso ficar no mesmo ambiente que...

— O que você quer dizer com isso? — ele interrompeu, abrindo um sorriso de descrença. — Essas pessoas não têm nenhuma doença contagiosa, Melissa.

— Mesmo assim... — comecei, mas, antes que pudesse terminar, ele voltou a olhar para a frente, balançando a cabeça como se não quisesse me ouvir.

Ele estava... me ignorando? Cruzei os braços, irritada, observando o primeiro aluno começar a sua apresentação.

Eu sabia que, se tentasse me levantar e ir embora, Daniel iria me impedir, então só me restava esperar que ele fosse ao banheiro ou coisa parecida para cair fora daquele lugar cheio de gente doente.

Holofotes

Fiquei ali por uma eternidade e vi zilhões de apresentações. A maioria dos alunos novos tinha muito talento, e só precisava de um pouco de orientação. Já outros... eu nem conseguia achar uma explicação para terem conseguido entrar na faculdade.

Agora uma garota estava no palco controlando uma mesa cheia de botões, fazendo um remix de uma música conhecida. Graças a Daniel e aos outros monitores, um dos ônibus tinha levado todos os aparelhos musicais e os acessórios de que os calouros iriam precisar para se apresentar.

— Você sabe quem é a próxima da lista, né? — Daniel perguntou de repente, se inclinando um pouco na minha direção, sem tirar os olhos da garota no palco.

Passei o olhar por ele, confusa. Abri a boca para perguntar o que queria dizer com aquilo (ou simplesmente para xingá-lo e perguntar o que havia de errado com ele), mas o sorriso desafiador que surgiu em seu rosto me fez parar antes mesmo de começar a primeira frase. Sussurrou:

— O que foi? Pensou que viria pra cá e ficaria sentada aí assistindo?

— É claro! Pra começar, nem era para eu est... — comecei, mas, quando percebi que estava falando alto demais e que algumas pessoas já começavam a se virar na minha direção, baixei o tom. — Nem era pra eu estar aqui. Você ainda espera que eu me apresente pra esse bando de...?

— ... de pessoas que ficam mais felizes com atos de caridade da nossa parte do que eu, uma humana egoísta que não dá importância a nada que esteja mais distante do que os meus braços podem alcançar? — Ele se inclinou um pouco mais na minha direção, falando ainda mais baixo e tão próximo que eu podia sentir sua respiração no meu pescoço. — Era isso que você ia dizer?

Me mantive quieta, encarando Daniel com uma sobrancelha erguida e os braços cruzados. Respirei longamente, tentando encontrar paciência no fundo do meu ser para não pular em cima dele e bater sua cabeça no chão várias e várias vezes.

Não haviam se passado dois minutos quando a garota terminou sua performance e saiu do palco, aplaudida de pé por metade da plateia. Isabela apareceu para apresentar o próximo aluno. Foi quando ela chamou meu nome. Fiquei imóvel e em silêncio.

— Não vai aceitar o desafio, Melissa Azevedo Garcia? — perguntou Daniel, encarando sua amiga atrás do púlpito como se estivessem tendo uma conversa mental sobre mim naquele momento. — Está com medo?

— Eu não tenho medo de nada — respondi depois de alguns segundos, olhando para a frente. — Só não vou me apresentar para essas... pessoas — continuei, tentando não deixar tão perceptível o meu tom de desprezo.

O garoto revirou os olhos antes de gritar, no meio do auditório, que eu havia desistido por medo e que era para Isabela chamar a próxima pessoa. Felizmente era ele mesmo, já que eu havia sido a última da lista.

Daniel se levantou, surpreso, dizendo algo sobre ter sido mais rápido do que ele esperava, e foi até o palco, agradeceu a todos que estavam ali e disse que fazia questão de se apresentar, já que havia feito isso no ano anterior e em todos os eventos organizados em prol da ABrELA. Falou que era uma honra, e que podia dizer aquilo por todos os integrantes da sua banda, que já se posicionavam no palco, e mais um monte de blá-blá-blá.

Minha oportunidade perfeita surgiu quando Daniel ajeitava a altura do microfone e conectava o amplificador ao violão. Eu me levantei, cheguei se ele não estava me vendo e me apressei em direção à porta.

Já estava com o celular na mão, pronta para chamar um táxi, que me levaria para casa e para bem longe dali o mais rápido possível. Mas, no momento em que coloquei a mão na maçaneta das portas de saída, prestes a escapar dali, Daniel começou a cantar, tocando os primeiros acordes em seu violão. Parei, olhando por cima do ombro em sua direção, e notando que o garoto já me encarava com seus olhos azuis iluminados pela luz do palco.

Até que o vândalo cantava bem. E tocava bem. Sorriu, como se me desafiasse a ir embora, como eu pretendia. Droga. Ele sabia. Olhei para a porta mais uma vez. Se saísse, eu tinha certeza de que nunca mais seria deixada em paz, e tinha de admitir que a música era boa. Queria assistir à performance dele? É. Pode ser.

Cruzei os braços, voltando a olhar para Daniel. Quase consegui me irritar com ele por estar me obrigando a ficar. Quer dizer, ele não havia me amarrado à cadeira nem nada, mas a maneira como me encarava, como se estivesse me testando... Idiota.

Quando chegou ao refrão, Daniel tirou os olhos de mim. Eu conhecia a música. Era "Counting Stars", do OneRepublic. Não estar mais sendo encarada foi um alívio para mim, então não pude deixar de sorrir.

Era engraçado o fato de Daniel não conseguir ficar parado enquanto tocava, mesmo parecendo ter a maior agilidade do mundo. Ele realmente sabia ganhar as pessoas em cima do palco, ainda mais com aquele sorriso. Estava claro que se segurava para não andar de um lado para o outro, como se dentro dele houvesse um tipo de energia incontida.

E foi assim que Daniel executou todos os versos, estrofes, refrãos... Daniel parecia feliz, como se não quisesse que a música acabasse. Quando isso aconteceu, ele suspirou, agradeceu os aplausos em nome da banda e desceu do palco rindo. Levantei uma sobrancelha, vendo-o subir as escadas de volta ao seu lugar, ainda sendo aplaudido.

Ao contrário do que pensei, ele não voltou a sentar em sua cadeira. Veio em minha direção, parando ao meu lado com o violão nas costas. Era estranho olhar para ele agora, depois do que eu tinha visto. Como se o que aconteceu no palco tivesse aumentado nosso nível de intimidade — e não era isso que eu queria.

— Pensou que eu não veria você tentando ir embora?

Continuei calada. Não precisava dele me provocando mais ainda. Principalmente depois do que fez quando fui chamada ao palco. Dizer na frente de todo mundo que eu havia desistido por medo?

— Ah... Qual é? Ficou brava pelo que eu falei? — perguntou, entrando na minha frente, atrapalhando minha visão do palco enquanto Isabela agradecia a presença de todos.

Desviei o olhar depois de encará-lo em silêncio por alguns segundos, me virando de costas e saindo do auditório. Todos começavam a se levantar para ir embora.

Por sorte, Daniel decidiu parar de tentar falar comigo. No trajeto de volta à faculdade, não tentou se aproximar de mim.

Onde já se viu? O cara nem me conhecia! Achava mesmo que podia falar sobre mim daquele jeito? Não. Ninguém me tratava daquela forma, e eu esperava nunca mais ter que olhar para aquele garoto na vida.

Ele podia até ser bonito, talentoso e tal... Mas para mim, a partir daquele momento, seria só um vândalo.

O farol

Acordei às quatro da manhã de novo... Aquela insônia maldita ia acabar destruindo minha vida. A falta de sono estava começando a me afetar. Eu ficava sonolenta durante o dia e não conseguia mais ensaiar como antes, sem contar que tinha de me forçar para prestar atenção nas aulas da faculdade.

Fiquei olhando para o teto do quarto por alguns minutos, pensando em um jeito de voltar a dormir. Acho que o Valium poderia me ajudar. Eu poderia pegar uma receita em branco e falsificar a assinatura da minha mãe. Já tinha feito isso inúmeras vezes, mas para controlar o peso.

Não. Não. Calmantes só iriam me deixar sonolenta o dia todo, e eu precisava ensaiar. O prazo para a resposta sobre a audição estava se aproximando, e, se por milagre eu conseguisse, precisava estar em forma, tanto na dança como no corpo.

Nunca fui magra. Sempre tive as coxas grossas e a cintura fina, o chamado tipo violão, que poderia deixar qualquer mulher com inveja, mas não uma bailarina. Elas têm o corpo retilíneo, seios pequenos e pernas finas e delicadas. São como estátuas perfeitas, com tudo no lugar, curvas suaves e quase imperceptíveis — o contrário de mim, então sempre precisei usar certos artifícios para me manter em forma. Dieta era meu nome do meio, e comida, minha inimiga.

Me revirei na cama novamente, batendo com toda a força no travesseiro para quem sabe deixá-lo mais confortável e conseguir mais alguns minutos de sono. Nada.

Uma imagem me veio à mente: Daniel tocando no palco. Aquele garoto irritante! Como teve coragem de me fazer passar vergonha daquele jeito? Dizer que eu estava com medo de me apresentar? Bufei e me virei novamente na cama.

Levantei, desistindo de tentar voltar a dormir. No banheiro, me encarei no espelho, detendo o olhar na minha barriga enorme. Fiquei de perfil, sem poder acreditar na saliência que insistia em aparecer atrás da camisola quase transparente. Como aquilo era possível?! Eu estava seguindo uma dieta rigorosa que tinha conseguido em um grupo na internet, e que se resumia basicamente a comer tomates e, quando a fome apertasse muito, uma fatia pequena de queijo branco light. Antes dos treinos, para ganhar um pouco mais de energia, eu comia uma batata-doce cozida.

— Mas que merda! Não acredito nisso! — xinguei, passando a mão pela protuberância. — Droga de dieta furada.

Tirei a camisola e me enfiei embaixo do chuveiro, deixando a água cair no rosto. Não conseguia controlar a vontade de rasgar minha barriga e tirar a camada de gordura que tinha se acumulado ali. Já não bastava ter que me conformar com aquelas coxas enormes?

Senti a raiva crescer dentro de mim. Raiva por não ter tido força para resistir ao sanduíche de atum que Vera me ofereceu na noite anterior, quando cheguei em casa. *Só um pedaço*, foi o que pensei, e acabei comendo ele todo. QUE ÓDIO!! Dei um soco na barriga, me encolhendo de dor e vergonha de mim mesma.

Fechei o chuveiro e me enrolei na toalha. Eram quatro e meia. Restavam duas horas até o despertador tocar, e eu resolvi que iria queimar aquela barriga dançando até minhas sapatilhas rasgarem, até meus dedos sangrarem ou eu desmaiar no chão do estúdio. O que acontecesse primeiro.

Vesti um collant preto, uma meia-calça na mesma cor e minhas sapatilhas brancas. Segui para o estúdio sem me preocupar em fazer silêncio, mesmo sabendo que minha mãe dormia no quarto ao lado. Subi os degraus que levavam ao segundo andar e entrei no meu lugar preferido no mundo. Ali eu era eu mesma. Ali eu me sentia segura. Livre.

Na mesa de som, escolhi "Moonlight Sonata", de Beethoven. Parei no meio da sala e comecei a me aquecer. Aos poucos, a música foi fluindo e me deixei levar. Eu sentia o corpo se entregar a cada acorde. *Pas de bourrée, spotting, relevés*, um passo depois do outro, a música me dominando cada vez mais.

A dança é a única coisa que me dá a sensação de plenitude. Lembro da primeira vez que vi uma bailarina de verdade, quando tinha sete anos. Foi no show *Branca de Neve e os sete anões*, na Broadway, em uma das raras ocasiões em que minha mãe conseguiu tirar férias. Meus avós tinham economizado por dois anos para nos presentear com aquela viagem, e Regina não pôde recusar. Fiquei encantada. Como é que aquela princesa conseguia se mover com tanta leveza? Parecia estar flutuando. Giros, saltos, passos na ponta dos pés... Lembro que fiquei extasiada por semanas. Eu só falava naquilo, até que minha mãe me matriculou em uma escola de balé.

Não demorou muito para a professora descobrir que eu tinha talento e intensificar os treinos. Comecei a dedicar quase todo o tempo livre às aulas, até que precisei ser transferida para uma escola mais avançada. Foi lá que conheci a professora Martha, a mais rígida e perfeccionista de todas que já tive — só não mais do que eu mesma. Minha rotina passou a ser: duas horas de treinamento em casa, cinco de escola e quatro de aula com a professora Martha, no estúdio dela.

Poderia ser mais. Eu queria mais. Se pudesse, nem iria à escola. Dedicaria todo o meu tempo à dança.

Foram anos de treino e dedicação total, até que me tornei a melhor bailarina da escola. Um pouco antes de me formar no curso, minha professora falou sobre a possibilidade de me inscrever no curso de verão da Joffrey Academy of Dance, em Nova York, uma das mais renomadas do mundo. Ela conhecia um dos coordenadores do curso e já tinha falado de mim para ele, que se interessou e pediu que enviássemos uma ficha de apresentação, com um vídeo.

Foram semanas de preparação. Todos os detalhes foram planejados: desde a música até os passos que eu deveria executar da forma mais perfeita possível. Faltei duas semanas seguidas na escola, me dedicando inteiramente aos ensaios. Eu não poderia cometer nenhum erro durante a gravação do vídeo.

Perdi a conta das vezes que precisei repetir a gravação desde o início. Foram mais de doze horas, mesmo com a professora afirmando que já tinha conseguido a dança perfeita. Eu nunca ficava satisfeita e repetia tudo, uma vez após a outra, até finalmente achar que tinha conseguido o mínimo da perfeição. Um mês depois veio a resposta: eu tinha conseguido uma vaga no curso! Agora eu esperava mais uma vez, mas era diferente: era algo maior, nunca conseguido por uma bailarina brasileira. Eu seria a primeira bailarina do país a estudar na melhor escola de artes do mundo, o que me daria o conhecimento técnico necessário para me tornar a primeira bailarina brasileira negra do American Ballet Theatre, uma das maiores companhias do mundo.

Escutei o último acorde da música, terminando minha série com um *grand alegro* e uma *révérence*. Me encarei no grande espelho, mantendo por mais alguns segundos a posição em que estava, esperando o coração se acalmar e a adrenalina baixar. Eu sempre ficava assim quando dançava. Meu corpo queimava, meus sentidos se aguçavam e eu me sentia viva, completa.

Outra música começou e eu voltei ao ensaio. Foi quando finalmente ouvi as batidas insistentes à porta. Era Vera me avisando que o café já estava pronto e que já eram quinze para as sete. Corri para meu quarto e tomei outro banho. Não tinha percebido o tempo passar e já estava atrasada para a primeira aula.

Vesti um short cinza, uma camiseta branca e um colar dourado com um pingente de sapatilha que eu tinha ganhado do Pedro no meu último aniversário. Prendi o cabelo em um rabo alto e calcei um Chanel preto fechado na frente. O grande problema de ser bailarina é que os dedos dos pés são sempre horríveis.

Dei uma olhada rápida no espelho, aprovando o visual. Peguei a bolsa e saí correndo, mais uma vez ouvindo os apelos da minha empregada para que eu comesse alguma coisa e os ignorando completamente.

Graças aos deuses, não peguei nenhum farol fechado e consegui chegar a tempo na faculdade. Estacionei e já avistei Pedro parado na entrada do prédio, me esperando. Ele era bonito, se vestia bem e tinha um ar arrogante, que dava um charme especial à sua postura máscula e determinada. Mas tinha um defeito: era cafajeste e gostava de tratar as mulheres como objetos. Por trás de tudo isso havia apenas um propósito: ter prazer de alguma forma.

Comigo era diferente. Eu tinha conseguido adestrá-lo. Aprendi que os homens gostam de mulheres que não gostam deles. Tratá-los com desprezo é uma ótima forma de mantê-los atraídos por nós, e eu fazia isso muito bem. Ainda mais com Pedro. Ele era o meu cachorrinho. Quando eu estava entediada, era só ligar que ele vinha correndo. Não que eu não gostasse dele. É que estava tão focada na minha carreira que não tinha tempo para amor, romance e mimimis.

— Oi, Mel. Estava te esperando. Preciso falar com você — ele começou, já passando os braços pela minha cintura e me puxando para um beijo no rosto. Foi bem mais demorado que o normal para um cumprimento entre amigos. — Olha, gata, eu não quero mais ficar nessa enrolação. Eu curto ficar com você, e sei que você gosta de me ter por perto. Então, que tal a gente ficar junto de vez?

— Você só pode estar me zoando! A esta hora da manhã? Sério? Já está bêbado ou a ressaca tá tão grande a ponto de te deixar louco? — ironizei, me soltando do aperto de urso, que já estava me irritando. — Você sabe que eu não quero me envolver com ninguém, muito menos com uma pessoa que se acha.

Me virei e saí andando em direção à sala, mas parei antes mesmo de dar o segundo passo. Tinha sido puxada pela mão, de volta aos braços de Pedro.

— Vai, gata. Me dá uma chance. Que tal a gente se encontrar mais tarde e conversar sobre isso? Te pego às nove na sua casa, e não aceito não como resposta — ele me intimou, abrindo o sorriso mais brilhante, mostrando todos os dentes perfeitos e me olhando no fundo dos olhos, como se eu fosse um pedaço de sua sobremesa preferida. Deve ser assim que os tubarões olham para as suas presas antes de devorá-las. — Por favor!

— Tanto faz, mas não se atrase. Eu ODEIO ficar esperando. Agora me solta que eu preciso ir pra aula — falei, me desvencilhando de seu abraço e correndo para a sala.

Minhas aulas naquela manhã seriam muito chatas. Colocaram história da dança e fundamentos filosóficos no mesmo dia. Quem organizou a nossa grade curricular queria nos matar de tédio. Eu não conseguia me concentrar em nenhuma. Nem lembrava o que os professores tinham falado, estava sufocada. Eu queria sair dali, ir para o estúdio e voltar a ensaiar. Olhei pela janela e vi uma coisa que não gostaria de ter visto. Aquele garoto chato estava pintando alguma coisa no muro da faculdade.

Será que aquele delinquente não estudava? Será que, mesmo sendo filho da reitora, ele não aprendeu que pichação é crime? Ele estava tão concentrado no que fazia que não percebeu que já estava cercado de gente. Todo mundo babando, hipnotizado pelos seus gestos, incapazes de se distanciar.

Daniel tinha esse poder sobre as pessoas. Ele era como um farol no meio da noite escura, um ponto de luz que você tem que seguir se quiser sobreviver. Eu tinha que admitir: estava começando a me sentir atraída por esse farol. Alguma coisa nele mexia comigo. Eu só não sabia se era do jeito bom ou do jeito ruim

— Para com isso, Melissa! Ele é um otário metido e sem noção. Um delinquente pichador — sussurrei, me forçando a sair do transe em que tinha entrado sem perceber.

Enfiei minhas coisas na bolsa, me levantei e saí da sala, ignorando a reclamação da professora. Eu estava entediada demais para ficar ali. Fui para a praça de alimentação da faculdade e me sentei à mesa "reservada" para a minha turma.

Engraçado como a vida às vezes imita a arte. Lembro de um filme em que uma menina explicava para outra a divisão territorial do refeitório da escola, e percebi que isso também se aplicava à minha. Tinha um canto para os músicos, um para os que estudavam artes plásticas, um para os que faziam artes cênicas e um lado só para os "populares" do curso de dança. Era ali que ficava a minha mesa.

Desde criança, sempre fui a líder do grupo. Na escola, era eu quem ditava as regras das brincadeiras, a que dava a última palavra.

Cresci sendo idolatrada. No sexto ano tinha uma menina muito tímida e gordinha, e alguma coisa nela me irritava profundamente. Acho que era o seu jeitinho meigo de falar com as pessoas, tratando todo mundo como se fossem pessoas especiais. Lembro que eu tinha tanta raiva da coitada que avisei meus amigos que, se eles brincassem com ela, eu nunca mais falaria com ninguém. Não demorou muito para que a menina ficasse totalmente isolada. Eu a vi algumas vezes sentada em um canto, chorando, sem ninguém por perto, e aquilo me deu uma satisfação enorme. Eu tinha vencido e mostrado quem é que mandava ali. Não demorou muito para que ela saísse da escola. Nos anos seguintes, até me formar, eu era sempre a escolhida para ser a representante da turma. Era a preferida dos professores, e todos os alunos queriam fazer parte do meu pequeno círculo de amizades, formado basicamente por pessoas sem personalidade que queriam ser iguais a mim. Claro.

Assim que entrei na faculdade, entendi que as coisas seriam iguais. Não demorou muito para eu começar a ter seguidores. Conheci Fernanda no primeiro dia. Ela estava totalmente perdida, assustada por causa do trote. Estava com medo de que os veteranos a machucassem ou humilhassem, mas logo descobriu que o trote consistiria em doar uma cesta básica para uma instituição de caridade. Foi o primeiro ano do trote solidário — que, aliás, eu descobri há pouco tempo que foi ideia do vândalo.

Logo depois conheci o Pedro, que me passou uma cantada barata. Percebendo que eu era imune ao seu "charme", ele começou a correr atrás de mim e a fazer tudo o que eu queria. Conheci também a Laila, uma garota franzina porra-louca. Bebia demais, fumava demais, chapava demais. Era filha do dono de uma das maiores empresas do Brasil, no ramo de tecnologia da informação.

O pai era tão influente que, quando Laila foi presa por dirigir embriagada, ele precisou dar apenas um telefonema e a filha foi solta imediatamente, sem ficha na polícia e sem vestígios de que um dia tinha sequer sido abordada.

O sinal tocou, avisando que a aula tinha acabado e me arrancando do devaneio. Um grupo enorme veio em minha direção como uma onda gigante, rumando para a praça de alimentação. Tantos rostos, tantas vozes, pessoas fúteis, com vidas vazias e sem objetivos. Todos tão diferentes de mim! *Só mais alguns dias, Melissa,* era o mantra que eu repetia insistentemente para suportar aquele período antes de a carta de admissão chegar.

— Mel, você está me ouvindo? — Fernanda me chacoalhou.

— O que foi, criatura? — respondi, de mau humor.

— Você e o Pedro vão para os Jardins hoje? Naquele restaurante novo? — perguntou, mais animada que o normal. — Fiquei sabendo que é um dos mais badalados do momento. Tem fila de espera de três meses para conseguir reservar uma mesa!

— Não sei aonde nós vamos. Ele não me falou nada. — Eu estava cada vez mais entediada e queria que aquela conversa acabasse.

— Eu acho que ele está preparando algum tipo de surpresa pra você, Mel! Cara, ele está de quatro. Nunca vi o Pedro babando desse jeito por uma garota.

— Ele só está fazendo isso porque sabe que eu não tô na dele — concluí. — Já falei pra você um monte de vezes, Fê. Os homens gostam de mulheres que não gostam deles.

— Será que isso funciona com aquele ali? — ela quis saber, olhando na direção de um garoto. Meu olhar seguiu o seu, e me surpreendi ao descobrir que Fernanda falava de Daniel. — Ele é uma delícia, não acha? Estou louca pra arrancar aquele cachecol idiota e me enroscar no pescoço dele. — Ela tinha um sorriso malicioso nos lábios.

— É um idiota. Você não vai querer se envolver com um cara como ele — adverti, e nesse momento o encarei, sendo surpreendida por ele me olhando também. Nós nos olhamos por alguns segundos, ele fez um gesto com a cabeça e sorriu para mim. Aquilo me irritou, e eu desviei o olhar. — Odeio esse jeitinho de bom moço dele. Ninguém é tão legal assim.

— Até parece que eu estou ligando para o que ele faz ou deixa de fazer. Eu quero é me esbaldar naquele parque de diversões. Olha pra ele, Mel. Olha aquele corpo! Será que ele frequenta alguma academia? Preciso descobrir isso e me matricular urgentemente. — Fernanda soltou uma risada, jogando o cabelo loiro para trás.

— Se você acha que vale a pena, vai em frente. Sirva-se! Eu, particularmente, prefiro alguém mais refinado e que não seja um completo idiota.

— Então, querida, dá licença que eu vou à luta. Vou pôr o meu charme irresistível em ação. — Me deu uma piscadinha e caminhou em direção ao grupo de Daniel.

— Tanto faz — resmunguei, sentindo alguma coisa estranha dentro de mim, um incômodo que eu não sabia o que significava.

O telefonema

Faltavam vinte minutos para Pedro chegar e eu ainda não tinha decidido o que vestir. Não saber aonde iríamos não ajudava muito, e eu já estava ficando impaciente com aquilo. Olhei para o closet enorme, com roupas separadas por tonalidade e estilo. Resolvi, enfim, escolher algo que, mesmo básico, seria elegante em qualquer ocasião. Um vestido preto Chanel curto e justo, com apliques de pedraria na mesma cor no decote frente única. Completei o look com sandália alta preta com detalhes prata e bolsa de mão prata também.

Me olhei no espelho, aprovando o look, não antes de reprovar o fato de minha barriga continuar enorme, mesmo com minha nova dieta líquida à base de chá e álcool. Meu manequim tinha subido de 36 para 38 em apenas um mês, e eu não conseguia entender o motivo.

Pedro chegou na hora marcada. Ele sabia que eu não tolerava atrasos, e não arriscou levar a porta na cara por causa disso. Quando me viu descendo as escadas, soltou um assobio.

— Pode me falar: eu morri, estou no paraíso e você é o anjo responsável por me receber — brincou, me olhando dos pés à cabeça, se demorando um pouco mais no decote.

— Você acha mesmo que quando morrer vai para o céu? — perguntei, desviando do abraço que ele já se preparava para me dar. — Sua passagem lá pra baixo já está comprada, querido.

— Quer saber? Acho melhor mesmo ir lá pra baixo. Deve ser muito mais divertido. — Me puxou à força, me envolvendo em seus braços e passando o nariz pelo meu pescoço. — Se você quiser, nós podemos nos divertir agora.

Meu celular tocou, me dando a oportunidade perfeita para fugir de sua investida. Me soltei do abraço de Pedro e corri para atender. Era Fernanda.

— Mel, é a Fê. Que bom que você ainda está em casa, amiga. Eu PRECISO falar com você!!! — Pelo tom de voz, percebi que Fernanda estava alegrinha.

Com certeza tinha bebido. — Acabei de chegar em casa, e adivinha quem me trouxe. — Fez uma pausa dramática, esperando que eu tentasse mesmo adivinhar.

— Não sei. O papa? Ou será que foi o presidente da República? — perguntei, impaciente, querendo terminar a ligação.

— Foi o gato do Daniel. Amiga, aquele cara é tudodebom.com! Passei a tarde toda com ele. Pena que a gente não estava sozinho... Eu queria me esbaldar naquele corpinho delicioso, mas foi uma tarde maravilhosa — ela disse, entre gritinhos de adolescente e suspiros de garota apaixonadinha. — Sabia que ele toca em uma banda na faculdade? E digo mais: ele ensina alguns alunos a tocar instrumentos depois das aulas. Você precisa ir comigo amanhã, amiga. Ele arrasa!

— Taí uma coisa que eu não perderia por nada neste mundo: passar uma tarde inteira sentada ouvindo aquele vândalo tocar. Nossa, como eu pude viver esses anos todos sem essa experiência cósmica?! — comentei, no tom mais sarcástico e desinteressado que consegui.

— Credo, Mel. Custa ser um pouquinho mais solidária com a minha felicidade? Mas não importa, vai comigo. Mesmo porque ele, por algum motivo, me fez prometer que levaria você no próximo ensaio. — Senti um certo descontentamento na voz de Fernanda. — Enfim, você vai comigo e pronto, nem que seja pra ajudar esta sua amiguinha a dar uns pegas naquele gato.

— Ok, Fernanda. Eu faço qualquer coisa pra você ser feliz — eu disse, irônica. — Agora deixa eu desligar, que o Pedro está aqui impaciente e apontando pro relógio. Nós estamos atrasados pra não sei o quê.

— Vai, gata. Arrasa o coração desse cara e aproveita. Faça tudo que eu faria e, pra variar, divirta-se. Beijo! — Ela soltou uma risada e desligou.

— Até que enfim. Pensei que vocês nunca mais parariam de falar. Vamos que estamos em cima da hora. — Pedro me pegou pela mão e me puxou em direção à porta.

Algo no comportamento dele me incomodava: sempre que estava impaciente ou se sentia contrariado, agia de forma agressiva. Lembro que logo no começo, quando Pedro me cercava insistentemente, louco para me conquistar, em uma das inúmeras vezes que o rejeitei, ele apertou meu braço um pouco mais forte, o que me rendeu uma marca de três dedos por uma semana. Ele se desculpou logo em seguida, dizendo que às vezes não media a própria força e que era culpa do treinamento novo na academia. Acabei desculpando a grosseria, que afinal não tinha sido nada de mais, mas nos últimos tempos esse comportamento estava cada vez mais frequente. E, para falar a verdade, me incomodava muito a forma como ele me puxava e segurava nesses momentos.

— Aonde vamos? — perguntei, depois de alguns minutos dentro do carro dele.

— Ao Le Eiffel. A minha mãe conseguiu fazer uma reserva especial pra mim. Ela é amiga de um dos donos e, depois de eu encher o saco dela por dias, acabou pedindo esse favorzinho pra ele. — Pedro se virou para mim e continuou: — Pode falar, estourei dessa vez, né? Eu sou demais!

— Você é demais! — elogiei, em falso tom de aprovação, e voltei a olhar pela janela. Que ótimo. Um restaurante justo agora, quando eu estava no meio de uma crise por causa do meu aumento absurdo de peso.

— Você sabe como é difícil conseguir uma reserva lá, não sabe? Que o normal é demorar uns quatro meses pra conseguir. Eu consegui em uma semana — Pedro explicou, parecendo decepcionado com minha falta de entusiasmo.

— Eu sei. É que eu tô tentando perder alguns quilos. A audição para minha transferência está chegando e estou parecendo uma baleia encalhada de collant. Não posso sair da dieta.

— Gata, você é muuuito gostosa. Tá com tudo no lugar certo. É perfeita... Eu já falei que você é muito gostosa? — repetiu, me medindo com o olhar depravado.

— A sua opinião não conta, Pedro — repliquei, tirando a mão dele de cima da minha perna. — Pra você, basta ter peito e bunda que já é gostosa.

— Não é bem assim. Pra mim, basta ter os *seus* peitos e a *sua* bunda — finalizou, dando uma piscadinha e voltando a colocar as mãos no volante.

Depois de uns trinta minutos de trânsito, chegamos ao restaurante. A fachada de vidro escuro deixava à mostra uma escadaria. A iluminação fraca dava um clima romântico ao local, e os móveis e a decoração clean completavam o ambiente requintado. No primeiro andar, em uma espécie de sacada com uma vista linda, as pessoas esperavam em mesinhas para entrar no restaurante.

Assim que chegamos, Pedro falou com a hostess, e pouco tempo depois já estavam nos encaminhando para uma mesa no melhor lugar do restaurante, ao lado de uma janela que tinha como vista um jardim de inverno com muitas flores e velas penduradas em potinhos de vidro.

Após minutos intermináveis de discussão sobre o que eu deveria ou não experimentar, acabei pedindo uma salada verde com salmão grelhado e tomando três taças do champanhe mais caro do cardápio e dois sex on the beach, meu drinque favorito. Conforme o tempo passava, a agonia começava a tomar conta de mim.

Sempre que como alguma coisa fora da "dieta da vez", cresce em mim um desespero. Eu imagino toda aquela comida tomando conta do meu corpo; chego a senti-la se transformando em gordura. Me vejo em uma guerra na qual o meu corpo e eu estamos em lados diferentes no campo de batalha. "Nunca vi uma bailarina gorda", "Se uma bailarina quer ter sucesso, tem que ter corpo de bailarina" — essas eram as frases preferidas da minha primeira professora de balé, e, desde que decidi que seria uma profissional da dança, vivo de dieta. Na internet, participo de vários grupos de pessoas que, assim como eu, estão em busca de um método eficaz para perder peso rápido.

O preço a pagar pela alimentação restrita e as muitas horas de jejum é uma dor constante no estômago e uma gastrite crônica, que minha mãe acredita ser culpa do estresse. Mais uma vez dona Regina se mostra uma mãe atenciosa e que conhece a filha que tem...

Não me importo com as dores, não me importo com o preço que pago. Quero ser uma bailarina de sucesso, quero ir para a Juilliard, quero ser a primeira bailarina negra reconhecida como a melhor do mundo. Eu quero o mundo, e vou fazer o que for preciso para conseguir. Tomei mais uma taça de champanhe, de um gole só. A raiva por fugir da dieta estava tomando conta de mim.

— Você fala tanto que quer manter a forma, mas sabia que bebida alcoólica pode ser mais calórica que comida, minha gostosa? — perguntou o garoto, já alterado por causa dos três copos de uísque que tinha tomado.

— O que você é agora? Locutor do Discovery Channel? Não enche o saco — resmunguei, sentindo que já estava alta. — Pelo que eu sei, você não é nenhum adepto da sobriedade.

— Sobriedade? O que é isso? Uma marca de chinelo para velhinhos? — perguntou, em tom irônico, depois de um longo gole no líquido âmbar que estava no copo.

— Ai, quer saber, Pedro? Tô cansada. Pede a conta e me leva pra casa, por favor. Preciso dormir pra acordar cedo amanhã e treinar — pedi, já me levantando da mesa e seguindo em direção à saída.

Tomada por uma necessidade insuportável de ar puro, abri a porta e senti uma rajada de vento frio me atingir. Inspirei como se fosse a última vez que poderia respirar e senti a bile tomar conta da garganta. O gosto amargo invadiu minha boca, e eu precisei usar todo o meu autocontrole para não vomitar. Precisava sair dali. Precisava da minha cama.

Alguns minutos depois, Pedro apareceu contrariado, resmungando por eu tê-lo deixado sozinho na mesa. Reclamou durante todo o trajeto até minha casa, falando que foi difícil conseguir uma reserva naquele restaurante e como eu era ingrata por não dar valor a seu "esforço".

Depois de minutos intermináveis de reclamações, em que não me dei o trabalho de prestar atenção, e de tentativas frustradas de me levar para a cama, ele me deixou em casa e finalmente pude ter a paz de que eu tanto precisava.

Aquele sorriso

Fazia pelo menos vinte minutos que estávamos presas no trânsito e Fernanda não tinha parado de falar de Daniel por um segundo sequer. Revirei os olhos, encarando o exterior de braços cruzados como um sinal discreto de "Não estou interessada nessa história", mas parece que ela não entendia indiretas.

Minha ressaca ainda não tinha acabado, mesmo não tendo ido à aula naquele dia, e ter passado a manhã na cama não pareceu suficiente para que meu humor e meu corpo se recuperassem da bebedeira da noite anterior, do encontro no café da manhã com minha mãe e de mais uma briga sobre minha falta de responsabilidade e sobre como eu era abençoada por ter a oportunidade de estudar em umas das faculdades mais conceituadas e caras do país. Para fechar com chave de ouro, recebi flores do Pedro com um cartão e uma declaração melosa: "Adorei nossa noite. Não vejo a hora de ter você nos meus braços e, finalmente, poder dizer que você é só minha!" Além de odiar flores, eu já tinha dito milhares de vezes que não queria nada sério com ele, e a insistência estava me irritando.

— Mas você devia ver, Mel! — ela disse, tão empolgada que não conseguia ficar parada no banco do carro. Apertou o volante de couro preto com as unhas pintadas de rosa-chiclete e voltou a devanear: — Ele sorri de um jeito tão fofo quando fala da tatuagem dele! É sério! Quer dizer... é claro que tem um significado. O Dani não é um desses garotos que saem tatuando coisas sem um motivo. É um lobo de olhos azuis, caso eu ainda não tenha dito. É bem bonito. — Meus ouvidos estavam ardendo com o tom que Fernanda usava para falar "é", que, no caso, era sua palavra preferida. — É uma homenagem pra irmã dele. É mais nova, tem dezesseis anos. O nome dela é Helena... Enfim. Ai, ele é *tão* gostoso, você não acha?

Quando ela finalmente parou de falar, eu não lembrava de metade das coisas que havia dito, muito menos da pergunta que fez ao final. O silêncio foi mais importante do que qualquer coisa que aquela garota histérica tivesse dito.

Resisti ao impulso de relaxar, fechando os olhos para aproveitar melhor o momento. Haviam se passado alguns minutos quando ela ameaçou começar a falar de novo, provavelmente esperando uma resposta, então simplesmente murmurei, sem desviar os olhos da janela:

— Sim, sim... Claro.

Juro que pensei que a garota me daria mais alguns minutos de descanso enquanto a música preferida dela começava a tocar no rádio (alguma batida eletrônica qualquer), mas Fernanda simplesmente começou a tagarelar mais uma vez. Citou uma lista de dados sobre Daniel que havia, por acaso, conseguido arrancar dele, antes de passar a reclamar sobre o fato de o cara nunca a ter convidado para um encontro ou coisa parecida e de resmungar sobre ele ter perguntado de mim.

Dessa vez eu prestei atenção. Fernanda havia passado do estado "apaixonada e animada" para "mal-humorada e reclamona". Dizia que era impossível o garoto não ter interesse nela, já que havia usado todos os seus truques de sedução, até então infalíveis. O que ela não parecia ter percebido é que Daniel não queria mais do que uma amizade.

Uma estranha satisfação me atingiu naquele momento. Era de mim que ele havia perguntado. Era de mim que ele queria saber. Fim da história. Bem... Eu diria isso a ela se não fosse engraçado vê-la se esforçar tanto por uma coisa que eu sabia que não daria certo; vê-la se fazendo de idiota para ele. Quanto mais eu deixasse aquela situação seguir, mais a garota se humilharia e mais cômico tudo aquilo ficaria. Quem dera eu pudesse assistir às suas conversas com uma tigela de pipoca, como se fosse um filme.

Chegando ao auditório, saí do carro o mais rápido possível, sentindo a cabeça latejar. O tom de voz de Fernanda podia ser tão irritante às vezes... Ela me pegou pela mão enquanto eu ajeitava a bolsa no ombro e me puxou na direção da entrada do lugar.

O auditório da faculdade era enorme, com paredes de madeira avermelhada. O chão era coberto de carpete marrom quase preto, e na parte lateral dos degraus havia pequenas lâmpadas amareladas embutidas. As cadeiras eram feitas de um material mais claro que simulava madeira. O palco, que era gigantesco, revestido por uma madeira parecida com a das paredes, estava cheio de pessoas e instrumentos musicais.

Em um canto tinha um piano de cauda preto, e, em outro, um grupo de violinistas e violoncelistas. Havia um garoto no fundo, e do seu lado direito três ou quatro pessoas seguravam algum tipo de trompete. Em outra parte estavam um guitarrista e um baixista. No centro do palco, Daniel ocupava um banquinho de madeira, segurando um violão preto. Como sempre, ele usava um cachecol vermelho. Não consegui identificar do que era feito, mas o tom era escuro, quase vinho. Estava de costas para a entrada, e a seu redor havia umas vinte pessoas sentadas. Parecia ser o coral. É claro que havia mais coisas, mas algumas eu não conseguia ver direito, ou então não sabia o nome dos instrumentos.

A voz de Daniel era a única que dava para ouvir. Ele fazia um tipo de contagem regressiva, repetindo os números de um a quatro sem parar, em ordem decrescente. Depois de fazer isso cinco vezes, apontou na direção da bateria, e o garoto sentado atrás dela começou a tocar. Em seguida, fez o mesmo com a menina sentada ao piano, e depois ele mesmo começou a cantar, dando comandos com as mãos para que cada um soubesse o momento certo de começar a cantar ou tocar. Era o maestro daquela orquestra.

Não haviam se passado trinta segundos quando reconheci que era uma música do OneRepublic (outra), chamada "Made for You". Eu não sabia se era coincidência ou se ele realmente era fã dessa banda.

Sorri, me sentando na primeira cadeira que vi, enquanto Fernanda descia as escadas correndo até estar quase em cima do palco e sentava na primeira fileira, de frente para o garoto de cachecol vermelho.

Eu só tinha visto Daniel cantar duas vezes, mas, de alguma forma, pela postura ou pelo tom, sabia que ele estava sorrindo. Tudo o que eu podia fazer era baixar a cabeça e me concentrar em seu trabalho, que era majestoso. Sei que essa não é uma palavra muito comum para se referir à performance de um artista, mas não consigo encontrar outra que possa descrever tão perfeitamente o talento dele.

Daniel sabia exatamente o que e como fazer. Comandava todas aquelas pessoas enquanto ele mesmo tinha que se concentrar em tocar e cantar (muito, extremamente e maravilhosamente bem, só para constar). Ok, eu odiava elogiar as pessoas daquele jeito, ainda mais aquele garoto idiota, mas sabia quando tinha que reconhecer alguma coisa. Não significava que estivesse elogiando Daniel como pessoa.

Mal vi o tempo passar enquanto ele mudava de uma música para outra, e, quando olhei no relógio, já fazia mais de uma hora que estávamos lá. O garoto não estava mais no seu banquinho: agora ele andava de um lado para o outro do palco, desviando das pessoas sentadas no chão com a maior agilidade do mundo, o que as fazia rir.

Ele avistou Fernanda na primeira fileira e a chamou para o palco. Entregou a ela um objeto que parecia uma maraca, ensinou os movimentos e indicou o ritmo que deveria ser seguido. Por sorte, ainda não havia notado minha presença. Eu preferia observar de longe, sem participar.

Depois de duas horas de ensaio, ele finalmente parou. A primeira coisa que fez foi respirar fundo, visivelmente cansado. Sua voz começava a falhar, apesar de ter bebido umas cinco garrafas de água. Estava meio rouco quando anunciou que todos poderiam ir embora, e só naquele momento me viu ali.

Daniel juntou as sobrancelhas, meio boquiaberto. Eu não sabia se o sorriso que ameaçava aparecer em seu rosto era de felicidade ou de descrença pelo fato de a Fernanda finalmente ter conseguido me arrastar até o auditório. Baixei o olhar, dando a entender que não queria conversa, e o ouvi dizer:

— Trouxe alguém com você, Fê?

— Ah, sim, a Mel — respondeu minha amiga, o que automaticamente me fez olhar em sua direção. Droga. Ela podia ter mentido e dito que eu era uma assombração ou algo assim.

— Eu mesma — falei, bufando e me levantando da cadeira. — Já podemos ir embora?

Minha amiga balançou a cabeça, me olhando daquele jeito severo de quem diz "cale a boca, por favor!". Em vez de responder, cruzei os braços, encarando Daniel, que subia as escadas em minha direção, seguido por Fernanda. Quando finalmente parou à minha frente, um degrau abaixo, não pareceu muito inclinado a me cumprimentar. Agora nós tínhamos a mesma altura, o que o classificava como um cara bem alto, já que eu tenho um metro e setenta. Ele devia ter um e oitenta e cinco, mais ou menos. Fernanda era quase uma anã perto de nós dois, com seu um metro e sessenta.

— Como vai? — perguntou o garoto, num tom um pouco sério.

Respondi apenas com um aceno de cabeça, passando os dedos pelos meus cachos, tentando não encará-lo. Parecia mais bonito agora que da última vez. Usava uma camiseta branca e jeans escuro. Os All Stars eram vermelhos como o cachecol, e estavam bem surrados. Dava para ver um pedaço de sua tatuagem, na parte superior do braço esquerdo. Questionou:

— O que você veio fazer aqui?

— Ah, eu trouxe ela pra cá — Fernanda respondeu antes que eu tivesse a chance. Ele nem sequer olhou para ela. — Falei que ela precisava ver como o seu trabalho é incrível.

— Eu fui obrigada a vir, se você quer saber — acrescentei, com um sorriso irônico.

— Não quero — respondeu, retribuindo o sorriso da mesma forma.

Senti as bochechas esquentarem enquanto o fuzilava com o olhar, vendo-o rir da minha reação. Ficamos num silêncio constrangedor por algum tempo. Sabia que Fernanda queria que eu caísse fora, mas ela havia me levado até ali e era a minha única carona. Não era óbvio que eu não a deixaria ali? A garota pigarreou:

— Bom... eu adorei o ensaio. O que você acha de...

— E o que achou? — Daniel a interrompeu, ignorando a presença de Fernanda, o que quase conseguiu me fazer rir.

— Interessante — falei, dando de ombros. Não estava mentindo. Só me recusava a usar um elogio mais... elogioso.

Fernanda cruzou os braços, demonstrando insatisfação. Foi quando ele finalmente moveu o olhar para ela, parecendo surpreso, como se só agora tivesse lembrado que a menina estava ali. Comentou, lisonjeado:

— Ah, sim. Você gostou. Obrigado pelo elogio. Pelo menos você é sincera. Ao contrário de outras pessoas.

— Isso foi uma indireta? — questionei, dando um passo para trás, o que me obrigou a subir mais um degrau.

Coloquei a mão na frente do peito, fazendo uma expressão exagerada de quem se sentiu ofendida. Ele subiu mais um degrau, parando à minha frente mais uma vez. Fernanda fez o mesmo.

— Não. Foi uma direta — Daniel respondeu, se aproximando um pouco mais e me encarando de um jeito desafiador.

O garoto queria briga. Só podia ser isso. Se ele esperava uma resposta, era o que teria. Enfiei o dedo na cara dele, abrindo a boca para gritar alguma coisa, quando minha amiga se colocou entre nós, obviamente irritada. Falou até mais alto do que eu mesma pretendia:

— Eu estou aqui também, ok? Só lembrando, para o caso de vocês terem esquecido.

— Olha aqui, seu vândalo estúpido... — comecei, praticamente gritando e a ignorando completamente. — Eu...

— Hahaha! — ele impediu que eu continuasse. Deu um passo para o lado, desviando de Fernanda, e eu fiz o mesmo. — Você ainda não superou isso? Quando é que vai aprender que...

— CHEGA! — minha amiga berrou, esbarrando em meu ombro com força enquanto subia a escada. — Eu vou embora.

Acompanhei-a com o olhar enquanto a garota saía do auditório batendo os pés e a porta, nos deixando sozinhos ali. Perfeito! Eu tinha acabado de perder a carona. Peguei o celular para chamar um táxi e, para completar meu dia incrível, vi que estava sem bateria.

— Satisfeito?! — perguntei, voltando a olhar para Daniel. — Ela foi embora e acabou a bateria do meu celular. Não vou poder chamar um táxi. Como eu vou embora agora?!

— Ah, quer dizer que a culpa é minha? — ele gritou de volta.

— Que bom que você reconhece — retruquei, mais baixo.

Ele cruzou os braços, se virando de lado para deixar claro que estava me ignorando. Igualzinho a uma criança birrenta. Fiquei no mesmo degrau que ele, prestes a empurrá-lo:

— Não me ignore!

Ele segurou meus punhos antes que eu tivesse a chance de tocá-lo. O aperto não era forte, apenas o suficiente para que eu não conseguisse me soltar. Ficou, em silêncio, na mesma posição, até eu parar de me debater. Quando me acalmei, ele disse, finalmente:

— Eu te levo pra casa. — Agora seu tom era bem mais calmo, quase gentil.

— Não quero que você me leve pra casa.

— Então vai a pé — murmurou, me largando e indo em direção à saída.

Eu o segui, pegando minha bolsa na cadeira apressadamente e passando pela porta logo atrás dele. Andava tão rápido que só o alcancei quando chegamos ao meio do estacionamento. Começava a anoitecer. Segurei-o pelo braço, o que o fez parar. Ele se virou para olhar para mim, esperando que eu dissesse o que queria para que continuasse indo em direção a seu carro.

Ficamos nos encarando por alguns segundos. Estava tentando pensar no que deveria dizer depois de ter sido tão grossa. Tinha até tentado empurrar o garoto! Que direito eu tinha de pedir uma carona depois disso? TODO!

— Ok... eu aceito a carona — falei, de repente.

Daniel me olhou, surpreso. Com certeza não esperava que eu fosse aceitar. Talvez tivesse pensado que eu iria agredi-lo mais uma vez. Abriu a boca para responder, mas, quando nada saiu além de ar, fechou novamente. Ainda estava tentando encontrar uma resposta.

— E se eu tiver retirado a oferta? — perguntou, depois de mais algum tempo.

— Não retirou. Se tivesse feito isso, já estaria entrando na lata-velha que você provavelmente tem e me largando aqui — respondi, dando de ombros, o que o fez rir alto.

Cruzei os braços, sorrindo um pouco, levemente satisfeita por ter conseguido uma risada como resposta. Ele fez um gesto com as mãos para que eu o seguisse enquanto voltava a andar, balançando a cabeça e ainda rindo um pouco.

Quando paramos em frente a uma caminhonete Toyota Hilux de cabine dupla preta, meu queixo caiu de uma forma que quase tive de procurá-lo no chão. Enquanto abria a porta, Daniel brincou:

— Lata-velha, hein?

Revirei os olhos, entrando no lado do passageiro e fechando a porta com certa agressividade. Idiota.

Não trocamos uma palavra durante o caminho. Tudo o que ele fez foi tentar me perguntar coisas e receber o silêncio como resposta. Me mantive o mais próximo possível da porta e fiquei de braços cruzados, fingindo prestar atenção no CD dos Titãs que estava tocando.

É claro que foi uma enorme surpresa ver que ele não era um bolsista pobre. De qualquer forma, mesmo com aquele carrão e coisa e tal, para mim aquele garoto continuava sendo um vândalo, e eu nunca me prestaria a me misturar com uma pessoa daquela laia. Me manteria o mais longe possível para evitar problemas. Era a única coisa de que eu precisava. Tinha que preservar o meu status, ainda mais querendo entrar para a Juilliard.

Levamos uns vinte minutos para chegar à minha casa, já que o trânsito estava livre. A única coisa que fiz foi murmurar um "obrigada" ingrato e sair do carro sem nem mesmo esperar que ele respondesse.

Estava com a chave na fechadura, dando a primeira volta para destrancá-la, quando ouvi uma porta de carro bater e passos se aproximando. Tentei me apressar, mas ele segurou meu braço antes que eu tivesse a chance de entrar. Antes que eu começasse a gritar por ajuda ou algo assim, ele falou:

— Espera! — Me virei para ele, me livrando de seu aperto. Podia muito bem dar um chute nele só por ter tocado em mim daquela forma. — Eu só queria dizer que... apesar de toda a sua agressividade e ingratidão, gostei de você ter ido me assistir hoje.

— Eu não fui assistir você — retruquei, tentando disfarçar a surpresa. — A Fernanda me obrigou a ir.

Ele se limitou a sorrir, com seus dentes perfeitos, pensando numa boa resposta.

O sol estava se pondo, e o céu tinha um tom de laranja suave, cheio de nuvens cor de pêssego. Seu cabelo de cachos largos, sob aquela luz, parecia ser da cor do ouro puro, e os olhos azuis estavam um pouco mais escuros. O cachecol vermelho parecia ainda mais chamativo iluminado daquele jeito. Apesar de tudo, eu não podia negar que ele era bonito. Bonito o suficiente para me deixar desconfortável àquela distância. Engoli em seco.

— Mesmo assim, deveria ir mais vezes. Vai te fazer bem.

— Como assim? Você acha que eu tenho algum problema? Que eu preciso de ajuda? — perguntei de repente, irritada. Me fazer bem? Por quê?!

— Não foi isso que eu quis dizer...

Empurrei-o e entrei em casa antes que ele continuasse com suas besteiras. Bati a porta em sua cara e virei a chave o mais rápido que pude.

Fazer bem a mim? Hahaha. Como se eu precisasse de ajuda.

Escolhas erradas

Fernanda não parava de tagarelar sobre aquele garoto insuportável. Ele estava resistindo às suas investidas, ela dizia. Eu não aguentava mais ouvir falar sobre aquele vândalo. Quem ele pensava que era para decidir o que era bom ou não para mim?

— Fernanda, por favor, cala a boca só um minuto! — pedi, em tom mais severo do que eu queria.

— O que foi, senhorita Mau Humor?! Está de ressaca de novo? Ou brigou com o seu brinquedinho particular? — Ela lançou um olhar de escanteio para Pedro, que estava na mesa ao lado me encarando.

— Nenhuma das duas coisas. Só que eu não aguento mais ouvir você falar daquele garoto. Para, *peloamordeDeus*!

— Tá bom, mas me conta por que o garanhão indomável ali está te olhando com cara de cachorrinho abandonado. Vocês brigaram?

— Mais ou menos. Tô de saco cheio dessa melação dele. Não gosto de caras que grudam feito chiclete no cabelo. Eu falei que precisava de espaço e ele não gostou — respondi, olhando para Pedro, sentado ao lado de dois outros caras. — Além do mais, estou focada em um único objetivo agora, e um relacionamento sério não está no topo da minha lista de prioridades.

— Mel, eu sei como a audição para aquela faculdade é importante pra você, mas, amiga, a vida é curta. Você tem que se divertir, aproveitar, dar uns amassos... Faz parte do "ser jovem e linda"! É um bônus! — Fernanda discursou, com aquele ar despreocupado com o qual encarava a vida.

— Você fala isso porque a sua única ambição na vida é conseguir um cara rico que te sustente. Quando eu enlouquecer e quiser o mesmo, te peço uns conselhos.

— Ok, Melissa! Eu só queria ajudar, mas, como os meus conselhos são dispensáveis, acho que você não vai se importar de ficar sem a minha companhia também. — Seu tom era magoado. — Até mais. Quando parar de se achar a pessoa mais importante do mundo, quem sabe você me procure.

Achei que tinha mesmo passado do limite com ela, mas que se dane! Eu não aguentava mais esse papinho de ter que viver a vida. Minha vida era o balé. Por que as pessoas não entendiam isso?!

Senti uma náusea repentina e lembrei que não comia nada havia quase dezoito horas. Resolvi tomar um café na lanchonete para enganar o estômago até a hora do almoço, que já estava na minha bolsa: uma garrafinha de suco diurético. Eu tinha conseguido voltar ao meu manequim normal em três dias, mas ainda queria perder mais um pouco de peso. Precisava garantir que estaria em forma quando fosse para a audição em Nova York.

Pensei em desistir da ideia do café quando vi que, no meio do caminho, teria que passar pela mesa onde Daniel estava, com aqueles amiguinhos idiotas dele — um cadeirante estranho que, na minha opinião, deveria estudar em casa; uma garota surda com quem ele conversava por gestos, me fazendo pensar em um daqueles caras que ficam nas praças fazendo mímica; e uma menina muito estranha, toda vestida de preto e com um cabelo de aspecto ensebado e nojento, usando uma maquiagem que a fazia parecer dez anos mais velha.

Respirei fundo, sentindo a náusea voltar, e me obriguei a ir adiante com a ideia do café. Me arrependi da decisão no momento em que me aproximava da mesa. O vândalo me olhou e já se preparava para vir ao meu encontro.

— Bom dia, flor do dia! Por acaso estava pensando em passar por mim sem me cumprimentar? — falou e abriu um daqueles sorrisos que tinham o poder de me desconcertar.

— Não falo com estranhos. Essa foi uma das poucas coisas que a minha mãe me ensinou. — Desviei dele e continuei na direção da lanchonete.

— Mas eu não sou um estranho — continuou, entrando na minha frente e me bloqueando a passagem. — Já nos apresentamos, eu até te dei uma carona, lembra?

— Ahhh, claro. Foi no mesmo dia em que você insinuou que sabia o que me faria bem, né? — retruquei, encarando Daniel. Estava pronta para a briga se ele voltasse a dizer que eu precisava de qualquer tipo de ajuda.

— Desculpe por aquilo. Não foi minha intenção te ofender ou magoar. — Ele estava se desculpando? Fiquei de boca aberta. — E espero sinceramente que você volte para ver os ensaios.

— Pode esperar que eu vou voltar. Mas espere deitado, porque sentado cansa — retruquei, retomando meu caminho.

Como ele podia mexer com meu humor daquele jeito? Algo nele me incomodava muito. Aquele ar de bondade, aquele jeitinho de bom moço... Só podia ser fingimento, uma armadilha para conquistar as garotas. Ah, mas não comigo. Eu estava imune àquela aura de anjo, pode apostar. Melissa Azevedo Garcia não iria se render ao charme dele.

— Um café puro sem açúcar, por favor — pedi ao atendente no balcão.

— Quatro reais, moça. Pode pagar no caixa e retirar aqui comigo — disse o garoto franzino, parecendo entediado com o trabalho desafiador que era servir café.

Se Fernanda não se preocupasse um pouco mais com seu futuro e não se dedicasse ao curso de música, com certeza aquela ali seria uma das únicas coisas que ela poderia fazer para se sustentar. As outras opções não seriam muito recomendadas e teriam a ver com aquele seu corpinho de modelo.

Peguei o café e tomei um gole grande, quase esvaziando a pequena xícara. No momento que senti o líquido quente bater no meu estômago vazio, senti uma náusea ainda maior, seguida de uma dor dilacerante. Não tinha muito tempo; precisava correr para o banheiro.

Passei voando, empurrando quem estava no caminho, inclusive Daniel, parado a duas mesas de distância da porta do banheiro feminino. Entrei desesperada na primeira cabine que encontrei. Sem pensar na sujeira, levantei a tampa do vaso e coloquei para fora o café que tinha tomado, acompanhado de uma borra de sangue, mais uma pontada de dor horrível e mais uma borra de sangue. Ouvi ao longe a voz de Daniel chamando meu nome. Tentei responder, mas era tarde: ficou tudo escuro.

Acordei sentindo uma dor de cabeça absurda. Na boca, um gosto horrível de ferrugem. Parecia que eu estava com uma ressaca daquelas, mas não me lembrava de ter bebido. Olhei em volta, me dando conta de que não estava no meu quarto, e sim em uma cama de hospital. Ao meu lado, vi Daniel, sentado em uma poltrona, me encarando com um sorriso aliviado.

— Boa tarde, Bela Adormecida! — ele disse.

— O que aconteceu? Onde eu estou? — perguntei, tentando sentar na cama, mas sendo tomada por uma tontura que me fez voltar a deitar.

— Calma, não se levante. — Veio em minha direção, me acomodando novamente nos travesseiros. — Encontrei você desmaiada no banheiro. Tinha sangue escorrendo da sua boca. Chamei uma ambulância e agora nós estamos no hospital.

— Eu não lembro de nada. O que você está fazendo aqui? Cadê a dona Regina? — perguntei, já desconfiando da resposta que receberia.

— Minha mãe ligou pra sua, mas ela disse que tinha acabado de desembarcar em Manaus e só conseguiria voltar amanhã pra São Paulo. — Senti um pesar em sua voz, como se pedisse desculpas por um erro que não era dele.

Aquilo não me surpreendia. Minha "mãe" nunca esteve ao meu lado nesses momentos. Ela prioriza o emprego, os necessitados. Sempre tive que me virar sozinha, ou contar com a ajuda da Vera, quando ficava doente. Com sete anos, tive que extrair as amídalas. Apesar de o procedimento ter sido agendado com meses de antecedência, dona Regina acabou viajando para fazer uma cirurgia em uma de suas clientes famosas, que precisaria de peitos novos para a novela que iria estrelar. Lembro de ter implorado que minha mãe não fosse. Chorei muito, mas não adiantou. Na hora em que fui encaminhada para o centro cirúrgico, sozinha, jurei que nunca mais iria chorar por causa dela, que seria sempre forte.

— Você me assustou, sabia? Acho que já está na hora de parar de se punir. Não concorda? — Daniel me arrancou do devaneio.

— Você, sempre se metendo onde não é chamado... — retruquei, sentindo que o vândalo estava passando dos limites de novo. — Quem você pensa que é pra achar alguma coisa sobre a minha vida?

— Ô, calma aí, nervosinha! Só estou querendo ajudar. — Levantou as mãos, como se para mostrar que estava desarmado.

— Eu não pedi a sua ajuda.

— Olha, Melissa, eu sei que você não pediu, mas quer saber? Não me importo com isso — ele falou, se aproximando mais da cama. — Não vale a pena arriscar a vida por causa do que quer que seja.

— Não sei do que você está falando. — Desviei o olhar. É claro que eu sabia que ele estava se referindo aos meus hábitos alimentares.

— Sabe, sim. Os médicos disseram que você está com uma úlcera no estômago e que, se não parar agora com o que está fazendo, o quadro pode se agravar. Você pode até morrer. — Me encarou, não com um olhar de acusação ou repreensão. Ele tinha no rosto algo com que eu não estava acostumada a lidar: preocupação. — Nada vale o preço de uma vida, Melissa.

— O que você sabe sobre isso? Quando foi a última vez que você quis tanto alguma coisa que seria capaz de sacrificar tudo para conseguir? — cuspi essas palavras, sentindo a raiva tomar conta de mim. — Quem é você pra me julgar ou me dizer o que eu devo ou não fazer?

— Você está certa. Eu não sou ninguém. Mas, acredite, eu sei a importância que a vida tem, como ela é frágil. Quando a gente menos espera, tudo pode acabar. — Por um momento, vi uma nuvem de tristeza passar por seus olhos azuis. Ele se levantou da poltrona e se dirigiu à porta de saída. — Tudo na vida tem um preço, mas nem tudo vale o preço cobrado. Pense nisso. O médico já te deu alta, espero você lá embaixo pra te levar pra casa.

Saiu do quarto antes que eu pudesse responder alguma coisa. Quem ele pensava que era para me dar uma lição de moral? Vândalo! Intrometido! Idiota!

Me sentei na cama devagar, ainda sentindo um pouco de tontura. Esperei alguns momentos, até que um senhor de uns cinquenta anos e cabelos grisalhos entrou no quarto

— Como está se sentindo, Melissa? — disse, estendendo a mão em minha direção. — Sou o dr. Rubens. Te atendi assim que você deu entrada no hospital. Foi um susto e tanto, hein, mocinha?

— Estou me sentindo melhor. Ainda um pouco enjoada e sonolenta.

— Isso é normal. Nós te demos um analgésico e um remédio pra enjoo que dá um pouco de sono mesmo, mas vai passar logo. Você já pode ir pra casa, mas eu gostaria que me prometesse que vai procurar um especialista — orientou, em tom preocupado. — Seu quadro é delicado. Você precisa se cuidar. Se acontecer uma próxima vez, pode ser que você não tenha tanta sorte. Úlcera é um problema sério. Se perfurar o seu estômago, os riscos de uma situação mais grave são enormes.

— Eu entendo. Prometo que vou me cuidar e procurar um médico. — Não consegui dar àquelas palavras a credibilidade que queria.

— Você precisa de ajuda pra se trocar? Quer que eu chame uma enfermeira? — Ao ver que eu fazia um sinal de negativo com a cabeça, continuou: — Então está bem... Entregue isto na recepção e pode ir pra casa. Eu quero que você tome essa medicação por sete dias. Depois, mocinha, procure um especialista. Boa sorte! — Ele saiu do quarto e me deixou sozinha.

Na recepção, encontrei Daniel sentado em uma das cadeiras da sala de espera. Ele se levantou e veio em minha direção. Me ofereceu o braço para que eu me apoiasse e por um momento me permiti ser ajudada.

Assim que ele parou o carro na frente da minha casa, correu para abrir a porta e me apoiar até chegarmos à entrada.

— Não precisa me levar lá dentro. Já me ajudou bastante.

— Tem certeza que não quer que eu te coloque na cama? — falou, em tom de ironia.

— Você já está passando dos limites, vândalo — retruquei, tentando disfarçar o calor que subiu pelo meu rosto. — Pode ir agora. Está dispensado do trabalho de babá.

— Sim, madame. — Ele fez uma reverência que me fez sorrir um pouco. Se virou e seguiu em direção ao carro.

— Ah, vândalo... — chamei, o que o fez parar e olhar para mim. — Obrigada.

Daniel se limitou a sorrir, entendendo que dizer aquilo tinha sido difícil para mim. Admitir que eu tinha precisado de ajuda, e ainda engolir meu orgulho agradecendo, era um passo enorme. Me virei para entrar em casa quando ele me chamou de dentro do carro.

— Melissa, eu preciso dizer uma coisa. Você estava linda com aquela camisola de hospital — gritou, com o olhar malicioso, e deu a partida no carro antes que eu pudesse xingá-lo de tarado.

Fiquei ali, parada em frente à porta, com a boca aberta e os olhos arregalados.

— Vândalo... — sussurrei para mim mesma, com um sorriso que teimou em aparecer no meu rosto.

Sangue e gelo

Já fazia três dias que eu tinha passado mal na faculdade. Por causa dos remédios receitados pelo plantonista, sentia muita sonolência e acabei faltando às aulas. As palavras de Daniel e do médico ficaram na minha cabeça e, com a dor que me impedia de treinar, contribuíram para a decisão que eu tinha tomado. Ia parar com o que estava fazendo havia anos, embora soubesse que não seria fácil.

Eu teria que lutar muito contra minha mente, mas venceria. Marcaria o mais rápido possível uma consulta com um nutricionista que pudesse me ajudar a melhorar minha alimentação sem aumentar o peso. Queria muito conseguir a bolsa na Juilliard, e essa minha vontade era maior que qualquer coisa, mas de que adiantaria consegui-la e não ter saúde para usufruir da conquista?

Me senti mais disposta e resolvi ir à faculdade. Tomei um banho rápido, me arrumei e desci para a cozinha.

— Vera, me prepara um sanduíche de peito de peru e queijo branco e um suco de maçã, por favor.

— Quem é você e onde está a minha menina? — Vera ironizou, estranhando o fato de não ter que me forçar a comer algo no café da manhã.

— Engraçadinha. Anda logo que eu tenho pouco tempo. — Fingi estar brava.

— A senhorita que manda. Um café da manhã caprichado saindo pra já! — ela respondeu, toda animada.

Consegui comer uma parte do sanduíche e tomar todo o suco, lutando comigo mesma para mantê-los no estômago. A medicação que o dr. Rubens tinha me passado estava ajudando bastante no processo, mas em alguns dias eu teria que lidar com aquilo sozinha e tinha prometido a mim mesma que conseguiria.

Peguei a bolsa e corri para o carro, já em cima da hora. Eu odiava dirigir e tinha sorte por morar próximo da faculdade. Estava parada num dos últimos faróis que pegaria no caminho quando o celular tocou e eu baixei o olhar para ver quem era. Geralmente não recebia ligações àquela hora da manhã, então provavelmente era alguma emergência.

Nem tive tempo de pegar o aparelho no bolso. No segundo seguinte, ouvi uma batida forte na janela do carro que me fez dar um salto. Olhei para ver o que era e dei de cara com o cano de uma arma grudado no vidro, apontado para minha cabeça. Um homem alto, com uma barba preta enorme, segurava o revólver. Pude ver que ele tremia e gritava para eu sair.

Meu coração descompassou, e o tempo pareceu parar. Eu sabia que havia entrado em choque, e nem pensei no que estava fazendo. Só sei que, no segundo seguinte, estava fora do carro, no chão, com as mãos para cima. O homem havia me puxado pela roupa, me jogando na rua e tomando meu lugar no banco do motorista. Os carros atrás de mim haviam dado ré, e agora o farol estava aberto. Quando ele saiu acelerando, voltei a mim.

Minha respiração começou a se acelerar, e eu praticamente me arrastei para a calçada. Lágrimas encheram meus olhos, rolando pelas bochechas antes que pudesse segurá-las. Foi tão rápido...

A imagem daquela arma apontada para mim e a voz grossa daquele homem ecoaram em minha mente. Coloquei as mãos na frente da boca, tentando me acalmar. Todos ao redor ficaram me encarando, esperando para ver minha reação, mas eu estava atônita e não conseguia tirar os olhos do chão. Tudo tão rápido...

— Moça? Moça! — alguém chamou, tocando meu ombro.

Virei a cabeça para ver quem era, ainda sem reação alguma. Era uma mulher de meia-idade vestida com um terninho. Estava com o blazer na mão, por causa do calor, e suava. O cabelo cheio de luzes estava preso em um coque esfarrapado, e ela não usava um pingo de maquiagem para disfarçar as marcas de acne que cobriam seu rosto. Esperei que dissesse alguma coisa, e só depois de alguns segundos ela o fez:

— Você está bem? Precisa de alguma coisa?

— Ah, não... Eu... — comecei, tentando encontrar as palavras certas, como se meu cérebro estivesse reiniciando depois do que havia acontecido. — Eu só... preciso de um tempo.

Antes que ela pudesse perguntar mais alguma coisa, voltei a olhar para a frente, mostrando que não queria conversa, e enxuguei os olhos. Não queria a ajuda de um desconhecido... muito menos de uma mulher como aquela.

Me levantei com dificuldade, sentindo as pernas tremerem. Foi nesse momento que percebi que nem o celular continuava no bolso. Devia ter caído no banco do carro enquanto eu saía... As lágrimas voltaram a encher meus olhos. Durou apenas um segundo, já que percebi que as pessoas continuavam a me encarar. Mandei que cuidassem de suas vidas antes de começar a andar na direção da faculdade. Faltava pouco para chegar lá, mais perto do que a minha casa. Talvez lá eu conseguisse uma carona ou algo assim.

Quando finalmente cheguei, a primeira pessoa com quem pensei em falar foi Pedro, mas logo descartei a ideia. Não iria tirá-lo da aula. Talvez devesse ir à reitoria, mas isso só tornaria aquela situação mais constrangedora. Iriam querer saber o que aconteceu, chamar a polícia, e tudo que eu não queria era um escândalo. Decidi usar o orelhão nojento que ficava na entrada da faculdade, embora duvidasse que minha mãe atenderia uma chamada... a... a cobrar. Meu estômago revirava só de pensar nessa expressão, mas o que eu podia fazer se não tinha um centavo no bolso?

Apertei os botões, um de cada vez, tentando engolir o nojo e o orgulho, e esperei que minha mãe me atendesse. Por sorte, ela estava em casa naquela semana, e não num daqueles lugares cheios de gente pobre e ignorante.

— Melissa? — ouvi alguém dizer logo atrás de mim. Reconheci a voz. Daniel.

Fechei os olhos, engolindo em seco enquanto colocava o telefone no gancho. Respirei fundo antes de me voltar para ele, abrindo um lindo sorriso forçado, torcendo para que não notasse que eu havia chorado. Ele se aproximou, apertando os olhos e analisando meu rosto. Perguntou, parecendo preocupado:

— Você está bem?

— Ah... Ah, sim! Estou! — me esforcei para não deixar muito claro que era uma total mentira.

— Estava chorando? Por que não está na aula?

Balancei a cabeça, baixando o olhar, em uma tentativa inútil de esconder a verdade. Por que ele se importava, afinal? Podia simplesmente me deixar em paz. Meu dia já havia sido suficientemente difícil. Eu não queria ter que lidar com mais um idiota.

Lágrimas encheram meus olhos mais uma vez quando pensei no meu carro e em tudo o que estava dentro dele. Quer dizer, quanto tempo eu levaria para recuperar tudo? Minha mãe me daria outro ainda melhor? Sem falar que eu quase havia perdido a vida! Era só parar para pensar por um segundo que lembrava do cano daquela arma apontado para a minha cabeça. Cada vez que eu revia o rosto daquele homem, seus olhos cheios de raiva pareciam maiores.

— Ei! — Daniel chamou, me tirando da maré de pensamentos que havia inundado minha mente. Colocou a mão em meu rosto, me fazendo olhar para ele.

Recuei um passo, desviando o olhar. Quem era aquele vândalo para tocar em mim? Quem era ele para... Eu estava cansada dele sempre se intrometendo na minha vida. Primeiro foi no hospital, e agora de novo! Pigarreei, secando as lágrimas que haviam acabado de cair dos meus olhos e segurando as outras. Juntei as sobrancelhas e cruzei os braços, ainda sem olhar para ele, e perguntei:

— Você não devia estar na aula?

— Não. Toda quarta-feira eu tenho permissão para faltar na aula e organizar o cronograma de ensaios, mas... isso não vem ao caso. — Fez uma pausa, voltando a se aproximar. — Quer sentar um pouco? Posso pegar alguma coisa pra você beber... Está bem mesmo? — Ele parecia preocupado. Muito mais do que deveria.

Decidi aceitar. Afinal, preferia isso a ter que ligar para minha mãe. Além disso, apesar de não querer admitir, tudo o que eu precisava naquele momento era sentar um pouco.

Segui-o até o auditório e sentei em uma das cadeiras na fileira do meio enquanto esperava que ele me trouxesse um copo de água. Só naquele momento notei que, ao ser empurrada para fora do carro, meu jeans claro havia rasgado bem acima dos joelhos, que estavam arranhados, assim como a palma das minhas mãos.

— Aqui — ele falou, de repente parado ao meu lado. Estendeu uma garrafinha de água na minha direção. Depois que a peguei, se sentou ao meu lado. Segurava algum tipo de pano úmido e perguntou, apontando na direção da minha mão livre: — Será que eu posso...?

Ponderei sobre sua proposta por alguns segundos. Sabia que podia cuidar dos meus machucados sozinha, porque não queria que, depois, ele jogasse na minha cara que havia me ajudado mais uma vez, mas aqueles olhos azuis não queriam nada além de me amparar — e eu tinha de admitir que não estava em condições de recusar.

Estendi a mão direita para ele, completamente virado para mim em sua poltrona. Daniel apertou o pano delicadamente sobre um dos arranhões, e ardeu bastante. Me encolhi um pouco, e ele me pediu desculpas. Depois de alguns segundos em silêncio absoluto, tentou mais uma vez:

— Vai me contar onde arranjou isso aqui?

— Fui assaltada no caminho pra cá — respondi, finalmente. — O cara estava armado e me puxou pra fora do carro. Foi rápido demais pra tentar fazer alguma coisa.

— E nem devia. Senão, além do carro você podia ter perdido a vida. — Assenti, concordando. — Já ligou pra polícia? — Balancei a cabeça. — Era um carro esportivo? — Assenti. Parecíamos estar num jogo de perguntas e respostas em que eu só podia concordar ou discordar balançando a cabeça. — Bom... então ele já deve estar longe. E você provavelmente não lembra do rosto do cara.

— Só sei que ele tinha uma barba enorme — murmurei, logo desviando o olhar. — Sei lá, eu só...

As lágrimas voltaram pela milésima vez no dia, e dessa vez, assim como das outras, não consegui segurá-las. Meu carro... meu celular... minha bolsa... O que eu iria fazer?! Coloquei as mãos na frente do rosto, tentando esconder meu choro descontrolado. É claro que não funcionou, e senti seus braços me envolverem na mesma hora, me apertando contra ele enquanto passava as mãos pelas minhas costas.

— Está tudo bem. Você está segura agora.

— Não é isso, seu idiota — balbuciei em meio ao choro. — Como eu vou recuperar tudo que aquele... cara roubou?

— Isso é sério? — perguntou, se afastando o suficiente para analisar o meu rosto. — Você está bem, e é isso o que importa! Tenho certeza de que pode comprar de novo tudo o que perdeu. Isso não é um problema. Existem mais coisas na vida do que... bens materiais.

— O que você sabe sobre isso, seu... vândalo?

Daniel riu, se afastando, e quase lamentei por isso. Nós nos encaramos por alguns segundos. Eu esperava uma resposta, e ele apenas sorria como um idiota que tem um sorriso maravilhoso. Aquele inútil sabia que era lindo, e sabia usar isso muito bem quando queria.

Como sempre, Daniel usava um de seus cachecóis vermelhos (sei lá... ele sempre aparecia com um diferente. Parecia ter uma coleção!). O clima de outono já anunciava o frio, por isso ele usava um sobretudo preto e uma camiseta vinho bem escura. A calça jeans era escura e ele calçava os mesmos All Stars surrados de sempre. O cachecol vermelho-escuro quadriculado com preto pendia dos dois lados do pescoço, como se ele apenas o tivesse jogado por cima dos ombros.

Sua feição se tornou curiosa, e inclinou a cabeça um pouco para o lado. Parecia tentar me entender, e não estar pensando em uma resposta à altura. Ele não queria brigar; não dessa vez. Na verdade, acho que nem eu mesma queria isso naquele momento. Perguntou:

— Você existe mesmo?

— Pareço algum tipo de projeção holográfica, por acaso? — devolvi a pergunta, sorrindo um pouco enquanto tentava ignorar o significado por trás daquilo.

— Quer dizer... — Ele ignorou completamente o que eu havia dito. — Você é a pessoa mais estressada, preconceituosa, egoísta, materialista e antipática que eu já conheci. — Estava prestes a dar um tapa nele ou berrar algum xingamento quando Daniel continuou, para minha surpresa: — E mesmo assim eu gosto de você. Gosto do tipo: ei, ela merece uma chance de se redimir, não é? Posso tentar ajudar!

Ok. Eu precisava digerir aquilo. Daniel havia me xingado de cinco coisas diferentes na minha cara, e depois tinha dito que gostava de mim e queria me ajudar. Que tipo de pessoa faz isso? Aliás, por que ele achava que eu precisava de ajuda? Não era a primeira vez que dava a entender uma coisa daquelas, e, apesar de estar irritada, decidi que queria saber o motivo. Mal abri a boca para perguntar quando ele me surpreendeu de novo.

— Eu sei o que você vai perguntar — falou, dando de ombros. — E acho que a resposta está implícita. Eu sei que tem algo de errado aí, que você não está feliz. Aliás, acho que a palavra certa não é "está", mas "é". Você não é feliz e, se quiser, pode me contar por quê.

— Por que eu deveria confiar em você? — questionei, de repente pensando em sua proposta.

Aquilo era muito estranho. Normalmente eu já teria começado uma briga com ele ou ido embora. Talvez fosse a situação traumática pela qual havia acabado de passar ou o fato de ele ter me ajudado e consolado quando precisei mesmo depois de tudo, e essa não era a primeira vez que tinha feito isso. Havia algo de diferente naquele vândalo inconsequente. Talvez, se eu desse as respostas que ele queria, tivesse direito a fazer algumas perguntas também.

— Isso só você pode responder — ele disse, num tom pretensioso, com uma felicidade contida no olhar, antes de se levantar. — E eu vou facilitar um pouco as coisas. — Ajoelhou-se à minha frente, me deixando com um pouco de medo do que viria a seguir. Um pedido de casamento não era o que eu esperava naquele momento. — Melissa Azevedo Garcia, aceita sair deste auditório e me deixar levá-la para um lugar de localização secreta para que eu possa, de alguma forma, provar a você que pode confiar em mim?

Encarei-o por alguns segundos, desconfiada. Não o conhecia bem o suficiente para deixá-lo me levar a um lugar desconhecido. E se ele me matasse e jogasse o meu corpo no rio Tietê? Ninguém nunca iria me encontrar, e eu seria dada como desaparecida. Minha família me procuraria pelos anos seguintes... Já era a minha bolsa na Juilliard. Mas o que eu tinha a perder? Alguma coisa naquele garoto me intrigava, me desafiava a desvendar seus mistérios. A descobrir quem ele era e o que queria comigo.

— Se tentar alguma coisa... — comecei.

— Confie em mim — sussurrou.

— Tá. Vamos sair daqui — respondi, revirando os olhos.

Nossa primeira providência foi ir para a delegacia e fazer um boletim de ocorrência, apesar dos meus protestos. Eu não queria entrar num lugar daqueles, mas fui obrigada.

Depois? Depois ele me levou para um lugar completa, total e majestosamente comum: o Starbucks que ficava na rua da faculdade. Quer dizer... todo aquele discurso sobre confiança e localizações secretas para irmos a um lugar a pouco menos de dez minutos de distância? Aquilo meio que me irritou.

Entramos na fila de pedidos depois de ele me convencer de que queria me pagar alguma coisa. Se encostou no balcão de madeira avermelhada, cruzando os braços enquanto me observava analisar o cardápio pendurado no teto. Tudo ali, com certeza, tinha mais calorias do que eu podia consumir.

— Viu? — falou, finalmente. — Consegui te surpreender sem mostrar nada surpreendente. E o melhor: não te ataquei no caminho. Que tal?

Apenas o ignorei, preocupada demais com a quantidade de gordura daqueles alimentos. Não queria comer... Mas sabia que, se dissesse isso, teríamos mais uma discussão, ainda mais depois de ele ter ficado sabendo do meu "probleminha" aquele dia no hospital. Com certeza, se eu me recusasse a comer qualquer coisinha, ouviria um sermão, e isso era tudo o que eu não precisava. Além do mais, ele estava me fazendo um favor, tentando me provar alguma coisa. Decidi pedir um chá de frutas vermelhas e um pão de queijo.

— Se quiser, pode começar — ele disse.

— Começar o quê? — perguntei, enquanto ele usava seu cartão de crédito para pagar o nosso pedido.

— As suas perguntas — concluiu, como se fosse óbvio. — Você está esperando para fazer essas perguntas desde que a gente se conheceu. — Em parte era verdade.

Enquanto nos sentávamos um de frente para o outro nas enormes poltronas verde-escuras, pensei no que deveria perguntar primeiro. Bebi um gole do meu chá antes de começar:

— Qual é a dos cachecóis vermelhos?

Ele sorriu (algo que fazia muito) e tomou um gole de seu cappuccino. Não precisou pensar muito antes de responder, já que simplesmente ficou em silêncio. Esperei longos minutos por uma resposta, mas não ouvi nada, nem mesmo um "sei lá".

— Não vai responder?!

— Essa não é uma pergunta da qual você deva saber a resposta. Não ainda. — Fez uma pausa, encarando o roll de canela que havia comprado. — Ainda não é relevante. Próxima.

Bufei, pensando. Esperava que ele respondesse daquela vez. De que adiantava me deixar perguntar coisas se não as responderia? Qual era a lógica? Se ele queria saber mais de mim, era melhor facilitar as coisas.

— Por que você é o responsável por treinar todos os seus colegas de classe, como se fosse o dono de tudo? Você usa as vantagens de ser filho da reitora?

— Que tal fazer essa pergunta mais uma vez sem todo esse sarcasmo e desdém? — sugeriu, ainda encarando aquele maldito roll, como se não quisesse realmente comê-lo.

— Por que é você quem coordena os ensaios dos seus colegas de classe? — questionei, em tom exageradamente gentil, para que ele soubesse que eu não estava feliz com aquilo.

— Foi uma votação. Você saberia disso se tivesse participado do seu trote no ano passado — comentou, antes de suspirar, visivelmente entediado. — Quando os alunos participam do show de talentos, são colocados em uma lista, voluntariamente, para coordenar os ensaios. Como todo ano nós fazemos uma apresentação, precisamos ser ensaiados e estar em harmonia. O aluno considerado o mais talentoso ou capaz é eleito para ajudar nos dois primeiros anos como aprendiz e, a partir do terceiro, é ele quem manda em tudo. Essa eleição só acontece de dois em dois anos, pra que cada um possa passar metade do tempo do curso como aprendiz e metade como instrutor. Eu só dei a sorte de entrar no ano certo.

Eu ainda estava pensando se acreditava no que Daniel havia dito quando ele FINALMENTE decidiu comer o que havia comprado. Era cômica a imagem dele encarando aquilo com o maior desgosto. Eu só me perguntava o porquê de ter comprado se não queria comer... Mas o que realmente importava era o que ele havia respondido. Aluno mais talentoso? Eu estava sentada diante de um garoto prodígio?

— Então você pretende ser o próximo Mozart? — Ele estava prestes a responder quando continuei: — Não... Espera... Beethoven? Bach? Debussy?

— Seu conhecimento em música clássica me surpreende, senhorita — respondeu, parecendo mais surpreso do que deveria.

— Sou bailarina, seu idiota. Você esperava o quê? — falei, como se fosse óbvio, e só naquele momento notei que não era. Nunca havia dito isso a ele.

Daniel sorriu, satisfeito por ter conseguido sua primeira resposta. Muito esperto. Eu deveria tomar mais cuidado nas próximas vezes. Ele teria sua vez de perguntar em breve.

Ficamos em silêncio por algum tempo, até que ambos terminamos de comer e beber tudo o que ele havia comprado.

— E você, senhor Aluno Mais Talentoso ou Capaz? Pretende vandalizar obras públicas profissionalmente quando terminar a faculdade? Ou vai fazer alguma coisa mais importante da sua vida? — perguntei, em tom de sarcasmo. Ele riu.

Acho que eu tinha de admitir que gostava de fazê-lo rir. Me fazia sentir realmente engraçada, ainda mais por saber que não era apenas uma piada idiota que o agradava, mas uma boa dose de sarcasmo e ironia. Coisas que eu sabia usar muito bem.

— Não exatamente — respondeu, levantando uma sobrancelha. — Uma coisa mais... divina, digamos assim.

— Divina como? Obras de arte sobre a Bíblia pintadas na parede de algum refeitório, Leonardo Da Vinci?

— Quem sabe? Talvez eu não chegue a tanto. — Ele deu de ombros. — Restaurações fazem mais o meu tipo.

— Boa escolha — comentei. — Melhor do que sair pichando tudo o que vê pela frente.

O garoto revirou os olhos, e seu sorriso diminuiu um pouco. Parecia pensativo. Eu não conseguia entender muito bem a aura de mistério que o envolvia. Quer dizer, por que ele não falava dos cachecóis? Por que nunca dava uma resposta clara e objetiva? E, finalmente: por que havia cismado que eu precisava de ajuda daquela forma? Decidi que era uma boa hora para perguntar.

— Próxima pergunta — anunciei, tirando-o de sua maré de pensamentos. E acrescentei: — Prometo que vai ser a última.

— Graças a Deus! Eu estava começando a suar frio e a imaginar quando esse interrogatório iria partir para a tortura. — Ele me fez rir. A primeira vez que conseguia.

— Por que eu? — Decidi ir direto ao ponto.

Ele mordeu o lábio inferior, analisando meu rosto com paciência antes de responder. Talvez estivesse procurando algum sinal de hesitação. Não. Eu queria uma resposta, e, se Daniel não a tinha, então não havia motivo algum para seguir em frente com aquela... bobagem, para dizer o mínimo. Só naquele momento percebi que, com minha pergunta, havíamos voltado a ser nós mesmos: ele com sua vontade inexplicável de me ajudar, e eu, relutante e irritada.

— Me diga você — ele falou, se inclinando sobre a mesa. Não estávamos tão próximos, e mesmo assim eu conseguia sentir o que parecia ser uma lembrança do cheiro de seu perfume (que era maravilhoso, por sinal). — Por que eu te escolhi?

Foi a minha vez de encará-lo. Estava próximo, mas não tanto, e ainda assim eu conseguia ver nitidamente cada ondulação no azul de seus olhos. O jogo havia virado. Agora era a vez dele de me perguntar o que quisesse, mesmo que eu ainda não tivesse descoberto tudo o que queria sobre ele. Suspirei, desviando o olhar e me levantando da poltrona. Não sabia se estava confortável o suficiente com nossa recente "amizade de interesses". Precisava de mais provas.

Daniel entendeu o recado, se levantando também. Ergueu o braço na direção da porta, como se quisesse que eu tomasse a frente. Encarei-o, um pouco indecisa, mas passei por ele e me dirigi à saída.

Chegando à calçada, paramos um em frente ao outro. Eu esperava que ele tivesse mais algum plano sobre o que fazer a seguir, mas Daniel ficou lá, me encarando pensativo por um tempo. Aquilo era estranho, mas decidi encará-lo de volta, por via das dúvidas. Pelo menos até decidir fazer algo mais útil.

— Quer que eu te leve pra casa? — ele perguntou, finalmente.

— Por quê?

— Porque eu não tenho mais nenhuma ideia do que fazer, por enquanto — Daniel respondeu, como se fosse a coisa mais óbvia do mundo, dando de ombros. — Quando eu tiver alguma, prometo que você vai ser a primeira a saber.

Abri a boca para responder, mas, como nada saiu além de ar, fechei novamente. Estava surpresa demais para falar alguma coisa. Quer dizer, o cara havia se ajoelhado, implorado para eu deixar que ele me levasse a algum lugar que iria me surpreender, respondeu um monte de perguntas da forma mais misteriosa possível e agora, depois de um tempão me encarando em silêncio, decidiu que queria me levar para casa? Então agora eu não era mais interessante o suficiente e ele havia desistido de mim?! Eu me limitei a assentir, tentando não deixar transparecer o sentimento de confusão misturado com raiva que havia tomado meus pensamentos. Vândalo idiota.

Fomos até o carro dele, e, em silêncio, coloquei o cinto. Depois de fechar a porta, Daniel se inclinou em minha direção, abrindo o porta-luvas e tirando um amontoado de CDs de lá. A maioria era do OneRepublic e do Legião Urbana. Com todo o cuidado do mundo, colocou alguns no meu colo e disse:

— Fica com estes aqui.

— Como assim?!

— Emprestados — ele falou. — Ouve e depois me devolve. Talvez te ajude com alguma coisa.

Aceitei, hesitante, tentando imaginar como aquilo me ajudaria. Mais uma vez o vândalo pensando que sabia o que era bom para mim. Contei até dez mentalmente, evitando deixar a irritação me dominar. Pela delicadeza ao lidar com os CDs, eles deviam ter muita importância para ele. Talvez fossem suas bandas preferidas.

Não trocamos muitas frases no caminho para minha casa. Ainda eram dez da manhã, por mais surpreendente que parecesse. Havíamos passado pouco mais de duas horas juntos sem brigar, e isso era um milagre divino. Eu também não duvidava de que, se passássemos mais dez minutos perto um do outro, acabaríamos discutindo. Era meio... imprevisível, se essa era a palavra certa.

Quando finalmente chegamos, achei um jeito de segurar os sete CDs com uma mão só e abri a porta, saindo enquanto murmurava um "obrigada" baixinho. Não me dei o trabalho de escutar a resposta antes de fechá-la.

Quase como se fosse rotina, Daniel saiu do carro e me abordou, mais uma vez, quando eu estava abrindo a porta de casa (por um milagre do destino eu havia deixado a chave no bolso da calça, senão o bandido teria levado também). Me virei para ele, encostando na porta ainda fechada para ouvir o que tinha a dizer.

— Os CDs — começou. — Não te emprestei à toa. E eu sempre tenho um motivo pra cantar alguma música que esteja aí.

— Tá — respondi, tentando disfarçar a curiosidade.

Ele se virou mais uma vez em direção ao carro, caminhando até o meio do jardim antes de parar de novo e se voltar repentinamente para mim. Falou, alto o suficiente para que eu o escutasse bem àquela distância:

— E... obrigado!

— Pelo quê? — perguntei.

— Por confiar em mim. — Depois de responder, ele correu para o carro, entrou e deu a partida.

Eu sorri enquanto olhava o carro descer a rua. Apenas quando já tinha virado a esquina, entrei em casa.

Feche os olhos

A primeira coisa que fiz quando fechei a porta foi subir correndo para o meu quarto. Precisava tirar aquelas roupas rasgadas e tomar um banho.

Fiz questão de colocar um dos CDs que Daniel havia me emprestado para tocar enquanto me vestia. O escolhido era do Legião Urbana. Acho que foi o primeiro que lançaram e, se não me engano, se chamava *Dois*. Ah, sei lá. A capa era amarela.

Eu nunca tinha parado para ouvir aquelas músicas. Desde pequena era mais ligada em música clássica. Me ajudava a manter a concentração em qualquer coisa que fazia.

Fiquei andando pelo quarto segurando meu toca-CD em forma de panda, que eu tinha desde pequena. Não lembrava da última vez que tinha usado aquele aparelho, já que só ouvia músicas do celular ou da internet, mas ainda funcionava bem.

Aumentei o volume quando uma das faixas me agradou um pouco mais e encarei o guarda-roupa aberto por algum tempo. Foi quando me dei conta de que tinha ficado ali durante a música inteira, só prestando atenção na letra, em vez de escolher algo para vestir.

Não pude deixar de sorrir, achando engraçada minha distração, enquanto abria uma das gavetas e pegava um moletom qualquer. Eu sei que deveria treinar para perder a camada enorme de gordura que devia ter se acumulado ao redor do meu quadril depois daquele pão de queijo, mas os CDs pareciam ter um significado tão importante para Daniel que eu meio que achei injusto simplesmente deixá-los jogados em cima da cama. Eu queria ouvir o que ele tinha para me "dizer".

O que eu queria dizer?

Bom... se ele contou que suas músicas não eram escolhidas ao acaso, então provavelmente tinha um motivo para me emprestar essas canções.

Estava sentada na cama, segurando a xícara de chá que minha empregada trouxe entre um CD e outro, encarando o lado de fora da janela. Apesar de o céu estar razoavelmente limpo quando Daniel me trouxe, agora uma garoa fina caía. Eu gostava do som das gotas batendo contra o vidro. Era... reconfortante.

Analisei a palma das minhas mãos, cheia de arranhões. Ainda ardia quando eu fechava os dedos, e os joelhos reclamavam quando eu os dobrava, assim como tinha feito naquele momento.

Mantive o telefone de casa ao meu lado o tempo inteiro, esperando uma ligação que sabia que não iria chegar. Dona Regina devia ter recebido alguma ligação da polícia ou do seguro do carro, já que estava no nome dela. Com certeza devia saber sobre o assalto. Ela deveria se preocupar com minha segurança, poxa. Eu só queria um pouquinho de consideração. Só isso.

Quando o telefone tocou, atendi com um salto, por pouco não derrubando o chá em cima de mim.

— Alô?

— Mel? É você? — Era a voz de Fernanda. Ela não estava mais brava comigo?

— Sim — respondi, me perguntando se era a coisa certa a fazer. — O que foi?

— O Dani me contou o que aconteceu! Você está bem? Ele parecia preocupado.

Preocupado? Ele? E... ela o tinha chamado de Dani? Que apelido era aquele? Por que ela o estava chamando por um apelido? Tinham virado amigos? Quando viu que eu não respondi, ela continuou:

— Ele falou que te deixou em casa, mas que não sabia se te largar sozinha era realmente a coisa certa a fazer... Ele está preocupado de verdade.

— Eu tô bem — declarei, finalmente, ainda confusa pelo que ela disse. Por que ele se importava?

Ficamos alguns segundos em silêncio. Um silêncio constrangedor, para dizer o mínimo. Sabia que deveria pedir desculpas pela nossa última conversa, mas não iria fazer isso. E ela sabia.

— Sabe... que tal se a gente deixar pra trás o que aconteceu? Não é novidade que você não espera muito de mim, e eu também estava chata, falando do Daniel o tempo todo. — Ela fez uma pausa. — Nós duas sabemos que eu estava meio a fim dele, então fiquei com um pouco de ciúme do que aconteceu no ensaio aquele dia e acabei te provocando. Mas já passou.

— O que fez passar? — perguntei, levantando uma sobrancelha.

— O tempo. Eu não ia ficar correndo atrás de um cara que não dava mole pra mim. Decidi partir para outra. Por sinal, entraram uns calouros bem bonitinhos este ano, hein?

Eu ri, sentindo que tudo tinha realmente ficado para trás. Fernanda sendo Fernanda. Sempre assim. Nunca interessada no mesmo cara por mais de um mês. Isso era bom para mim, de certa forma. Nunca ficávamos realmente a fim do mesmo cara por causa da "bipolaridade amorosa" dela. Para minha sorte, ou azar, ela continuou:

— E eu acho que não ia ter muita chance perto de você.

— Como assim?! — perguntei, segurando o riso e tentando não demonstrar que estava envergonhada.

— Ah, fala sério, Mel! Se ele não gostasse de você, já teria desistido faz tempo de tentar ser seu amigo... Aliás, ele está olhando pra mim agora. Acho que sabe que eu tô falando com você. — Ela ficou em silêncio por alguns instantes. — Quer falar com ele? — Antes que eu pudesse responder um enorme "não" (afinal, já o tinha visto por tempo demais naquele dia), ouvi Fernanda chamar Daniel.

Praticamente berrei para que ela parasse, mas Fernanda tinha afastado o telefone do ouvido. O que aquela maluca estava fazendo? Murmurou algo do outro lado da linha. O que quer que tenha dito, não foi para mim. Mais alguns segundos, e ela voltou ao telefone, rindo:

— Ele disse que sabe que você não quer falar com ele agora, mas que tem uma coisa importante pra anunciar.

— O que é? — perguntei, tentando achar o motivo pelo qual ela estava rindo.

Imaginei o sorriso babaca no rosto dele enquanto pronunciava as palavras seguintes, que chegaram a mim através da minha amiga:

— Ele não pode contar. Fez uma promessa. Disse que você seria a primeira a saber.

Ponderei por algum tempo a possibilidade de xingá-lo, mas minha amiga iria ouvir e provavelmente daria a mensagem a ele. Preferi pedir que ela passasse o telefone para... o vândalo.

— Eu sabia que você ia querer falar comigo — foi a primeira coisa que Daniel disse.

— De onde eu venho, as pessoas costumam cumprimentar as outras — murmurei. Eu parecia mais nervosa ao conversar com ele por telefone do que pessoalmente.

— Não tente mudar de assunto. Eu tive uma ideia.

— Se for tão genial quanto as anteriores, vou adorar recusar qualquer proposta.

— Não vai. E sabe como eu sei disso? — Foi uma pergunta retórica. — Você está ouvindo um dos CDs que eu te emprestei. Isso significa que está realmente interessada no que eu tenho pra te mostrar. — Decidi apenas abaixar o volume do aparelho, impedindo o garoto de continuar se vangloriando. — Eu passo pra te pegar em... vinte minutos.

Vinte minutos? Ele estava ficando louco? Não daria tempo de eu me arrumar! Daniel deve ter percebido meu desespero, pois começou a rir do outro lado da linha. Perguntei, irritada:

— Quem você pensa que é? Não pode simplesmente avisar que virá me buscar! Ainda mais me dando essa quantidade mínima de tempo para me arrumar!

— Acho melhor você se arrumar em vez de ficar reclamando. Estou saindo daqui. — Antes que eu pudesse retrucar, ele desligou o telefone.

Saltei da poltrona, correndo até o guarda-roupa e pegando vários cabides. Joguei tudo em cima da cama para tentar escolher alguma coisa que prestasse.

Acabei colocando um jeans escuro, botas pretas de cano alto, camiseta branca com desenhos abstratos pretos e uma camisa de flanela xadrez verde-escura e preta cuja barra chegava quase aos joelhos. Estava frio lá fora.

Me maquiei correndo, não demorando muito nas sombras e no batom, porque ficaria muito exagerado, e enfiei uma touca preta na cabeça para não ter que arrumar o cabelo.

Quando fui olhar a hora, ainda tinha cinco minutos. Que ótimo! O desgraçado me apressou para nada. Ou eu tinha me apressado. Não. A culpa era dele. Sempre era culpa dele. Aproveitei o tempo para pegar uma nova bolsa, já que a minha tinha ficado no carro roubado.

Desci correndo as escadas para sair de casa quando ouvi Daniel buzinar freneticamente do lado de fora. Enquanto eu trancava a porta, ele continuou. Imbecil inútil. Eu ia arrancar a cabeça dele. Não queria ter mais problemas com os vizinhos. Aqueles que eu tinha arrumado por causa das festas que dava em casa eram suficientes.

— Pronto, pronto! Cheguei! Pode parar de buzinar, por favor?! — falei, enquanto fechava a porta de sua picape com força.

O garoto riu, me analisando com atenção. Quando comecei a ficar desconfortável, perguntei:

— O que foi? Quer uma foto?

— Não. Só estou vendo o resultado de toda a sua correria. — Ele parou por alguns segundos, levantando as sobrancelhas. — Você podia ter se esforçado mais.

— Incrível, né? Nem sempre as pessoas que achamos atraentes se vestem da forma que esperamos — retruquei, louca para saber qual seria sua resposta.

— Eu te acho atraente? — ele perguntou, visivelmente satisfeito, e deu a partida no carro.

Pensei por algum tempo na resposta. O feitiço virou contra o feiticeiro, então? Ser confiante ou tentar conseguir uma resposta dele? Eu preferia a segunda opção, apesar de não ter problemas de autoconfiança. Disparei de volta:

— Não sei. Acha?

— Se você não sabe a resposta, não deve tirar conclusões precipitadas.

Voltei o olhar para ele, boquiaberta. Ele estava brincando? Ninguém nunca tinha dito uma coisa dessas para mim. Precisava ser tão... rude? Bati em seu ombro e ele se encolheu um pouco, rindo, apertando os dedos no volante. Continuou a falar, levantando a mão livre:

— Eu não disse que você estava errada. — Olhou para mim mais uma vez, me analisando pelo que devia ser a quadragésima vez em menos de cinco minutos. — Aliás, se quer saber, até que você faz o meu tipo.

— Eu tenho namorado — anunciei, rezando para não ter ficado vermelha e olhando pela janela, evitando qualquer contato visual com ele. Pelo menos o cara era sincero. Eu gostava muito disso.

Quando passamos mais de cinco minutos em silêncio, voltei a olhar para Daniel. Sua expressão era um pouco menos bem-humorada agora. Ele encarava o caminho à frente de maneira meio vaga e pensativa. Disse, finalmente:

— Ter ou não namorado não tem nada a ver com quem faz o meu tipo ou não.

— O que isso significa exatamente?

Daniel abriu um pouco mais o sorriso, mantendo o olhar fixo no caminho. Não recebi resposta.

Como sempre, não conversamos muito durante o percurso até onde ele queria me levar. Quando chegamos à faculdade, quase bati a cabeça dele no volante. Quer dizer... ele havia me tirado de casa para aquilo? Para me levar até a faculdade?

— O que nós viemos fazer aqui?

— Eu trouxe você para o ensaio.

— Para o... Você tá brincando?

Sem responder, Daniel saiu do carro batendo a porta. Me mantive no lugar, parada, tentando controlar a vontade de esganá-lo.

Abriu a porta para mim (a última coisa que eu esperava que fizesse) e esperou pacientemente até eu decidir sair. Quando o fiz, pegou seu violão no porta-malas e seguiu para o auditório. Avisou, segurando a porta para que eu entrasse:

— Nós estamos atrasados graças à sua insistência em tentar me fazer elevar a sua autoestima em frente à sua casa.

— Se você estava insatisfeito, era melhor ter simplesmente admitido que me acha bonita.

— Não sei como você pode ter tanta certeza disso — sussurrou, piscando para mim, enquanto fechava a porta atrás de si.

Quase todos estavam sentados no palco, afinando seus instrumentos ou tentando achar algum lugar livre para ficar. Enquanto descíamos os degraus em direção a eles, comentei, encarando o chão e tentando ignorar o olhar curioso de Daniel sobre mim:

— Provavelmente é por isso que você não consegue tirar os olhos de mim.

Riu, passando o olhar para a frente graças a meu tom irônico. Ele sabia que tudo o que eu havia dito era verdade. Acho que passava mais tempo me encarando e analisando que falando algo de útil. Chegava a ser engraçado.

Paramos em frente aos degraus que davam no palco. Eu estava prestes a sentar em uma das poltronas quando Daniel estendeu a mão em minha direção. Pediu, enquanto eu o examinava com as sobrancelhas juntas:

— Sobe comigo hoje.

— Por quê?!

— Prometo que vai valer a pena. — Foi tudo o que respondeu.

Bufei ao pegar sua mão, deixando que me guiasse até o centro do palco. Todos nos acompanharam com o olhar (ou melhor, a mim, já que era a única estranha ali, e estava de mãos dadas com o... professor? Eu podia chamá-lo assim?). Daniel pegou em um canto o banquinho de madeira no qual sempre sentava durante os ensaios e o colocou no lugar de sempre, no centro de tudo. Anunciou:

— Hoje não posso ficar até o fim. Tenho uma coisa importante pra fazer, e o Enzo vai ficar no meu lugar. — Um garoto que parecia ser do segundo ano levantou os braços, aparentando surpresa. Tinha a pele clara, e o cabelo castanho-escuro mal cortado estava desgrenhado. — Não me olhe desse jeito. É pra isso que eu estou te treinando há dois anos. E... Melissa... — Passou o olhar para mim. — Pode sentar aqui, por favor?

Todos pareceram estranhar vê-lo oferecendo o lugar para mim. Quer dizer... desde que eu tinha começado a assistir a seus ensaios, havia pouco mais de um mês, ninguém havia sequer tocado naquele banco. Acho que era um tipo de "pedestal sagrado" para ele. Daniel ficou de pé ao meu lado, colocando a correia preta do violão por cima do ombro e o posicionando nos braços.

Ele tocou algumas notas antes de perguntar se todos tinham estudado as letras e partituras que ele havia indicado. A maioria fez sinal afirmativo com a cabeça. Depois, chamou um dos garotos sentados (que eu não conhecia) para ficar ao seu lado, perguntando se ele havia estudado. Como o carinha disse que sim, Daniel pediu que escolhesse uma das músicas para o pessoal tocar.

Eu, é claro, fiquei em silêncio, me sentindo desconfortável por não ter ideia do que fazer. Ainda mais no segundo lugar de destaque, depois de Daniel, que estava de pé.

O garoto acabou escolhendo uma música do Cazuza, e ele mesmo cantou, o que foi uma surpresa. Desde o início dos ensaios (aqueles a que eu havia assistido, pelo menos), era sempre o vândalo quem fazia a voz principal.

— O que foi? — Daniel perguntou aos alunos. — Vocês achavam que só eu ia ter trabalho? Eu estava esperando vocês se familiarizarem uns com os outros. Mas agora acabou a moleza.

Ele tinha razão. Na meia hora seguinte, se limitou a corrigir os erros dos alunos na execução da música. Harmonia, tom, sequenciamento de notas... Fez de tudo, até que se considerou satisfeito. Não pude deixar de me sentir surpresa ao perceber que tínhamos a mania de perfeição em comum.

Depois que os estudantes tocaram a mesma música um milhão de vezes, Daniel se voltou na minha direção, e um calafrio subiu pela minha espinha só de imaginar o que queria de mim. Jesus. Tenha piedade.

Sinalizou para que eu ficasse de pé e pôs o banco de lado mais uma vez, no canto do palco. Depois, pediu que todos fizessem o mesmo. Deu o violão para o tal Enzo e praticamente berrou, para que todos o ouvissem:

— "Something I Need", do OneRepublic. Agora! Dispensem a formação. Arrumem um microfone pra ela. Vamos! A Melissa teve um dia ruim e precisa do tratamento de choque! — Arregalei os olhos para ele, que sorriu de um jeito travesso enquanto alguém colocava o microfone nas minhas mãos. O que queria dizer com aquilo? E... o que aquele microfone estava fazendo ali? Ele não esperava que eu fosse cantar, né? Né?! — Espero que você tenha ouvido a música.

Sim, eu tinha ouvido, mas foi uma vez só. Não tinha decorado a letra nem nada! O que ele estava fazendo?! O pânico começou a me dominar. Eu era uma bailarina, não uma cantora. Se abrisse a boca para soltar qualquer nota, todos cairiam no chão com os tímpanos sangrando!

— O que está esperando? O primeiro verso é a capela — falou, baixo o suficiente para que apenas eu ouvisse.

— Eu não sei a música, seu idiota! — sussurrei de volta, irritada, o que o fez rir.

Pegou o microfone das minhas mãos, murmurando algo como "foi o que eu imaginei". Depois, antes que eu pudesse agredi-lo por zombar de mim, ele mesmo começou a cantar.

De repente eu estava no meio de um turbilhão de pessoas, que me empurravam de um lado para o outro segurando seus instrumentos ou apenas balançando os braços acima da cabeça. Mas Daniel continuava ali, com um braço ao redor do meu, me segurando no lugar.

Acho que nunca iria admitir isso para ele, mas até que eu gostava de sua voz. Era rouca, como um ronronar de gato, e suave. O controle sobre as notas era incrível. Conseguia dar uma nota aguda seguida de uma grave com tanta facilidade quanto eu fazia um *relevé*.

Chegou um trecho na música em que todos cantavam com ele. Daniel aproveitou para desligar o microfone e dar um jeito de colocá-lo no bolso do sobretudo. Me puxou para mais perto, colocando as mãos em meus ombros, e perguntou:

— Ainda pensando se pode confiar em mim?

— Talvez! — tive de gritar para que pudesse me escutar.

— Então eu vou provar definitivamente que você pode — respondeu, se colocando atrás de mim. Gritou, mais alto ainda, sobrepondo-se a todas as vozes do lugar, o que foi impressionante. — Mais alto, pessoal! Ela ainda não está se sentindo melhor!

Colocou as mãos em meus olhos enquanto eu ria, tentando achar a ligação entre uma frase e outra. Eu sentia seu peito quase colado às minhas costas, e, como ele estava inclinado na minha direção, sua respiração quente batia no meu ombro. Em algum momento da música, todos berraram num tom um pouco mais alto: "I know that we're not the same". Daniel então sussurrou, tão próximo que seus lábios roçaram meu ouvido:

— Feche os olhos. — E eu obedeci. O que tinha a perder? — Agora, tudo o que precisa fazer é ouvir.

Depois, senti que ele voltou a ficar ao meu lado, passando um braço ao meu redor e me apertando contra si, como num abraço. Todos os instrumentos e vozes pararam, e ele cantou uma parte em que o único som que se podia ouvir além da sua voz era o violão.

Naqueles poucos segundos em que tudo havia se acalmado, me perguntei o que ele queria que eu ouvisse. Afinal, era impossível não escutar todas aquelas pessoas. Tentei encontrar um significado poético naquilo tudo, mas não consegui, então decidi apenas fazer o que ele pediu e simplesmente ouvi.

A multidão de vozes e instrumentos voltou a se agitar, e fiz o que pude para me concentrar, mesmo que não estivesse enxergando nada.

Tinha de admitir que a primeira coisa para a qual me atentei foi seu perfume, já que meu rosto estava contra seu ombro. Era bom. Quase... atraente demais. Depois, prestei atenção na forma como ele se movia e no jeito como pronunciava as palavras quando as cantava. Sua dicção era ótima, mas não foi isso que me chamou atenção: foi o fato de eu saber, de alguma forma misteriosa, que ele estava sorrindo.

Foi impossível prestar atenção nas outras coisas depois, já que estarmos tão próximos assim (quase completamente grudados) era distração suficiente, mas eu consegui, com muito esforço. Já não era mais uma confusão de instrumentos e vozes. Eu podia diferenciar uns dos outros. Qual estava mais próximo, qual se distanciava... Ficou mais fácil depois de alguns segundos praticando. Estavam prolongando a música cada vez mais, repetindo sem parar o que devia ser a antepenúltima e a penúltima estrofes. Mas nada disso importava. Não depois que notei o mais incrível de tudo.

Assim como eu sabia que ele e todos ao redor estavam sorrindo, e assim como tinha certeza de que seu perfume era bom (desculpe, era bom de verdade; preciso reforçar isso), também sabia que todos estavam felizes e não permaneciam ali por um motivo egoísta ou porque eram obrigados. Todos cantavam, dançavam e tocavam porque achavam divertido. Mas, principalmente, estavam cantando e agindo daquela forma para me fazer sentir melhor.

Tinha sido um pedido de Daniel, é claro, mas... nunca tantas pessoas haviam se juntado única e exclusivamente para fazer uma coisa por mim. Uma coisa boa.

Pode até parecer idiota e conversa de criança, mas... talvez eu conseguisse ver a magia naquilo que ele estava fazendo. A tal magia não estava em reunir todas aquelas pessoas que nem me conheciam ou não gostavam de mim para fazer uma boa ação, mas na maneira como aquilo funcionava. Eu estava me sentindo melhor. Não que estivesse mal antes, mas não lembrava da última vez em que tinha me sentido daquele jeito. Tão... Não. Eu não ia dizer aquela palavra que começa com F e termina com Z.

Quando a voz dele voltou a ser a única que podíamos ouvir, no fim da música, o aperto diminuiu. Senti seu olhar analisando meu rosto, que começou a ficar quente. Estava ficando vermelha. Que droga! Ao chegar ao penúltimo verso, Daniel tocou a ponta do meu nariz, como se fosse um sinal para que eu abrisse os olhos, e foi o que fiz. Ele se aproximou, ficando alguns segundos em silêncio. Eu não sabia se a música tinha acabado, se ainda faltava alguma coisa ou se ele tinha esquecido o último verso.

Um sorriso tão discreto que acho que fui a única a notar apareceu em seus lábios quando sussurrou, apenas para mim: "I wanna live with you".

Todos estavam nos encarando, e provavelmente viram que ele havia cantado o último verso, então começaram a aplaudir.

Daniel se afastou, levando embora o seu perfume, e senti um tipo de falta estranha da sua proximidade. Ele não saiu do meu lado, é claro, mas, em vez de continuar com um braço em cima dos meus ombros, deu um passo para o lado e disse, quando todos voltaram a ficar em silêncio:

— Nós temos que ir agora. Enzo, você sabe o que fazer.

Provavelmente o garoto sabia, mas Daniel não ficou para ver sua resposta. Ele pegou seu violão das mãos de uma das garotas e me puxou para fora do palco, e então para fora do auditório. Não disse nada enquanto me guiava, segurando a manga da minha camisa, para dentro da faculdade. Perguntei:

— Ei! Ei! Aonde nós vamos?

— Você vai ver — respondeu, enquanto atravessávamos um dos corredores.

Virou para a direita de repente e entrou na escada de incêndio.

Eu o segui pelos vários lances de degraus que subimos, e fiquei orgulhosa de mim quando ele perdeu o fôlego antes de mim. Eram dez andares.

Quando chegamos ao último, dei de cara com um enorme terraço. Assobiei, dando uma volta no lugar, para admirar a vista. Alguns prédios altos impediam que tivéssemos uma paisagem completamente limpa, mas nos lugares onde havia apenas casas dava para ver a cidade se estender até onde a vista alcançava.

A brisa era fria e o céu ainda estava nublado por causa da garoa que havia caído mais cedo. Tudo isso dava um toque dark bem legal ao ambiente. O chão estava úmido, então não havia onde sentar. Pelo menos não até ele se dirigir a uma lona azul quase grudada no limite do terraço e puxá-la. Embaixo dela estavam duas poltronas bem velhas, de couro marrom desgastado. Daniel fez um gesto para que eu me aproximasse:

— Fique à vontade para sentar, madame.

Foi o que fiz, apesar de estar um pouco desconfortável por sentar numa poltrona velha de cujos antecedentes eu não fazia ideia. Era o que tinha, não? Então, que eu me contentasse!

Daniel se sentou ao meu lado, colocando os pés em cima da mureta que delimitava o terraço e os braços atrás da cabeça, inclinando a poltrona. Respirou fundo, fechando os olhos. Ok. Ele havia me trazido até ali por...? Encarei-o por alguns segundos, esperando que dissesse alguma coisa.

— Pode começar — ele disse, finalmente.

— Começar o quê? — perguntei.

— A revelar os seus segredos mais profundos pra mim — respondeu, dando de ombros, ainda de olhos fechados.

Franzi o cenho, encarando-o com uma mistura de confusão e mais alguma coisa que não havia identificado ainda. Só sabia que não era bom (para ele ou para mim? Não tenho certeza). Cruzei os braços.

— O que te faz pensar que eu confio o suficiente em você pra isso?

Ele sorriu satisfeito, enquanto olhava para as nuvens cinzentas.

— Você ouviu, não ouviu? Lá no auditório.

— Ouvi, seja lá o que for, mas... não é motivo para...

— Então não ouviu — sentenciou, se endireitando na poltrona. Pareceu decepcionado de repente.

Eu não estava entendendo aonde Daniel queria chegar. Estava misterioso e enigmático demais para o meu gosto. Eu esperava que não continuasse assim por muito tempo, senão voltaria a perder a paciência com ele.

— É mais do que parece — sussurrou, como se estivesse me revelando o maior segredo do mundo. — Quando você vê, tudo fica óbvio. Um sorriso, um abraço... Mas, quando você ouve, o prazer de estar certo é maior do que qualquer coisa que poderia querer, porque é só ouvindo que se reconhece a verdade.

— O que você quer dizer com...?

— Quando fechou os olhos, Melissa, o que foi que você ouviu?

Nós nos encaramos por alguns segundos. Ele esperava uma resposta, e eu procurava uma. Naquele momento eu sabia que tudo era questão de responder o que Daniel queria ouvir, mas não seria justo com nenhum de nós dois. Eu queria realmente tentar estar certa. Queria acreditar nele.

O que eu ouvi? Bom... tinha muitas respostas óbvias, mas seria fácil demais. O que eu ouvi foi muito mais complexo de explicar. Uma coisa que não podia ser vista nem lida. Uma coisa que não daria para descrever com palavras ou imagens. Finalmente, respondi:

— Eu ouvi a felicidade.

— É disso que eu tô falando! — exclamou, levantando da poltrona com um salto e parecendo animado de um segundo para outro. — Exatamente! Agora você está entendendo!

— Na verdade eu não est...

— O que é a felicidade, Melissa? — perguntou, antes que eu pudesse sequer terminar a frase.

Abri a boca para responder, como se fosse a coisa mais óbvia do mundo, mas, quando vi que não era tão simples, voltei a fechá-la. O que é a felicidade? O que eu sabia sobre a felicidade? Era um sentimento, mas como explicar?

Daniel se ajoelhou à minha frente no chão molhado e sujo do terraço, pegando minhas mãos. Parecia um pouco maluco naquele momento, mas eu estava caindo na dele. Havia algum sentido no que dizia, e eu tinha de admitir que gostava daquilo. Arregalou os olhos, como se, de repente, tudo fizesse sentido:

— É exatamente isso, Melissa. Você sabe o que eu quero dizer. — Juntei as sobrancelhas, me aproximando um pouco, como se aquele gesto pudesse me ajudar a entender melhor o que ele dizia. — Nós não temos como explicar algumas coisas. Não existem palavras para descrever algumas sensações. E eu não posso explicar por que você pode confiar em mim, mas posso prometer que tudo vai dar certo. Você só tem que fazer como fez há alguns minutos: feche os olhos e escute o que está ao seu redor.

E então eu soube que podia confiar nele.

A proposta

Ficamos conversando no terraço por mais de uma hora. Respondi a todas as perguntas de Daniel. Para falar a verdade, nenhuma delas era tão indiscreta assim. Quer dizer, nada que meus amigos não soubessem. Imóvel em sua poltrona, ele prestava tanta atenção às minhas palavras que mal piscava.

Quando percebi que ele nunca iria me interromper, continuei a falar, e falar, e falar. Depois de alguns minutos eu já tinha me reclinado na poltrona e prendido o cabelo em um rabo alto. Fiquei encarando o céu, como se estivesse na sala de um terapeuta. Contei tudo a ele, até mesmo sobre meu pai. Ou quase tudo.

Contei que minha mãe engravidou muito nova, um pouco depois de se formar. Ela e meu pai se conheceram na faculdade, faziam parte da mesma turma no curso de medicina. Se casaram às pressas depois da formatura e foram morar com meus avós maternos em Sorocaba. Dois meses antes de eu nascer, meu pai morreu em um acidente de moto. Minha avó disse uma vez que a morte do meu pai devastou minha mãe, e que, depois de chorar muito, Regina resolveu mergulhar de cabeça no trabalho. Vovó pensou que, depois que eu nascesse, minha mãe voltaria a ser a garota alegre e cheia de vida de antes da tragédia, mas isso nunca aconteceu. Pelo menos eu nunca vi.

Contei sobre meu relacionamento conturbado com Regina, falei que tive que aprender a me virar sozinha. Quando finalmente parei de falar, Daniel se limitou a suspirar.

— Ok... Tem mais coisa do que eu imaginava. E é uma surpresa também — ele falou, depois de um tempo. — Mas uma coisa eu tenho que dizer. — Me virei para ele, esperando que continuasse. — Fico feliz por não ser o único com problemas com bicicletas. Eu sou péssimo nisso!

Meu queixo caiu. Tá, eu não sabia andar de bicicleta, mas foi só isso que ele absorveu do que eu falei? Não era possível! Levantei, irritada, pegando a bolsa e indo em direção à porta para descer a escada de incêndio. Como pude ser idiota a ponto de acreditar que podia contar tudo para ele? Eu tinha conhecido o garoto havia pouco mais de um mês, e aquele foi o único dia em que não brigamos.

Antes que eu me afastasse mais do que dez metros, ele correu até mim, parando à minha frente e me segurando pelos ombros.

— Desculpa! Desculpa! Eu não devia ter dito aquilo de primeira. Desculpa.

Eu o fuzilei com o olhar. Um pedido de desculpas não me faria sentir melhor nem em mil anos. Esperava que ele tivesse mais a dizer. Vendo que não diria mais nada, minha irritação cresceu ainda mais. Ele tinha dito que iria me ajudar! Simplesmente ouvir não mudaria minha vida. Perguntei, sarcástica:

— Qual é o plano milagroso, dr. Daniel? Tem algum em mente ou o meu caso é difícil demais pra ser resolvido?

— Tenho algo em mente, sim — ele replicou, abrindo um sorriso radiante. — Mas isso não quer dizer que eu vou te contar qual é. Se eu contar, não tem graça.

— Ah, nã...

— Ah, ah, ah! — Ele colocou um dedo na frente dos meus lábios, me impedindo de começar a reclamar. — Você escolheu confiar em mim, não foi? Então vai fazer tudo o que eu pedir.

— Começando pelo quê? — perguntei. Não que eu realmente acreditasse que aquilo iria dar certo, mas gostaria de vê-lo tentando.

— Você vai ficar comigo — concluiu. Antes que eu pudesse abrir a boca para berrar um gigantesco "NÃO!", continuou: — Não nesse sentido. Estou querendo dizer que você vai ser a minha sombra no próximo semestre.

— Semestre?!

— Me deixa terminar. Isso, um semestre. Você vai comigo aonde eu for, e vai andar com quem eu andar. Isso vai te ajudar a enxergar que a vida não é só o que você acha que ela é. Se você não vir nenhum resultado dentro do próximo mês, te libero do acordo. Ok?

Pensei na proposta por alguns segundos, até me tocar que era absurda. Eu precisava treinar para a Juilliard, me concentrar nas notas e cuidar da minha vida. Não tinha tempo para ficar seguindo o garoto de um lado para o outro feito um cachorrinho. Não. Seria demais para mim.

— Eu tenho mais o que fazer — respondi, me livrando de seu aperto e me virando mais uma vez na direção da saída.

— Espera! Espera! — Ele veio atrás de mim.

Fechei os olhos, respirando fundo. Deus, dai-me paciência. Continuei de costas, imóvel, esperando que Daniel começasse a implorar ou seja lá o que fosse fazer.

— Me dá dois meses, então! Só dois meses do seu tempo. No final, você me leva para onde quiser. Pode jogar na minha cara que nada do que eu fiz deu certo e me mostrar como a sua vida é legal e a minha é uma merda. Pode jogar ovo em mim, tirar foto e postar onde quiser. E se quiser pode me marcar! Mas... por favor. Dois meses. — Continuei em silêncio. Ele estava começando a falar a minha língua. Agora eu estava vendo a parte positiva daquilo tudo. Mas faltava uma coisa... — E eu te dou tempo pra ensaiar. Te trago de volta seis horas em ponto. Todo dia.

— Acho que não. Obrigada mesmo — falei, sem me virar para ele, testando se conseguia tirar mais alguma coisa do acordo.

— Cinco! Cinco horas! É a minha última proposta.

Parei mais uma vez, me mantendo de costas para que ele não pudesse ver o sorriso de satisfação que havia aparecido em meu rosto. Tive que me controlar um pouco para que, quando voltasse a olhar para Daniel, estivesse com uma expressão severa.

— Me parece bem confiante em seu plano — comentei. — Você acha que pode mudar o significado da minha vida em apenas dois meses?

— Eu tenho certeza disso — ele respondeu, se aproximando, visivelmente aliviado. — Certeza absoluta. Então... fechado? — Estendeu a mão na minha direção, levantando a sobrancelha que tinha a cicatriz.

— Fechado.

Apertei a mão dele, selando nosso acordo. A partir daquele dia, Daniel teria todos os segundos do meu tempo (ou quase todos), e, se conseguisse realmente me fazer acreditar que a vida não era o que eu pensava ser, então eu estaria "salva". Se cumprisse a promessa, aquele rapaz com certeza seria capaz de qualquer milagre.

Dois lados da moeda

Estávamos na rua da minha casa. Daniel tinha tagarelado o caminho inteiro sobre como havia ganhado todos aqueles CDs do Legião Urbana, e eu estava dando graças a Deus por estarmos chegando. Ele já tinha diminuído a velocidade quando avistei o carro de Pedro parado em frente ao meu jardim. Coloquei uma mão em frente aos olhos, já sabendo que aquilo não acabaria bem.

— Você tem visita — falou o vândalo. Seu tom ficou sombrio de uma hora para outra.

Daniel estacionou atrás do carro de Pedro. Era a primeira vez que desligava o motor para que eu saísse. Esperei alguns segundos antes de abrir a porta. Pedro estava de pé, encostado em seu carro, encarando Daniel como se ele tivesse acabado de xingá-lo ou algo assim. Murmurei, antes de sair:

— Obrigada pela carona.

— Nos vemos amanhã — murmurou de volta, retribuindo o olhar de Pedro com a mesma intensidade.

Eu mal havia fechado a porta quando meu "namorado" veio até mim. Segurando com força nos meus braços e me chacoalhando sem a menor gentileza, perguntou:

— O que você estava fazendo com ele?

— Ai! — reclamei, tentando me livrar do puxão. — Ele me trouxe pra casa! Só isso!

— De onde, Melissa?! — gritou.

Ouvi o barulho do vidro do carro de Daniel se abrindo. Não faça isso, seu idiota. Não diga nada. Apenas saia daí, ou a coisa vai acabar mal pra você. Não me dei o trabalho de olhar para ele, mas quase podia vê-lo encarando Pedro com uma expressão forçada de curiosidade.

— Algum problema aí? — perguntou.

— Vai embora! — Pedro ordenou. — Isso é entre mim e a...

— Não falei com você. — Passei o olhar para ele, ainda tentando me afastar.

— Melissa, você precisa de ajuda?

Balancei a cabeça, e Pedro me soltou. Empurrei-o com força para trás e corri para a porta da minha casa. Vi por cima do ombro enquanto Daniel subia o vidro mais uma vez, ignorando o que quer que aquele imbecil que se dizia meu namorado tivesse dito para ele.

Quando tranquei a porta, olhei pelo olho mágico enquanto o garoto dava a partida. Pedro o esperou sair de vista para vir em direção à minha porta mais uma vez. Me afastei dela quando ele a socou. Engoli em seco. Mas o que deu nele?!

— Melissa! — berrou. — Abre essa porta agora! — Me mantive no lugar, sentindo o coração acelerar. Nunca o tinha visto tão agressivo. — Abre essa porta ou eu vou derrubá-la.

Vera não estava trabalhando naquele dia. Havia pedido para ir à casa de sua filha, do outro lado da cidade, para visitar o neto recém-nascido. Eu estava sozinha em casa, e não sabia o que fazer. Ok. Só precisava respirar fundo e abrir a porta. O que ele iria fazer?! Me bater? Não. Eu o conhecia bem. Ele nunca faria isso. Só estava irritado.

Abri a porta, tentando parecer o mais calma possível, e Pedro entrou como um furacão. Parou no meio da sala de estar.

Eu me mantive ao lado da porta, encarando-o enquanto ele caminhava na direção do sofá, respirando pesadamente, e se sentava. Pedro esfregava as mãos, como se tentasse se acalmar. Avisou:

— Vou perguntar só mais uma vez: por que você estava com aquele cara?

— Eu fui assaltada hoje de manhã, perto da faculdade. Levaram o meu carro. Quando cheguei lá, o Daniel me viu e me ajudou. Ele só estava me trazendo de volta pra casa. — Em parte era mentira, mas, do jeito que Pedro estava agindo, eu não correria o risco de contar a verdade.

— E o que vocês ficaram fazendo do período da manhã até agora, hein? Eu não te vi na faculdade. Muito menos ele. Foi por causa dele que você me pediu mais espaço?

Pensei por alguns segundos, tentando não deixar aparente o fato de eu estar procurando uma desculpa ou algo assim. Podia dizer que Daniel tinha me levado para fazer um boletim de ocorrência, mas... nós não teríamos ficado tantas horas na rua só por causa disso. Eu sabia que não havíamos feito nada de errado, mas, no estado em que Pedro estava, duvidava que fosse entender numa boa.

A campainha tocou. Eu não estava esperando ninguém. Vera só voltaria no dia seguinte, e minha mãe costumava chegar tarde da noite. Não às quatro da tarde. Pedi um segundo a Pedro para atender. Ele me fuzilou com o olhar.

Abri a porta o suficiente para ver quem estava lá fora, e meu coração descompassou quando vi que era Daniel. O que ele...? Estendeu minha bolsa em minha direção.

— Você esqueceu isso no meu carro.

— Ah... O-Obrigada — agradeci, enquanto a tirava das mãos dele.

Por cima do ombro, ele olhou para o carro de Pedro, que continuava estacionado em frente à minha casa, depois voltou a olhar para mim. Perguntou:

— Precisa de ajuda?

— N-Não! Está tudo bem. Pode ir agora. — Tudo o que eu queria era me livrar de Daniel naquele momento. Só isso. Se me demorasse demais na porta, Pedro acabaria partindo para cima dele, e essa era a última coisa de que eu precisava.

— Tem certeza? — Levantou uma sobrancelha, analisando a expressão em meu rosto com atenção, como se tentasse achar algum sinal de medo ou agressão.

— Tenho sim. Pode ir.

Estendi a mão em sua direção, pegando seu ombro e fazendo com que virasse de costas para mim. Depois, dei um empurrãozinho, encorajando-o a voltar para o carro. Ele continuou me encarando por cima do ombro, e, antes que abrisse a boca para dizer mais alguma coisa, murmurei um "por favor" da forma mais suplicante possível. Depois disso, Daniel assentiu e foi embora.

Quando fechei a porta, me arrependi seriamente do que havia feito.

Pedro estava de pé agora, bem atrás de mim, como se tivesse ouvido o que falamos. Engoli em seco. Tudo sob controle. Levantei a bolsa na altura do rosto, sorrindo e tentando ser casual ao contar que tinha esquecido a bolsa no carro de Daniel. Coloquei-a sobre o sofá, e senti que Pedro monitorava meus movimentos. Eu não queria olhar para ele. De repente, ouvi:

— Você ainda não respondeu a minha pergunta.

— Acho melhor você ir embora — falei, ainda evitando contato visual.

— Não vai responder?

— Pedro, vai embora — pedi, colocando a mão em seu ombro.

Pela forma como ele olhou para mim, eu não deveria ter feito aquilo. Dei um passo para trás, voltando a baixar o olhar. É claro que eu terminaria com qualquer um que tivesse me tratado daquela forma, mas naquele momento estava assustada e surpresa demais para fazer algo assim. E duvidava que ele fosse aceitar de forma pacífica.

— O quê? O que você disse? — perguntou, num tom irritado de descrença

— Pedro, eu...

Antes que eu pudesse terminar de falar, ele me segurou pelos braços e me jogou com força no sofá, que quase virou para trás. Tentou se aproximar, mas passei por cima do estofado o mais rápido que podia, correndo para o telefone e discando 190. Não apertei o botão de ligar, mas fingi que haviam atendido. Mal tinha aberto a boca para falar alguma coisa quando Pedro disparou porta afora. Larguei o telefone quando ouvi seu carro dando partida.

O que ele pensava que estava fazendo?

Corri em direção à porta e a tranquei, então me joguei de costas no sofá, sentindo todo o meu corpo tremer. Coloquei as mãos na cabeça e respirei fundo, tentando acalmar as batidas do meu coração. Aquele idiota pensava que podia me bater?! De jeito nenhum. Nunca teria um relacionamento com um cara assim. Eu precisava pensar em uma forma de me livrar dele o mais rápido possível.

— Que dia! — falei para mim mesma, pensando em tudo o que tinha acontecido. Um assalto, um acordo com um vândalo e uma quase agressão do namorado. — Que merda. O que falta acontecer pra piorar?!

O impensável

Foi minha mãe quem me levou para a faculdade no dia seguinte, apesar de todos os meus protestos. Quanto menos tempo passasse com ela, melhor eu me sentia. Suas tentativas de puxar assunto durante o percurso me deram vontade de pular pela janela do carro. Mas agora eu estava bem. Ela havia ido embora e eu estava, finalmente, sozinha mais uma vez.

Na entrada do campus, rezei para que ninguém viesse me encher o saco. É óbvio que minhas preces não foram atendidas: Daniel me esperava, de braços cruzados, encostado na parede. Vestia uma camiseta azul, uma jaqueta de moletom cinza-escuro, jeans, os All Stars surrados de sempre e, como de praxe, um dos vários cachecóis vermelhos que tinha.

Se aproximou quando me viu, apesar da minha tentativa frustrada de passar por ele sem ser notada. Ainda tínhamos alguns minutos antes do início da aula, e, naquele caso, eu não tinha muita certeza se isso era bom ou ruim.

Antes que eu pudesse correr para a sala, ele entrou na minha frente, sorrindo de um jeito malicioso. Cruzei os braços, encarando-o em silêncio e com as sobrancelhas levantadas enquanto esperava ouvir o que tinha para me dizer. Como ele ficou tempo demais em silêncio, apenas me encarando, perguntei:

— Tem algo pra dizer, ou vai ficar aí o dia inteiro me encarando feito um idiota?

— Hum, acordou de bom humor hoje, srta. Garcia — disse, abrindo ainda mais o sorriso antes de continuar. — Hoje o nosso acordo começa a valer, e quero te lembrar de que uma parte do combinado era você ir aonde eu fosse e ficar com quem eu ficasse.

Me limitei a andar para longe dele em silêncio, esbarrando com força em seu ombro ao entrar na sala. Não era um bom dia para alguém me encher o saco.

As aulas do dia eram teóricas e passaram lentamente até o primeiro intervalo. A cada vez que eu olhava no relógio, haviam se passado poucos minutos.

Uma tortura, mas o que eu podia fazer? O meu futuro dependia daquilo. E da resposta ao vídeo de audição para a Juilliard.

Quando o sinal finalmente tocou, fui a primeira a levantar e disparar para fora. Estava passando pela porta quando avistei Daniel, o único aluno no corredor, encostado em um dos armários azuis de metal perto da entrada. Suas mãos estavam nos bolsos da jaqueta.

Parei à sua frente e cruzei os braços, suspirando. Perguntei, antes que ele tivesse qualquer chance de falar besteira ou algo do tipo:

— Qual é o plano?

— Vem comigo — foi o que ele respondeu, desencostando dos armários e começando a caminhar para o fim do corredor.

Segui-o sem protestar. Ainda não tinha motivo nenhum para fazer isso, né? Pois bem... então eu fui.

Daniel me guiou até o lado de fora da faculdade, onde diversas muretas cercavam os pequenos jardins que rodeavam o terreno. A grama estava seca, e não havia sinal de flor alguma. Quando vi que ele estava perto demais de um grupo cuja proximidade faria meu status naquele lugar cair consideravelmente, parei. E ele percebeu.

Daniel se virou para mim, me encarando de um jeito desafiador enquanto eu sentia o estômago começar a revirar. Me lembrava de tê-lo visto andando com aquelas pessoas antes, mas nunca imaginei que me faria chegar perto delas. Aleijados, obesos e sem nenhum senso de moda? Não. Aquilo era demais para mim. Ninguém falava com aquelas aberrações.

— Não. Isso não. — Balancei a cabeça. Ainda não haviam notado nossa presença. — Você só pode estar brincando comigo.

— Temos um acordo, não temos? É só por um tempo. Além disso, qual é o problema? São pessoas. Pessoas como eu e você, de carne e osso.

— Não são pessoas. São... mutações da natureza. Anormais. Não vou chegar perto d...

— Ei! — disse, antes que eu pudesse terminar. — Eles não têm nada contagioso. E não são mutações. — Se aproximou, colocando um dos braços por cima dos meus ombros e praticamente me arrastando para perto daquela gente. — Você vai ver.

Paramos em frente ao grupo, e Daniel manteve o braço onde estava, praticamente me segurando para que eu não fugisse. Senti o estômago revirar. Estávamos perto demais. Perto demais.

Eram quatro. O primeiro era um cara exageradamente gordo, com o cabelo castanho-claro mal cortado e olhos escuros. Suava feito um porco, ainda que o dia não estivesse quente, e segurava um lenço para secar o suor da testa. A segunda era uma garota magrela com roupas de roqueira gótica e o cabelo sujo e escorrido tingido de preto. O penteado dela era estranho, com presilhas e grampos à mostra. Nós a chamávamos de Carrie na faculdade. Carrie, a estranha.

A terceira, também uma garota, era a mais normal dali. Era até bonita, com seu cabelo loiro comprido e cacheado e olhos cor de esmeralda. Sardas cobriam o rosto inteiro, e as curvas estavam no lugar certo. Eu poderia ser amiga dela se não fosse outra das mutações da natureza. Apesar do aparelho auditivo, que dava para ver quando se chegava perto, eu sabia que ela não ouvia nada, e a voz fanha chegava a me dar agonia. Eu já tinha visto Daniel conversar com ela em linguagem de sinais. Os dois pareciam ser grandes amigos.

A última... pessoa era um cara de cadeira de rodas. Um garoto negro de cabelo raspado quase completamente, e ele usava óculos de aro metálico acima do nariz longo e reto.

Eles pararam de conversar, nos encarando, e sorriram para mim em expectativa, como se esperassem que eu dissesse algo. Apenas engoli em seco e me mantive em silêncio.

— Ok. Já que ninguém vai se apresentar, eu vou fazer as honras — Daniel anunciou quando o silêncio começou a ficar constrangedor. — Este aqui — ele disse, apontando para o gordo — é o Bruno. Aluno de direito. Ela é a Emília, mais conhecida como Millah — continuou, falando da roqueira gótica —, que é do curso de medicina. Provavelmente vai ser neurologista, certo?

A garota sorriu para ele, dando de ombros. Parecia ser a mais nova deles, e a menos interessada em mim. Os outros me encaravam como se eu fosse um animal no zoológico. Daniel passou para a garota seguinte, reproduzindo cada uma de suas palavras na linguagem de sinais para ela:

— Esta é a Diana, aluna de artes cênicas, péssima em linguagem labial e minha melhor amiga também. — A garota riu, respondendo da mesma forma. Provavelmente era algo que eu não poderia saber, tipo um código. Eu já tinha ouvido aquela menina falar e sabia que podia fazê-lo se quisesse.

Analisei-a mais uma vez, com os olhos um pouco cerrados. Melhor amiga, é? Bom saber. Muito bom saber. Se ela tentasse interferir no tal acordo ou participar mais do que deveria, era com a vida social dela que eu ia acabar. Estava começando a arquitetar um plano maligno quando Daniel apresentou seu último amigo. O nome dele era Victor.

Depois das apresentações, ele me fez sentar com eles e ouvi-los conversando pelos vinte e cinco minutos seguintes. Me mantive em silêncio, fingindo prestar atenção. A única coisa que eu queria era sair dali, e não me enturmar. Ainda mais porque todos que passavam pelo lugar me encaravam de um jeito confuso e debochado. Precisei respirar fundo e me segurar para não levantar e ir embora. Só teria de aguentar aquilo por mais algumas dezenas de vezes e depois estaria livre. Só mais cinquenta e nove dias.

Quando o sinal tocou, fui a primeira a levantar, disparando entre as pessoas na direção da minha sala. Encontrei Fernanda no meio do caminho, e ela me abriu um sorriso radiante:

— O que aconteceu com você hoje? Sumiu por quê?

— Sei lá. Fiz um acordo idiota com o Daniel, e agora preciso andar com ele.

— Que acordo? — O segundo sinal, que indicava o início da aula, tocou, e ela balançou a cabeça: — Quer saber? Vamos sair mais tarde. Aí você me explica isso direito.

— Não posso — respondi. — Tenho que ficar com ele até as cinco.

— Então eu apareço na sua casa às seis.

Mas quanta insistência! Assenti, aceitando seu autoconvite e me dirigindo ao meu armário para pegar minhas coisas e correr para o estúdio de dança, que ficava no fim do corredor. A aula seguinte seria prática: técnicas de dança.

Depois de deixarmos nossas mochilas no estúdio, fomos nos trocar no vestiário. A maioria das pessoas do meu curso era mulher, então nos vestíamos uma na frente das outras sem problemas. Ainda mais porque, quando tínhamos aula prática, já vínhamos para a faculdade de collant e meia-calça por baixo da roupa.

Prendi o cabelo em um coque apertado e voltei até a sala, segurando o novo celular que Regina tinha comprado para mim. O aquecimento começaria em breve, mas ainda tínhamos algum tempo livre. Encarei a tela, verificando se havia recebido alguma mensagem. Apenas uma, de Daniel. Revirei os olhos. Que cara chato!

Esqueci de desejar boa sorte.

Respondi, completamente confusa.

> Boa sorte com o quê?

Não houve resposta. Provavelmente seu limite de mensagens durante a aula tinha acabado. Quanta rebeldia! Sorri ao imaginá-lo tentando esconder o celular do professor. Antes que me demorasse demais, perdida naqueles pensamentos, a professora entrou e eu deixei o telefone em cima de uma das caixas de som, como a maioria dos alunos fazia.

Houve uma longa série de aquecimentos, e depois nós treinamos alguns movimentos. Eu gostava do fato de a professora me usar como exemplo para a sala. Ela sempre dizia que fazia tempo que não via uma bailarina precisa e dedicada como eu. Tudo que eu podia fazer era concordar com ela, enquanto as outras reviravam os olhos e se remoíam de inveja.

Pouco tempo depois, ela pediu que nos juntássemos à sua frente para ouvir um anúncio. Subiu em um banquinho de madeira, a fim de enxergar todos os rostos. Eu me mantive atrás da turma, abaixada no chão, enquanto apertava um pouco mais a fita das sapatilhas. Falou:

— Como todos vocês sabem, esta faculdade foi criada pela nossa reitora, a dra. Marcia. Ela está avaliando os cursos pouco a pouco, assim como os alunos e professores, e hoje, daqui a alguns minutos, ela virá nos assistir. — Me endireitei, esticando um pouco o pescoço para vê-la melhor. Apesar do banquinho, ela não era alta o suficiente para se destacar entre os alunos. — Ela me pediu que orientasse vocês para fazer pequenas... audições. Cada apresentação vai ter dois minutos, e vocês mesmos vão criar suas coreografias, sem deixar de usar a técnica e tudo que aprenderam. Sim, a intenção era pegar vocês de surpresa. O objetivo é justamente avaliar o aprendizado, e, para isso ser eficaz, não podíamos permitir que vocês se preparassem antes.

Ah, então era disso que Daniel falava.

Uma sequência de passos e movimentos inundou minha cabeça, tentando se encaixar em uma música. Vinham tantas em mente que eu mal conseguia organizar tudo. Precisava me concentrar. Uma apresentação para a reitora? Aquilo não acontecia todos os dias. Era a minha chance de me destacar, e não a perderia de forma nenhuma.

A professora nos deu alguns minutos enquanto a dra. Marcia, mãe de Daniel, não chegava, para pensarmos no que faríamos, e é óbvio que me pediu para ficar por último.

— O melhor fica para o final — ela me disse quando se aproximou para ligar seu computador, onde os alunos iriam tocar as músicas escolhidas.

Não haviam se passado vinte minutos quando a reitora entrou no estúdio. Era uma mulher consideravelmente alta, esguia, com cabelo loiro comprido e liso. Seus olhos eram acinzentados como o céu de uma tempestade. Era tão pálida quanto um fantasma, o que deixava suas olheiras ainda mais visíveis. Eu não sabia se era impressão minha, mas ela parecia umas duas vezes mais magra do que na última ocasião em que eu a tinha visto. A não ser pelo tom dourado do cabelo, Daniel não se parecia em nada com ela.

A dra. Marcia caminhou ao encontro da professora e ambas trocaram algumas palavras. Em seguida, nos cumprimentou com um "bom-dia" educado e nos encarou de forma severa enquanto éramos chamados, um a um, para fazer nossas apresentações.

Revisei em minha mente, umas mil vezes, os passos que usaria e quando, mas apenas no momento em que meu nome foi chamado escolhi, definitivamente, a música.

Me aproximei da professora e de seu notebook velho. Murmurei, sabendo que os olhares de todos estavam sobre mim:

— "Young and Beautiful." A partir do um minuto e cinquenta e cinco.

Ela assentiu e eu me dirigi ao centro do estúdio, encarando a madeira clara sob meus pés. Respirei fundo. Senti o peso dos olhares sobre meus ombros, me empurrando contra o chão. Fechei os olhos. Dançar em público sempre foi um problema, e, apesar de já ter feito inúmeras apresentações, ainda ficava incomodada com os olhares fixos em mim. Ainda mais sendo da mesma turma e estando ali para me julgar e torcer para que eu caísse e pagasse o maior mico na frente da reitora.

A partir do segundo em que o primeiro acorde ecoou pela sala, eu "entrei na bolha". Me desliguei de tudo e todos que estavam ao redor, me concentrando apenas no que tinha que fazer. Não iria me arriscar nem colocar energia demais em nenhum ponto da coreografia. O seguro era mais fácil, e tinha mais garantias de sucesso, então era o que eu faria.

Me deixei levar pelas notas da música que eu conhecia tão bem. Meu corpo se movimentava de forma leve e fluida pelo estúdio, meus braços se moviam delicadamente e os giros eram limpos e precisos. Não fiz muitos *fouettes* e executei apenas um *grand jeté*. Simples e limpo, como deveria ser. Quando terminei, agradeci os aplausos com uma reverência e voltei à minha posição inicial, perto das caixas de som, sob o olhar curioso da reitora. Fomos dispensados logo em seguida.

Voltei direto para o vestiário, querendo pegar minhas coisas e tomar uma ducha. No banho, me demorei um pouco mais, sabendo que Daniel esperava por mim para seguirmos com o acordo.

Vesti meu jeans escuro de cintura alta, a regata branca de cetim e, por cima, o blazer preto. Peguei minha bolsa preta de couro com franjas e reforcei o batom roxo-escuro antes de sair.

Quando cheguei ao corredor, nem sinal de Daniel. Eu não sabia se deveria ficar preocupada ou aliviada. Ele era minha carona para casa! Não deveria me largar daquele jeito. Certo?

Fui para o lado de fora, irritada. Quem ele pensava que era? Tínhamos a porcaria de um acordo, não? O que eu faria agora?! Mal havia cruzado a saída quando a porta de madeira pintada de cinza ao lado dela se abriu. Era a sala da reitoria. Daniel saiu, como um tornado. Vi sua mãe lá dentro. Estranhei quando ele simplesmente passou por mim, disparando para o lado de fora. Parecia furioso.

Eu não sabia se deveria perguntar o que havia acontecido. Era da minha conta? Bom... era, se isso o faria ir embora sem me dar carona. Antes de me decidir, ouvi a voz da reitora me chamando. Dei dois passos para trás, voltando a entrar na faculdade e rezando silenciosamente para que ela não fosse me punir por algum motivo. Eu não tinha feito nada de errado... tinha?

— Melissa, certo? — ela perguntou, parando à minha frente.

— Isso — respondi, cumprimentando-a com um aperto de mão.

— Vejo que você já conhece o meu filho. — Essa frase me fez perguntar se, de alguma forma, eu estava envolvida no motivo que fez Daniel ficar tão irritado quanto parecia estar. — Ele parece ter certo favoritismo com relação a você.

— Desculpe... O que a senhora quer dizer com isso? — Tentei não parecer tão surpresa quanto estava. Aonde ela queria chegar?

A dra. Marcia me encarou por alguns segundos, pensativa. Olhei de relance para o lado de fora, vendo o garoto correr em direção ao auditório. Marcia pigarreou, o que voltou minha atenção a ela. Continuou:

— Eu é que peço desculpas. Isso não vem ao caso agora. — Fez uma longa pausa. — Creio que você saiba da apresentação que a nossa faculdade faz todo final de ano. — Assenti. — Pois então... Depois de ver a sua performance hoje, achei que seria interessante para ambas as partes que você se apresentasse conosco este ano.

Eu a encarei por alguns segundos, confusa, ainda querendo saber aonde pretendia chegar com aquela história de "seria interessante para ambas as partes"

— Se você aceitar participar da nossa apresentação, eu posso pedir à sua professora que escreva uma carta de recomendação para a Juilliard. Eu soube que você está muito interessada em pedir uma transferência, então acho que isso poderia ajudá-la bastante a conseguir o que quer.

Agora ela estava falando a minha língua. Eu já tinha uma carta de recomendação do professor da Joffrey, onde tinha feito um curso de verão no ano anterior. Mais uma não seria má ideia. Sorri com gentileza ao aceitar o convite, e ela retribuiu o sorriso da mesma forma, pedindo que eu não contasse a Daniel até que ela mesma o fizesse. Tinha um sorriso frio que não lembrava nem um pouco o do filho.

Me despedi e finalmente saí do prédio, caminhando para o auditório a fim de me encontrar com o vândalo. Acho que esse se tornaria o apelido permanente dele.

Assim que abri a porta, vi que ele estava em uma das cadeiras da fileira do meio. Parecia estar afinando o violão. Desci os degraus o mais silenciosamente possível e me sentei ao seu lado. Daniel mal olhou para mim.

— Você não está tendo um bom dia, não é? — perguntei.

— Você está? — ele perguntou de volta, sorrindo de forma quase imperceptível.

— Relativamente, sim — respondi, dando de ombros. — Não perdi minha carona. Isso já é lucro.

Daniel se manteve em silêncio, concentrado na tarefa de afinar o instrumento. Parecia estar tendo dificuldade com uma das cordas, então me limitei a observá-lo enquanto fazia o que tinha de fazer. Mordeu o lábio em algum ponto do processo, e pude ver que seu canino direito era lascado na ponta. A única falha em seus dentes perfeitos e brancos. Talvez aquilo tivesse acontecido no mesmo dia em que conseguiu a pequena cicatriz que provocava a falha na sobrancelha do mesmo lado. Eu tinha de reconhecer que ele era bem charmoso, mas, antes que pudesse admitir mais alguma coisa boa que tivesse a ver com sua aparência, desviei o olhar.

— Ufa — murmurou, segurando mais um sorriso.

— O que foi? — Mantive o olhar grudado no palco.

— Ainda bem que você parou de me encarar daquele jeito. Eu estava começando a ficar sem graça. — Bati em seu braço, xingando-o de idiota, o que o fez rir. Senti o rosto corar quando deixou o violão de lado e ficou me observando em silêncio por alguns segundos. — Fica mais fácil lidar com a sua atração por mim se você a admitir, sabia?

— Eu prefiro deixar que você faça as honras — murmurei. Era o máximo que conseguia fazer naquele momento. Ele estava me deixando constrangida demais.

Jogar aquilo de volta para ele foi a coisa mais inteligente que eu podia ter feito. Pelo menos isso o fez ficar quieto e evitou mais comentários constrangedores. Graças ao bom Deus, quando ele falou mais uma vez, não foi sobre nenhum tipo de atração:

— Vamos. Vou te levar pra almoçar. Ainda temos um tempo antes dos ensaios.

Sem dizer nada, eu o segui para fora do auditório. Não podia recusar por causa do nosso acordo, e, falando a verdade, acho que, se realmente tivesse escolha, acabaria aceitando pelo simples fato de estar curiosa sobre ele e sobre o que pensava.

No carro, ele me deixou escolher um CD para ouvirmos durante o caminho até o shopping. O único que eu conhecia era X, do Ed Sheeran, então esse foi o escolhido.

O shopping mais próximo era o Higienópolis, e seriam mais ou menos vinte minutos até lá. Com aquele trânsito, era muito provável que fôssemos demorar o dobro do tempo. É claro que pareceu ainda mais que isso, já que eu fui inteligente a ponto de escolher um CD cheio de músicas românticas. Era cômica a maneira como evitávamos olhar um para o outro quando alguma canção bem lenta começava a tocar.

Quando a música era animada, Daniel chegava a batucar no volante, mas, se fosse um pouco mais lenta, tudo o que fazia era apertar os dedos no volante com força e encarar o lado de fora através da janela ao seu lado.

— Qual é o plano para hoje? — eu quis saber, quando finalmente me senti à vontade para fazer qualquer coisa além de me manter imóvel e tensa no banco do passageiro.

— Acho que essa foi a coisa que você mais me perguntou nos últimos dois dias. — Ele fingiu estar um pouco ofendido. — Mas, como sou um cara legal, vou continuar respondendo a cada vez que perguntar.

— E a resposta é...?

— Não sei. Você vai assistir ao ensaio, e depois... depois é depois. Ainda não decidi o que vamos fazer. Mas, se quer saber, já tenho todo o nosso fim de semana programado. E não, não vou te contar aonde vamos. É surpresa.

— Não gosto muito de surpresas.

Ele deu um sorriso torto, ainda olhando para o tráfego à sua frente. Estávamos esperando que os carros andassem só mais um pouquinho para que pudéssemos entrar no estacionamento.

Eu não sabia exatamente por que estávamos ali. Poderíamos muito bem almoçar em algum lugar mais perto da faculdade, mas, se eu devia segui-lo, não tinha nada que discutir. Desde que me levasse para casa na hora em que havia prometido.

Estávamos subindo a primeira escada rolante, que dava em frente a uma pet shop, quando ele decidiu fazer sua primeira pergunta do dia.

— O que aconteceu ontem? Entre você e o Pedro?

— Ele estava irritado. Nós brigamos e eu o mandei embora. — Foi tudo o que me permiti responder.

— Mas... ele te machucou?

Mantive o olhar grudado no chão, admirando minhas botas pretas de cano curto e salto alto. Achei que ele entenderia, pelo meu silêncio, que a resposta era sim. Pedro não tinha deixado hematomas nem nada do tipo, mas... o simples fato de ter me segurado e empurrado daquele jeito foi o suficiente para me deixar magoada. Apesar de não gostar tanto assim do garoto, não queria que nosso relacionamento tivesse tomado o rumo que tomou.

— Eu posso te ajudar com isso, se você quiser — Daniel disse, e senti o peso do seu olhar sobre mim. — Quer dizer... você nem deveria ficar perto daquele cara depois que ele te segurou daquele jeito. Isso é inaceitável.

— E o que você vai fazer? — perguntei finalmente, um pouco irritada, agora olhando para ele. Eu sabia tudo o que ele estava dizendo. Não precisava que repetisse em voz alta. — Vai tirar satisfação? Vai proibir o Pedro de encostar em mim? Arrumar uma briga? Não. Não é disso que eu preciso.

— Se isso for necessário pra evitar que ele te machuque de novo, então é o que eu vou fazer. — Seu tom foi baixo e determinado, mas ainda assim cauteloso.

Subimos a segunda escada rolante e eu continuei a encará-lo, surpresa e confusa, tentando entender o porquê de ele estar disposto a arranjar uma briga ou se meter com um cara mais forte só para me proteger. Daniel tirou do pescoço o cachecol de lã vermelho-escuro, como se o lugar de repente tivesse ficado quente demais, e o enrolou ao redor do braço.

— Por que está fazendo isso por mim? Pra que toda essa dedicação e esforço pra mostrar que a minha vida pode ser melhor? Pra quê?!

— A pergunta certa é: por que não fazer isso? Se você conseguir me dar uma boa resposta, talvez eu mude de ideia.

— Eu nunca falei com você. Nem sabia que nós estávamos na mesma faculdade. Nunca fiz nada de bom pra você nem pra nenhum dos seus amigos...

— Eu pedi uma boa resposta — ele me interrompeu. — Essa aí não foi boa.

Qual era o sentido daquilo? Nem pude perguntar, já que ele me puxou para dentro de uma loja. Era uma livraria. Não pude deixar de rir com a empolgação dele enquanto percorria os corredores me segurando pela manga do blazer. Só parou quando entramos na área de obras sobre arte. Ele me soltou e pegou um livro qualquer sobre Michelangelo.

— Está vendo isto aqui? — Ele havia aberto em uma página que mostrava uma foto da Capela Sistina. — Isto é arte. É a história do mundo ilustrada em afrescos. É... é incrível.

Encarei as pinturas com atenção, tentando encontrar naquelas cores a mágica que se refletia nos olhos azuis de Daniel, mas não consegui. Ok, era incrível, magnífico, mas não conseguia sentir a mesma admiração que ele. Eu não via o mundo com seus olhos.

Ele passou o olhar para mim, só naquele momento se dando conta de que nós estávamos muito próximos. Apenas aquele livro nos separava, e Daniel estava levemente inclinado para a frente, o que diminuía mais ainda nossa distância. Ele sorriu, o rosto se iluminando como se tivesse visto um anjo.

— Você viu.

— Vi o quê? — perguntei, franzindo a testa. Nosso tom era baixo, não só por estarmos em uma livraria, mas também pela proximidade.

— Tudo — foi o que ele respondeu, como se fosse a coisa mais óbvia do mundo. — Não no livro ou na pintura. Você viu através disso.

— Ok. E a resposta é...?

— Você viu que não pode ver.

Abri a boca, prestes a perguntar o sentido daquilo (como sempre tinha vontade de perguntar com relação a qualquer coisa que ele dissesse, porque nunca vi uma pessoa falar tanta coisa aleatória e desconexa quanto aquele cara), mas logo a fechei, sabendo que não encontraria palavras para dar a resposta que ele queria ouvir. Então, simplesmente parti para o lado do humor, porque aquela era a única linguagem na qual nos entendíamos sem brigar:

— Você fumou o que antes de vir pra cá? Quer dizer, eu posso até não ser tão inteligente, mas chega um ponto em que a gente consegue reconhecer o limite entre a burrice e o probleminha. E eu não tenho um probleminha.

— Isso quer dizer o quê, exatamente?

— Que isso que você disse não faz o menor sentido, e que eu sei que não faz sentido porque não sou burra o suficiente para simplesmente não entender nada do que você fala.

E ele riu. Aquela risada que nos faz sentir orgulhosos de a termos provocado. Não pude deixar de sorrir enquanto o observava. Daniel continuou rindo conforme fechava o livro e o guardava no lugar, depois voltou a se aproximar, tanto quanto antes. Sussurrou, e eu pude sentir o sopro de ar vindo de seus lábios em meu rosto quando falou:

— Eu não sou louco nem fumei nada. Isso é só um efeito do deslumbramento que eu sinto toda vez que vejo uma coisa tão linda quanto um anjo deveria ser.

— Isso é tão másculo saindo da sua boca — sussurrei de volta, mantendo o tom irônico de antes, ainda que ele parecesse estar falando sério. — Mesmo que você esteja falando da obra de arte feita por um cara velho cheia de homens pelados ou seminus.

— Eu não estou falando deles — Daniel respondeu depois de uma longa pausa, antes de colocar o cachecol vermelho, que estava enrolado em seu braço, ao redor do meu pescoço e se afastar em direção à saída da livraria, me deixando completamente atônita, parada no lugar.

Música dos anjos

Almoçamos, tentando evitar contato visual, e voltamos à faculdade para os ensaios que Daniel precisava conduzir. Ele já havia dado o cano no dia anterior, então não poderia faltar mais uma vez. E eu também não. Ainda mais depois do pedido da reitora, sobre o qual o vândalo não tinha conhecimento algum.

Mal havíamos entrado no auditório quando uma multidão passou pelas portas. Acho que nunca tinha notado a quantidade de pessoas que Daniel treinava. Eram alunos dos quatro anos, de todos os cursos de música. Devia haver ali uns cem estudantes, e mesmo assim o garoto dava conta, como se fosse uma dúzia de pessoas. Acho que o fato de os ensaios não serem obrigatórios, de só comparecerem aqueles que realmente queriam estar ali, ajudava muito. Além disso, Daniel mantinha uma relação de amizade com todos, o que o fazia ser respeitado como um professor.

Todos foram procurar um lugar no palco, e Daniel pediu que eu me sentasse em uma das primeiras fileiras, prometendo que não me chamaria para nenhuma apresentação naquele dia. Graças ao bom Deus.

Ele organizou os lugares de todos, conferiu as presenças e ajudou alguns alunos a afinar seus instrumentos. Só aí começou a fazer o que precisava.

Mal haviam terminado a primeira música quando a reitora entrou no auditório. O pessoal parou de tocar na mesma hora. Percebi que a postura do garoto mudou: ele endureceu o olhar e endireitou as costas, quase como se precisasse bater continência para a mãe.

— Boa tarde — ela falou, num tom que, mesmo baixo, pôde ser ouvido por todos.

Os alunos responderam, e eu logo me mexi na cadeira, sabendo que ela havia ido até ali por minha causa, para anunciar minha participação. Não pude deixar de sorrir um pouco para mim mesma quando imaginei qual seria a reação de Daniel ao ouvir que eu participaria de sua peça por... imposição. Talvez aquela notícia fosse boa... para ele.

Ouvimos o eco do som de seus saltos batendo no chão enquanto ela descia os degraus até o palco e se colocava ao lado do filho. Ele recuou, cedendo a ela o centro do palco. Ainda parecia ressentido pelo que tinha acontecido entre os dois mais cedo — o que quer que fosse. Eu não tinha me dado ao luxo de perguntar a ele, mas era o que pretendia fazer em breve.

— Eu gostaria de fazer um anúncio. — A voz rouca transmitia muita severidade. — Na última semana, passei por alguns cursos de música e dança para avaliar os alunos, como todos sabem. E pensei, durante a minha visita a uma das turmas, que poderia convidar um aluno talentoso para complementar nossa peça de fim de ano. Depois de discutir bastante com os coordenadores e professores, alguns alunos foram pré-selecionados. Esta manhã, fui pessoalmente avaliar as apresentações deles, mantendo o convite em segredo para ver o que eles se proporiam a fazer e se dariam o seu melhor. Foi assim que uma das alunas do curso de balé foi selecionada. — A reitora fez uma pausa, e eu notei Daniel levantando as sobrancelhas em sinal de surpresa. Marcia ergueu a mão, indicando minha presença, e eu me perguntei se deveria levantar da cadeira. — Melissa, por favor. Venha até aqui.

O queixo do vândalo caiu assim que ela pronunciou meu nome, e um sorriso surgiu de sua expressão de surpresa enquanto eu caminhava ao encontro de ambos, no centro do palco. Apesar de todos os olhares sobre mim, a única reação que me importou naquele momento foi a dele. Eu queria surpreendê-lo tanto quanto ele havia me surpreendido com o elogio feito mais cedo. Parei ao lado dos dois, ainda sorrindo de forma discreta para o garoto.

— Ela foi a aluna escolhida para se apresentar no final do ano. A sua forma de participação vai ser uma escolha do Daniel, que é o organizador, coordenador e criador do evento. — Ele apertou os lábios, acenando, como se ninguém soubesse que ela falava dele. — E acho que seria interessante e justo para todos que a senhorita repetisse sua apresentação de hoje cedo, para provar que não houve um erro quando nós a escolhemos.

Não pude deixar de notar o olhar severo que a reitora lançou sobre Daniel quando pronunciou as últimas palavras, o que fez com que eu me perguntasse o porquê daquilo. Não houve tempo para pensar em perguntas, porque naquele momento minha ficha caiu. Era para eu me apresentar? Agora? A mesma música? Eu nem lembrava da coreografia!

— Eu acho uma ótima ideia — disse Daniel, se aproximando.

— Maravilha. Então... vou deixar vocês com a apresentação da Melissa — a reitora se despediu. — Uma boa tarde a todos.

Ninguém respondeu. Todos se mantiveram em silêncio, ainda me analisando. Acompanhei-a com o olhar até que saísse do auditório. Assim que a porta se fechou atrás dela, me virei para seu filho, com o olhar suplicante.

— Não me obrigue a me apresentar na frente de...

— Qual o problema? — ele perguntou, antes que eu pudesse terminar. — Confio no seu talento, e, além disso, sou eu que vou te avaliar. Você está me pedindo pra deixar passar? Claro que não! Vamos lá, vai se trocar. A gente te espera.

Fuzilei Daniel com o olhar, me afastando até o meu lugar de antes. Peguei a bolsa e corri para o banheiro, irritada. Imbecil. Podia ser gentil comigo pelo menos uma vez e me livrar daquela. É claro que era ele quem precisava ver se eu era boa o suficiente para participar de sua apresentação idiota de fim de ano, mas... tá. Ele tinha um bom motivo.

Enquanto me trocava e me encaminhava de volta para o auditório, tentei lembrar da coreografia que tinha apresentado naquela manhã. Consegui repassar mentalmente alguns passos; já era um começo. É claro que o vândalo me pediria para dançar a música inteira e não apenas dois minutos, então todo aquele esforço não adiantaria de nada.

Andar de collant e meia-calça pelo auditório inteiro até o palco não era a situação mais confortável. Todo mundo me observava. *Quase* todo mundo. Daniel me esperava de pé, em frente aos degraus que levavam ao palco, acompanhado de uma garota que geralmente operava uma mesa de som escondida ao lado do palco. Como eu sabia da sua existência? Ela participava de todos os ensaios.

Informei a ela o nome da música e expliquei qual seria o intervalo de tempo pelo qual me apresentaria. Como se eu já não soubesse que isso aconteceria, Daniel pediu à menina que me ignorasse e tocasse a música inteira. Encarei-o, indignada, por alguns segundos, enquanto a garota se encaminhava até a mesa de som e começava a preparar a música. Resisti ao impulso de xingá-lo.

— Não me olhe desse jeito — ele pediu.

— Você sabe que eu tenho motivos pra isso — murmurei, já me virando para subir ao palco.

Daniel me segurou pelo braço, me fazendo descer os dois degraus que já havia subido, e me puxou para perto de si. Com a mão livre, colocou atrás da minha orelha um cacho que havia escapado do coque malfeito. E sussurrou:

— Faça o que você sabe fazer de melhor. Não precisa de todo esse nervosismo, poxa. Afinal você é jovem e bonita, né?

Não pude deixar de sorrir um pouco e revirar os olhos quando ele me largou e se encaminhou para o seu lugar, na ponta direita da primeira fileira. Que trocadilho, hein, Daniel? Palmas para você. "Young and Beautiful", o nome da música, significa exatamente aquilo. Jovem e bonita.

Quando me posicionei, estava com o olhar grudado em minhas sapatilhas brancas de ponta. Eu não queria olhar para ninguém naquele momento. Não até ter certeza de que não passaria vergonha na frente de todo mundo.

Precisava demonstrar, sentir o que a música dizia. O sentimento que a "personagem" tinha. Não era simplesmente chegar e dançar qualquer coisa. Precisava fazer sentido, e esse era o maior problema. Era assustador ter que demonstrar aquele amor, aquela tristeza e insegurança diante de pessoas que provavelmente nem me levariam a sério. Mas eu tinha que fazer. Por mim. Pela Juilliard. E por ele. Para ele.

Fechei os olhos, respirando fundo. A DJ estava me esperando dar um sinal ou entrar em posição para soltar a música. Parecia que cinco minutos tinham se passado sem eu fazer nada, apesar de saber que foram poucos segundos. Cada um deles era uma eternidade para mim. Minhas pernas tremiam cada vez mais. Meu coração acelerou tanto que chegava a doer a cada batida, como se algo o estivesse esmagando no peito.

Continuei em posição, passando o olhar para ele e tentando mostrar o máximo de confiança possível enquanto a música começava. Contato visual era importante. E Daniel era meu ponto de foco.

Eu não precisava sentir tanto medo, certo? Eles não eram jurados. Eram alunos como eu, e naquele momento só havia uma pessoa a quem eu queria agradar: Daniel. Era ele o "chefe", e tenho certeza de que era a pessoa mais interessada em mim ali. Queria ver do que eu era capaz, e acho que era isso que piorava tudo. Eu queria impressioná-lo mais do que qualquer coisa. Queria mostrar que minha vida não eram só problemas; havia, sim, algo em que eu era boa. A única coisa na qual eu realmente acreditava, a única coisa que eu amava e a única à qual me dedicava. Era a minha luz no fim do túnel. Assim como eu sabia que o garoto do cachecol vermelho, como era conhecido, poderia ser também.

Apesar do seu discurso maluco sobre me ajudar, e apesar de todas as coisas sem sentido que dizia, Daniel era a minha chance. Eu o conhecia havia tão pouco tempo, e mesmo assim sentia que ele sabia mais sobre mim do que qualquer um no mundo. Até mais que eu. Por quê? Porque ele via alguma coisa que ninguém jamais tinha visto. Ele enxergava a esperança em meio a todo o caos de raiva e desprezo em que eu vivia mergulhada. Sua confiança em mim me fortalecia. Era essa confiança que me faria dançar aquela música com tudo o que eu tinha, como se fosse minha última apresentação. E era ela que me fazia sentir forte para passar por qualquer coisa.

Até que ele não estivesse mais lá para enxergar aquela esperança e depositar sua confiança em mim, eu sabia que poderia fazer qualquer coisa, até mesmo o impossível.

Quando me dei conta, ouvi os últimos segundos da música e estava no centro do palco finalizando uma sequência de piruetas, ainda o encarando, como se não tivesse desviado o olhar em nenhum momento durante a dança. E não tinha mesmo.

O silêncio inundou o auditório após a última nota e o último passo. Eu estava ofegante, começava a suar. Minhas pernas doíam e tremiam por causa da tensão, mas nada daquilo parecia importar. Sorri para Daniel, ouvindo todos aplaudirem, surpresa comigo mesma. E ele sorriu de volta. O sorriso mais radiante que eu já tinha visto.

Quando saí do palco, depois de agradecer, o garoto já tinha se levantado e vindo em minha direção. Alguém me abordou antes mesmo de eu descer o último degrau, falando que eu era incrível. Não dei importância e agradeci de forma automática, ainda sorrindo e olhando para ele, que esperava pacientemente sua vez de me parabenizar ou o que quer que quisesse dizer.

Quando a pessoa finalmente me largou, ele veio. Mantinha no rosto o mesmo sorriso de antes, assim como eu. Não conseguia me conter. Estava surpresa e feliz demais por ter conseguido para fingir seriedade.

— Acho que essa foi a coisa mais incrível que já vi na vida — ele falou.

— Mais incrível que a Capela Sistina? — perguntei, levantando as sobrancelhas.

— Mais incrível que qualquer coisa, Melissa — ele respondeu, segurando meu rosto com as duas mãos e me olhando como se estivesse me contando a maior verdade do mundo.

Acho que houve algum problema técnico no meu rosto, porque tudo o que consegui fazer foi continuar sorrindo e olhando para ele feito uma idiota. Não sei que bando de pensamentos idiotas foram aqueles que invadiram minha mente enquanto dançava; só sei que eles continuavam lá, me impedindo de pensar em qualquer coisa que não fosse a beleza daqueles traços e daqueles olhos azuis.

Pelo que pareceu uma eternidade, ele continuou ali, imóvel, me encarando com atenção, como se tentasse ler meus pensamentos. Eu o encarei também, ainda tentando conter o ritmo da respiração e as batidas do meu coração. Não sabia se o motivo para continuar ofegante era falta de preparo físico ou nervosismo. A segunda opção era a mais provável, já que nunca me sentia confortável com as pessoas me olhando fixamente por um longo período de tempo.

Daniel se afastou poucos segundos depois, nos tirando do transe em que parecíamos ter entrado, deixando que todos os outros viessem falar comigo e me dar as boas-vindas. Isso me fez ser jogada de volta ao meu corpo. Não queria falar com aquelas pessoas. Estavam perto demais, e eu não queria que ninguém tocasse em mim. Eu não as conhecia!! De onde elas vieram? Por que pensavam que podiam falar comigo? Me tocar? Não.

Agradeci, tentando evitar qualquer contato físico, e, quando me deixaram em paz, Daniel me liberou para ir me trocar. Ele explicou que minha apresentação seria algo que trataríamos em particular, e não pude deixar de pensar nisso de um jeito malicioso. Sorri com a ideia enquanto me encarava no espelho, ajeitando o cabelo depois de ter desfeito o coque.

O que me restava era esperar que ele não me fizesse passar vergonha com o que quer que fosse me pedir para apresentar.

Vermelho e roxo

Quando voltei ao auditório, estavam todos no palco mais uma vez, ensaiando uma das músicas que tocariam na apresentação. Daniel andava de um lado para o outro indicando posições, tirando dúvidas e entregando folhas com partituras para quem ainda não havia decorado a música. Ajudava alguns a afinar (mais uma vez) os instrumentos e, de vez em quando, ia até a mesa da DJ para verificar as luzes e coisas assim. Juro que eu não sabia como ele podia ter tanta paciência.

— Ei, fecha a boca. Está babando na sua roupa nova — ouvi alguém dizer.

Me virei para olhar quem era. Estava tão concentrada no movimento em cima do palco que nem havia me sentado ao entrar no auditório. Permanecia parada, de pé, em frente à porta. Sorri ao ver que era Fernanda. Ela estava na última cadeira da última fileira, bem à minha frente. Me sentei ao seu lado, sem tirar os olhos dos alunos, e perguntei:

— O que você está fazendo aqui?

— Esqueceu que eu também sou aluna do curso de música?

— Mas você não costuma mais assistir aos ensaios, desde que desistiu do Daniel.

— Tem razão. É que eu sabia que você estaria aqui, então decidi vir.

Passei o olhar para ela, um pouco confusa. Havíamos combinado de nos encontrar em minha casa. Não havia razão nenhuma para que ela viesse me procurar antes do horário. Nem precisei perguntar para saber o motivo de sua "visita". Suspirando e analisando as unhas pintadas de azul-celeste, Fernanda começou:

— O Pedro perguntou de você hoje. Ele parecia bem irritado.

Revirei os olhos. Esse cara de novo? Ele achava mesmo que eu queria encontrá-lo novamente depois do que aconteceu na minha casa? Que tipo de garota ele pensava que eu era? Daquelas que apanham, são desrespeitadas e voltam a perdoar? Se ele pensava isso, estava completamente enganado. Eu não queria vê-lo nem pintado de ouro.

— Olha, não sei o que aconteceu entre vocês dois, e nem é da minha conta, mas ele realmente parece não gostar de você ficar andando com o Dani — ela falou, se virando para mim. — Se você quiser salvar o seu relacionamento ou evitar uma briga entre esses dois, acho melhor resolver essa situação.

— O que você está querendo dizer? — Eu duvidava de que Daniel fosse mesmo capaz de provocar Pedro a ponto de os dois brigarem.

— Mel, ou você é uma pessoa completamente desinteressada da vida das pessoas que te cercam, ou tem algum problema de memória. — Franzi o cenho, ainda esperando a resposta. — O Pedro e o Dani estão no mesmo ano. Na mesma sala. Eles não se dão bem desde o primeiro ano, porque o Dani foi escolhido como aprendiz pelo aluno do terceiro e agora está aqui, cuidando das turmas mais novas.

Realmente não me lembrava de nada daquilo. Talvez ela mesma tivesse me contado em algum momento em que eu estava fingindo prestar atenção, ou durante uma festa, na qual eu com certeza estava bêbada. Continuou:

— E tudo piorou quando você começou a assistir aos ensaios. Os dois vêm se provocando durante as aulas nos últimos dias. Quer dizer, o Pedro vem provocando o Dani. Ameaçando ele. O engraçado é que o Pedro me contou isso como se sentisse orgulho. Babaca.

— Eu não estou entendendo! — falei, sentindo a raiva e o nojo revirarem meu estômago. — Ele age como se fosse o meu dono. Pensa que tem direito de dizer com quem eu posso ou não me relacionar. Idiota!

— Eu nunca vi o Pedro tão obcecado por alguém como ele é por você, e nunca achei que ele pudesse agir dessa forma, mas é do Dani que estamos falando. Os dois têm uma rixa há três anos. São quase arqui-inimigos!

Bufei, me recostando na cadeira, indignada. Tudo aquilo por uma birra de adolescentes. Os dois tinham o que quando entraram na faculdade? Dezessete anos? E ainda tinham levado isso adiante... Quer dizer, Pedro. É, eu precisava resolver aquilo o mais rápido possível. Antes que os dois se matassem ou algo assim. Interrompi Fernanda:

— Tem papel e caneta aí?

Ela assentiu, e eu escrevi um bilhete a Daniel dizendo precisava ir embora para resolver um assunto urgente. Tinha certeza de que ele entenderia, apesar de saber que me cobraria no dia seguinte.

Sem que ele percebesse, deixei o bilhete no palco, perto dos degraus da escada, e depois saí com Fernanda, que havia se oferecido para me levar até Pedro. Eu sabia que talvez não fosse a escolha mais inteligente do mundo ir sozinha ver um cara que já tinha tentado me agredir, mas duvidava de que ele fosse fazê-lo de novo. E eu precisava e queria resolver aquilo o quanto antes.

— Vai me deixar ir com você, não vai? — Fernanda perguntou, fechando a porta do carro enquanto eu entrava.

— Não. Eu tenho que ir sozinha.

Ela pareceu murchar um pouco enquanto dava a partida. Eu sabia que ela adorava se meter em assuntos alheios, mas não deixaria que interferisse dessa vez. Era entre mim e Pedro. Só.

Durante o percurso, Fernanda me encheu de perguntas sobre o tal acordo que eu havia feito com Daniel. Disse que estava na cara que ele gostava de mim e que tinha certeza de que o garoto tentaria alguma coisa naquele fim de semana mesmo. Tudo o que fiz foi revirar os olhos, sorrindo. Duvidava muito que os sentimentos dele passassem de amizade, assim como os meus não eram nada mais do que isso. E também, depois da minha experiência com Pedro, eu duvidava de que iria querer um novo relacionamento por um bom tempo.

Quando chegamos, precisei de dez minutos para convencer Fernanda a ficar no carro.

A casa dele não era muito grande. Tinha dois andares e paredes pintadas de um salmão horroroso, mas dava para o gasto. Pelo menos para ele. Eu merecia muito mais do que aquilo.

Bati à porta.

Não demorou muito para que Pedro atendesse, e pareceu surpreso ao me ver. Engoli em seco. Não queria que ele percebesse que eu estava com medo. Precisava me monstrar confiante, e talvez isso me desse um pouquinho mais de segurança.

— Posso entrar? — perguntei, no tom mais firme que consegui.

Depois que ele concordou com a cabeça e me deu passagem, hesitei por alguns segundos, decidindo se aquela era a decisão certa a tomar. Não! Eu não podia recuar agora. Andei vagarosamente até o centro da sala, respirando fundo e tentando desacelerar as batidas do meu coração. Parei no centro da sala. Não queria tocar em nada, estava desconfortável demais para isso.

— Precisamos conversar — comecei, antes que ele tivesse chance de dizer qualquer coisa.

Pedro se aproximou de mim. Dava para ver a raiva contida em seus olhos escuros, e isso fez meu coração parar por um segundo. Dei um passo atrás quando ele chegou mais perto do que deveria. Eu preferia a distância.

— Sobre o quê? — perguntou, fingindo não saber do que eu falava.

— Sobre nós dois. Sobre o que aconteceu ontem.

Ele tentou se aproximar mais uma vez, e eu recuei. Acabei tropeçando na mesa de centro atrás de mim, o que me desestabilizou um pouco, mas eu tinha que continuar. Quanto mais rápido, mais fácil. Tipo arrancar um curativo. Né? Pelo menos era isso que eu pensava.

— Eu acho que a gente devia terminar — anunciei. — Não quero viver com alguém que tem a coragem de tocar em mim da forma que você fez.

— Do que você está falando? — questionou, tentando encostar em mim. Eu não tinha mais como recuar.

— Você mostrou que tem coragem de me machucar. E não vou admitir que isso aconteça de novo. Então, a partir de agora, nós não estamos mais juntos.

Pedro sorriu um pouco, balançando a cabeça, como se eu fosse a maior idiota do mundo. Prendi a respiração quando ele segurou meu queixo e se aproximou tanto que pude sentir sua respiração em meu rosto. Disse, num tom de sussurro:

— Você acha mesmo que é assim que as coisas funcionam? Você simplesmente decide que vai terminar comigo e fim? Não. Nós só vamos terminar quando eu disser que vamos.

Afastei-o com um empurrão, dando um jeito de dar um passo para o lado e ganhar distância mais uma vez. Estava perto da porta agora. Apertei a bolsa com força em cima do ombro, como se dentro dela houvesse um spray de pimenta ou qualquer coisa do tipo.

— O que foi? Está com medo de mim, gata? — perguntou. — Ou quer me largar pra ficar com aquele...

— Pode parar por aí — rosnei, sentindo uma onda de raiva me inundar, me ajudando a ter coragem. — Ele não tem nada a ver com isso. Não é culpa dele se você é um idiota covarde que acha que tem algum tipo de direito sobre mim. E, se quer saber, ele é muito mais homem do que um dia você vai ser. E sabe por quê? Porque ele nunca teria coragem de machucar alguém por orgulho e egoísmo.

Apesar de ter sido a maior verdade que eu já falei na vida, aquilo foi também o meu pior erro.

O semblante de Pedro mudou assim que fechei a boca. Ele veio para cima de mim. Fui mais rápida, avançando na direção da porta e girando a maçaneta. Mas ela não se moveu. Ele a tinha trancado e tirado a chave. Tentei puxá-la mais uma vez, mas Pedro me alcançou, me pegando pelo cabelo e me jogando no chão. Gritei, tentando encontrar ar e pedir ajuda ao mesmo tempo, enquanto ele desferia dois chutes em minhas costelas.

Me arrastei para trás, tentando chutá-lo, quando ele começou a se abaixar para ficar em cima de mim. Consegui acertá-lo e aproveitei para levantar, tentando pensar numa forma de sair dali. Bati na porta mais uma vez, gritando por Fernanda, mas duvidava de que ela fosse me ouvir.

Pedro me agarrou pelo cabelo, me xingou e me bateu contra a parede, depois deu um soco no meu rosto, seguido de outro no abdome. Gritei de dor enquanto minha visão começava a ficar turva, quase me fazendo perder a consciência.

Ouvi alguém bater na porta com força, gritando para que Pedro abrisse. Era a voz da mãe dele. Ele me jogou no chão mais uma vez, e eu bati o rosto na mesa de centro. Continuei caída, sem forças para me levantar, enquanto ele virava a chave na fechadura. Quando me viu, a mulher entrou em estado de choque, colocando as mãos na frente da boca. Perguntou, praticamente gritando:

— O que você fez, meu filho?!

Ela veio até mim, me ajudando a ficar de pé. Precisei de muito esforço, já que minhas costelas reclamavam a cada movimento. Deviam estar fraturadas.

— Sinto muito, Melissa — a mulher disse. — Por favor, desculpe o meu filho. Às vezes ele acaba perdendo a cabeça mesmo.

— Eu vou chamar a polícia! — tentei gritar, mas não tinha ar suficiente para isso.

Pedro tentou avançar em mim mais uma vez, mas sua mãe, que me ajudava a ir até a porta, o conteve, colando a mão em seu peito e pedindo que ele se afastasse, pois ela resolveria tudo. Ele obedeceu, contrariado.

— Não faça isso, por favor! Ele não tem culpa! Ele só perdeu a cabeça, mas é um bom menino e vai se desculpar com você quando se acalmar.

— Não tem culpa?! Se desculpar? Você acha que um pedido de desculpas é suficiente? — gritei. — Ele me bateu! Você é louca!

Saí da casa antes de um deles ter a chance de dizer alguma coisa. Fui até o carro, onde Fernanda escutava música no último volume, com os vidros fechados. Assim que abri a porta e ela olhou para mim, seu rosto ficou branco. Praticamente afundei no banco do carro e falei:

— Acho que ele entendeu o recado.

— Meu Deus, Mel! Você está sangrando!

Olhei para minha regata de cetim branca, que começava a ficar encharcada com o sangue que provavelmente saía do meu nariz. Doía para respirar, então, depois de finalmente convencer Fernanda de que ir a um hospital era mais importante naquele momento do que chamar a polícia, ela deu a partida.

Minha conversa com Pedro resultou em duas costelas trincadas, dois pontos no supercílio, um corte no lado esquerdo do lábio inferior e uma sombra arroxeada que ia da parte superior da sobrancelha direita até o topo da maçã do rosto, em um semicírculo. Minha sorte é que não houve nenhuma lesão nos olhos.

Fernanda me levou para casa e acabou dormindo lá. Era muito tarde para ela sair de carro quando dona Regina finalmente chegou em casa. Eu tinha que confessar que estava um pouco receosa de ficar sozinha, ainda mais para enfrentar minha mãe.

Fui atingida por uma rajada de perguntas quando ela viu meus machucados e, como médica, criticou cada uma das providências tomadas. Menti em cada uma das respostas. Pelo menos nas que aceitei dar, porque em certo ponto da história decidi simplesmente deixá-la falando sozinha e subir para o quarto.

Quando finalmente consegui deitar, tudo o que passava pela minha cabeça eram os momentos de terror que vivi nas mãos de Pedro, o medo que senti ao me ver tão indefesa e sem poder me proteger. A dor física não era nada perto da raiva que eu sentia: por ter apanhado, por ter acreditado que ele nunca seria capaz de fazer aquilo. Quando os remédios para a dor conseguiram me apagar, a última imagem que me veio à mente foi a de Pedro vindo na minha direção.

Fiquei aliviada por não precisar ir à faculdade no dia seguinte. Não queria arriscar dar de cara com Pedro, e também não queria ver Daniel. Não daquele jeito. Aliás, não queria aparecer lá com aqueles pontos e um "quase olho roxo". Preferia ficar na cama, com raiva do meu ex por ter me agredido a ponto de eu não poder treinar ou praticar atividades físicas por um mês.

Obriguei Fernanda a me prometer que não contaria nada a Daniel. Ela deveria dizer que eu tinha comido algo que me fez mal. Eu mesma iria contar a ele, da forma certa, se é que existia alguma.

Apesar da promessa e de todas as vezes em que repeti a ela a importância de manter aquela informação entre nós duas, tinha certeza de que ela não conseguiria segurar a língua e de que era questão de tempo até eu receber um telefonema dele. Então apenas esperei, deitada durante toda a manhã, que o telefone tocasse.

Lei do mais forte

— Mel, você precisa vir até aqui. — Me surpreendi ao ouvir a voz de Fernanda do outro lado da linha. — Não sei como vai fazer isso, mas você precisa vir rápido. Eu tentei segurar ele, tentei impedir, mas... EU NÃO SEI! Só... só vem pra cá! Rápido!

Ignorando as ordens do médico — que me mandou fazer repouso por alguns dias —, a primeira coisa que fiz depois de ela praticamente desligar na minha cara foi chamar um táxi.

Tomei um banho correndo, apesar da dor nas costelas e tomando todo o cuidado ao tirar e colocar a faixa elástica que estava usando para aliviar o incômodo provocado pelas costelas trincadas.

Vesti um jeans, uma camiseta branca e uma jaqueta de moletom azul com a ajuda de minha empregada e prendi o cabelo num rabo alto e bem apertado. Não tinha por que me arrumar. Estava com dor, com pressa e com sono.

Peguei a bolsa, ouvindo o táxi buzinar do lado de fora. Por sorte não era horário de pico, então não pegamos trânsito nenhum. Eram mais ou menos dez da manhã. Hora do intervalo.

Vi a confusão assim que viramos a esquina da rua da faculdade. Havia pessoas correndo em direção à entrada, e um grupo se aglomerava logo após a porta de acesso à escadaria que levava ao primeiro andar.

Paguei o táxi com pressa, e quase esqueci de fechar a porta. Depois, me apressei até a entrada do prédio. Antes mesmo que eu pudesse ver o que estava acontecendo, Fernanda me abordou e me segurou pelos ombros. Parecia desesperada:

— Eu... eu quebrei a promessa. Contei pro Dani. Não me mate. Ele... ele ficou furioso!

Depois que ela fez uma pausa agonizante de uns dez segundos, praticamente gritei para que contasse logo o resto da história. Fernanda berrou, como se precisasse se livrar daquilo o mais rápido possível:

— Eu não sei o que aconteceu comigo. Acho que foi um tipo de premonição ou sei lá. Me deu vontade de sair da sala no meio da aula, e aí eu passei em frente à sala do Daniel. Ele e o Pedro estavam gritando um com o outro, e o professor mandando eles pararem. — Ela não pausava nem para respirar. — E aí eu te liguei, amiga, porque sabia que assim que eles saíssem da sala ia dar merda. Agora eles estão discutindo no meio do corredor. Se você não for lá, eles vão se matar.

— O QUÊ?!

Nem lhe dei chance de responder. Disparei na direção do corredor, me enfiando entre as pessoas, apesar de toda a dor que o aperto me causava. Não deveria estar ali, mas o motivo da briga era eu, então tinha que ser resolvido por mim. Quando finalmente consegui chegar até os dois, ouvi os gritos de Pedro:

— Aquela vadia teve o que mereceu! — Ele cuspiu essas palavras com tanto ódio que senti que elas me atingiram como um soco.

Foi a gota-d'água. No segundo seguinte, Daniel estava em cima de Pedro, desferindo socos no rosto do meu ex. Cheguei a ouvir quando o nariz do rapaz se quebrou. Fui até eles, segurando o braço de Daniel antes que ele tivesse chance de continuar batendo e o puxando para trás. Ele se virou para mim, prestes a me empurrar, pensando que fosse um aluno tentando separá-los. Ao perceber que era eu, parou na hora. Se levantou, ofegante, e se virou para mim, colocando as mãos em meu rosto:

— O que você está fazendo aqui?

— O que VOCÊS estão fazendo? — perguntei, irritada, ignorando completamente sua pergunta.

— Olha só o que ele fez..

De repente, num piscar de olhos, ele foi puxado para trás por Pedro, que havia se levantado e agora segurava o garoto pelo pescoço contra os armários. Por instinto, praticamente saltei nas costas do meu ex, tentando afastá-lo de Daniel, mas ele deu um jeito de se livrar de mim, me empurrando com tanta força que bati contra os armários do outro lado do corredor. Senti uma dor tão forte nas costas e nas costelas que caí sentada, com tudo ao redor rodando e uma ânsia estranha subindo pela garganta.

Daniel afastou Pedro com um chute, logo o atingindo com um soco antes que o rapaz tivesse a chance de se recuperar. No segundo seguinte ele estava desacordado no chão, com todo mundo gritando em volta.

Daniel veio até mim mais uma vez, me ajudando a levantar e aproveitando para pegar seu cachecol daquele dia; era de lã e vermelho-vivo, como no dia em que o conheci. Depois, passou um braço ao redor da minha cintura, permitindo que eu me apoiasse nele. Estava suado.

Colocou o cachecol por cima dos ombros com a mão livre, sorrindo de um jeito orgulhoso enquanto todos gritavam seu nome. Secou com a manga da camisa o sangue que saía de um corte mínimo acima da sobrancelha. Era o único ferimento visível em seu rosto. Ao contrário do Pedro.

Quando, como mágica, todos pararam de gritar ao mesmo tempo e a reitora abriu caminho por entre os alunos, o sorriso de Daniel sumiu. Ele me soltou, entrando na minha frente de forma protetora quando o olhar dela se tornou severo.

— Mas o que está acontecendo aqui, Daniel?! — ela gritou, saindo por um momento do papel de reitora e assumindo o de mãe.

— Foi o Pedro quem atacou o Daniel primeiro, dra. Marcia — Fernanda explicou, praticamente brotando do chão ao meu lado. — Eu vi. Ele só estava se defendendo.

O olhar da mulher, que estava visivelmente furiosa, passou para minha amiga. Ela se aproximou de nós e olhou para Pedro, sentado no chão, meio atordoado. A postura já tinha voltado a ser a da reitora severa. Senti a ironia em sua voz:

— E a senhorita sabe qual foi o motivo de toda essa confusão?

Eu estava começando a me manifestar, prestes a assumir a culpa, mas Daniel foi mais rápido.

— Eu provoquei. Posso até não ter começado a briga, mas fui eu que o irritei.

Não foram necessárias outras explicações. Marcia provavelmente já sabia da rixa entre os dois, então apenas pediu que alguns alunos levassem Pedro para a enfermaria e avisou que assinaria uma suspensão de uma semana para Daniel. Não era porque ele era seu filho que não sofreria as consequências.

Depois, saímos os três da faculdade. Eu, apoiada por Daniel e Fernanda. Engraçado que, na hora da briga, não senti nada. A raiva de ver Pedro atacando Daniel foi tão grande que só pude pensar em ajudá-lo, mas agora a dor tinha voltado. Ainda bem que eu estava tão cheia de analgésicos que ela era um latejar forte e constante, mas suportável.

— Você se saiu muito bem para um garoto certinho, sr. Daniel Oliveira Lobos — comentei, quando ele finalmente recuperou o fôlego.

— Garoto certinho? De onde você tirou isso? Onde acha que eu arranjei as minhas cicatrizes e esse dente lascado?

Não pude deixar de encará-lo com surpresa. Quer dizer, ele não tinha cara de quem se mete em brigas desse tipo. Fernanda socou o braço dele de leve, chamando-o de Garoto do Cachecol Rebelde, o que o fez rir mais uma vez. Não pude negar que senti um pouquinho de ciúme naquele momento. Pensei que fosse a única que conseguia provocar aquele sorriso nele. Era injusto que ele se permitisse rir com ela também.

— Foi uma boa briga, tenho que admitir — ele comentou. — Foi quase... difícil.

— Quase difícil?! — perguntei. — Eu pensei que você fosse perder! Acredite, sei do que ele é capaz. — Apontei para meu próprio rosto.

— Assim você me ofende, Melissa — murmurou, com um sorriso discreto.

— Ele é só um covarde que bate em mulheres porque não aguenta uma briga com um cara do mesmo tamanho.

Parecia estranho eu achar a fala dele meio sexy? Não era culpa minha! Ele tinha acabado de sair de uma briga, com cara de quem havia ganhado, tinha brigado por mim e estava me olhando como se eu fosse a coisa mais fascinante da face da Terra, ainda que eu estivesse com aquele roxo horrível, os pontos e o corte no lábio. O que mais você quer?! Hã?!

— Acho melhor eu voltar — Fernanda anunciou, depois de nós dois ficarmos nos encarando por algum tempo.

— Ok. Tudo bem. Eu também preciso ir — falei, já me despedindo dela com um abraço.

Em seguida, Daniel a cumprimentou com um aceno de cabeça e a garota praticamente correu para dentro da faculdade. Alguns segundos de "encaração mútua" depois, comecei a me despedir dele também, mas Daniel recuou um pouco.

— Ainda não, mocinha. Temos um acordo, lembra? E ainda temos... seis horas e meia.

— Mas hoje é um dia incomum — argumentei.

— Tem razão. E é mais um motivo para nós ficarmos... — Fez uma pausa, provavelmente recalculando as palavras. — Para fazermos alguma coisa diferente.

— Do tipo?

— Do tipo um boletim de ocorrência contra aquele idiota. O que eu tenho certeza que você ainda não fez.

Revirei os olhos, prestes a me virar para ir embora, mas ele colocou uma das mãos no meu queixo, me fazendo olhar para ele, e se aproximou. Incrível como ele gostava de ficar perto de mim. Parecia uma necessidade para aquele vândalo. Mas eu não tinha nada contra isso. Sussurrou:

— Não precisa ter medo. Vou ficar com você, e não vou deixar ele te tocar nunca mais.

— Como é que você pode prometer isso? Não é algo que você pode controlar.

— Eu posso impedir. Assim como podia ter impedido quando ele te machucou ontem, se você tivesse me convidado pra ir junto.

Peguei sua mão, afastando-a do meu rosto, e recuei um passo. Não era um assunto no qual ele poderia simplesmente usar argumentos fofos para me convencer. Tinha a ver com o medo de Pedro ir atrás de mim se algo desse errado. Tinha a ver com minha segurança, que era algo que a polícia não tinha sob seu controle, e muito menos Daniel.

— Você precisa confiar em mim — ele disse.

— Eu confio em você. Não confio nele. E pra falar a verdade nem sei se isso é certo — respondi, e era verdade. Ele olhou para mim, metade confuso, metade irritado. — Caso você ainda não tenha notado, a minha sorte com os homens não é muito grande. Primeiro o meu professor de matemática do primeiro ano do ensino médio, depois aquele cara que me assaltou e agora o Pedro. — Fiz uma pausa, sentindo os olhos se encherem de lágrimas. Baixei a cabeça, tentando evitar que ele visse que eu estava chorando. — Eu mal te conheço! Quem garante que você não vai ser o próximo erro? Você acha que eu não tenho motivos pra deixar de confiar nas pessoas?

Sequei as lágrimas com a manga do moletom, ainda evitando olhar para ele. Não queria ver o pesar e a pena em seus olhos. Aquilo era a última coisa da qual eu precisava, e eu duvidava de que Daniel entenderia.

— Não posso te garantir nada — ele disse, finalmente. — Não sou vidente, não sou santo, nem a melhor pessoa que você vai conhecer na vida.

Esperei que ele continuasse, mas, quando não o fez, precisei de alguns segundos para decidir se ficava irritada por ele não ter me consolado e nem ao menos tentado conseguir minha confiança, ou se ficava feliz pelo fato de não ter falado qualquer coisa da boca para fora só para me fazer sentir melhor.

— Obrigada pelo apoio moral — falei, agora chorando livremente.

— É disso que todos nós precisamos às vezes, não é?

A pergunta dele me fez rir. Daniel me puxou pela manga da jaqueta, passando os braços ao meu redor e me apertando com força contra o seu corpo.

Quase doeu, mas preferi não falar nada sobre minhas costelas naquele momento. Era muito melhor apenas retribuir o abraço. Enterrei a cabeça em seu ombro e fechei os olhos.

— Como eu disse antes — sussurrou, sem se afastar —, não posso garantir nada. Mas posso prometer que, enquanto eu estiver no controle das coisas, e enquanto você quiser a minha ajuda, vou fazer tudo o que eu puder pra te deixar feliz. Afinal, foi pra isso que nós fizemos aquele acordo, não foi? — Apenas assenti. Seu abraço era tão reconfortante. Naquele momento, senti que não importava onde estivéssemos: podíamos estar no meio de uma guerra, ou em uma jaula de leões famintos... Para mim não fazia diferença. Não havia lugar mais seguro que os braços de Daniel. E ele continuou: — Então, você precisa permitir que eu faça isso, porque, apesar de ser eu a pessoa que vai dar duro, não posso fazer nada sem a sua permissão e colaboração.

Ele se afastou um pouco, apenas para ver meu rosto.

— Você entende isso?

— Sim — respondi, revirando os olhos.

— Ótimo. Então nós temos que ir à delegacia.

Bufei enquanto me deixava praticamente ser arrastada até seu carro. Ok. Ele tinha me convencido, mas, se no final as coisas dessem errado, era a cabeça dele que eu acabaria arrancando

Confiança

A delegacia de defesa da mulher mais próxima ficava a mais ou menos trinta minutos da faculdade. Eu nunca tinha entrado em um lugar como aquele, e confesso que por um momento pensei em desistir, mas Daniel me empurrou delicadamente, me encorajando a ir até o balcão, onde estava um homem de aparência envelhecida. Depois que informei o motivo que tinha me levado até ali, ele me encaminhou até uma sala para que a delegada pudesse pegar meu depoimento e abrir uma queixa formal.

Confesso que tudo passou como um daqueles filmes que você não lembra bem como começou ou qual o enredo. Você sabe que está assistindo, mas não se prende realmente à história. Depois de alguns minutos sentada na sala da delegada, ela entrou, e sua aparência me surpreendeu: era jovem ainda, não devia ter mais de trinta anos, bonita e de sorriso largo. Chegou me cumprimentando de forma educada e se sentou à mesa, já apontando para meu rosto e perguntando quem era o covarde que tinha feito aquilo comigo.

Passei mais ou menos uma hora prestando depoimento, depois fui encaminhada para o Instituto Médico Legal, para fazer exame de corpo de delito. Tiraram várias fotos e mediram meus ferimentos, para fazer os laudos que seriam anexados ao processo. Depois do exame, voltei para a delegacia, pois, como a delegada me falou, ainda não tinham terminado as vinte e quatro horas que configuram o flagrante. Ela iria mandar uma viatura para a casa do Pedro. Ele ia ser preso.

Quando cheguei, fui informada pela delegada de que não o tinham encontrado. Disse para eu não me preocupar; eu poderia pedir para um juiz emitir uma ordem de restrição, que o impediria de se aproximar de mim. Me informou sobre todos os passos do processo e foi sincera, dizendo que infelizmente, na maioria dos casos, a única punição para esse tipo covarde de crime era o pagamento de algumas cestas básicas.

Depois que saí da delegacia, confesso que me senti aliviada. Era como se eu tivesse, através daquele ato, lavado a minha alma. É preciso ter muita coragem para denunciar esse tipo de coisa. Nunca me senti tão exposta, principalmente quando fiz os exames no IML: expor meu corpo e todas as marcas da violência que sofri parecia vergonhoso. Mas me dei conta de que quem deveria se envergonhar era o culpado de tudo aquilo, e não eu. Nenhuma mulher deve aguentar calada qualquer tipo de violência. Eu senti medo, tive dúvidas se deveria denunciar. Só que, se eu o protegesse, com certeza ele faria aquilo de novo; se não comigo, com outra. E eu seria, de certa forma, cúmplice dessa violência.

Daniel ficou ao meu lado o tempo todo. Se não fosse pelo apoio dele, talvez eu não tivesse conseguido enfrentar tudo aquilo. Eu ainda não entendia o porquê de ele se preocupar tanto comigo, mas no fundo estava agradecida.

Acordei com o despertador tocando.

Abri os olhos, vendo o teto de gesso do meu quarto iluminado pela luz do sol, que ainda nascia. A brisa fria da manhã balançava as persianas com suavidade. Eu não tinha vontade nenhuma de levantar da cama, mas precisava. Havia prometido a Daniel que estaria pronta às seis e meia.

Me levantei da cama, ainda encontrando dificuldade para fazer qualquer movimento sem sentir uma pontada de dor nas costelas. Três dias haviam se passado, mas ainda era difícil fazer alguns movimentos. Tomei um banho e penteei com os dedos meu cabelo molhado.

Vesti um short jeans claro, uma camiseta preta e amarrei uma camisa xadrez vermelha na cintura para o caso de sentir frio mais tarde. Calcei minhas sandálias gladiador e passei maquiagem suficiente para esconder a sombra arroxeada ao redor do olho direito.

Apesar de Daniel não ter dito o que iríamos fazer, já imaginava que ele não me levaria para alguma festa ou coisa assim, então não vesti nada muito elaborado.

Antes de sair, já o ouvindo buzinar, coloquei os óculos escuros, peguei a bolsa e saí rapidamente, parando apenas para pegar uma maçã na cozinha.

Mal tinha fechado a porta de casa quando me virei para olhá-lo. Meu queixo caiu. O carro que ele dirigia não era a picape de sempre. Era um... um... um carro antigo. Um conversível vermelho.

— Bom dia, flor do dia — ele me cumprimentou enquanto eu entrava, boquiaberta, colocando a bolsa no chão e afivelando o cinto de segurança.

— Você tá falando sério?! Isto aqui é um...

— Um Bel Air. Exatamente. Um clássico.

Eu estava chocada. Quer dizer... ele tinha alguma ideia de como eu amava coisas vintage? Era incrível! Aquilo sim era mágica.

— Demais!

— Que bom que você gostou. A nossa viagem vai ser bem longa.

— Como assim? — perguntei, ainda encantada com o carro, tentando absorver cada detalhe.

O garoto sorriu, dando a partida e voltando a olhar para a frente. Ele vestia calça jeans, regata branca e camisa azul-clara por cima, com as mangas dobradas até os cotovelos. Os óculos de sol eram do modelo aviador, com o aro dourado e as lentes num tom alaranjado. O cachecol que deveria estar usando naquele dia, na verdade, estava amarrado no encosto de cabeça do banco do motorista, o que me fez rir.

Daniel segurava o volante com apenas uma das mãos. Ele apertou alguns botões do rádio, que me parecia um pouco moderno demais para o contexto. Eu o observei colocar um dos CDs que havia trazido. Aquele era, pelo que me disse, o *Com você... meu mundo ficaria completo*. Perguntei:

— Um toca-CDs?

— Meu pai pediu para fazerem algumas modificações durante a restauração.

— Que pecado — murmurei, balançando a cabeça.

— Foi o que eu falei pra ele — respondeu, sorrindo e voltando a se ajeitar no banco enquanto a primeira música começava a tocar.

Aquilo me fez lembrar de três dias antes, quando eu dancei no palco especificamente para ele. Para minha surpresa, o garoto ainda não tinha feito nenhuma piadinha sobre aquilo. Será que havia notado? Espere...

— Você disse que este é um Bel Air, né? — perguntei, e ele assentiu com um sorriso orgulhoso, como se estivesse feliz por eu finalmente ter descoberto o motivo de ter vindo com aquele carro.

No início da música que eu tinha dançado, havia um verso que dizia: "Diamonds, brilliants and Bel Air now". Bel Air... O carro. Eu o encarei, com cara de boba, enquanto ele se fazia de desentendido. O que será que aquilo significava? Que ele havia entendido? Que havia realmente prestado atenção? Que sabia em que eu estava pensando enquanto dançava? Bom... eu tinha que perguntar, né? Não. Nem a pau. Ele que se pronunciasse. Eu não diria nenhuma palavra.

As horas seguintes foram repletas de pessoas nos encarando, Daniel aumentando o volume enlouquecidamente a cada vez que eu ameaçava reclamar de alguma coisa e minhas tentativas falhas de descobrir aonde estávamos indo. O vento era quase insuportável, o que, de certa forma, tornava tudo mais legal, e as estradas estavam vazias.

Haviam se passado mais ou menos duas horas quando ele parou numa loja de conveniência em um posto de gasolina para eu ir ao banheiro. Aproveitamos para comprar alguma coisa para comer. Tentei, em vão, comprar uma latinha de cerveja, já que o calor era grande e fazia muito tempo que eu não bebia nada alcoólico, mas Daniel me impediu, usando o argumento do A-C-O-R-D-O. Depois de uma breve discussão, desisti da ideia e peguei um suco de laranja. Desde que tinha decidido cuidar melhor da minha alimentação, apesar de ainda não ter me consultado com uma nutricionista, eu procurava comer a intervalos regulares. Nada calórico, é claro; frutas e sucos naturais tinham virado meus companheiros constantes. O engraçado de tudo isso é que eu me sentia com muito mais energia, o que melhoraria meu desempenho nos treinos. A cada dia que passava eu sentia que havia tomado a decisão certa: cuidar de mim.

Sentei no banco traseiro do carro, com as pernas esticadas e os braços cruzados, e ele fez o mesmo no da frente, me encarando com um sorriso satisfeito enquanto segurava sua garrafa de água de gente careta.

— Quer uma foto? Dura mais — falei, quando não estava mais aguentando que ele me encarasse.

— Não vai ficar brava comigo, né? Nem tudo pode ser do jeito que você quer. Senão fica legal demais, e essa não é a minha intenção.

— E a sua intenção é me irritar? É isso?

Ele riu, balançando a cabeça e me chamando de ingrata enquanto saía do carro para subir a capota. Só quando ele o fez, e eu tive tempo de analisar o interior do carro com atenção, notei que havia um violão e algumas latas de tinta no chão. Interessante. Nós iríamos vandalizar algum lugar? Eu esperava realmente que não.

Agora, qual era o motivo de ele ter me chamado de ingrata? Quer dizer... ele tinha entrado numa briga por mim, se propôs a me ajudar e estava fazendo uma viagem de horas até um lugar X... tudo por minha causa. Ah. Problema dele. Eu só aceitei a proposta.

Passei para o banco da frente, observando enquanto ele entrava mais uma vez no carro e dava a partida sem falar nada. É claro que nós entramos em outra discussão alguns minutos depois, quando falei que era a minha vez de escolher as músicas. E é claro que fui eu quem ganhou.

Liguei o rádio, e uma música eletrônica alta começou a tocar. Não era o meu gênero preferido, mas combinava com aquele tipo de viagem, então aumentei ainda mais o volume e coloquei os pés no painel, aproveitando o silêncio entre nós — eu sabia que seria passageiro.

— Será que ainda vai demorar muito pra gente chegar? — perguntei.

— Será que você consegue deixar de ser chata, exigente e impaciente pelo menos por alguns minutos?

— Quem você pensa que...? — comecei, mas ele aumentou o volume do rádio antes que eu tivesse a chance de continuar.

Eu o encarei, irritada, e desliguei o som. Ele apenas bufou, apertando um pouco os dedos ao redor do volante. Pude ver que os músculos do seu braço estavam tensionados, o que os deixava ainda mais visíveis sob a camisa apertada. O sol que vinha da janela cegava meus olhos, mas não pude deixar de continuar encarando. Seu cabelo, sob aquela luz, tinha cor de trigo.

Segurar o volante daquele jeito e fazer aquela expressão ao mesmo tempo séria e irritada dava a ele um ar de garoto rebelde que o deixava ainda mais atraente. Se é que isso era possível.

— Você está bravo mesmo, né? — perguntei, já me encolhendo um pouco no banco, esperando que ele gritasse um enorme "SIM" na minha orelha.

— O que você acha?

— Olha — falei, após uma longa pausa, me convencendo de que aquilo era realmente a coisa certa a dizer. — Eu sei que posso ser meio ingrata às vezes e...

— MEIO?! — Fui interrompida de forma sarcástica.

— Cala a boca e me deixa terminar — murmurei, tão rápido e baixo que duvidei um pouco que ele tivesse ouvido. — Eu sei que posso ser meio ingrata às vezes, e irritante, e exigente etc., mas também posso ser legal, e quero ter a chance de te mostrar isso.

— Começando agora? — A sobrancelha dele estava levantada.

Seu tom me chateou um pouquinho, mas me limitei a respirar fundo e assentir. Se continuasse agindo daquele jeito, era bem capaz de Daniel acabar desistindo de mim, e não era isso que eu queria. Eu queria ver o que ele podia fazer, do que era capaz. Me parecia tão confiante em seu plano que, no fim, criei confiança nele também, e a última coisa que eu precisava naquele momento era de outra decepção.

— Ok. Eu sei que também posso fazer muito melhor do que isso — admitiu. — Então... a partir de agora, não vamos mais brigar até o fim do dia. Combinado?

— Duvido que a gente vá conseguir cumprir essa promessa. Não é melhor uma coisa mais fácil? — brinquei, o que o fez sorrir. Um sorriso de verdade agora, sem nenhuma ironia ou sarcasmo.

— Tá bom... Não vamos brigar até chegar ao nosso destino.

— Combinado.

E realmente não brigamos. É óbvio que tínhamos que levar em conta o fato de termos ficado em silêncio pelo resto do caminho, para evitar qualquer tipo de discussão, mas já foi um grande avanço, né? Pense o que quiser. Para mim, foi.

— Que lugar é este? — perguntei, enquanto ele dirigia por uma pequena estrada contornando a orla.

— Praia das Pedras Miúdas. Ilhabela.

Desci o vidro, sem acreditar que ele havia me levado até ali. Era lindo. A água era cristalina, e a areia, branca. O sol não estava muito forte. Típico de um céu limpo das nove da manhã. Não havia muita gente circulando na calçada, muito menos na praia. Vi alguns vendedores ambulantes perambulando pela areia e uns gatos-pingados no mar, que era calmo e não tinha ondas.

Daniel seguiu caminho por mais alguns minutos, até chegarmos a uma casa gigante perto da orla. Tinha uns três andares. Era branca, cheia de colunas, e seu estilo era moderno. Grandes janelas de vidro nos permitiam ver uma sala de estar enorme no térreo e uma área com churrasqueira e forno de pizza no segundo andar. O portão elétrico se abriu assim que Daniel se aproximou com o carro.

— Onde estamos? — eu quis saber, confusa.

— Você vai ver — ele respondeu, estacionando atrás de um Range Rover branco lindo.

Saímos do carro, e ele levou consigo apenas o violão. Estendeu a mão para mim enquanto íamos em direção a uma portinha. Confesso que fiquei um pouco hesitante em pegar a mão dele. Já estávamos naquele nível de amizade? Ou era só uma desculpa para me segurar e impedir que eu fugisse quando visse o que me aguardava do lado de dentro?

Abriu a porta, me puxando para o interior da casa. Aquela devia ser a entrada dos fundos, já que fomos parar na cozinha. Era... enorme. Cheia de eletrodomésticos de inox, armários brancos e mármore marfim. Mais para a frente podíamos ver uma sala imensa, com sofás também em tom próximo ao do mármore e paredes claras.

Logo de frente havia uma parede inteira envidraçada, que era a que eu tinha avistado ao chegarmos. À esquerda havia uma estante longa e alta, cheia de filmes e jogos, com uma TV de tela plana de cinco bilhões de polegadas. À direita ficavam três sofás que deviam comportar umas dez pessoas cada. Atrás deles, duas poltronas, viradas para outra estante, esta repleta de livros. Meu queixo caiu. A casa era três vezes maior que a minha casa, que já era enorme.

— Mãe! Pai! Chegamos! — ele anunciou. Eu arregalei os olhos.

— Mãe?! Pai?!

— É. Aqui é uma das casas que nós temos pra passar férias, feriados, fins de semana — respondeu, como se fosse a coisa mais simples do mundo. — Não se preocupe. Não vim te apresentar "oficialmente" pra eles. Só achei que iríamos precisar de um lugar pra passar a noite.

— Passar a noite?! Você podia me avisar de coisas desse tipo! E não simplesmente me falar que vamos sair e me sequestrar por dois dias.

— Relaxa, Mel. — Ele se virou para mim depois de deixar as chaves em cima de um dos balcões da cozinha. — Só... aproveita o momento.

Mel? Agora nós tínhamos aquela intimidade? Começaríamos a nos chamar por apelidos e dormir um na casa do outro? Acho que, para ele, sim. E eu não tinha o que fazer, já que não estava de carro e havia um acordo a cumprir.

Não haviam se passado dez segundos quando uma garota apareceu na sala, usando apenas biquíni preto. Ela tinha o cabelo comprido e cacheado, da mesma cor dos dele. Era extremamente magra e alta.

Ele a abraçou com força, fazendo-a rir quando a tirou do chão. Fechei a cara, cruzando os braços. Que baixaria era aquela? Quantas meninas ele tinha levado até lá? Duzentas? A próxima a aparecer seria quem? Diana? Fernanda? Millah? Quando finalmente se afastaram, ele recuou um passo, voltando a ficar ao meu lado. A garota me analisou da cabeça aos pés, curiosa.

— Helena, esta é a Melissa. — Ele passou um braço por cima dos meus ombros. Precisei de muito autocontrole para não me afastar. Não faria parte do harém dele. Nem se pedisse de joelhos. — Uma amiga minha. — Passou o olhar para mim. — Mel, esta é a Helena. Minha irmã mais nova.

— Ah! Ah, tá! Entendi... Irmã — falei, surpresa, cumprimentando-a com um aperto de mão. Não pude deixar de me sentir aliviada. — Que bom! Eu já estava começando a pensar que não era a única garota que você sequestrou e trouxe pra cá.

— Então essa é a famosa Melissa! — a menina disse. — Que bom finalmente te conhecer.

— Digo o mes... — comecei.

— Mas vocês vão ter que me contar que história é essa de "amizade, ciúme e sequestro" — ela me interrompeu, num tom fingido de confusão. — Parece bem interessante. — Abri a boca, prestes a perguntar de que ciúme ela estava falando, quando Helena abriu um sorriso radiante e deu um soco de brincadeira no ombro do irmão. — Não sei o que você está fazendo, mas está dando certo.

Daniel baixou o olhar, e suas bochechas ficaram rosadas. Ele, sem graça e sem uma resposta na ponta da língua? Bom... eu queria saber o que "estava dando certo", só para poder usar aquilo mais tarde e fazê-lo calar a boca.

— A dona Marcia não está em casa — ela disse. Helena também chamava sua mãe pelo nome? — Foi dar uma volta com o papai na praia.

— Bom saber. Não acho que ela iria gostar de saber que acabei chegando adiantado. Ainda mais trazendo visita.

— Espera. Todo mundo sabia que eu vinha? — perguntei. — Menos eu?

— Exatamente — ele respondeu. — Agora, vai com minha irmã arranjar alguma coisa mais apropriada pra vestir. A gente se encontra aqui em quinze minutos.

Disparou na direção da escada ao lado da cozinha antes que eu pudesse pensar em protestar. Helena e eu nos encaramos por alguns segundos. Aquele provavelmente era o momento em que ela me ameaçaria de morte se eu o magoasse ou algo assim, e eu já estava esperando que o sorriso em seu rosto sumisse, quando ela o abriu ainda mais. Os olhos grandes, azuis como os do irmão, pareciam brilhar como estrelas. O rosto era fino, e o nariz e a boca, delicados. Parecia uma fada. Perguntou:

— Vamos? O Daniel não costuma reagir muito bem a atrasos.

— Ah, sim. Claro — respondi.

Eu ainda tentava esconder a surpresa por estar ali. Ele havia planejado tudo em segredo, e sem o meu consentimento. Agora só me restava aceitar e ser gentil.

Pelo menos na frente da família dele, porque, assim que ficássemos sozinhos, eu iria gritar até seus ouvidos sangrarem.

Ela me levou até seu quarto, no andar de cima. Era preto, da mesma cor de seu biquíni e do esmalte nas unhas, e cheio de pôsteres de bandas de rock. Os móveis eram brancos, e alguns estavam pichados. Aquele era o quarto dela? Parecia tão delicada! Abriu o guarda-roupa, depois de dizer que eu podia ficar à vontade, e jogou uma mochila cheia de coisas para mim. Explicou, enquanto revirava uma das gavetas:

— O Dani pediu que eu te comprasse um biquíni e um maiô, já que não sabia qual você prefere, uma saída de praia, protetor solar e tudo o que você vai precisar. Está aí dentro. — Ela se virou para mim, vestindo uma camiseta e um short por cima do biquíni. — Se você não gostar de alguma coisa, a culpa é minha. Ele só me falou que você era uma menina e que tinha o corpo parecido com o meu. Então...

Abri a mochila, que tinha um tom de roxo forte, e analisei o que havia lá dentro. O maiô era conservador demais, fechado demais, então decidi que o biquíni, que era rosa-fluorescente, daria para o gasto. Usei o banheiro para me trocar. Ela havia comprado um short jeans, uma camiseta branca que com certeza ficaria transparente se eu a colocasse por cima do biquíni molhado e uma sandália preta de borracha. Felizmente, para o meu orgulho, tudo serviu. Só a camiseta ficou um pouco justa demais, porque eu tinha... mais corpo que Helena.

Saí do banheiro depois de passar protetor e arrumar o cabelo em um coque alto. Tinha de admitir que, apesar da combinação estranha de cores, eu estava parecendo uma daquelas garotas-Califórnia.

Coloquei a mochila nos ombros, vendo que Helena me esperava na porta do quarto, a fim de mostrar o caminho de volta para a cozinha. Quando chegamos lá, Daniel não tinha voltado ainda, o que nos levou ao momento constrangedor de "não te conheço e não sei como puxar assunto".

— Então quer dizer que você é a nova namorada do meu irmão? — a menina perguntou, sentando num dos balcões.

— Foi isso que ele disse?

— Não. Eu concluí pelo jeito que você olha pra ele. E vice-versa, convenhamos — respondeu, dando de ombros

— Não — cortei, antes de começar a ficar vermelha. Deixar os outros sem graça parecia ser o talento daquela menina. — Não sou a namorada dele.

— Você não iria querer entrar para a lista — falou Daniel, aparecendo de repente na cozinha.

Ele usava camiseta azul-clara, bermuda cinza-escura e continuava com seus óculos de sol. Sem o cachecol vermelho, parecia estar faltando alguma coisa.

— Lista? — eu quis saber.

— É. A minha enorme lista de relacionamentos — falou, abrindo a porta da geladeira e pegando uma garrafa de água.

Antes que se virasse novamente para mim, olhei para Helena e perguntei silenciosamente se aquela lista era verdadeira. Ela balançou a cabeça, rindo e murmurando algo como "Não cai na dele".

Quando Daniel se voltou novamente para mim, apesar das lentes escuras, eu soube que estava analisando com atenção as roupas curtas e apertadas que sua irmã tinha escolhido para mim, o que me fez sorrir de forma maliciosa. Ele, para minha surpresa, retribuiu. Pegou o violão de cima do sofá, onde o tinha deixado, e depois veio até mim. Passando o braço pela minha cintura e me apertando contra o balcão para alcançar a chave da casa atrás de mim, falou:

— Chega de enrolação. Temos muita coisa pra fazer ainda.

— Você podia simplesmente ter pedido licença — sussurrei, enquanto ele se afastava.

— Eu sei — sussurrou de volta, indo em direção à porta.

Nos despedimos de Helena com acenos de cabeça e, em vez de ir para o carro, apenas seguimos em direção à praia. Não pude deixar de ficar triste por não poder entrar na água. Ainda usava a atadura elástica ao redor do peito por causa das costelas trincadas. Mas pelo menos eu podia tomar sol. Se ele deixasse.

Daniel estendeu um lençol azul na areia debaixo da sombra de alguns coqueiros e colocou suas coisas em cima, pedindo que eu fizesse o mesmo. Depois, ao contrário do que pensei que fosse fazer, se sentou. Aquele era o plano? Ir à praia? Foi exatamente isso que eu perguntei a seguir.

— Ainda precisamos nos conhecer um pouco melhor antes que eu comece a fazer planos mais elaborados. Como pensei que você iria gostar de vir pra cá, levei a ideia adiante.

— Ok — falei, me demorando um pouco mais na primeira letra enquanto me sentava na frente dele. — O que você quer saber?

— Que história era aquela do seu professor de matemática do primeiro ano? — ele perguntou, como se já estivesse com o assunto preparado desde que chegamos ali.

— Ah, aquilo...

Baixei o olhar. Nunca havia contado a ninguém. Nem mesmo para minha mãe. Era uma história muito mais complicada do que tirar uma nota baixa. Era sobre... um monstro. Se eu queria compartilhar aquilo com Daniel? Talvez. Ele estava tão disposto a me ajudar e suas intenções pareciam tão boas que eu sentia que poderia contar qualquer coisa a ele. Respirei fundo, criando coragem para começar.

— Eu tinha catorze anos na época. Minha mãe já estava começando a ganhar fama na área dela, mas ainda não tínhamos dinheiro suficiente para que eu frequentasse uma escola de primeira. Eu estudava naquele tipo de escola que te dá nota apenas por comparecer às aulas — comecei, e ele me observou com atenção. — Só que tinha um professor, o único, que realmente se interessava em ensinar. Por causa dele, muitos alunos repetiam de ano ou ficavam de recuperação. Ele levava tudo muito a sério, e eu não era a melhor aluna da escola. Foi quase... quase como se tivesse que acontecer.

Fiz uma pausa. Era difícil falar, então é óbvio que eu não conseguiria contar toda a história de uma vez. Passei os dedos na areia, evitando qualquer tipo de contato visual. Tinha vergonha do que aconteceu, como se, de certa forma, tivesse sido culpa minha. Como se eu tivesse provocado.

— Matemática nunca foi o meu forte, e era a última prova do ano. Eu realmente precisava de uma boa nota, mas naquela mesma semana ia acontecer o recital anual de balé da minha antiga escola. Como eu era a solista principal da minha turma, precisava treinar bastante à tarde. Não tinha tempo pra estudar o suficiente; eu sempre priorizava mais os treinos do que a escola. — Sorri um pouco ao acrescentar a parte seguinte. — Eu sei. Uma garota de catorze anos não tem que levar o mundo tão a sério a ponto de escolher entre o balé e a escola, mas pra mim era importante. A minha mãe não costumava cuidar muito de mim, então eu não tinha ninguém com quem contar. Era eu contra o mundo, e todas as minhas escolhas já tinham o poder de melhorar ou estragar completamente a minha vida.

Parei mais uma vez, agora encarando o mar à nossa frente, embora não estivesse realmente olhando para ele. O que eu via eram as imagens do pior dia da minha vida, voltando à minha mente. Tão nítidas e brilhantes quanto um filme em uma tela full HD. Se eu fechasse os olhos e me concentrasse, também poderia reviver a mesma sensação. O frio da chuva enquanto eu corria, o medo, a dor...

— Como você já pode imaginar, eu não estudei pra prova e realmente me dei mal. Tão mal que corria o risco de perder o ano, pois estava com problemas em outras duas matérias. Decidi que o melhor a fazer era tentar conversar com o professor. Contar o motivo de eu ter deixado de estudar e pedir desculpas. — Balancei a cabeça, sem acreditar que pude ter sido tão estúpida. — Naquela época, me pareceu uma boa ideia. *Talvez ele entenda e me dê uma nota melhor*, foi o que eu pensei.

— Ele estuprou você, não é? — Daniel perguntou, finalmente. Eu entendia que ele queria resumir aquilo tudo, tentando diminuir o sofrimento que aquelas lembranças me causavam, mas era tarde demais.

— Ele disse que, se eu ficasse depois da aula, me deixaria fazer outra prova — continuei, ignorando sua pergunta. — E eu aceitei, mas... não sabia de que tipo de prova ele estava falando. E preferia não ter descoberto. — Inspirei fundo, tentando controlar minha respiração, que começava a ficar mais acelerada, me dando a sensação de sufocamento, só com a lembrança daquele dia. — Depois que todos os alunos saíram da sala, eu fiquei na minha carteira, esperando ele me dar a prova. Alguns minutos depois, ele levantou e foi até o corredor, olhou para os lados, voltou e fechou a porta. Naquele momento eu senti que tinha alguma coisa errada, mas não consegui me mexer. Fiquei ali parada, olhando pra ele.

— Mel, não precisa me falar mais nada. Lembrar disso tudo é horrível — Daniel disse, quando eu parei de falar por alguns segundos, imersa em pensamentos.

— Ele veio até mim, dizendo que eu era inteligente e bonita. Fazendo questão de lembrar que aquela nota era importante pra que eu passasse de ano. Eu só pensava em como tinha sido burra por ter me colocado naquela situação. Quando ele me puxou pelo braço, me levantou da carteira e me apertou contra ele, eu desliguei. Foi como se tivesse transportado a minha mente para outro lugar, e quando voltei já estava correndo para casa.

Meus olhos se encheram de lágrimas, e eu franzi o cenho. Não iria chorar mais uma vez na frente dele. E não iria chorar mais uma vez por causa daquele monstro.

Mantive o olhar grudado no horizonte enquanto mandava cada uma das lágrimas de volta para o lugar de onde nunca deveriam ter saído. Apertei os dedos no lençol no qual estávamos sentados o mais forte que consegui, sentindo todo o ódio guardado naquele dia voltar a se agitar.

— Ele aumentou a minha nota, como prometido. E a minha mãe conseguiu um bom emprego e me mudou de escola no ano seguinte. Eu nunca mais vi aquele professor, mas, só de pensar que ele pode ter feito aquilo com outras crianças porque eu não contei pra ninguém...

— Você estava assustada. Era só uma criança, não sabia o que fazer — ele disse, como se aquilo pudesse me reconfortar de alguma forma. Mas só serviu para fazer o contrário.

Voltei a encará-lo, sentindo o ódio tomar conta de mim mais uma vez, como sempre acontecia quando eu me sentia vulnerável na frente de alguém. Como um mecanismo de proteção contra qualquer um que pudesse pensar que eu era fraca.

— O meu medo, a minha covardia me impediram de contar o que aconteceu, e ele sabia que isso iria acontecer. Ele tinha certeza que eu não contaria, tinha certeza da impunidade. Hoje eu sei que devia ter falado, devia ter pedido ajuda, devia ter denunciado, mas na época tive muita vergonha do que aconteceu. Eu me sentia culpada. Não é isso que dizem? Que a mulher sempre procura por isso quando usa uma roupa curta, ou se comporta de forma "sensual"? Eu aceitei ficar sozinha com ele naquela sala, o que acha que falariam de mim? Então eu me calei e aguentei as consequências sozinha. E sofri por isso. — Tentei controlar a raiva que estava sentindo naquele momento. — O medo me impediu de me conectar emocionalmente com as pessoas. Por causa do que aconteceu, eu me fechei dentro de mim e afastei todos que tentavam se aproximar. Não confio completamente nem mesmo em mim, e só de pensar em dormir com qualquer homem, eu... eu... — Não consegui terminar. Não existia palavra no mundo que descrevesse o que eu sentia só de pensar em me aproximar realmente de alguém. — Aquelas imagens voltam à minha cabeça sempre que algum cara tenta "levar o relacionamento para outro nível", e eu entro em pânico. Era assim com Pedro. Nós nunca chegamos até o fim, e eu sempre arrumava uma desculpa pra cair fora antes que as coisas passassem do limite que eu estabeleci.

Daniel continuou me encarando por mais alguns segundos, analisando meu rosto com atenção e decidindo o que fazer a seguir. Eu o entendia. Acho que nem eu mesma saberia o que dizer. Aliás, eu nunca soube. Mas decidi tentar ajudá-lo um pouco:

— Só não me diga que sente muito, porque não sente. Ninguém nunca vai sentir, porque ninguém entende o que eu passei naquele dia, a não ser que já tenha passado pela mesma situação. Você só precisa... mudar de assunto. Só isso.

— Certo — ele disse, desviando o olhar e assumindo sua postura animada mais uma vez, embora eu pudesse ver que estava se forçando a fazê-lo. — Agora eu acho que é a sua vez de fazer perguntas.

Já havíamos passado por aquilo antes. Aquele joguinho de perguntas me irritava um pouco, já que Daniel não costumava responder à maioria das minhas. Só que, olhando nos olhos dele agora, ainda mais depois de eu ter contado algo tão pessoal, acho que ele teria a decência de me responder.

— Qual é a do cachecol vermelho?

— Você quer mesmo saber, né? — murmurou. — Bom... quando eu tinha dez anos, minha avó, a mãe da minha mãe, ainda era viva. Ela tinha Alzheimer, e um bom passatempo para ela era tricotar cachecóis. Um para cada membro da família, e cada um de uma cor. Só que chegou um ponto, no último ano, em que ela não lembrava nem mesmo o que tinha feito na semana anterior. Foi aí que chegou a minha vez de ganhar um cachecol. — Sorriu um pouco, para si mesmo, achando engraçada a parte seguinte da história. — Cada vez que a gente ia visitar a minha avó, ela me dava um cachecol vermelho, sempre esquecendo que já tinha me dado um na semana anterior. Foram cinquenta cachecóis, e ela se chateava se não me visse usando o presente. Por isso eu fiquei conhecido na minha escola como o garoto do cachecol vermelho. Ganhei muitos outros, tanto porque queriam zoar com a minha cara quanto porque achavam que eu realmente gostava de usá-los. — Mordeu o lábio, segurando o riso. — E o engraçado é que hoje eu tenho uns trezentos cachecóis. Todos vermelhos. E, pra falar a verdade, eu nem gosto de vermelho.

Não pude deixar de rir. Quer dizer... cinquenta cachecóis?! Em um ano? Todos de uma cor de que ele nem gostava? E ele ainda se dava o trabalho de usar todos eles, todos os dias, mesmo sabendo que a avó se esqueceria disso na semana seguinte? Engraçado.

— Mas e depois que ela morreu? Por que você continuou usando?

— Decidi que seria uma boa homenagem pra ela — respondeu, dando de ombros. — Ela passou tanto tempo da vida se dedicando a mim que eu não achei justo simplesmente deixar os cachecóis largados no armário. E os outros? Bom... virou um tipo de marca registrada minha, então não vejo problema algum em usar.

Eu o encarei por alguns segundos, enquanto ele passava os dedos pela areia, ainda sorrindo para si mesmo. Eu nunca tinha visto uma atitude tão generosa. Quer dizer, apesar de ser uma coisa simples, ele fazia só para os outros, sem nenhum tipo de ganho próprio. O que me fez pensar: será que alguma vez na vida eu já fiz alguma coisa sem pensar no que iria ganhar em troca? Não. Nunca.

— Sua vez — falei, antes de começar a ficar constrangida demais com meu egoísmo.

— Em que você estava pensando quando dançou aquela música no ensaio? — ele quis saber, finalmente, depois de pensar por alguns segundos. — Você parecia ter se desligado do mundo. Como se estivesse pensando na única coisa que realmente importava pra você, e estivesse dançando por isso.

— Acho que vou passar essa — retruquei, baixando o olhar.

— Ah! É tão complicado assim?!

— Ok. Se você prometer não rir, eu falo. — Ele levantou as mãos ao lado da cabeça, como se se declarasse inocente. Curioso. Resisti ao impulso de revirar os olhos. — Eu estava... eu estava pensando... Pffffffffff.

Não aguentei e comecei a gargalhar de puro nervosismo antes de conseguir terminar a frase. Não queria confessar que era nele que eu estava pensando. Ainda mais depois de ele ter dito aquilo sobre a forma como eu estava dançando. Não. Isso já era demais para mim.

— Tá bom. Eu respeito a sua privacidade — falou, num tom que deixava muito claro que mais tarde tentaria arrancar a resposta de mim.

— Agora me diga você — ataquei. — O que houve na sala da sua mãe antes de a gente se encontrar no auditório? No dia em que ela anunciou que eu faria parte da apresentação?

— Uh, essa é difícil — murmurou, se mexendo de forma desconfortável e tirando os óculos de sol, dobrando as hastes e colocando no lençol. O sorriso sumiu de seu rosto, e o que tomou lugar foi uma expressão de seriedade. — Mas eu vou responder. Se você prometer que não vai rir. — Me mantive imóvel, fuzilando-o com o olhar. Ele realmente achava que eu iria rir de algo que havia terminado numa briga entre ele e a mãe? Eu não era tão insuportável assim. — Eu vi você dançando — começou, finalmente. — Tinha ido ao banheiro e errei o caminho de propósito pra ver você na aula. Acabei chegando na hora certa. — Eu o encarei, e minha boca foi abrindo. Mas o que...? — Esperei a minha mãe sair da sala, já que eu sabia que ela escolheria alguém pra fazer parte da apresentação, e disse que, se ela não escolhesse você, seria o pior erro da vida dela dentro daquela faculdade. Ela não gostou, e disse que eu só estava dizendo aquilo porque gostava de você. — Meu queixo caiu mais ainda. Ele... ele gostava de mim?! Daquele jeito?! — Eu não disse que era verdade. Só repeti as palavras dela. Não fique tão empolgada. — Bati em seu ombro com força, o que quase o fez tombar para trás, rindo da minha cara de surpresa. — Ei, espera! Eu não terminei! Eu falei que o que ela estava dizendo era uma besteira das grandes, e que ela precisava admitir que você era boa. Depois nós gritamos um com o outro sobre você e se você merecia ou não participar, e eu saí irritado. No fim, acabei ganhando a briga e aqui estamos. Satisfeita?

Sorri, encarando-o com uma mistura de gratidão e algo que eu não sabia ao certo o que era. Ele desviou o olhar, parando no mar a sua frente. A mandíbula estava rígida, e as bochechas um pouco coradas, de um jeito fofinho. Os cachos grossos e definidos cor de ouro brilhavam sob a luz do sol que passava pela copa das árvores. Um dos raios iluminava seus olhos, deixando-os em um tom de azul mais claro e vivo que o normal. Os cílios pareciam brancos àquela luz.

Meio hesitante, coloquei a mão sobre a dele, que estava servindo de apoio. Desviei o olhar quando vi a expressão de surpresa em seu rosto e levei a mão de volta ao meu colo, tentando me fazer de desentendida ou algo assim. Ele não podia simplesmente agir com naturalidade? Não! O idiota tinha que fazer aquela cara de surpreso.

— Não! Não! Tudo bem! — falou de repente, apressado e sem graça ao mesmo tempo. Suas bochechas agora pareciam tomates. — Desculpa.

— Não! Desculpa eu! — comecei, tentando me explicar, me sentindo tão constrangida quanto ele. — É que tinha um bicho e eu estava tentando tirar. Eu não queria que... — Quando me dei conta de que não iria colar, decidi mudar rapidamente de assunto. — Olha, qual é o plano mesmo? Ficar aqui fazendo nada?

— Não, é... Vamos andar um pouco.

E eu me levantei. Me levantei tão rápido que o mundo inteiro pareceu girar. Cambaleei para o lado, e Daniel me segurou, impedindo que eu caísse. Me afastei dele rapidamente, murmurando algo parecido com um "obrigada". Ele fez um gesto com a cabeça, seguindo em direção ao mar. Eu o acompanhei, e nós caminhamos por alguns metros com os pés na água, indo e voltando naquele quilômetro quadrado. Não queríamos nos distanciar muito das mochilas.

Depois, como se quisesse me deixar mais sem graça ainda, ele tirou a camiseta, dizendo que queria entrar no mar. Cretino. Olha! Olha só! Exibindo o corpo para mim e fingindo que não sabia como era... atraente.

Entrou no mar antes que eu tivesse a chance de reclamar, e voltei para o lençol a fim de deixar a camiseta dele lá. Não iria ficar segurando.

Aproveitei para pegar um sol também, tirando a camiseta e a atadura elástica. Se não podia entrar na água por causa do impacto das ondas, pelo menos pegaria uma corzinha, e não queria uma marca daquela no meu bronzeado.

Fiquei alguns minutos deitada na areia, de olhos fechados, apenas curtindo o calor do sol, até sentir algumas gotas de água em meu rosto. Eram quentes e concentradas demais para serem de chuva. Suspirei antes de olhar o que ou quem era, mesmo já sabendo a resposta.

— Eu poderia matar aquele desgraçado — disse Daniel, e eu segui seu olhar, que estava grudado nas minhas costelas.

Foi quando me lembrei da enorme mancha roxa que havia se formado no lugar onde elas haviam sido trincadas. Por reflexo, cobri o hematoma com as mãos. Perguntei, sentando na areia:

— Você não estava nadando?

— Cansei — respondeu, desviando o olhar de mim e sentando ao meu lado.

— É comum você cansar tão rápido das coisas?

Ele se limitou a sorrir, murmurando algo sobre eu não precisar me preocupar, pois só ficaria ao meu lado em silêncio e me deixaria tomar sol em paz. Pegou o violão, tirando-o de dentro da capa, e começou a afiná-lo. Quando vi que realmente me deixaria fazer o que quisesse, voltei a me deitar, fechando os olhos.

Eu sabia que aquela paz não duraria muito tempo e que, em poucos minutos, ele começaria a puxar assunto sobre alguma coisa, então tinha que aproveitar.

Promessas

— Impossível — falei, pasma.

Já fazia horas que Daniel estava tocando violão e cantando para si mesmo. Tínhamos dado mais voltas, ido almoçar, ele havia entrado no mar mais uma vez, e tínhamos até mesmo feito uma guerrinha de água. Quando tudo ficou tedioso demais, ele decidiu tocar. E era incrível como sabia a letra e os acordes exatos de cada uma das músicas. Meia hora antes, eu o havia desafiado a tocar qualquer canção que eu pedisse. Por incrível que pareça, ele sabia cada uma delas. Sorria orgulhoso para mim a cada vez que eu demonstrava surpresa.

— É claro que você está roubando! Toca uma sem refrão se é tão bom assim! — falei.

Na mesma hora, Daniel converteu "O segundo sol", na versão da Cássia Eller, em "Faroeste caboclo", do Legião Urbana. Não havia se passado um minuto quando provoquei:

— Todo mundo conhece essa. É até...

— "Não tinha medo o tal João de Santo Cristo, era o que todos diziam quando ele se perdeu" — começou.

— Decorar o início é fácil! — duvidei.

— "E nisso o sol cegou seus olhos, e então Maria Lúcia ele reconheceu!" cantou a seguir, pulando praticamente a música inteira e mudando os acordes, como se fosse a coisa mais simples do mundo.

— Eu não gosto de você — murmurei, percebendo que havia perdido. Ele riu alto.

Colocou o violão de lado, se deitando e fechando os olhos. É claro que, como ele estava sem camiseta, ali, todo exposto, eu tive que olhar. E tive que resistir ao impulso de aplaudir de pé. Estava mesmo de parabéns. Ainda mais bronzeado depois de horas de exposição ao sol, que agora estava se pondo. Até mesmo o cabelo havia clareado um pouco.

— Ainda bem que olhar não tira pedaço, né? — comentou, abrindo um dos olhos e me flagrando no ato.

— Se tirasse, eu nem estaria mais aqui — retruquei, rezando para não começar a ficar vermelha, como provavelmente estava acontecendo.

— Pelo menos nós concordamos em alguma coisa.

Sorri, desviando o olhar e voltando a me concentrar na vista. A praia ficava cada vez mais vazia, e, pelo que eu podia ver, as únicas pessoas que restavam era um grupo de jovens que se aproximava. Pareciam hippies. Alguns seguravam instrumentos musicais, outros carregavam sacolas de comida e um deles levava um cooler. Este último até que era bem bonitinho, com seu cabelo ruivo e barba malfeita.

Não demoraram muito para nos alcançar. Fizeram uma fogueira a alguns metros de nós e se sentaram ao redor.

O céu agora tinha tons de laranja intenso e pêssego. As nuvens eram azuis, arroxeadas. Algumas tinham um tom rosado. O sol já tocava o mar, que parecia ter assumido uma cor próxima do preto. Era uma das coisas mais lindas que eu já tinha visto.

Daniel se apoiou nos cotovelos para ver o pôr do sol também, e poucos minutos depois voltou a se sentar. Não consegui deixar de devorar o corpo dele com os olhos mais uma vez. Como alguém podia ser tão lindo? Cada traço parecia ter sido desenhado por Michelangelo. Ele parecia a representação viva de um anjo.

Desculpe. O que é bonito é para ser olhado, né? Eu não podia perder a chance.

— Quer ir lá? — Daniel perguntou, observando o grupo, que ria de alguma coisa.

— Está louco? É um bando de drogados!

Ele sorriu, se levantando e pegando o violão e a mochila.

— Eu subestimei você.

— O que você quer dizer com isso?

Não tive resposta, já que ele me deu as costas e foi até o grupo. Trocou algumas palavras com um deles e depois se sentou na roda. Fiquei parada no lugar. Ele realmente havia me deixado sozinha? Não. Eu não ia admitir isso.

Me levantei, dobrando o lençol e o enfiando na mochila. Depois fui até perto da fogueira, sentindo o sangue subir. Ele fingiu não ver que eu me aproximava, conversando com a garota sentada a seu lado. Ela estava tão bronzeada que sua pele parecia laranja. O cabelo castanho liso tinha alguns dreads. Conforme me aproximava, vi que ela tinha um piercing de argola preto no nariz, e os olhos eram cor de chocolate.

Larguei a mochila ao lado dele no chão, chutando areia em suas costas logo depois. Ele virou a cabeça em minha direção, me fuzilando um pouco com o olhar. Todos pararam para me encarar. Perguntei, ignorando cada um deles:

— Quem você pensa que é pra me deixar ali, plantada, sozinha que nem uma idiota, Daniel?! Não sou qualquer uma, que você pode simplesmente largar como se fosse lixo. E muito menos daquelas que, quanto mais o cara maltrata, mais ela gosta. Não, meu querido, eu... — Fiz uma pausa, tentando voltar a raciocinar enquanto o via se levantar. — Eu posso muito bem ir embora sem você, se quer saber.

— Ah, pode? Como? — ele perguntou, se aproximando.

— Eu posso arranjar uma carona! Ou chamar a polícia, se você preferir. Posso dizer que você me sequestrou e me trouxe até aqui à força — anunciei, recuando alguns passos.

— É uma ótima ideia. Ainda mais pra uma garota como você. Tenho certeza de que vai se divertir muito fazendo um escândalo. — Ele parou no lugar e cruzou os braços, me olhando como se me desafiasse.

— Você me chamou de... de... de barraqueira?! — gritei, sentindo o ódio pulsar nas veias.

Fui para cima dele, prestes a enchê-lo de socos e chutes, mas Daniel segurou meus braços antes que eu tivesse a chance. Me debati, ignorando a dor nas costelas, tentando chutá-lo, mas o máximo que consegui foi jogar um pouco de areia nele com os pés. Aquele imbecil riu da minha cara, ainda segurando meus punhos. Isso só serviu para me irritar mais ainda.

Foi quando um dos jovens tocou um acorde em seu violão, e depois outro, e mais outro. Isso me fez parar. O garoto começou a cantar, e o que estava ao seu lado começou a balançar um tipo de maraca ou algo assim. Em menos de um minuto estavam todos tocando e cantando uma música que falava sobre o fato de o amor ser uma guerra, e que todo mundo precisa lutar por ele ou algo assim. Espera. Eles... eles estavam tocando aquilo pra gente? Mas que malucos! De onde tiraram essa ideia? Muito sem noção...

Daniel começou a rir, soltando meus punhos, e tive que resistir ao impulso de bater nele mais uma vez. Cruzei os braços, batendo um dos pés no chão, irritada. Ignorando completamente o fato de estarem todos tocando e cantando enquanto olhavam para nós, como se esperassem algo.

O vândalo estendeu a mão na minha direção, como um convite para dançar, mordendo o lábio enquanto sorria. Seu olhar dizia algo como: "Não custa nada tentar! Vamos!" Empurrei sua mão para o lado antes de voltar a cruzar os braços, recusando o pedido, o que arrancou risos de alguns dos jovens. Acabei sorrindo um pouco também, baixando a cabeça para tentar esconder isso.

Daniel colocou as mãos na minha cintura, se aproximando. Me mantive imóvel, evitando olhar para ele. Não daria esse mole, pelo menos não por enquanto.

Quando tinha se aproximado tanto que meus lábios quase tocavam seu ombro, apertou um pouco mais os dedos ao redor do meu quadril, me puxando para perto. Prendi a respiração. Ele estava sem camiseta, o que dificultou um pouco o meu processo respiratório. Depois, passou os braços ao redor da minha cintura, me apertando um pouco mais antes de dar um passo, seguido de outro e mais outro. Fui obrigada a acompanhar os movimentos dele, até notar que estávamos dançando. Revirei os olhos, cedendo depois de algum tempo e passando os braços ao redor do pescoço dele, e todos aplaudiram.

— Eu não gosto de você — reforcei, ignorando o fato de ele estar me encarando com o mesmo sorriso de antes. Sentia sua respiração em meu rosto.

— Eu sei — sussurrou, o que me fez, finalmente, olhar para cima. Para ele.

Me olhava de um jeito intenso. Do jeito como a gente olha para alguma coisa que não pode ter. Perguntei:

— O que houve?

— Nada. É só que... — Franziu a testa, agora olhando na direção do mar. — Eu estou com muita vontade de te beijar agora.

— O... O... O quê?

Daniel sorriu, sem graça, ainda sem olhar para mim, enquanto eu sentia minhas bochechas queimarem. Ele queria me beijar? Me beijar?! Eu e ele? Ok. Respire fundo e aja normalmente. Não é a primeira vez que alguém te diz isso, não é, Melissa? Pior que era, sim. A primeira vez que alguém falava assim, na lata, que queria me beijar.

Eu podia dizer o que estava sentindo naquele momento ou simplesmente fingir que não queria. Quer dizer, ele era bonito (muito bonito, tipo, muito *mesmo*), legal, engraçado (quando não era irritante) e nós estávamos bem próximos ali. Então, por que não? Senti um nervosismo estranho enquanto respondia:

— Você sabe que pode fazer isso. Se... se quiser de verdade.

Ele voltou a olhar para mim, visivelmente surpreso. É óbvio que não esperava aquela resposta. Para falar a verdade, acho que nem eu mesma esperava, mas qual era o problema? Bom, havia uma lista deles, mas optei por ignorá-la enquanto ele se aproximava ainda mais.

Fiquei na ponta dos pés, encostando a testa na de Daniel e fechando os olhos enquanto ele subia uma das mãos pelas minhas costas, para me apertar um pouco mais, antes de colar os lábios nos meus. Tinha um gosto salgado de água do mar, que, pela primeira vez, me pareceu bom.

Entrelaçou os dedos em meu cabelo, me apertando mais contra ele. O ar estava tão quente, e o beijo tão intenso que minha cabeça começou a girar. Meu coração batia forte. Eu duvidava que ele não pudesse ouvir. Pressionei os dedos em suas costas. Meu Deus. Nunca tinha beijado um anjo, e nunca saberia qual é a sensação, mas acho que, se pudesse adivinhar, devia ser tão bom quanto. O vândalo sabia o que estava fazendo.

Conforme o beijo ficava mais intenso, meu corpo parecia estar sendo engolido por uma onda de fogo, e, quando começou a ficar bom demais para ser verdade, ele se afastou, endireitando as costas e desviando o olhar.

— Eu não posso fazer isso. Nós temos um acordo.

— E em que parte do acordo aparece que...? — comecei, ainda sem ar.

— Na minha parte — respondeu, antes que eu pudesse terminar, me soltando de seu abraço. — Desculpa.

Dei alguns passos para trás, confusa. Eu tinha vivido um dos momentos mais intensos da minha vida e agora estava ali, de frente para ele, com cara de boba, me sentindo rejeitada, perdida, em um turbilhão de sentimentos conflitantes. Meu primeiro impulso foi partir a cara dele ao meio com um chute ou algo assim, mas acabei desabando na areia, ignorando os olhares de todos e fingindo não saber que Daniel estava me encarando quando sentou ao meu lado.

Fiquei ali sentada, encarando o nada e me mantendo em silêncio enquanto todos conversavam e tocavam.

Já fazia umas duas horas que estávamos ali, e a maioria tinha levantado para dançar uma música que a garota de dread estava cantando. Daniel tinha ido para o outro lado da fogueira, e estava conversando com dois caras que pareciam ter a nossa idade. Um com a pele negra como a minha, usando uma regata toda colorida; o outro com o cabelo e os olhos escuros e a pele bronzeada.

— Dia difícil? — perguntou o cara ruivo do cooler. Ele segurava duas garrafas de cerveja, e algo me dizia que a segunda era para mim.

Sentou ao meu lado, oferecendo a garrafa, e eu aceitei, apesar do olhar de reprovação de Daniel. Já havia passado das cinco fazia tempo, então eu estava livre do acordo. Tomei o primeiro gole, fazendo uma careta por causa do gosto amargo, o que fez o garoto rir. A resposta para aquela questão, apesar de eu não gostar nada dela, era mais uma correção à pergunta dele. Era um dia de sorte, e não um dia difícil. Falou, estendendo a mão:

— Sou o Jonathan.

— Melissa — murmurei, dispensando o aperto de mãos com um gesto.

— Ele é seu namorado?

— Por que todo mundo pergunta isso? Não, ele não é meu namorado. É só um idiota aí.

— Bom saber.

Levantei as sobrancelhas, passando o olhar para ele. Os olhos eram cor de mel, e pareciam alaranjados sob a luz da fogueira, assim como o cabelo. Não era o cara mais lindo do mundo — não estava nem perto disso —, mas era charmoso. E eu gostava de charme. Gostava mais ainda quando o cara que tinha acabado de me rejeitar estava do outro lado da fogueira, olhando para Jonathan como se fosse um assassino de filhotinhos de cachorro.

De relance, vi Daniel pegando seu violão. Como eu poderia deixar passar aquela oportunidade? Aceitei de primeira quando Jonathan me convidou para dançar. Uma vingança contra o vândalo? Pode-se dizer que sim.

Deixei que o garoto me guiasse. Se não me engano, o vândalo estava tocando "19 You + Me", de Dan + Shay. Por algum motivo, aquela letra se encaixava estranhamente no que havia acontecido antes. Ainda mais porque Daniel estava mudando os adjetivos que descreviam a garota da música para que se parecesse comigo. Será que era proposital ou ele simplesmente achou que seria legal cantar aquilo agora? Acho que eu nunca iria saber.

Dançamos devagar, não só pela música, mas também porque minhas costelas estavam começando a incomodar um pouco mais. Eu havia abusado naquele dia, tirando a faixa torácica algumas vezes e me movimentando demais.

O sol já tinha se posto fazia algum tempo, e no lugar do céu alaranjado havia uma imensidão de estrelas. Éramos os únicos na praia, e a brisa fria quase não era notada por causa do calor da fogueira. Todos, exceto aqueles que estavam tocando, dançavam ao nosso redor e ao redor do fogo. Por ser uma música mais ou menos lenta, eles estavam em pares, assim como Jonathan e eu. Dois garotos passaram dançando ao nosso lado, dando piruetas exageradas e rindo. Um deles imitava o que deveria ser uma menina, o que me fez rir também.

— Você é muito bonita, sabia? — Jonathan disse de repente. — Tem alguma coisa rolando entre você e aquele cara?

— Obrigada — respondi, sorrindo do jeito mais sedutor que conseguia. — Não. Ele é só um cara que está me ajudando com um lance aí.

— Mas e aquele beijo que todo mundo viu? Vocês pareciam bem a fim um do outro.

— Aquilo foi uma situação momentânea — eu disse, sentindo voltar o arrepio que os lábios de Daniel tinham causado em mim. — Não significou nada — concluí, encarando Jonathan de um jeito insinuante.

Daniel não me queria? Pois bem. Ele não era o único cara do mundo, e eu ia lhe mostrar isso. Idiota.

Não precisei de cinco minutos para Jonathan me convidar para dar uma volta na praia. Sob o olhar atento de Daniel, no lado oposto da fogueira, eu aceitei. Também fiz questão de que, quando o garoto me beijasse, eu estivesse bem na linha de visão daquele vândalo imbecil. É claro que consegui, e é claro que ele não gostou nadinha. (Mas, se quer saber, o ruivo não chegava nem perto de beijar tão bem quanto Daniel. O desgraçado do vândalo era bom em tudo que fazia. Imbecil. Que raiva!)

— Com licença — ele disse, de repente, fazendo Jonathan e eu nos afastarmos.

— O que você quer? — perguntei.

Estávamos a uns dez metros da fogueira, e, a julgar pela maneira como o garoto carregava o violão nas costas e a mochila dele e a minha nas mãos, queria ir embora. Mordi o lábio para não sorrir. Haviam se passado apenas dez minutos. Não conseguiu resistir ao ciúme, sr. Daniel?

— Está tarde. Nós temos que voltar — respondeu, num tom irritado.

— Vai você! Eu vou ficar aqui — retruquei, puxando Jonathan para mais um beijo.

— Não, você não vai — ele murmurou, me pegando pelo braço e me afastando do garoto.

Consegui resistir ao impulso de rir enquanto o deixava me levar para longe do meu ficante. Acenei para o ruivo, lhe mandando um beijo, antes de me livrar do aperto de Daniel e segui-lo por conta própria.

Não trocamos uma palavra enquanto voltávamos para sua casa. Ele me fez acompanhá-lo até seu quarto e disse, antes de me entregar a mochila e fechar a porta com força, me deixando sozinha e no escuro lá dentro:

— Pode ficar com a minha cama. Eu vou dormir no sofá.

Tive que resistir ao impulso de pedir um beijo de boa-noite. Duvidava que ele fosse me atender. A ideia me fez rir sozinha.

Acendi a luz, olhando em volta.

O quarto estava impecavelmente limpo e arrumado. Os móveis e as paredes eram brancos, e não havia nenhum ponto de cor em lugar nenhum. Dei alguns passos para a frente, a fim de ficar no centro do cômodo. Chegava a ser estranho o fato de um cara como ele, que pintava maravilhosamente e usava cachecóis vermelhos o tempo todo, ter um quarto daqueles.

Fiquei tentada a arrastar alguns móveis para ver se atrás deles não havia pinturas ou algo do tipo, mas decidi que era melhor não tocar em nada que não fosse a cama.

A cama.

Engoli em seco, encarando-a com certa hesitação. Eu iria dormir na cama dele? Isso era meio estranho. Senti o nervosismo revirar meu estômago.

Além disso... o que eu iria vestir? Abri a mochila, à procura de alguma coisa que pudesse usar como pijama, mas só havia minhas roupas da manhã e as que eu estava usando, cheias de areia. Fui até o banheiro, para me dar ao luxo de um banho demorado. Depois, acabei vestindo apenas a lingerie e a camiseta preta com a qual havia chegado.

Apaguei as luzes e fui para a cama, me enfiando debaixo do edredom incrivelmente macio. Abracei o travesseiro, fechei os olhos e rezei para dormir o mais rápido possível, tentando não pensar que aquela cama inteira tinha o cheiro maravilhoso do perfume dele.

Não deu certo. Óbvio.

Abri os olhos mais uma vez quando as imagens de nós dois na praia e a sensação do beijo voltaram à minha cabeça. Se me concentrasse bastante, ainda conseguiria sentir o gosto dele, e me lembraria exatamente da temperatura dos seus lábios quando... Espera. Eu não precisava ficar me torturando, certo? Quer dizer, não era nada de mais. Ele tinha demonstrado interesse, depois tinha voltado atrás. Eu fui uma vítima da sua bipolaridade instantânea. Sorri com descrença. Uma bipolaridade instantânea boa demais, que tinha sido tatuada na minha mente, e que eu levaria um bom tempo para esquecer. *Se* conseguisse esquecer.

Mas por que ele, de repente, havia demonstrado interesse em mim? Por que eu havia seguido em frente com aquilo? E o nosso acordo? Por que ele o impedia de...? Bom, aquilo não importava, não é mesmo? Ele era só um vândalo maluco que tinha um estranho interesse em me ajudar e beijava muito bem. Só isso. Eu não queria um relacionamento, muito menos com Daniel. Idiota. Ele nem fazia o meu tipo! Imagine! Andar com as pessoas com quem ele andava? Não. Eu merecia um cara muito melhor.

Pelo menos foi disso que tentei me convencer pelo resto da noite. Quando o sol nasceu, porém, percebi que nunca acreditaria nas mentiras que estava contando a mim mesma.

O príncipe e a bailarina

Acordei com batidas fracas na porta às sete da manhã. Tinha dormido apenas uma hora e estava exausta, mas a casa e o quarto nem eram meus para que eu pudesse mandar Helena cair fora, então o jeito foi me levantar.

Atendi depois de vestir um short e escovar os dentes correndo. A garota abriu um sorrisão quando me viu e disse que, quando eu quisesse, poderia descer para tomar café, porque Daniel estava me esperando. Era incrível como eu ainda me surpreendia com tanta gentileza. Ela nem me conhecia! Por que sorria tanto para mim? Sabia de alguma coisa que eu não sabia? Tinha alguma coisa engraçada na minha cara?

Antes de descer, fui até o espelho para ajeitar o cabelo, mas acabei me perdendo em pensamentos enquanto encarava meu próprio reflexo. Aquela marca roxa horrível ao redor do meu olho direito continuava lá. Sem falar dos pontos no supercílio. Credo! Como é que Daniel podia se interessar por... *MEU DEUS DO CÉU! Para de pensar nesse cara, Melissa!*

Desci para a cozinha de um jeito hesitante, me preparando psicologicamente para encontrá-lo depois do turbilhão da noite anterior.

Mal tinha descido o último degrau quando vi Daniel agitado feito um raio, percorrendo a cozinha de um lado para o outro como se estivesse em uma corrida. Ele pegava ingredientes e jogava nas panelas. Mexia um pouco e depois se virava para os balcões, cortando as frutas e vegetais sobre eles.

Estava usando um avental branco todo sujo e um chapéu de chef ridículo. Helena estava sentada num dos banquinhos do balcão, rindo da cara dele toda vez que o chapéu caía no olho. Provavelmente ele só usava aquilo para fazer a irmã rir.

Não tinham se passado vinte segundos quando uma senhora baixa e gorda, também de avental, com rede no cabelo e óculos, entrou pela porta dos fundos, segurando sacolas que provavelmente tinham vindo da feira. Devia ser a cozinheira. Ela deixou tudo no chão quando viu Daniel cozinhando e foi até ele, apressada, tirando a faca de sua mão e gritando coisas do tipo "Seu bobo! Eu disse que isso é trabalho meu!".

Ele riu, pegou outra faca e continuou a cortar uma maçã, ignorando as investidas da mulher. Quando ela ficou realmente irritada, o garoto soltou a faca e a abraçou, girando com ela pela cozinha enquanto cantava uma música qualquer, o que a fez rir e desistir de ficar brava. Boboca.

Me aproximei o mais discretamente possível, não querendo atrapalhar a brincadeira, e me sentei ao lado de Helena. Ambos passaram ao nosso lado e ele sorriu para mim, me dando um bom-dia silencioso. Sorrindo um pouco ao observar Daniel girar com a cozinheira enquanto cantava uma porção de notas aleatórias, perguntei:

— Ele é sempre assim de manhã?

— Sempre — ela respondeu, também sem tirar os olhos dos dois. — E isso é contagioso às vezes. Ele sempre dá um jeito de deixar todo mundo feliz quando pode. — Deu de ombros. — Acho que, se não fosse por causa disso, nenhum de nós se olharia mais, ninguém falaria com o outro. — Fez uma pausa. — Mas... hoje, especialmente, ele parece estar com o humor ainda melhor.

Aquilo me fez lembrar da minha mãe. Não havia um "Daniel" em casa para evitar que destruíssemos nossa relação aos poucos até nos tornarmos completas estranhas uma para a outra, como éramos agora. Não pude deixar de sentir um pouco de inveja daquela família. Por causa dele.

Humor melhor, hã? Eu sabia muito bem como se chamava aquele humor melhor dele... Começava com a letra M, de Mel. De Melissa. De Melhor beijo da história. Ok. Eu estava me empolgando.

— Bom dia, crianças. — Alguém apareceu na cozinha logo atrás de nós duas, o que fez meu coração descompassar.

— Jesus Cristo — sussurrei, me virando para ver quem era e descobrindo que era a dra. Marcia.

Ela usava jeans e camiseta, e tinha o cabelo loiro e liso preso num rabo de cavalo apertado. Nunca pensei que a veria daquele jeito. Era... inimaginável.

Me cumprimentou com um gesto de cabeça, e eu fiz o mesmo. Era estranho estar na casa da reitora, ainda mais com o filho dela. Acho que ela ainda não tinha superado o fato de ele ter entrado numa briga por minha causa, por isso preferiu evitar falar comigo e até mesmo olhar para mim.

— Daniel, já chega — ela disse, num tom um pouco severo demais para aquela hora da manhã, e o vândalo soltou a cozinheira.

— Só não funciona com a dona Marcia — Helena cochichou, se inclinando um pouco para perto de mim.

O garoto veio na minha direção, tirou o avental e o chapéu e sentou no banquinho ao lado do meu. Estava de camiseta laranja, calça jeans e... cachecol vermelho. Aquele era de um tecido que eu não sabia reconhecer, mas parecia algodão, e tinha um tom bem próximo ao vinho.

— Bom dia, senhorita — falou, sorrindo como se tivesse esquecido completamente o que aconteceu na praia. — Como passou a noite?

— Razoavelmente bem.

— Você *mente* bem — ele provocou.

Apertei o olhar, surpresa com o fato de, não sei como, ele saber que eu estava mentindo. Antes que eu pudesse responder, continuou:

— Eu e a Melissa temos algumas coisas pra fazer hoje, e depois vou levá--la para casa. Então, estamos saindo.

— Não vão tomar café? — sua mãe perguntou. — O seu pai já está...

— Estamos saindo — ele repetiu, um pouco mais firme.

Daniel se levantou do banquinho e eu o segui, deixando que me puxasse pela mão. A cozinheira lhe entregou uma sacola antes que tivéssemos a chance de sair, dizendo que nosso café da manhã estava ali.

Entramos no Bel Air e ele desceu a capota, atendendo um pedido meu. Depois, analisei o conteúdo da sacola, sem resistir ao impulso de fazer uma careta ao ver a quantidade de comida. Já tinha me empanturrado no dia anterior. Não precisava de um café da manhã daqueles. Peguei apenas a maçã-verde.

— Ah, não, senhorita — ele falou, colocando a sacola no meu colo mais uma vez quando a deixei no banco de trás. — Você precisa comer. Vamos almoçar tarde.

— Mas eu não...

— A-C-O-R-D-O — soletrou, antes que eu pudesse terminar a frase.

Revirei os olhos. Eu poderia muito bem matá-lo bem ali. Onde já se viu?! A vida era minha, e eu comeria o que quisesse. Tinha até aceitado a imposição, mas porque quis. Não por causa dele.

— Sobre o que aconteceu ontem... — ele mudou de assunto de repente, agora num tom mais sério.

— Eu sei — me apressei. Ele ia me dar um fora? Não. Eu faria isso antes, porque não iria ser rejeitada. Eu era a pessoa que rejeitava. — Foi uma bobeira. Coisa de momento. É claro que não vai acontecer de novo, até porque você nem faz o meu tipo, então...

— Sim! Claro! — ele concordou. — Nunca daria certo. Que bom que nós esclarecemos as coisas.

— É. Que bom.

Um silêncio meio constrangedor pairou sobre nós, enquanto Daniel mantinha os olhos grudados na rua. Aquilo não tinha sido bem um esclarecimento, mas, se ele preferia chamar assim, por mim tudo bem. Desde que não acontecesse mais uma vez.

Entramos na cidade, dando voltas e mais voltas pelas ruas. Ele permanecia em silêncio tanto quanto podia, falando apenas se realmente necessário. Tipo quando perguntei para onde estávamos indo.

— Para um lugar que vai mudar a sua vida.

Não foi exatamente uma resposta, mas serviu para me deixar empolgada e curiosa. Então era ali que as coisas iriam esquentar? Ótimo. Eu estava esperando por aquele momento a semana inteira, desde que tínhamos feito nosso acordo, e ver que Daniel iria *finalmente* colocá-lo em prática me deixou entusiasmada.

O que eu pensei? Bom... ele poderia me levar para uma festa superlegal, cheia de pessoas ricas que eu conheceria. Seriam ótimos contatos para que eu conseguisse o que mais queria, que era a transferência para a Juilliard. Ele podia me levar para um shopping e me deixar fazer compras, o que seria o máximo. Ou podia me levar para um lugar X para fazer coisas X que me deixariam entediada.

A terceira opção era a mais provável.

— Chegamos — anunciou, puxando o freio de mão e virando a chave para desligar o motor.

Tínhamos parado em frente a um shopping imenso e muito bonito. Abri um enorme sorriso, na esperança de que ele estivesse, sim, me levando para fazer alguma coisa legal. Então abriu o porta-malas, pegou um saco de pano branco enorme, atravessou a rua e entrou no hospital que ficava em frente. Eu o segui, confusa, e perguntei:

— Pensei que a gente fosse ficar ali do outro lado. O que nós estamos fazendo aqui?

— Eu disse que ia te levar pra um lugar que ia mudar a sua vida — respondeu, sorrindo feito criança quando acaba de aprontar alguma coisa. — Nunca disse que seria um shopping.

Bufei, parando de braços cruzados atrás de Daniel, que trocou algumas palavras com uma atendente no balcão da recepção do hospital. O que é que nós iríamos fazer ali? Eu não estava com nenhuma vontade de chegar perto de algum... doente.

Depois que terminou de conversar com a mulher, ele fez um gesto para que eu o seguisse. Obedeci, a contragosto. O que mais eu poderia fazer? Fugir a pé? Não. Tenho certeza de que ele me alcançaria antes que eu tivesse a chance de atravessar a porta.

Entramos no elevador e subimos alguns andares em silêncio. Daniel ainda se recusava a dizer qualquer coisa, mas achei que em breve saberia. E estava certa. Assim que as portas se abriram, demos de cara com um corredor cheio de portas de madeira enormes e janelas de vidro.

Estava silencioso e frio demais, e dava para ouvir o *bip bip bip* daquelas máquinas que medem os batimentos cardíacos atrás das portas fechadas. Engoli em seco. Aquilo não estava começando bem. Mudar minha vida? Por enquanto não estava dando muito certo.

Antes de começar a percorrer o corredor, Daniel segurou meu braço. Tinha a expressão séria de quem ia dizer algo importante. Algo que requeria atenção, apesar de eu não querer dar muito disso a ele. Preferia me manter distante e voltar a pensar no que tinha acontecido na noite anterior. Ele falou tão baixo que precisei me inclinar um pouco em sua direção para ouvir melhor:

— Quando entrarmos lá, tente não deixar óbvio o desprezo que sente por qualquer tipo de pessoa doente. Elas só precisam de um pouco de alegria no tempo que lhes resta. Então, se você não quiser ajudar, tudo bem. Pode ficar parada num canto aqui fora, em silêncio, evitando contato físico. Mas, se for entrar nisso, se quiser realmente saber por que eu te trouxe aqui, então tem que ser de coração. Tem que dar toda a sua atenção a eles. Ok?

Assenti, tentando pensar no motivo de ele estar falando tão sério. Parecia muito importante para ele, e eu não iria atrapalhar. Tinha que ter o mínimo de respeito, e, se isso significava que eu precisaria virar uma estátua no canto da parede, então assim seria. Por ele.

Paramos diante da primeira porta, e ali eu me detive, olhando através da janela que mostrava o interior da sala.

Lá dentro havia várias camas enfileiradas, pelo menos dez, e em cima delas estavam crianças. Eu diria que tinham de cinco a oito anos de idade. Nenhuma tinha um fio de cabelo nem sobrancelhas, e todas tinham olheiras profundas no rosto pequeno e pálido. Não estavam ligadas a nenhum tipo de aparelho.

— Elas... — comecei.

— Estado terminal — ele disse. — As famílias preferem que fiquem aqui e recebam cuidados paliativos para diminuir o sofrimento. — Suspirou antes de continuar, já com a mão na maçaneta, observando cada uma das crianças pela janela. — Eu venho aqui sempre que posso. Todas as enfermeiras já me conhecem. O que posso fazer pra melhorar um pouquinho o resto de vida que eles têm, eu faço. É por isso que eu disse que, se for pra entrar lá, tem que ser de coração.

Me mantive no lugar, observando enquanto ele entrava na sala e fechava a porta atrás de si, me dando tempo para decidir se o seguiria ou não. Ele abriu os braços, gritando alguma coisa quando chegou ao centro do quarto, e todas as crianças acordaram, abrindo enormes sorrisos quando o viram.

A maioria saltou da cama, indo para cima do garoto feito uma avalanche. Quando uma das garotinhas, que aparentava ter cinco anos, pulou sobre ele, Daniel a pegou no colo e a girou no ar, o que a fez rir.

Eu o observei por alguns minutos, pensando se teria coragem de entrar ali e não demonstrar um pingo de tristeza na frente delas, fazendo o que podia para diverti-las. Não. Eu não tinha essa coragem, mas tinha vontade de tê-la. Apesar de estarem todas doentes e de eu morrer de medo de me contaminar ali dentro, acho que queria realmente ajudar. Só de olhar para aqueles sorrisos banguelas, meus olhos se enchiam de lágrimas, e isso não é algo que acontece com alguém que sente desprezo. Acontece com alguém que sente compaixão e que, se pudesse, faria qualquer coisa para deixá-las felizes.

Daniel sentou na cama de um garoto que parecia não ter forças para se levantar, e todas as outras crianças foram atrás dele. A mesma garotinha de cinco anos estava sentada em seu colo. Ela perguntou algo a ele, que sorriu e respondeu apontando na minha direção, depois acenou para mim, e todas fizeram o mesmo.

Acenei de volta, sentindo que aquela era a minha chance de entrar. Respirei fundo, tentando encontrar a coragem necessária.

O ar lá dentro era extremamente frio e fez todos os pelos do meu corpo se arrepiarem. O cheiro era de hospital e remédio. Algumas crianças vieram até mim, e eu não consegui segurar o sorriso quando duas delas, que mal chegavam à altura do meu quadril, passaram os braços ao redor das minhas pernas em um abraço.

— Oi, moça! — uma delas disse. Era um garotinho branco feito um fantasma, com grandes olhos cor de chocolate. Usava óculos fundo de garrafa de aro azul-escuro. — Qual é o seu nome?

— Melissa — respondi com um sorriso gentil, me abaixando até ficar da sua altura. — E o seu?

— O meu nome é Isaac. Que nem o Isaac Newton — anunciou, com um enorme sorriso.

— Ele é o garotinho de sete anos mais inteligente que você vai encontrar na vida — Daniel comentou, ainda sentado na cama, me observando com um sorriso radiante. Murmurou um "obrigado" silencioso quando todos voltaram a atenção para mim, esperando uma resposta.

— Nossa! Que importante!

— Mas é verdade! — Isaac acrescentou, ainda com um sorriso no rosto, o que me fez rir.

Fui até Daniel, me sentando ao seu lado e acenando para o garoto deitado na cama. Ele sorriu, fraco demais para acenar de volta, e eu voltei a olhar para o vândalo e para a garotinha em seu colo. Ela tinha olhos verde-esmeralda curiosos, que analisavam Daniel com atenção. Ele havia acabado de tirar uma sacola cheia de bexigas de dentro do saco branco de pano que trazia consigo. Encheu três delas e jogou para as crianças, antes de voltar a atenção para a menina. Então ela perguntou, colocando um dedinho na sobrancelha dele:

— Como você fez dodói?

— Tive que lutar com um dragão pra salvar a princesa — ele respondeu, no tom exagerado de quem conta uma história. — Ele era grande e feio, mas no final deu tudo certo.

— E a princesa é a Melissa? — a garotinha quis saber, agora apontando para mim. Dois dentes da frente estavam faltando. Ela era a coisa mais fofa do mundo.

— É, sim — o vândalo respondeu, olhando para mim daquele jeito safado de quem quer conquistar alguém. — Ela é a minha princesa.

— Ah! — a garotinha exclamou, as mãos pequenas e gordinhas na frente da boca. — Preciso contar pra Duda! Ela não acredita em mim quando eu falo que você é um príncipe.

— Então vai! Vai! — ele aconselhou, colocando-a no chão.

Nós a observamos enquanto corria para o outro lado do quarto e escalava a cama da garota que parecia ser a mais velha da turma. Todos os outros pareciam bem entretidos com a brincadeira de não deixar as bexigas caírem.

— O nome dela é Sofia, tem cinco anos. Foi a última a entrar aqui, por isso é a que ainda tem mais energia — Daniel explicou. — Por algum motivo, colocou na cabeça que eu sou um príncipe.

— E agora eu sou a sua princesa? — perguntei, levantando uma sobrancelha.

— Nem pense nisso — ele retrucou, se levantando. — Já prometi que vou ser namorado *dela*.

Sorri, enquanto ele pegava a sacola de bexigas mais uma vez, sentando no chão e enchendo algumas delas. Moldou animais e espadas para algumas das crianças, e contou às outras que eu estava disposta a pintar o rosto delas com as tintas que ele havia trazido. Foi o que fiz, sentando no chão com ele e desenhando corações e carinhas de coelho horrorosas em cada uma delas. Meu talento foi reconhecido em pouco tempo, e depois a brincadeira foi zoar quem tinha a pintura mais feia no rosto.

Daniel prometeu que consertaria o estrago que eu havia feito enquanto me dispunha a contar uma história para aqueles que não tinham o rosto pintado ainda.

— Era uma vez um pato muito, muito feio... — comecei.

— Essa a gente já ouviu — falou Duda, de cima de sua cama.

— Ok. Então... era uma vez uma garotinha que tinha o cabelo muito comprido...

— Também já ouvimos essa — reclamou Isaac.

— Que tal um pouco de criatividade? — Daniel perguntou, pintando o focinho de um lobo em uma menininha. Ele estava me humilhando com todos aqueles detalhes.

Eu o fuzilei discretamente com o olhar antes de voltar a pensar no que iria falar para aqueles projetos de gente que me encaravam com olhos grandes e curiosos. Impressionar Daniel? Bom... isso era apenas uma parte do plano. Por enquanto eu só tinha que me preocupar com as crianças. Comecei mais uma vez:

— Era uma vez uma menina que sonhava em ser bailarina. Ela tinha sapatilhas mágicas, que faziam com que cada um dos seus passos fosse perfeito. Sempre que alguém a assistia, passava a ver o mundo com outros olhos por causa da sua mágica. Mais cores, mais vida... tudo! Um dia, um homem malvado roubou as sapatilhas da menina enquanto ela dormia, e a trancou numa torre bem alta e escura, onde ninguém a ouviria, mesmo se gritasse bem, bem alto por ajuda.

Apesar de ainda estar pintando o rosto das crianças, Daniel se mantinha atento à história. Ele sabia que eu estava falando de mim, e queria saber o que viria depois.

— Ela sabia que só poderia sair da torre quando tivesse suas sapatilhas de volta — continuei —, e, como não tinha mais esperanças de sair de lá, desistiu de pedir ajuda. Ela deixou que toda aquela tristeza e escuridão fossem para dentro dela. E assim se passou muito, muito tempo, até que um dia chegou um príncipe. Um príncipe com uma capa vermelha, que prometeu que um dia a tiraria daquela torre horrível e encontraria as sapatilhas dela. E a menina sabe que, de alguma forma, ele vai encontrar aquelas sapatilhas. Seja lutando contra um dragão enorme e feio ou brigando loucamente com a bailarina, porque no fundo ela é uma chata. — Essa parte fez todos eles rirem. — Se ele conseguir, como ela acha que vai, então ela vai dar o seu coração para ele como forma de agradecimento.

Nós nos entreolhamos, e eu sorri sem graça enquanto todas aquelas crianças aplaudiam e gritavam, aprovando minha história. Mal sabiam elas que cada uma daquelas palavras era verdadeira. Se Daniel perguntasse, eu negaria aquele final até a morte, apesar de saber que, mesmo que pudesse realmente enganá-lo, eu nunca conseguiria enganar a mim mesma.

Liberdade

Aquele dia foi um dos piores, e eu me lembrava dele como se tivesse sido ontem. Foi como se tudo em que eu acreditava caísse no chão. Como se minha vida tivesse virado de cabeça para baixo por causa de três semanas.

Eu tinha acabado de chegar da faculdade, e havia uma carta esperando por mim. Uma carta da Juilliard, dizendo que aceitariam que eu fizesse o teste pessoalmente lá. Tinha pensado que nunca a receberia, já que o prazo máximo para o envio tinha se esgotado muito tempo antes. Tinha até mesmo conversado com minha professora sobre o atraso, e ela havia tentado me tranquilizar, dizendo que às vezes acontecia de a carta chegar um pouco depois. E chegou.

É claro que eu precisava comemorar, por isso chamei Fernanda e o resto dos meus amigos para uma festa. Nunca faria essa reunião na minha casa, então pedi que nos encontrássemos numa balada perto dali. Daniel? Obviamente não o convidei. Eu queria comemorar perdendo a linha e enchendo a cara, afinal eu bem que merecia, e ele com certeza me reprovaria ou tentaria me atrapalhar. Eu precisava me afastar dele pelo menos um pouco, me divertir como uma pessoa normal, sem todas aquelas regras e "obediência incontestável" ao acordo. Em alguns momentos até que tinha sido legal, como foi o caso da visita ao hospital, mas na maioria das vezes ele só me fazia acompanhá-lo e conviver com os amiguinhos-aberrações da faculdade. Daniel me levou para alguns lugares de gente pobre e me deixou entediada, mas nada daquilo importava mais. Em alguns meses eu estaria fora do Brasil, e nada daquilo faria parte da minha vida. Eu estaria livre e poderia fazer o que quisesse.

Eu me arrumei, vesti as roupas mais brilhantes e curtas que encontrei no armário e chamei um táxi. Eram dez horas da noite de uma quarta-feira, e nós tínhamos aula no dia seguinte, mas quem ligava? Eles não, e eu tinha conseguido uma vaga na Juilliard. O mundo era meu mais uma vez. Melissa Azevedo Garcia estava de volta. Ok, talvez eu não tivesse conseguido a vaga propriamente, mas tinha ganhado a chance de fazer a audição. E eu era tão boa que seria impossível me recusarem.

Quando cheguei, todos já me esperavam na porta. Fui recepcionada com garrafas de champanhe e vodca. Fazia duas semanas que eu não bebia quase nada por causa daquele idiota certinho. Praticamente me carregaram nos braços para o lado de dentro, como se eu fosse sua rainha. Até pediram ao DJ para anunciar que eu estava na casa, me despedindo do Brasil, e que era para todos os caras de lá fazerem a noite valer a pena. Se eu havia sentido algo por Daniel? Até podia ser, mas naquela noite queria e *precisava* esquecer dele, mesmo que tivesse de beijar todos os caras da balada.

A marca roxa horrorosa já tinha sumido do meu rosto, e eu não sentia mais dor nas costelas. Então, qual era o problema? Nada me impediria de pegar o cara mais bonito de lá, tendo ele namorada ou não. Porque eu podia tudo.

Eu cantava segurando uma garrafa de champanhe, me esfregando em um cara qualquer, com Fernanda ao meu lado dando em cima de um tampinha calouro da faculdade. O resto dos meus amigos estava ao redor, todos tão bêbados que nem sabiam o que estavam fazendo ali. Eu tinha certeza de que um ou dois tinham cheirado alguma coisa para complementar a diversão.

Tinha bebido mais do que nunca, estava até molhada de vodca. Por algum motivo, achei que tomar um banho com a bebida seria uma boa ideia.

Mas sempre chega aquele momento em que o bêbado fica emotivo, e toda a diversão acaba até que alguém o convença de que é tudo efeito da bebida. E eu só percebi que estava tudo errado quando aquele momento finalmente chegou para mim.

Por que a única pessoa para qual eu queria ligar naquele momento era Daniel? Por que era o nome dele que eu chamava desesperadamente enquanto chorava no ombro de Fernanda, tão bêbada quanto eu? Bom... eu não tinha a resposta. Só sabia que queria ligar para ele e pedir que fosse até lá, para que eu pudesse chorar abraçada a ele.

— Alô? — gritei no celular. — Dani-Dani?!

— Mel? É você?! — ele perguntou do outro lado da linha, a voz rouca de quem estava dormindo.

— Dani-Dani, eu te amo! Você sabe disso, não sabe? — falei, em meio a mais uma onda de lágrimas. — Eu te amo, Daniel Oliveira Lobos! — gritei.

Eu estava sentada em um dos sofás de couro preto no canto do salão, com dois ou três lenços de papel na mão, secando as lágrimas que caíam sem parar e borravam o meu rímel. Estava sem os sapatos de salto, perdidos em algum lugar desconhecido naquele momento.

— Você está bêbada, Melissa?

— Mas você não me ama. Ninguém me ama — continuei, ignorando a pergunta. Olhei para Fernanda, que havia começado a chorar comigo. — Fezinha, você me ama?

— Amo sim, Mel. Eu amo! Acredita em mim! — Ela chorou e me abraçou.

— A Fê me ama, então — informei a Daniel, ainda no telefone, empurrando o ombro dela. Eu não queria abraço nenhum. Eu queria o Dani-Dani. — Ela me ama, mas é só. É só ela que me ama, Dani-Dani.

— Onde você está? — perguntou, num tom sério, de repente. Por que ele estava bravo? Ele estava bravo? Ele não me amava? — Tem alguém aí que não esteja completamente bêbado?

— Eu não sei. — Solucei. — Eu só quero que alguém me ame. Por que ninguém me ama, Dani-Dani?

Levantei, dando umas cinco voltas perto do sofá, discutindo com ele o fato de ninguém me amar. Por quê? Por quê?! Ele precisava vir me explicar pessoalmente o porquê daquilo.

— Dani-Dani, vem aqui. Vem me buscar. Me fala por que ninguém me ama!

— Eu vou. Juro que vou, mas você precisa me dizer onde está.

Não sei como, tive um breve momento de sanidade e expliquei onde estava. Talvez aquilo tivesse realmente salvado minha dignidade, porque, antes que eu começasse a vomitar, ele chegou, feito um príncipe, para me salvar. Estava meio borrado em meio a todas aquelas luzes, mas eu o reconheci pelo cachecol vermelho.

Me ajudou a levantar e me pegou no colo quando viu que eu estava tonta demais para me manter de pé. Parecia balançar mais do que o normal, e isso me deixou um pouco enjoada. Ele era tão fofo! Me agarrei ao seu pescoço, já conseguindo parar de chorar, e gritei, tentando falar mais alto que aquela música maldita:

— Você é um príncipe, Dani-Dani. Um super-herói. O M-E-U príncipe encantado!

— Eu vou te levar pra casa, Melissa.

— Mas você tem que ir comigo — falei, num tom marejado e malicioso. — E tem que me levar pro meu quarto também.

Daniel se manteve em silêncio, me levando até o lado de fora. Ele me colocou dentro de sua "supernave espacial" e deu a partida antes que eu pudesse dizer alguma coisa. Me levou para casa e, sim, foi comigo até meu quarto. Mas o que fez foi segurar meu cabelo enquanto eu colocava tudo o que podia para fora, abraçada ao vaso sanitário. Me deu água, me colocou na cama e me enrolou com todos os edredons que encontrou. Depois, sentou numa das poltronas perto da janela.

E aí eu dormi.

— Mel — ouvi alguém chamar ao longe. A voz era suave e carinhosa, como o ronronar de um gato. — Mel, eu preciso ir agora.

Abri os olhos, apesar de senti-los pesados. Minha cabeça latejava, e o gosto metálico na boca era horrível. Meus pés e pernas estavam doloridos, e a garganta ardia.

Daniel estava sentado na beirada da cama, passando os dedos pelo meu cabelo. Estava inclinado em minha direção, e me olhava de um jeito preocupado. Com a mão livre, segurava um copo de água e um analgésico. Só podia ser a visão de um anjo. Não era possível.

— Vamos, minha linda — sussurrou. — Eu preciso que você tome isso antes de eu sair. É para dor de cabeça. Você vai dormir melhor.

Me sentei com a ajuda dele, fazendo muito esforço, e, como se estivesse no piloto automático, bebi a água e tomei o comprimido, apoiando a cabeça no ombro dele em seguida. Perguntei, colocando a mão na frente dos olhos por causa da claridade do quarto:

— O que aconteceu ontem?

— Você não lembra, né? — Suspirou, antes de continuar: — Você me ligou às quatro da manhã, completamente bêbada, me pedindo para te buscar e te explicar por que ninguém te ama. E eu fui. Te trouxe pra casa e fiquei aqui pra ter certeza de que você ficaria bem.

— Eu não devia estar tão mal assim — murmurei, pois era o máximo que eu conseguia fazer.

— Você disse que me amava — falou apressadamente, com um sorriso no rosto.

— Eu devo ter dito isso pra todo mundo.

Levantei da cama, abaixando a barra do vestido de noite que eu ainda usava. Era preto e extremamente curto, cheio de franjas cintilantes e com uma gola alta de cetim que apertava o meu pescoço. Peguei algumas roupas na gaveta e fui em direção ao banheiro, fechando a porta.

— E você me chamou de Dani-Dani! — ouvi o garoto dizer por trás da porta.

É. Eu devia estar muito mal. Tudo isso na frente dele, a única pessoa que tinha esperança em mim. Que ótimo.

Vesti o moletom gigante cor-de-rosa que havia escolhido e o short do mesmo tecido preto e escovei os dentes, voltando ao quarto logo em seguida. Desabei na cama mais uma vez e perguntei, o rosto contra um dos meus milhares de travesseiros:

— Você me odeia?

— É claro que não. — Ele riu e passou a mão pelas minhas costas. — Você até demorou pra ter uma recaída! E ainda ligou pedindo que eu fosse te buscar! Eu teria ficado bravo se você tivesse voltado pra casa com outra pessoa, ou se tivesse visto você com algum cara lá.

— Ciúme, sr. Daniel? Que coisa feia. — Virei um pouco a cabeça, o suficiente para olhar para ele em meio aos cachos que caíam em meu rosto.

— Eu nunca teria ciúme de você, Melissa. Pelo menos não desse jeito. Eu só não queria que alguém se aproveitasse de você no estado em que estava. Nós somos só amigos.

— Bem que você gostaria que a gente fosse mais que isso.

O garoto apenas sorriu, se inclinando na minha direção e me dando um demorado beijo na testa antes de levantar e anunciar que precisava ir. Era meio-dia, e ele tinha faltado à aula por mim. Suspirei. Mais uma semana e meia com aquele garoto e eu estaria acabada, com o coração em pedaços, porque a cada gesto gentil dele, e a cada palavra que dirigia a mim, mais eu gostava dele.

Embora fosse apenas um vândalo imbecil que eu odiava.

E sempre seria assim.

A vida em cores

— *Life in Color?* Vamos! Vamos! — Daniel gritou, praticamente correndo de um lado para o outro no palco.

Parecia um raio, dando ordens, fazendo piadas e ajudando seu aprendiz a organizar os alunos durante o ensaio. Mas estava dando certo, como sempre tinha dado.

Era 4 de maio. Faltavam dois dias para o fim do nosso acordo, e o que eu podia dizer? Estava triste por isso.

Era como aquela música dizia. Ele havia me mostrado a vida em cores, apesar de eu não ter notado isso em metade do tempo que havíamos passado juntos. Com toda a sua chatice, um bom humor irritante e muita persistência, Daniel havia cumprido seu objetivo. Pelo menos em parte. Mesmo com toda a minha hesitação, ele tinha me convencido a fazer cada uma das coisas que planejava, e em cada uma delas eu aprendi uma coisa nova.

Tínhamos ido ao hospital visitar aquelas crianças, e outras mais velhas, várias vezes; fomos a aulas de dança de salão para pessoas de idade e até trabalhamos como voluntários em uma feira de adoção de cachorros. Ele tinha grafitado o muro inteiro da faculdade em dois dias, e eu tive que ajudá-lo. Levamos os amigos dele para um parque de diversões e rolou uma guerra de bexigas d'água no meio de um piquenique no parque, onde ele me ensinou a andar de bicicleta.

A cada dia que se passava, mais vontade eu tinha de aprender tudo o que ele sabia, mesmo que fosse pouca coisa.

Não importava se estava chovendo ou se o sol estava a pino. Nada podia nos parar, porque éramos invencíveis quando estávamos juntos. E os dois sabiam disso.

Eu havia aprendido muito mais sobre Daniel do que qualquer coisa que pudesse aprender na faculdade, e ele tinha aprendido a ler cada uma das minhas expressões como um livro. Me ensinou até mesmo a fazer um coração perfeito. Eu devia tudo isso àquele vândalo.

Não dava mais a mínima para o que os outros pensavam de mim, porque eram todos uns idiotas que não conseguiam ver o que eu via, assim como eu mesma havia sido um dia. Choque de realidade? Não. O que aconteceu tinha um nome um pouco menor e um pouco mais... mágico. Se chamava liberdade.

Não era a liberdade de expressão, nem a de "ir e vir", porque a essas todos nós já tínhamos direito. Era aquela liberdade de espírito, que te faz sentir como se pudesse fazer qualquer coisa, como se soubesse de tudo e ao mesmo tempo não soubesse de nada, mas, para você, aquilo já é o suficiente. Era uma liberdade que não tinha palavras para ser descrita, assim como qualquer sentimento no mundo. Feito um caleidoscópio. Quanto mais você via, girava, explorava e tentava entender, mais bonita a vida ficava, e mais cores podia enxergar.

Talvez o que eu estivesse sentindo não fosse uma torrente de sentimentos controversos e instigantes, e sim apenas amor, que faz questionar tudo e ver a vida de uma forma mais encantadora. Mas quem se importava? Não interessa o nome. Desde que tenhamos uma faísca de esperança de sermos melhores, qualquer coisa vale. Sim, eu usei a palavra "amor". Com relação a quê? Daniel? Algum outro cara? Eu mesma? Sim. E não. Como amar algo ou alguém quando aquele sentimento era misturado ao ódio, à tristeza e a todos os sentimentos ruins, ao mesmo tempo em que se misturava aos bons? Eu não estava falando de algo palpável, mas da vida, em que tudo era instável, confuso e imprevisível.

Eu sabia que estava quase falando como Daniel, com todas aquelas expressões e frases de efeito confusas, mas agora podia entendê-lo, e cada uma de suas palavras me parecia mais certa do que nunca.

Minha mente havia despertado, tido aquele clique imperceptível, quando estávamos fazendo um trenzinho no meio do hospital de Ilhabela. Até as enfermeiras e alguns médicos entraram na fila. Quer dizer, em meio a todo aquele caos de tristeza, raiva e preocupação, havia espaço para a felicidade. A vida também é assim, e eu tinha que aproveitar aquilo o máximo que podia.

Só tinha duas coisas que eu ainda não havia superado: os amigos dele e minha habilidade e tendência a ser uma pessoa completamente egoísta.

— Em que você está pensando, Mel? — Fernanda perguntou, assistindo ao ensaio. Eu a tinha levado para aquela onda de "enxergue a vida com outros olhos" comigo, mas ela ainda estava no meio do processo.

— Em nada específico — respondi, dando de ombros. E era verdade.

— Está nervosa pra ir ao médico?

Baixei o olhar. Em dois dias, exatamente na data do fim do acordo, eu iria ao médico saber se tinha autorização para voltar a dançar. Finalmente estaria livre de toda aquela dor que Pedro havia me causado, e que havia me acompanhado durante um mês. O fim de toda essa história ainda estava longe de chegar. Eu tinha conseguido a ordem de restrição, e Pedro tinha largado a faculdade. O processo na justiça continuava e ia demorar muito para ter fim, mas, pelo menos no meu corpo, tudo o que iria restar seria a cicatriz quase imperceptível em meu supercílio. O resto seria deixado para trás; eu tinha feito o certo. Depois de denunciá-lo, me sentia pronta para seguir em frente.

— Um pouco — falei. — Preciso voltar a treinar com pelo menos dois meses de antecedência à minha audição na Juilliard. Não posso chegar lá enferrujada.

— E o Daniel? Já sabe disso?

Respirei fundo, apertando os lábios numa linha rígida de nervosismo. Não. Ele não sabia da carta ainda, e não tinha ideia de que, em pouco tempo, eu iria sair do país para talvez nunca mais voltar. Eu preferia manter isso em segredo, pelo menos até o fim do nosso acordo. Estávamos indo bem demais, e eu não queria estragar as coisas.

— Tenho certeza de que ele não vai se importar — comentei. — É para o meu bem, e, além disso, nós somos só amigos. Não é como se eu estivesse desistindo do amor da minha vida.

— Você fala com tanto entusiasmo e segurança... — ela murmurou, sarcástica.

— Acho que é disso que estou tentando me convencer — sussurrei para mim mesma, sem tirar os olhos do garoto no palco.

E era mesmo. Eu gostava *muito* dele. Mais do que de qualquer cara com quem já tivesse me relacionado, apesar de ser verdade o fato de sermos apenas amigos. Só que era visível para ambos que a amizade não era mais suficiente. Apenas olhar um para o outro estava ficando insuportável. Eu estava me proibindo de me apaixonar por ele, porque no fim acabaria indo embora de qualquer jeito. Só que provavelmente já era tarde demais.

O ensaio acabou logo, e Fernanda se foi com os outros. Daniel e eu ficamos sozinhos no auditório.

— Você estava bem animado hoje — comentei, enquanto lhe dava um abraço apertado. — O que houve?

— Um pouco antes do ensaio, recebi uma ligação. — Ele se afastou e seguiu em direção à saída. Fui atrás dele. — Me ligaram lá do hospital falando que está tudo pronto para o baile da turma da sexta-feira. — A turma da sexta-feira era o grupo de pacientes de quimioterapia dos treze aos dezessete anos.

Como Daniel tinha me contado, todos os anos cada uma das turmas recebia um presente diferente. Geralmente, a turma da sexta-feira, que era dos adolescentes, ganhava um baile com o tema escolhido pelos próprios pacientes. Ele geralmente ajudava na organização e sempre era convidado para tocar na grande noite.

— Isso é bom! — exclamei. — Está empolgado?

— Como sempre — respondeu. — Mas acho que o Enzo e a Helena estão um pouco mais do que eu. — Ele levaria os dois para se revezarem com ele durante o baile. — É a primeira vez que eu dou um palco de verdade pra eles.

— Falou o senhor Rei das Apresentações — brinquei, passando por ele enquanto abria a porta de saída para mim.

Fomos em direção a seu carro. Daniel estava mancando um pouco desde o dia em que liguei para ele bêbada, mas parecia pior agora. Eu já tinha perguntado o porquê daquilo, mas ele sempre tentava me convencer de que eu estava ficando paranoica. Insisti:

— Já foi ao médico?

— Do que você está falando? — perguntou de volta. Ele sabia exatamente do que eu estava falando.

— Dani, você está mancando. Não adianta fingir que...

— Não é nada, Mel. Bati o joelho na quina da cama hoje de manhã, e está dolorido. Coisa de gente desajeitada e com muito sono.

Lancei a ele um olhar desconfiado enquanto continuávamos seguindo caminho até seu carro. Ainda iria arrancar as respostas sobre aquele assunto. Algo no tom de voz dele me deixou desconfiada, mas eu tinha outras prioridades. Pensava seriamente em contar a ele sobre a carta da Juilliard, mas, como sabia que nossa conversa provavelmente não teria um final muito feliz, estava adiando o máximo possível. Só que, como eu disse antes, Daniel havia aprendido a ler minhas emoções como se fossem um livro. Ele sabia que havia algo de errado.

Já tínhamos fechado a porta do carro e colocado o cinto, mas ele permaneceu parado, com as mãos no volante, sem dar a partida. Falou, sem olhar para mim, num tom um pouco mais sério:

— Agora você já pode dizer o que está te incomodando.

Não adiantava negar, até porque eu preferia não mentir para ele. Me mexi de forma desconfortável no banco, evitando manter contato visual. Foi naquele momento que me arrependi de não ter falado sobre a carta no dia em que a recebi. Eu sabia que Daniel ficaria irritado com a demora.

— Há duas semanas eu recebi uma carta da Juilliard. Eu tinha mandado um vídeo de inscrição para eles, e estava esperando a resposta. — Prendi a respiração antes de falar a parte seguinte, como se estivesse tirando um curativo. — Eles aceitaram que eu fosse até lá fazer a audição pessoalmente para tentar uma vaga e, consequentemente, minha transferência para estudar lá.

— Mas... como assim?! — Ele se virou para mim. O olhar passou de curioso para desesperado e surpreso em menos de um segundo, como num passe de mágica. — V-Você já vai embora? É isso? Tipo... pra sempre?

— Se eu passar no teste, sim — respondi, baixando o olhar. — Vou ter que mudar pra lá, e talvez nunca mais volte.

— E por que você não me contou isso antes?!

— Eu não sei! — confessei. — Tinha ido comemorar naquela noite em que te liguei bêbada da balada. E acabei esquecendo no dia seguinte. Depois, ficou cada vez mais difícil contar pra você, já que nós estávamos indo tão bem...

Parei de falar quando vi um brilho de raiva e decepção em seu olhar. Engoli em seco. Qual era o próximo passo? Ele iria me expulsar do carro gritando que nunca mais queria me ver na vida?

— E você pensou que, se não me contasse logo, isso se tornaria mais fácil pra quem? Pra você ou pra mim?

— Eu não pensei que seria mais fácil. Só não queria estragar...

— Estragar o quê, Melissa?! — ele gritou, o que me fez encolher um pouco no banco. Fez uma pausa antes de continuar num tom mais baixo, como se estivesse dando um momento a si mesmo para se acalmar. — A sua felicidade momentânea ou o quê? Estava com medo de que eu desistisse do nosso acordo? Não. Eu nunca faria isso, mas, se você realmente tivesse aprendido alguma coisa, teria me contado antes.

Meus olhos se encheram de lágrimas. Não tinha ideia do que responder. Não havia resposta certa, muito menos uma que não fosse extremamente dolorosa para ambas as partes. Estava tudo nas minhas mãos, mas eu não tinha condições de aguentar uma responsabilidade daquelas. Era eu ou ele, e eu não era forte o suficiente para manter a calma e escolher qual coração partir. Pedi:

— Não fala assim... Eu sei que devia ter contado antes, e que talvez isso poupasse nós dois de muito sofrimento, mas preferi esperar um momento melhor pra te contar. Uma ocasião que talvez não fosse ser tão...

— Egoísta? — interrompeu. — Você estava esperando conseguir tudo o que queria de mim pra depois ir embora?

Então, essa era a questão. Era por causa daquilo que ele estava tão irritado. Pensou que eu o estivesse usando. Mas eu não estava. Só queria ficar ao lado dele por quanto tempo pudesse, sem ter que me preocupar com corações partidos. Só que essa minha vontade piorou ainda mais a situação.

— Dani...

— Não. Eu não quero ouvir mais nenhuma das suas desculpas. — O tom era gelado.

— Então não ouça — bufei, forçando um tom irritado e mandando as lágrimas de volta para o lugar de onde nunca deveriam ter saído. — Adeus, Daniel. Tenha uma boa vida.

Quer saber? Não adiantaria tentar convencê-lo de nada. Eu iria embora mesmo! Nunca mais nos veríamos, então por que me preocupar tanto com o que sentia? Era eu ou ele, e nenhum de nós iria morrer com qualquer escolha que eu fizesse. Saí do carro, irritada, batendo a porta e vendo Daniel dar a partida. Ele era meu amigo! Deveria ficar feliz por mim!

Ou não?

Era eu quem estava errada, não era? Tinha dado a entender que o estava usando, embora não fosse verdade.

Eu sabia que ele não me atenderia se ligasse, e, por incrível que pareça, nunca tinha ido à sua casa em São Paulo. Nem sabia onde ficava. Minha única saída naquele momento era Helena, e era para ela que eu iria ligar, porque tinha sido inteligente o suficiente para pedir seu telefone alguns dias antes.

— Helena? — Fiquei feliz por ela ter atendido logo de primeira.

— Oi, Mel! Tudo bem? O que houve? O Dani está bem? — perguntou, inquieta.

— Está. Está sim. É que a gente acabou de brigar.

— Ah... Eu sinto muito, Mel — ela disse, agora aliviada, o que era um pouquinho estranho. — Mas o que eu posso fazer por você?

— Eu preciso que você descubra algumas coisas pra mim. Nada muito difícil, mas é importante.

— É só falar que eu faço.

Eu não tinha um plano, muito menos uma ideia, mas, se existia um lugar onde eu poderia encontrá-lo e falar com ele, seria no baile que aconteceria no sábado à noite. Só que ele não tinha me convidado. Pelo menos não oficialmente, e eu não tinha nenhuma informação certa sobre aquilo, então precisaria da ajuda da irmã para ir atrás dele.

Azul da cor do céu

Eu havia combinado me encontrar com Helena logo depois de sair do médico, para que nos arrumássemos juntas para ir ao baile. É claro que ela aceitou, já que vínhamos nos dando bem desde a primeira vez que nos vimos e tínhamos passado algum tempo juntas graças ao acordo. Ela era uma das garotas mais legais que eu conhecia, e tinha o grande talento, aprendido com Daniel, de saber exatamente o que e quando dizer.

Como esperado, consegui minha autorização para fazer exercícios físicos, e tenho que confessar que fiquei extremamente feliz por isso. Agora sim poderia fazer qualquer coisa, principalmente o que eu mais amava: dançar.

Quando finalmente cheguei ao Shopping Anália Franco, que ficava perto do lugar onde aconteceria a festa, encontrei Helena em frente ao Outback, no exterior do prédio, ao lado de uma das entradas. Ela usava jeans preto rasgado, camiseta e jaqueta de couro da mesma cor. Eu já havia entendido suas intenções de parecer uma roqueira punk durona, mas era difícil acreditar que ela conseguiria cumprir seu objetivo tão bem quanto Millah, a amiga esquisita de Daniel. A menina era sorridente demais e... gentil demais.

— Como ele está? — perguntei, enquanto subíamos a primeira escada rolante.

— Não muito bem — respondeu. — Mas, pelo que ele me disse, está arrependido por ter agido de forma tão agressiva e egoísta. Só está com vergonha de falar com você.

— Estamos falando dele ou de mim? — questionei, irônica, ao notar quanto os sentimentos dele eram um reflexo dos meus.

Ela apenas deu de ombros em resposta. Nunca imaginei que iria ao shopping sozinha com uma garota mais nova que eu. Ok, eu tinha dezenove anos e ela dezesseis, mas antes aquilo me pareceria uma diferença grande demais para expor em público. Eu não queria ser babá de ninguém.

— Você sabe que o Dani gosta muito de você, não sabe? — disse de repente, quando entramos em uma loja qualquer. Ela ainda precisava comprar sua roupa e tinha pedido minha ajuda. Por isso havíamos ido até lá cinco horas mais cedo, às duas da tarde. — Quer dizer... de verdade. Daquele jeito.

— Você está se saindo muito bem em expor os sentimentos do seu irmão, garotinha — brinquei, com um sorriso sem graça.

Sim. Eu sabia que ele gostava de mim, e não era segredo para nenhum dos dois que o sentimento era recíproco. O amor é uma coisa estranha, é como areia movediça. Quanto mais lutamos para sair, mais profundamente nos vemos presos nela. Lutei com todas as forças para não me apaixonar por Daniel, e agora estava enterrada até o pescoço.

— É pra isso que servem as irmãs mais novas, não é mesmo? — ela brincou e me fez rir.

Vasculhei alguns cabides antes de achar um vestido perfeito para Helena. Praticamente a arrastei até os provadores antes que ela tivesse a chance de fazer cara feia ao ver que era cor-de-rosa. Infelizmente, apesar de ter ficado lindo, ela preferiu a versão azul. Pelo menos destacou a cor de seus olhos.

— Pra falar a verdade, acho que *você* deveria usar isto — comentou, levantando a sacola ao lado do rosto quando saímos da loja. — É a cor preferida dele, sabia? Azul, da cor do céu. — E dos olhos dele, não pude deixar de pensar.

— Você realmente quer dar uma de cupido, né?

— Eu gosto de você, e sei que só quer o melhor pra ele, então por que não? O Dani precisa de um pouco de amor na vida. Já tem problemas demais, precisa de uma distração.

— Daniel Oliveira Lobos tem problemas? Jura? — Apesar do tom irônico, me surpreendi ao pensar que aquilo realmente poderia ser verdade.

Todos tinham problemas, e eu sabia que Daniel também tinha, mas, com toda a sua alegria e vontade de viver, era impossível pensar que algo podia abalar o vândalo. Aquele sorriso que só podia ter sido criado por Deus quase nunca falhava. Era como um farol, que trazia luz para a vida de todos. Como poderia falhar? Era algo impensável para mim.

— Ele não te disse nada, não é mesmo? — murmurou para si mesma. — Ele por acaso contou para você que o nosso pai tem ELA?

— ELA? O que é isso?

— Esclerose lateral amiotrófica. É uma doença que afeta os neurônios motores e faz a pessoa perder todos os movimentos do corpo.

— Mas... ele ainda é lúcido? Isso também afeta a mente da pessoa? — Eu estava chocada.

Como ele podia não ter me contado uma coisa daquelas?! Como assim, Daniel?! Nós nos conhecíamos havia meses, éramos quase melhores amigos! Isso é algo que se conta para os amigos, não é? Não. Não para uma amiga preconceituosa como eu fui, e ainda era. Idiota, idiota, idiota! Se eu não fosse uma pessoa tão burra, egoísta e má, é claro que ele teria me contado! Mas não! O que eu sabia sobre o pai deles?! Nada... Só sabia que o nome ele era George!

— Não, Mel — ela respondeu, num tom compreensivo e paciente. — É como se o corpo se tornasse a prisão da mente. Você continua pensando da mesma forma que sempre, mas não consegue se mexer nem falar. Como... como o Stephen Hawking! — Um ar animado e orgulhoso pareceu soprar em cima dela naquele momento, levando embora o olhar triste que tinha aparecido em seu rosto alguns segundos antes. — Ele é tipo... o pai da física moderna, e grande parte das suas descobertas aconteceu depois de ele ficar preso dentro de si mesmo!

— E como ele está? — perguntei, sobre o pai deles, me sentindo uma idiota por não saber de nada e nunca ter ouvido falar daquela doença.

— Papai já está na cadeira de rodas há anos. A velha Bessie, como ele costuma chamar. Este ano nós compramos um aparelho que permite que ele se comunique através de um computador — explicou. Estávamos indo para o salão de beleza do shopping. Tínhamos marcado hora para fazer cabelo, maquiagem, manicure e pedicure. — Eu e o Dani somos muito ligados a ele. Nós sabemos que cada segundo é precioso. Ele já está em um estágio bem avançado da doença, e sabemos que não está longe do dia em que os seus órgãos vão parar de funcionar e nenhum aparelho vai poder trabalhar no lugar deles.

— Mas não tem cura? Tratamento? Nada?!

— Ainda não. O que existe hoje é um remédio que aumenta a expectativa de vida em seis meses só. Falaram alguma coisa esses dias sobre terem descoberto a causa da ELA, mas qualquer chance de tratamento só vai ser descoberta daqui a alguns anos. Entre a descoberta, a fase de testes e tudo o mais, qualquer tipo de tratamento com certeza só vai estar disponível daqui a muitos anos. — Ela baixou o olhar, voltando a ficar triste. — E o meu pai provavelmente não tem todo esse tempo.

Me mantive em silêncio durante o resto do caminho, dando a ela um tempo para se recuperar. Não tinha ideia de como era amar alguém com uma doença incurável, mas sabia que devia ser difícil. Chegamos ao salão, e por sorte sentamos uma ao lado da outra. Assim poderíamos continuar conversando, se isso fosse fazê-la se sentir melhor.

— Eu não tinha ideia do que vocês estavam passando. Sinto muito — falei, quando finalmente me senti mais à vontade.

— Tudo bem, Mel — ela respondeu, colocando a mão em meu braço com um sorriso triste. — Esse nem é o maior dos problemas. Papai lida muito bem com sua doença, já que a tem desde os meus cinco anos, mas... a dona Marcia não.

— O que você quer dizer com isso?

— Ela criou algum tipo de fortaleza ao redor de si, e a única pessoa que consegue ultrapassar esse muro é o Dani. E ainda assim ele enfrenta dificuldades. — Lancei a ela um olhar confuso, querendo saber um pouco mais sobre o assunto. — Minha mãe nem sempre foi essa pessoa fria e severa. Ela mudou depois da descoberta da doença do papai, e piorou quando ele passou para a cadeira de rodas. Depois disso, a única pessoa que conseguia fazê-la sorrir era o Daniel, com todas as habilidades herdadas do papai e o seu talento de líder. Nós dois fomos praticamente criados no coral da igreja, já que o nosso pai era pastor. Aprendemos a cantar e tocar, mas o Dani sempre teve uma energia mais vibrante. Quando abria a boca, ninguém conseguia tirar os olhos dele. — Sorri ao ouvir aquilo, sabendo exatamente do que ela estava falando. Aquela habilidade ele ainda tinha, e provavelmente só a havia aperfeiçoado com o passar do tempo. — Eu não. Preferia ouvir música a cantar, e para a minha mãe isso era um pecado. "Deus nos deu talento para mostrá-lo ao mundo. Ainda mais quando foi passado através de gerações, como a do seu pai e a dos seus avós", era o que ela dizia. Quando finalmente ela se convenceu de que eu não a ouviria, passou a me considerar uma vergonha para a família — continuou, enquanto a manicure pintava suas unhas de preto. A mesma cor de antes.

Tá. Era bastante informação para assimilar. Em pouco tempo eu havia aprendido mais sobre eles do que um dia imaginava que iria aprender. E nem tinha sido Daniel a me contar, ao contrário do que pensei que aconteceria. Aquele era mesmo um sinal de quanto eu tinha me enganado. Ele não era um vândalo rebelde, aventureiro e alegre que não tinha problemas. Era o garoto do cachecol vermelho e olhos azuis, cheio de segredos e mistérios que talvez eu nunca fosse desvendar.

— Mas chega de falar de mim — ela disse de repente, assumindo a postura alegre de sempre. — Vamos falar sobre a cor do seu esmalte, que parece a cor dos olhos do meu irmão. Muito observadora você, hein!

— Meu Deus! Você está...

— Se não quer falar sobre ele, vamos falar sobre você, então.

Realmente continuamos falando sobre mim pelo resto do tempo, até que o cabeleireiro terminasse de dar ainda mais forma aos meus cachos com seu babyliss e de alisar os dela com um secador e uma chapinha. Até que enchessem o rosto dela de maquiagem em tons de nude, e o meu em tons de azul, como o das minhas unhas e do laço de fita que tinham usado para prender duas mechas de cabelo juntas, uma vinda de cada lado da cabeça. E até que estivéssemos colocando os últimos detalhes no banheiro do shopping, como meus brincos de argola e as pequenas pérolas negras dela.

Nos olhamos no espelho do banheiro, analisando o belo trabalho dos profissionais do salão e do meu maravilhoso senso de moda.

O vestido dela tinha um tom de azul delicado e um decote tomara que caia em coração. Era um tubinho elegante que ficava maravilhoso nela. Seus sapatos de salto eram pretos, cheios de fitas enlaçando delicadamente os pés, como num abraço elegante. O cabelo dourado estava completamente liso, até a altura do quadril, com curvas discretas nas pontas, para incrementar um pouco.

Eu usava um vestido preto de gola alta sem mangas, com as costas abertas até a cintura, onde havia um laço enorme da mesma cor. A partir daquele ponto, ele caía rodado até um palmo acima dos joelhos. Calçava um salto alto azul-celeste meia pata, da mesma cor que a sombra em meus olhos, o laço em meu cabelo e o esmalte em minhas unhas.

— Ele vai gostar — ela comentou.

Pela primeira vez naquela noite eu não me senti sem graça ao ouvi-la dizer aquilo, porque aquele era o meu objetivo. Ele *tinha* que gostar. Não havia outra opção.

Durante o percurso até a saída do shopping, as pessoas ficavam nos encarando. Eu já estava acostumada com aquilo, então mantive a cabeça erguida e o olhar atento, mas Helena baixou o olhar, sem graça, se encolhendo um pouco contra mim. Acho que teria que ensinar uns exercícios de confiança a ela mais tarde. A ideia me fez sorrir.

Eu tinha pedido a Fernanda, que também ia ao baile porque estava de olho em Enzo, que nos buscasse para irmos todas juntas. Helena tinha até dado a ideia de pedir a Daniel que o fizesse, mas preferi dar um tempo a mim mesma para pensar no que diria ao encontrá-lo. Eu tinha que pensar muito bem naquilo. Ele não era o tipo de cara que acreditava em qualquer pedido de desculpas, assim como eu não era o tipo de garota que ganha um buquê de flores e fica toda felizinha.

— Eu tenho mesmo que entrar com vocês? — Fernanda perguntou, enquanto nos observava entrar em seu carro vermelho. — Porque isso vai ser uma humilhação.

— Pra quem? Pra nós ou pra você? — Levantei uma sobrancelha e sorri.

Ela usava um vestido vermelho curto como o meu, com um corpete justo cheio de brilho. O cabelo loiro e liso estava preso em uma linda trança toda trabalhada, e a maquiagem estava impecável. A garota sorriu de volta.

— Pra mim, é claro!

Ela deu a partida no carro depois de aumentar o volume do rádio, sintonizado na estação de que ela mais gostava, que só tocava música pop. Respirei fundo, voltando a olhar para a frente e sentindo algo revirar em meu estômago. Meu coração parecia estar fazendo polichinelos dentro do peito, e as mãos estavam geladas como as de um defunto. Helena colocou as mãos em meus ombros, sentada no banco de trás, e os apertou.

— Respira fundo e relaxa. O Dani não é nenhum estranho. Você o conhece melhor do que qualquer outra garota por aí.

— Não foi exatamente isso que eu descobri há alguns minutos, quando você me contou sobre o seu pai — falei, em tom de descrença.

— Mas você sabe o que ele sente, como sente e sempre sabe o que dizer — foi a vez de Fernanda se pronunciar. — Pense assim: você está indo para os braços do garoto de quem gosta, e não para a forca.

Assenti, baixando o olhar e me segurando muito para não começar a roer as unhas. As duas tinham razão, mas não era tão fácil assim. Eu era orgulhosa demais para pedir desculpas, ainda mais quando Daniel estava envolvido. Eu sentia como se ele me avaliasse a cada passo que eu dava, apesar de não ser verdade. Eu só queria agradá-lo e, ao mesmo tempo, fazê-lo gostar de mim do jeito que eu era.

A dança

O estacionamento estava lotado. Dava para ver ao longe as luzes que eu mesma havia ajudado a pendurar em algumas colunas de madeira branca como decoração. Era tudo ao ar livre, e eu estava feliz por não haver nenhuma nuvem que pudesse me impedir de ver o céu estrelado.

A estrutura tinha sido montada em um enorme campo de futebol. Tinham colocado algumas colunas para delimitar o espaço da festa, e nelas haviam sido enrolados fios com luzinhas e trepadeiras. As mesas eram circulares, e cada uma delas tinha um arranjo de flores alaranjadas. Todas estavam cobertas com toalhas brancas e outra por cima com uma estampa florida clara e discreta. Cinco cadeiras estavam dispostas ao redor de cada uma.

O palco era de madeira também, mas de um tom escuro, e tinha mais ou menos cinco metros de largura e três de profundidade. No centro dele estava Daniel, sentado em seu banquinho, com o violão no colo e o microfone na frente. Atrás dele, um garoto numa bateria preta. Do lado direito, uma garota tocava teclado, e do esquerdo havia dois rapazes. Um segurava um baixo, e o outro, um violoncelo. Tinha até uns caras com trombones e saxofones de pé atrás do baterista. Escondida atrás de todos, uma mesa cheia de botões e luzes. Quem a comandava era a mesma DJ dos ensaios da faculdade. Estava sentada em uma cadeira, mexendo no celular, já que a música que apresentavam não necessitava das suas habilidades.

Embaixo da estrutura havia uma pista de dança, que na verdade era um quadrado feito de tábuas de madeira; para delimitar o espaço, tinham passado verniz no centro, deixando-a um pouco mais escura e brilhante que o resto. Acima dela havia um lustre de garrafas pet que Daniel tinha feito com as próprias mãos. Era lindo, como todo o resto.

Vários casais dançavam a música lenta que ele estava tocando. Dava para ver que a maioria das meninas usava peruca. Os vestidos eram das mais variadas cores, assim como as camisas e os paletós de seus pares. Estavam todos lindos.

Entramos lado a lado, mas não demorou muito até que nos separássemos. Tinha muita gente lá, e cada uma de nós tinha um objetivo diferente, então preferimos seguir cada uma o seu caminho.

Fui até uma das mesas próximas ao palco, me sentando de frente para Daniel, cruzando as pernas e colocando as mãos no colo, tentando esconder o fato de estar completamente em pânico. Por sorte, ele ainda não tinha me visto. Usava um terno preto e uma camisa branca por baixo. Estava mais lindo do que nunca, mesmo que, por cima de tudo, usasse o cachecol vermelho-vivo de lã que havia sido o primeiro a ganhar, como tinha me contado. Era o maior de todos, e o mais chamativo também. Sorri, balançando a cabeça. Teria que lembrar a ele depois que cachecóis como aquele não combinavam nada com ternos.

— Eu falei para ele não usar — disse alguém, de repente, ao meu lado, o que quase me fez cair da cadeira. Tinha esquecido completamente que não estava sozinha na mesa.

Me virei para ver quem era. Diana. Resisti ao impulso de revirar os olhos. Daniel tinha me contado em algum momento durante as duas últimas semanas que, como se conheciam desde pequenos e tinham sido criados juntos, houve um tempo em que eles acabaram confundindo um pouco as coisas e se tornaram namorados. Só de pensar que ela tinha beijado Daniel, meu sangue começava a borbulhar dentro das veias. Mas eu precisava manter a postura e o sorriso forçado de gentileza.

— Falei que não combinava, mas ele falou que não ia deixar de usar um dos cachecóis vermelhos por causa de uma coisa que algum fashionista babaca disse. — Era um hábito dela falar enquanto usava a linguagem de sinais, apesar de eu não entender nenhum dos gestos que fazia. Ficamos em silêncio por alguns segundos, vendo Daniel tocar, até que ela decidiu falar mais alguma coisa. Que saco. Será que eu podia mudar de mesa? — Ele achou que você não viria. Estava muito triste por isso. — Ok. Ela podia até ser legal.

Diana talvez tivesse razão. Ele não tinha a energia de sempre, e parecia estar ali mais por obrigação do que qualquer outra coisa, o que não era normal. Aquele baile era extremamente importante, e, se ele não estava feliz mesmo que tudo tivesse dado certo, então a culpa era minha. A garota ao meu lado me cutucou mais uma vez, e eu fechei os olhos, respirando fundo para resistir ao impulso de mandá-la ir... para o inferno.

— Quando ele olhar pra você, faça assim. — Ela me mostrou uma sequência de gestos nos quais eu não prestei atenção. — Quer dizer "Me desculpe" — explicou, o que trouxe minha atenção de volta para ela. Aquilo eu queria aprender.

Ela me ensinou os movimentos nos minutos seguintes, enquanto Daniel mantinha o olhar fixo em um ponto aleatório no fundo do salão, com a expressão visivelmente triste. Eu tinha partido seu coração e queria consertar isso o mais rápido possível.

Mas o momento chegou. O momento em que ele finalmente saiu do transe e olhou em nossa direção, se mostrando surpreso por me ver. É claro que eu fiz os gestos que Diana me ensinou, o que o fez rir enquanto cantava.

Depois disso, como se um sopro de animação o tivesse atingido em cheio, ele endireitou as costas e cantou com muito mais energia o restante da canção, com um lindo sorriso no rosto.

Quando a música acabou, Daniel levantou de seu banquinho, chutando-o para trás como um astro do rock. Largou o violão com algum dos organizadores e afrouxou a gravata preta que estava por baixo do cachecol vermelho, pendurado sobre os ombros. Aquele era o vândalo que eu conhecia.

Gritou alguma coisa para a DJ antes de "Irresistible", do Fall Out Boy, começar a tocar no último volume. Daniel pegou o microfone com toda a atitude do mundo, se inclinando para a frente com ele enquanto praticamente rosnava os primeiros versos. Ah... como eu queria ser aquele microfone.

Metade dos adolescentes, que antes estavam sentados mexendo em seus celulares, levantou e foi para a pista de dança, como se houvesse algum feitiço contido na letra daquela música que os fazia querer dançar.

— Obrigada. Eu estava começando a ficar com sono — disse Millah, que só naquele momento notei que estava na mesma mesa.

Meu queixo caiu quando a vi. Estava... apresentável! O vestido, como imaginei, era preto, mas de renda, com as mangas compridas. Era elegante de um jeito rústico e combinava muito com as botas pretas de couro com cano acima dos joelhos. A maquiagem era a mesma de sempre (a única coisa legal que tinha nela no dia a dia). O único erro era o cabelo, ainda cheio de presilhas, grampos e mechas aleatórias presas.

Ao lado dela estava Victor em sua cadeira de rodas. Ele usava um terno cinza, um pouco mais claro que o de Bruno, que o ladeava. O cabelo deste último estava penteado para trás com uns quatro litros de gel.

Sorri um pouco para ela antes de voltar a olhar para todos aqueles adolescentes pulando e cantando como se não houvesse amanhã. Ri, colocando as mãos na frente da boca, quando Daniel cantou "And I love the way you hurt me" apontando na minha direção, de cima do palco. Se havia sido eu a causar toda aquela mudança, então eu deveria fazer mais vezes, porque o ânimo dele tinha aumentado quatrocentos por cento. Eu jurava que dali a alguns segundos jatos de propulsão sairiam de seus sapatos e ele voaria pelo salão. Saltou de cima do palco, e metade das garotas foi para cima dele. Alguns garotos também.

— Você vai ter que me ensinar o seu segredo mais tarde — Fernanda brincou, praticamente brotando ao meu lado.

— Não sei do que você está falando — respondi, me fazendo de desentendida.

— Sabe. Sabe, sim. — Ela deu um "empurrãozinho" em meu ombro que fez minha cadeira quase virar para a frente.

Daniel apresentou o resto da música em meio aos jovens, dançando e pulando com deles. Isso os deixou ainda mais empolgados. O garoto era bom mesmo quando se tratava de animar alguém. Eu que o diga.

A música seguinte era mais calma. Ele caminhou entre os adolescentes pela pista segurando outro microfone, além do seu, que eu não fazia ideia de onde tinha tirado, até encontrar sua irmã do outro lado. Era um dueto, que estava usando como "desculpa" para que se revezassem na apresentação.

Era a primeira vez que eu via Helena cantar, e tinha de admitir que era realmente muito boa. As duas vozes pareciam se completar.

Olhei para aqueles que estavam comigo na mesa mais uma vez. Eu podia ver a admiração por Daniel nos olhos de Diana. Se segura que ele é meu, garota! Sorri com a ideia de lhe dizer aquilo. Acho que ela não iria gostar muito.

Millah estava encolhida, evitando tocar no rapaz sentado ao seu lado, como se fosse tímida demais para suportar encostar em alguém. Mas eu a entendia. Quer dizer, era óbvio que ela estava muito interessada em Victor e o sentimento era recíproco, mas ambos eram frouxos demais para dar o primeiro passo... Olha só quem estava falando!

Levantei da cadeira, sentindo pena da menina por suas tentativas frustradas de impressionar o cara, e fui até ela. Perguntei, tentando não deixar muito óbvio que eu queria que dissesse sim:

— Millah, você pode me acompanhar até o banheiro? — Ela começou a balançar a cabeça, prestes a recusar, mas endureci o tom, arregalando um pouco os olhos, antes de reforçar: — Agora, por favor.

Ela se levantou, visivelmente confusa, e me acompanhou até o lado de fora do salão. No canto oposto do campo ficavam os vestiários, e nos dirigimos em silêncio até lá. Éramos umas das únicas no banheiro. Segurei seus ombros bem em frente ao espelho e a fiz encarar seu reflexo pálido, magrelo e acuado:

— Está vendo isso aqui?! Está vendo essa atitude de garota desinteressante que diz "Não se aproxime"? E esse cabelo todo bagunçado? Está vendo?! Então! Estou aqui pra te informar que isso não vai te levar a lugar nenhum, muito menos te ajudar a conquistar um cara. Nunca ajudou, não está ajudando nem vai ajudar.

Eu a soltei, dando alguns passos para trás, respirando aliviada por finalmente ter dito aquilo. Não tinha sido tão gentil, mas iria funcionar do mesmo jeito. Eu achava. Pela forma confusa como ela continuou encarando a mim e ao seu reflexo, Millah não tinha entendido nada. Eu precisava usar uma abordagem mais gentil. Me aproximei dela, tirando as presilhas e os grampos de seu cabelo com delicadeza. Para a sorte dela, não tentou me impedir. Expliquei:

— Se você quer conquistar o Victor, como eu sei que quer, precisa se mostrar um pouco mais interessada. Não só por ele, mas por você mesma. — Analisei o cabelo solto dela, que surpreendentemente não era oleoso como parecia, apenas cheio de condicionador para evitar que os fios ficassem rebeldes. Era mais longo do que eu pensava, caindo ondulado até um palmo acima da cintura.

Pedi que se abaixasse até ficar com a cabeça no nível da pia, para que eu tirasse aquela meleca. O cabelo dela não precisava daquilo. Continuei a penteá-lo com os dedos.

— Você tem um cabelo muito legal e um rosto bonito. Só precisa de um pouquinho de disciplina e vontade pra mostrar isso ao mundo.

Eu a fiz se virar para mim enquanto amassava as ondas para que ficassem mais visíveis e as dividia ao meio no topo da cabeça. Dividir seu cabelo favoreceu muito o rosto dela.

— Por que está fazendo isso? — ela perguntou enquanto eu dava os últimos retoques, ajeitando algumas mechas rebeldes.

— Porque eu... — A resposta parecia tão simples e depreciativa que precisei parar por alguns segundos para recalculá-la. — Porque você tem mais potencial do que imagina. Eu já sabia disso e sabia que podia te ajudar — falei, finalmente, fazendo um gesto com a cabeça para que se virasse para o espelho. — Não me custou nada, né?

Millah arregalou os olhos, chocada com o que viu. Provavelmente fazia muito tempo que não usava o cabelo solto, porque não sabia nem mesmo o que fazer com ele. Quando estava prestes a passar os dedos pela raiz, desfazendo todo o trabalho que tive para dividir tudo de forma tão reta, dei um tapa em sua mão. Joguei na lata do lixo tudo o que ela usava para prender as mechas.

— Você está proibida de estragar a minha obra-prima. E de voltar a usar esse tanto de presilhas e grampos.

Pela primeira vez desde que a conheci, eu a vi sorrir. Tinha os dois dentes da frente um pouco separados, o que dava um charme especial ao seu rosto. Disse, logo voltando a ficar séria:

— Ok. Agora é a minha vez. — Juntei as sobrancelhas enquanto ela se aproximava de mim. Mas o que...? Tirou da bolsa um delineador. — Delineador sempre cai bem. Em qualquer tipo de maquiagem. E disso eu entendo muito bem. Pelo que eu vi, você raramente usa.

Deixei que ela passasse seu delineador em mim, rezando para não ter que arrancar o coração dela por ter estragado minha maquiagem. Quando finalmente terminou e eu abri os olhos, não pude deixar de gostar do resultado. Não é que ela era boa mesmo? Tinha até esfumado o azul em meus olhos com um pouco de preto, para dar mais destaque.

Assobiei, impressionada com o talento dela. É claro que a maquiagem que fazia em si mesma era boa, mas reproduzir em outra pessoa era muito mais difícil. Acho que ambas havíamos nos surpreendido naquela meia hora dentro do banheiro.

— Acho melhor voltarmos — sugeri de repente, lembrando que o intervalo de Daniel estava pela metade, e ainda nem tínhamos nos falado.

Quando voltamos ao salão, fiquei orgulhosa ao ver o queixo de Victor e o de todos na mesa caírem quando viram o novo visual de Millah. Deixei que ela ficasse com todo o crédito, me mantendo quieta e voltando a me sentar ao lado de Fernanda. Ela assistia a Helena e Enzo no palco.

— Onde você estava? O Dani passou aqui e perguntou de você.

— Eu estava ajudando a Millah com a tragédia que estava o cabelo dela. Pra onde ele foi?

— A Diana o puxou para a pista de dança há alguns minutos. Eles ainda devem estar lá — ela disse, dando de ombros. — E acho melhor você ir logo. Ela parecia bem interessada em um replay.

Um replay?! Não. Nada de replay, nada de flashback. Nada disso! O que aquilo significava? Que ela queria tentar ficar com ele de novo. Nunca! Falsa. Aquilo que eu disse a Daniel em linguagem de sinais significava mesmo "me desculpe"? Não. Devia significar "Eu te odeio! Vai para o inferno!", com certeza. Se bem que era escolha dele. Se queria voltar com a surdinha, beleza. Eu não iria correr atrás dele. Onde já se viu?! Aceitar dançar com uma menina que obviamente estava dando em cima dele quando já tinha outra na fila?! Não. Eu não aceitaria na boa.

— Vocês voltaram! — Diana praticamente berrou, aparecendo ao nosso lado e me fazendo levar o que devia ser o quinquagésimo susto da noite. — Eu disse que elas iam voltar logo, não disse, Dani?

Ela o estava puxando pela mão na direção da nossa mesa. Prendi a respiração, sentindo o coração acelerar. Um, dois, três, quatro... Conte até dez, Melissa. Não morra. Não na frente de todo mundo. Se sentir que quer vomitar, corra até a saída mais próxima. Resisti ao impulso de calcular o caminho mais rápido para o lado de fora.

— Relaxa — ouvi Fernanda sussurrar enquanto os dois ainda se aproximavam, antes de se levantar e sumir no meio dos adolescentes na pista de dança.

Ela tinha me abandonado?! Era isso?! Ia me deixar para morrer sozinha?! Ok. Relaxa. Eu precisava relaxar. Não era uma menininha. Mantive os braços cruzados e o olhar grudado na mesa à minha frente. Quanto menos olhasse para ele, menos nervosa eu me sentiria, certo? Senti seu olhar sobre meus ombros quando puxou a cadeira de Fernanda, tirando-a de seu caminho, e parou de pé ao meu lado. Subi o olhar até ele, hesitante. Teria que fazer aquilo em algum momento. Seus olhos azuis tinham o mesmo brilho de pesar que vi naquela noite na praia, quando nos beijamos. Ele estava tão bonito...

— Você está linda.

— Obrigada — murmurei, ainda irritada por ele ter ido dançar com aquela... garota.

— Quer dançar comigo? — perguntou, o que me desarmou por um segundo.

— Que tal chamar a Diana pra dançar? Ela parece bem disposta a te acompanhar. — Minha resposta o fez rir. Mas eu não via nenhuma graça naquilo. Estava só dizendo a verdade.

Foi quando ouvi uma música familiar e olhei para o palco. Era Enzo quem cantava agora, segurando o violão de Daniel. Olhava em nossa direção com um sorriso travesso no rosto. Era a mesma música que havia tocado na praia naquele dia, quando Jonathan veio falar comigo. "19 You + Me." Voltei a olhar para o vândalo parado ao meu lado, surpresa:

— Você não vai querer perder o seu tempo de descanso comigo. Logo, logo vai ter que voltar para o palco e... — E minhas desculpas acabaram. Preferi apenas fechar a boca antes de começar a falar bobagens.

Ele estendeu a mão na minha direção, ignorando completamente o que eu tinha dito antes:

— Vamos lá. Você ainda está me devendo aquela dança.

— Pensei que já tínhamos dançado. E feito até muito mais do que isso — falei, não querendo ceder tão fácil assim. Ele me conhecia. Sabia que eu resistiria.

— Prometo que vai valer a pena — sussurrou, abrindo um sorriso maravilhoso, que acabou derretendo meu coração.

Peguei sua mão, me levantando e deixando que me guiasse até a pista de dança, sob os olhares de todos. Paramos embaixo do lustre improvisado que ele mesmo havia feito. Daniel enlaçou minha cintura, me puxando um pouco para perto enquanto eu passava os braços por cima de seus ombros, bem a tempo de começar o primeiro refrão. Mantive o olhar grudado nos casais ao nosso redor, ignorando o fato de ele estar analisando o meu rosto, como sempre fazia.

— Acho que estou te devendo um pedido de desculpas — Daniel disse.

Balancei a cabeça. Não era ele quem devia pedir perdão. Era eu. E nós dois sabíamos disso.

— Fui eu que escondi a verdade de você. Ser honesta desde o início pouparia muito sofrimento, então sou eu que deveria...

— Mas eu fui um idiota egoísta — interrompeu. — Deveria ficar feliz por você, e não irritado.

— E por que não ficou? — perguntei, e vi que ele ficou sem resposta.

Daniel baixou o olhar, e eu me inclinei um pouco para trás a fim de enxergar melhor o seu rosto. Lá estava aquele pesar mais uma vez. Aquele olhar de quem quer uma coisa e não pode ter. Será que ele sabia que, para ter a mim, só precisava pedir? Parecia que não.

— Pensei que você não viria mais — ele disse, finalmente, após alguns segundos.

Daniel e suas mudanças de assunto repentinas. Com certeza tinha aprendido aquilo comigo, e eu me culpava muito por isso. Maldita convivência! Não pude deixar de achar graça naquilo.

— Você pensou mesmo que eu iria embora sem nunca mais tentar falar com você, Daniel? Que eu nunca mais iria te perdoar porque não ficou feliz com um erro meu? — Coloquei a mão em seu rosto, fazendo-o voltar a olhar para mim. — Ainda temos muito tempo antes de começar a sofrer e culpar um ao outro, não acha? Além disso, eu não sou tão idiota a ponto de perder você por causa de uma discussãozinha. Já estamos bem acostumados a gritar um com o outro.

Ele riu, me puxando para mais perto e me abraçando com toda a força que tinha. Retribuí o abraço, fechando os olhos e enterrando a cabeça em seu ombro. Estávamos ambos perdoados, então, e eu o tinha de volta. Agora só me restava cumprir a segunda meta da noite, que era beijar logo aquele idiota cego e lento que não facilitava em nada o meu trabalho de dar um upgrade na nossa relação. Vândalo.

— Fica comigo esta noite? — ele perguntou de repente, o que fez meu coração descompassar. Precisei respirar bem fundo antes de dar uma boa resposta.

— Só se você fizer valer a pena — sussurrei, sorrindo de leve.

Ele retribuiu o sorriso, me puxando de uma vez e grudando os lábios nos meus. Finalmente, senhor! Apertei os braços ao redor do seu pescoço, ficando na ponta dos pés. Ah, aquele garoto. Como era possível que ele existisse? Como era possível que alguém conseguisse me fazer sentir daquele jeito, como se estivesse completa finalmente, depois de uma vida inteira sentindo como se faltasse um pedaço de mim? Era dele que eu sempre precisei, e de quem ainda precisava. Senti que ele continuava sorrindo enquanto me levantava, girando comigo. Boboca.

Nós nos afastamos assim que ele me colocou no chão, e não conseguimos deixar de rir quando notamos que os aplausos não eram para Enzo, que havia terminado a música, mas para nós. Escondi o rosto com as mãos, sentindo as bochechas queimarem, e apoiei a cabeça no ombro dele enquanto me puxava para mais um abraço. Senti um beijo no meu ombro antes de ele se afastar mais uma vez, quando os aplausos cessaram.

As primeiras pessoas que vi foram Helena e Fernanda, que praticamente saltaram em cima de nós num abraço de urso, berrando coisas como "Finalmente!" e "Vocês são muito fofos!" Ai... Era um tom agudo demais para mim.

— Eu disse que ele ia gostar do azul! — Helena ria. — Eu disse! Eu disse!!

— Mas você está me devendo por ter ido pedir a música, hein, Dani-Dani! — completou Fernanda.

— Que história é essa? — perguntei, olhando para Daniel de um jeito desconfiado.

— Se eu te contar, vou ter que te matar — sussurrou, piscando para mim.

Como o meu humor estava bom demais naquele momento, tudo o que fiz foi sorrir para Daniel, que entrelaçou os dedos nos meus e me puxou para fora da confusão que havia se formado ao nosso redor. Acho que as pessoas estavam tão entusiasmadas com a comemoração que nem notaram que saímos dali.

Fomos até o lado de fora do salão, atrás do palco, onde ficava a DJ em sua mesa cheia de botões. Ela parecia tão concentrada que mal notou nossa presença quando passamos por ela, de mãos dadas, em direção à trave do gol no campo de futebol. Não trocamos uma palavra durante o caminho, mas ríamos um para o outro ocasionalmente.

Quando chegamos, eu me encostei à trave, cruzando os braços enquanto o observava afrouxar ainda mais a gravata, até que se tornasse apenas uma versão pequena de seu cachecol, apoiada no pescoço sem sinal de nó. Enquanto ele se aproximava de mim e passava os braços à minha volta, me apertando um pouco mais, provoquei:

— Você me trouxe aqui pra me contar aquela história de ter pedido um favor pra Fernanda?

— Mas é claro! Eu duvido que alguém vá escutar os seus gritos a esta distância — respondeu, mordendo o lábio, enquanto tentava conter um sorriso.

— Seja rápido, então — sussurrei. — A sua vez de assumir o palco vai chegar logo, e você vai precisar de um tempo pra limpar o sangue da cena do crime.

— Isso está começando a ficar um pouquinho mais perturbador do que deveria — ele comentou, o que me fez rir.

Nós nos encaramos em silêncio por alguns segundos. Um analisava o rosto do outro, com certeza se perguntando o que fazer a seguir. Não era uma situação com a qual estivéssemos acostumados. Pelo menos não quando envolvia nós dois. Juntos. Ele passou a mão pelo meu rosto:

— Você sabe que está livre a partir de agora, né?

— Não estou — respondi. — Não até amanhã de manhã. Você me pediu pra ficar com você esta noite, não pediu?

— Esta noite — ele murmurou. — E a próxima e a que vem depois dela. E depois, e depois...

— Quantas você quiser — eu o interrompi, prestes a beijá-lo, mas ele se inclinou um pouco para trás. Ainda queria dar sua resposta.

— Acho que, por enquanto, eu me contento com todas. Que tal? É um número razoável o "para sempre".

É. Acho que, por enquanto, como ainda estávamos no início do que poderia ser um relacionamento, para sempre era suficiente. Por enquanto.

Bessie

A vez de Daniel assumir o palco mais uma vez havia chegado, e nós precisamos voltar ao "mundo real", embora isso fosse um pouquinho doloroso. Meu consolo era saber que em uma hora tudo aquilo acabaria e eu o teria de novo inteiramente para mim. Suspirei, enquanto ele cantava uma música qualquer do Ed Sheeran. Aquilo era algo que eu nunca poderia imaginar, nem mesmo em sonho. Pelo menos não antes de termos nos beijado pela primeira vez, naquele dia na praia.

Depois que nos tornamos amigos, me imaginar com ele era mais fácil, mas sonhar e realizar são duas coisas completamente diferentes. E eu tinha conseguido ambas. Eu não poderia agradecer mais por isso.

— Mel. Tem alguém que eu quero te apresentar — Helena falou, aparecendo de repente ao meu lado, colocando a mão em meu ombro e me tirando do transe em que eu sempre entrava quando ouvia Daniel cantar.

Eu me levantei da cadeira, observando enquanto a reitora e seu marido se aproximavam. Ele estava numa cadeira de rodas elétrica, encolhido sobre si mesmo. O maxilar estava projetado para fora, um dos braços imóvel sobre o colo. Os pés estavam virados para dentro no apoio da cadeira, que parecia grande demais para ele. Seu cabelo era grisalho, e os olhos, azuis como os dos filhos, eram atentos. Agora eu sabia de quem eles haviam puxado aqueles olhos.

Havia uma pequena tela acoplada à cadeira, ligada por um fio a um aparelho na mão de George. Era aquilo que ele usava para digitar as palavras que queria dizer, achava eu.

— Papai, esta aqui é a Melissa, a... — Helena começou, mas, quando ele se pôs a apertar os botões do aparelho, ela parou de falar.

— O Dani me falou muito de você — disse a voz metálica projetada da tela.

Fiquei meio atônita. Então era real. A mente estava intacta, presa dentro daquele corpo, sem sofrer nenhum tipo de sequela. Ele, apesar de não se mover, sabia mesmo quem eu era e tinha algo a me dizer. Era impensável. Eu não conseguia encontrar outra palavra para descrever.

— É um prazer conhecê-lo, senhor — falei, abrindo o maior sorriso que consegui em meio ao constrangimento. Não sabia como olhá-lo, como falar com ele. Não tinha ideia de como agir! Se pelo menos Daniel estivesse ali... ele me entenderia. Me ajudaria. Eu estava me sentindo uma completa idiota. — O Daniel também me falou muito sobre o senhor. Ele te admira muito. — E era verdade. Só tinha deixado de fora o fato de... bem... de ele ser portador de ELA.

— Você está sendo gentil — ouvi, depois que ele ficou algum tempo apertando os botões do aparelho. — Mas não se acanhe. Ele me contou que vocês dois têm trabalhado juntos. E me falou dos seus avanços. É realmente algo pra se orgulhar. — As frases eram pequenas e pausadas, para que não precisássemos esperar muito para ouvir o que ele tinha a dizer. — Mas saiba que você é a grande prova de que eu criei bem o meu filho. — Eu o encarei, um pouco confusa. E então ele explicou: — Agora eu sei que dei as dicas certas sobre como conquistar uma garota. Saiba que, se eu tivesse a sua idade, te convidaria para dar uma volta na Bessie.

Aquilo me fez rir. Ah, a Bessie. Sua cadeira de rodas.

Helena, a dra. Marcia e eu nos sentamos. Apesar de só terem se passado cinco minutos, eu já me sentia um pouco melhor. George era, sim, uma pessoa normal, e eu poderia falar com ele como falava com qualquer outra pessoa. Suspirei. E pensar que, dois meses antes, eu não suportava a ideia de chegar perto de um deficiente físico, mental ou qualquer pessoa que não se encaixasse nos padrões idiotas da sociedade. Eu dizia que eram aberrações, e que eu nunca conseguiria ter uma conversa normal com qualquer um deles.

— Então, quer dizer que este ano você vai para a Juilliard, Melissa? — a mãe de Daniel perguntou.

Será que aquele vândalo tinha contado para todo mundo sobre a nossa discussão?! Eu não tinha uma resposta boa para aquilo. Quer dizer, o que ela iria pensar de mim? Que eu estava criando expectativas em seu filho para deixá-lo depois de apenas alguns meses? Pensando por aquele lado, havia mesmo motivos para que ela não gostasse de mim.

— Com sorte, sim — respondi. — Eles aceitaram que eu fosse fazer uma audição lá. Já comecei os preparativos para a minha mudança. Sendo ela temporária ou não.

— Vamos sentir a sua falta — Helena lamentou. — Você sabe disso, não sabe?

— E eu vou ficar com saudade de vocês — admiti. — De todos vocês.

Isso a fez sorrir. Não pude deixar de notar que as duas, Helena e sua mãe, não tinham trocado olhares ou palavras. Pareciam fingir que não estavam juntas, assim como acontecia comigo e com minha mãe.

Daniel e eu já tínhamos discutido muito sobre isso. Eu sabia que ele queria que eu resolvesse as coisas entre nós o quanto antes. Mas aquele era o meu maior desafio, e por enquanto, se precisasse ir embora do país sem falar com ela, então era o que eu faria.

— Me deixem adivinhar. — Daniel surgiu de repente, nos salvando de um silêncio constrangedor. — Vocês estão falando que eu sou maravilhoso e que a minha presença é indispensável nas suas vidas.

— Você podia deixar de ser tão convencido às vezes, sabia? — brinquei.

— Não sou convencido. Sou realista.

Ele segurava o paletó sobre os ombros, e as mangas da camisa branca estavam dobradas até os cotovelos. Olhei em volta, me dando conta apenas naquele momento de que todos já começavam a ir embora. Inclusive Fernanda, que nem se deu o trabalho de se despedir.

— Ela foi embora com o Enzo — Daniel sussurrou para mim.

Ah! Compreensível. Sorri, balançando a cabeça. Será que ela iria sossegar com um cara só? Eu esperava que sim, porque, pelo que eu conhecia de Enzo, era um cara muito legal e responsável. Justamente o que ela precisava, assim como eu tinha precisado. Mas o meu era mais bonito. Claro.

— Está na hora de nós irmos também — Marcia disse, levantando de sua cadeira apressadamente. — Daniel, nós vamos acomodando o seu pai no carro. Despeça-se da Melissa.

— Desde quando você ficou tão careta, Marcia? — George perguntou. — Tenho certeza de que eles têm planos... muito melhores do que se despedir a esta hora da noite... Ou será que você já esqueceu como é ser jovem? — Ele virou sua cadeira de rodas para nós, e eu senti as bochechas queimarem. — Vai ser uma honra receber você na nossa casa.

— Obrigada — falei, sorrindo, sem graça. — Mas eu não quero incomodar...

— Papai tem razão — interrompeu Helena, me lançando um olhar malicioso. — Vai ser uma honra ter você lá em casa.

Baixei a cabeça, imaginando quanta raiva a mãe de Daniel devia estar sentindo naquele momento. Eu não sabia se me sentiria muito confortável na casa deles ciente de que era indesejada ali, mesmo que fosse por apenas um dos quatro. Ainda assim, deixei que Daniel praticamente me arrastasse com eles até os seus carros. Eles tinham estacionado juntos. Marcia, George e Helena seguiram no carro da família, e Daniel no dele, que tinha voltado a ser a enorme picape preta.

— Não liga para o que a minha mãe diz — Daniel falou, dando partida — Eu deixei de ligar há anos.

— Ela não gosta de mim — murmurei. — Isso é óbvio.

— Não é que ela não goste de você. É mais ciúme que desaprovação. A única pessoa que ela aprova na minha vida é a Diana, e olhe lá.

— Que... reconfortante — brinquei, me remexendo no banco do carro.

Diana e eu éramos o oposto uma da outra. Se Marcia gostava da surdinha, não haveria como agradá-la. Eu teria que me conformar com isso. Pelo menos por enquanto.

Daniel pegou minha mão, entrelaçando os dedos nos meus enquanto dirigia com atenção pela rua vazia. O carro dos pais dele estava logo atrás. Olhei no painel. Eram dez da noite. Eu estava começando a ficar inquieta demais. Estávamos indo para a casa dele e eu iria passar a noite lá. Meu estômago revirou quando lembrei a mim mesma que não éramos crianças, e que provavelmente não iríamos ficar comendo pipoca e vendo filme de terror até de madrugada. Engoli em seco.

— Se quiser, eu posso levar você pra casa — ele disse, depois de alguns minutos.

— Não. Tudo bem — falei apressadamente, tentando convencer a mim mesma.

Ele apenas continuou dirigindo, em silêncio, pelo resto do caminho. Estava me dando um tempo. Um tempo para que eu me acalmasse e me convencesse de que era realmente aquilo que eu queria. Era. Era sim. Com certeza.

Constelações

Na garagem, saímos da picape antes que Marcia desligasse o carro dela, que parou logo atrás. Daniel foi ajudar Helena a tirar seu pai do carro. Observei de longe enquanto o colocavam na cadeira de rodas.

Depois, Dani pediu que eu me juntasse a eles enquanto entravam pela porta dos fundos. Resisti ao impulso de assobiar quando acenderam as luzes do lado de dentro, depois de fechar a porta.

A casa parecia de filme. Uma escada de mármore com o corrimão todo trabalhado se erguia do centro do primeiro andar, delimitando o espaço da sala de estar, à direita, e o da de jantar, à esquerda. Os móveis eram sofisticados, de madeira escura ou tecido vermelho e dourado. As paredes, quase completamente cobertas por cortinas ou reproduções de pintores famosos, eram brancas; o chão, do mesmo mármore amarelado que a escada.

Estava frio ali, e não só por causa do ar-condicionado, mas também por causa do clima pesado. Eu sentia como se aquele lugar não tivesse sido cenário de coisas muito boas.

— Boa noite, crianças — disse a voz metálica do aparelho do pai de Daniel, de repente passando atrás de mim.

— Boa noite — disse Marcia, seguindo o marido na direção da sala de estar.

Daniel me puxou para a escada e pude ver, enquanto subíamos, que em um dos cantos da enorme sala de estar, perto das janelas que se estendiam do chão ao teto, havia um enorme piano de cauda preto. No lado oposto do cômodo tinha um elevador escondido entre as cortinas. Era para lá que Marcia estava levando George, junto de Helena, que acenou em nossa direção. A sala de jantar, do outro lado, tinha uma mesa de madeira escura no centro, com uns vinte lugares, e arcos enormes que davam passagem à cozinha.

Quando chegamos ao segundo andar, Daniel me guiou para o lado esquerdo da casa. Só aí notei que havia um terceiro andar, mas nenhuma escada levava até ele. Apenas um elevador. Provavelmente era lá que ficava o quarto dos pais dele.

A porta do quarto de Daniel era a única daquele lado da casa, o que me surpreendeu um pouco. Uma casa tão grande com apenas três quartos? A minha tinha mais do que precisávamos, e dois deles ficavam permanentemente trancados. Nós os usávamos para guardar tralhas.

Assim que ele deu passagem para que eu fosse a primeira a entrar, meu queixo caiu. Era... enorme. Maior até do que o sótão da minha casa, que eu usava para ensaiar. O pé-direito era tão alto que devia ter, no mínimo, uns seis metros. Mas essa não era a parte mais impressionante. O que me surpreendeu de verdade foram as paredes, que não tinham um espaço sequer que não estivesse coberto por algum desenho. No teto havia uma pintura gigante: um céu estrelado, cujas constelações criavam formas que pareciam se mover. Era a coisa mais incrível que eu já tinha visto.

— Foi você que pintou tudo isso? — perguntei.

— Cada um deles. Cada centímetro. E eu fiz uma coisa pra você.

— Pra mim?!

Em resposta, ele me puxou até uma das enormes janelas, a única que se projetava para fora, dando a ele um espaço para colocar um cavalete. Na parede, que se erguia em forma de arco e tinha mais ou menos um metro e meio de profundidade, ele tinha pintado um campo, disposto como naquelas fotos de panorama que os celulares mais modernos fazem. No ponto mais alto havia uma raposa correndo em direção às árvores do fundo.

Daniel nem se deu o trabalho de acender as lâmpadas do quarto. A luz da lua cheia clareava o suficiente cada canto do cômodo.

No cavalete de madeira preta havia um quadro, coberto por um pano branco todo sujo de tinta. Algo me dizia que o que havia ali embaixo era o que ele disse ter feito para mim. Daniel colocou as mãos nos meus ombros para me posicionar de frente para o cavalete e pediu que eu fechasse os olhos. Obedeci.

Quando pediu que eu os abrisse, a primeira coisa que vi foi a paisagem de uma praia, ao pôr do sol. O céu alaranjado estava repleto de nuvens rosadas, amarelas e arroxeadas. Igual àquele primeiro fim de semana que passamos em Ilhabela. Dei alguns passos para perto do quadro, vendo que no canto direito havia uma garota de pele escura, sentada de pernas cruzadas na areia, com os olhos fechados e um sorriso quase imperceptível nos lábios. O cabelo cacheado preto estava preso em um coque malfeito, e alguns cachos escapavam dele. Era... era eu.

— É tão lindo... — sussurrei, com as mãos na frente da boca. Foi o máximo que consegui fazer.

Era tão perfeito, tão bonito... Como era possível que alguém conseguisse pintar uma coisa daquelas de forma tão realista, com tantas cores? Ele passou os braços ao redor da minha cintura, apoiando o queixo em meu ombro. Sussurrou de volta:

— Não tanto quanto você. Nem chega aos seus pés.

Sorri, baixando o rosto, enquanto meus olhos se enchiam de lágrimas. Ninguém jamais tinha feito algo tão bonito para mim. Eu não merecia, e nunca iria merecer. Não vindo das mãos dele, um garoto tão bom, que não esperava nada em troca.

Me virei para Daniel, ignorando o fato de as lágrimas terem começado a correr pelas minhas bochechas. Ele colocou as mãos no meu rosto, secando-as com os dedos.

— Obrigada. Por isso aqui, por ter esperança em mim quando nem eu mesma tinha... e por tudo o que você fez por mim. Eu nem sei como...

Daniel me interrompeu com um beijo. Era tão delicado que parecia ter medo de que eu quebrasse, como se fosse uma peça de porcelana que poderia se desfazer entre seus dedos. Porém, a cada segundo que se passava, menor parecia o medo de me machucar. Desceu as mãos pelo meu pescoço, ombros e braços, até chegar à cintura. Passou os braços ao meu redor e me puxou mais para perto e para cima, me tirando do chão.

Enlacei as pernas ao redor de seu quadril enquanto me apertava ainda mais. Ele me levou até a cama, me deitou e ficou em cima de mim, sem se afastar, se apoiando no colchão pelos antebraços.

Minha respiração acelerava cada vez mais, assim como nossos corações. Eu os sentia batendo juntos, quase ao mesmo tempo, enquanto ele me pressionava contra o colchão com cada vez mais força. Mas Daniel manteve as mãos imóveis. Eu sabia que ele apertava o edredom abaixo de nós com toda a força que tinha, como se estivesse se segurando para não me tocar.

Ouvi Daniel gemer quando enfiei as unhas em suas costas, por baixo da camisa. Como que por reflexo, ele saiu de cima de mim, levantando com um salto e ficando de costas, colocando as mãos na cabeça. Sentei no colchão, tentando recuperar o ritmo da respiração. Eu sabia muito bem qual era o problema.

— Não posso fazer isso, Mel — ele disse, finalmente, voltando a olhar para mim. — Você sabe que não vou conseguir me segurar se ficar aqui com você.

— Eu sei — falei, suspirando.

Ele sabia que, apesar de ter permitido que se aproximasse, eu ainda tinha o meu limite, e o meu medo. Observei-o abrir o armário apressadamente, pegando uma porção de lençóis e cobertores. Enquanto colocava tudo debaixo do braço e vasculhava uma gaveta, ele avisou:

— Vou dormir na sala. Se precisar de alguma coisa, é só chamar.

Assenti, pegando no ar a camiseta e a calça de moletom que ele jogou em minha direção.

Deixei tudo em cima de um dos sofás azuis que ficavam em frente à porta, como uma pequena sala de estar dentro do quarto, e acendi a luminária em cima da mesa de centro. Acompanhei Daniel até a porta e ganhei um beijo de boa-noite antes de ele começar a ir em direção às escadas.

Foi quando o vi hesitar, parado bem em frente ao primeiro degrau, que alguma coisa se agitou dentro de mim, como se algo estivesse mudando. Eu não queria deixá-lo ir. Não queria deixá-lo descer um degrau sequer.

— Dani... — chamei, e ele se virou para mim.

Nós nos entreolhamos por alguns segundos. Daniel esperava que eu continuasse a falar, e eu esperava a coragem para fazê-lo. Sentia que, se o deixasse descer aquelas escadas, estaria partindo seu coração uma segunda vez. E o meu também. Queria que ficasse comigo naquela noite, e em todas as outras, assim como ele tinha pedido que eu ficasse com ele, porque eu o amava. Mais do que já tinha amado qualquer pessoa na vida. Se o deixasse ir, seria como se estivesse negando aquilo para mim mesma. Só que eu não queria mais negar nada. Não queria mentir mais uma vez, nem omitir. Queria que ele soubesse que o amava e confiava nele de uma forma que jamais tinha confiado em alguém, e não permitiria que nenhum fantasma do passado tirasse aquele momento de nós. Eu queria... não, eu *precisava* deixar esse amor transbordar.

Só depois de admitir aquilo para mim mesma, senti a coragem necessária. Pedi, depois de alguns segundos:

— Fica comigo esta noite.

Ele sorriu. O sorriso mais lindo de todo o mundo. Abriu a boca para dizer alguma coisa, mas parecia que, pela primeira vez, eu tinha conseguido deixá-lo sem palavras. Eu não precisava de uma resposta. Precisava dele, e sabia muito bem disso.

Daniel veio em minha direção, me puxando para um beijo antes mesmo de passar pela porta. Ele a fechou sem se afastar, batendo-a com força enquanto largava no chão tudo o que segurava e entrelaçava os dedos em meu cabelo. Sussurrou, se afastando apenas por um segundo antes de me pegar no colo mais uma vez naquela noite, me levando em direção à sua cama:

— Eu te amo. Eu te amo mais do que qualquer coisa, Melissa Azevedo Garcia. E sempre vou amar.

Longa noite

Eram duas da manhã, e nós ainda estávamos acordados. Por algum motivo, eu não queria dormir. Muito menos ele.

Tinha algo me incomodando, algo que não me permitiu fechar os olhos nem por um segundo. Daniel, de certa forma, esperava que eu fizesse aquela pergunta.

— Por que você não me contou sobre o seu pai?

Ele estava encostado numa pilha de travesseiros, coberto até a cintura com os lençóis azul-bebê. Segurava o violão no colo e ocasionalmente tocava uma ou outra nota. Eu estava sentada de pernas cruzadas, de frente para ele. Usava sua camisa de algodão branca, que naquele momento me parecia mais confortável do que qualquer outra roupa poderia ser. Tinha o perfume dele, assim como tudo ali.

— Lembra do primeiro dia de aula? Quando eu praticamente te arrastei para o trote solidário? — Assenti. — Você deve lembrar que nós fomos dar um show beneficente para uma associação chamada ABrELA. A Associação Brasileira da Esclerose Lateral Amiotrófica. — Eu lembrava. Lembrava do palco, de Daniel me irritando e da primeira vez que o vi cantar. — E você se lembra do nojo que tinha de tocar em qualquer coisa que não fosse a cadeira em que estava e a si mesma. Até perguntou se não deveríamos entregar máscaras para os alunos. — Ele se lembrou daquilo com um sorriso, achando graça da minha idiotice. Eu não. Tinha vergonha daquilo. — Se eu te contasse que o meu pai tinha aquela doença, você acha mesmo que ia querer chegar perto de mim? Ia ficar com medo de pegar algo contagioso ou sei lá.

— Mas por que você não me contou depois? — eu quis saber, enquanto ele tocava uma melodia improvisada.

— Não vinha ao caso. E outra: você mudou realmente só nas últimas semanas. E ainda assim continua com alguns...

— Não quero falar sobre isso agora — interrompi, me aproximando dele. Eu sabia aonde ele queria chegar. Na minha mãe.

Me deitei ao seu lado, analisando a tatuagem na parte superior do seu braço: um lobo branco de olhos azuis em meio a várias rosas vermelhas. Do cotovelo até o ombro. Passei delicadamente o indicador pelas linhas, prestando atenção em cada detalhe do desenho. Perguntei:

— O que significa? — Ele sabia que eu estava falando da tatuagem.

— Lobos é o meu sobrenome. E os olhos azuis são pelo meu pai e pela minha irmã. As rosas são para a minha mãe e para a minha avó. E o vermelho... você já sabe.

Sorri, sem acreditar na obviedade de cada um daqueles elementos, escondida em meio a um tom enigmático. Falando daquele jeito, parecia tão simples... Mas, se eu não o conhecesse, não entenderia também. Como me parecia um momento bem propício para continuar tirando dúvidas, e ele parecia bem disposto a responder qualquer coisa que eu perguntasse, decidi tentar, pela milionésima vez, saber o porquê de ter me escolhido para ajudar.

— Por que você insiste em tentar saber o porquê disso? — perguntou. — Quer dizer... não pode ter sido só um desejo súbito de ajudar a primeira pessoa que se atrasasse no primeiro dia de aula? — Balancei a cabeça, rindo. Não. Não podia. — Ok. Eu te escolhi por causa do que aconteceu no Ano-Novo.

— O quê?! Você me escolheu porque eu chutei uma lata de tinta no seu desenho?!

— Não, sua boba — falou, sorrindo como se eu tivesse acabado de contar a pior piada do mundo. — Eu te escolhi porque você se interessou. — Juntei as sobrancelhas, ainda confusa. — Você, mesmo com os seus amigos, com aquele babaca que não merece nem que eu toque no nome dele, e no meio daquela festa, quis saber o que eu fazia e quem eu era. Sua vontade de saber foi tão grande que não tinham se passado cinco minutos do Ano-Novo quando você veio atrás de mim. E foi graças àquilo, graças à prova da sua persistência e à sua coragem de me confrontar daquele jeito, que escolhi você. Eu sabia que, se te convencesse de que realmente precisava de ajuda, como precisava, e se te fizesse querer mudar, então nada poderia te parar. Vi nos seus olhos que você estava infeliz, Melissa, e sabia que, apesar de ser aquela "perfeição" de pessoa na época, ainda tinha salvação.

Encarei-o por alguns segundos, sorrindo como uma idiota. Então era aquilo? Eu finalmente tinha a resposta para a pergunta que me perseguiu durante tanto tempo, e agora... agora ainda sentia que faltava alguma coisa. Algo que sabia que ele não me contaria, e teria que me contentar com isso. Pelo menos por enquanto. Eu já tinha a minha meia-resposta.

— E quando você soube que realmente gostava de mim? — perguntei.

— Que jogo é esse, srta. Garcia? Vinte Perguntas? Geralmente as pessoas revezam entre uma pergunta e outra.

— Idiota. — Empurrei Daniel, que quase caiu da cama, o que me fez rir alto. Pelo menos até lembrar que era madrugada e todos estavam dormindo.

Deixou o violão de lado, me puxando para perto. Apoiei a cabeça em seu peito, e ele passou os braços ao meu redor. Ouvi seu coração bater forte e ritmado, e não podia negar quão reconfortante era. Fechei os olhos para me concentrar melhor.

— Quando eu te vi dançar pela primeira vez. Não na sua sala, enquanto se apresentava para a minha mãe, mas no auditório. Foi quase como se você estivesse fazendo de propósito, me olhando daquele jeito.

— E eu fiz — admiti, sorrindo um pouco, levantando a cabeça para encará-lo. — Era em você que eu estava pensando. Em como eu queria te agradar, como confiava em você, mesmo que fizesse pouquíssimo tempo que a gente se conhecia.

Algo brilhou em seus olhos azuis. Acho que era um brilho de compreensão. Ele havia perguntado em que eu estava pensando uma vez, e não tive coragem de contar, mas agora não havia por que ficar escondendo. Ele já era meu, e eu era dele. Nada poderia mudar isso. Daniel perguntou:

— Você existe mesmo?

Abri ainda mais o sorriso, esticando o pescoço para beijá-lo. Sussurrei, me afastando apenas um pouco:

— Por que você mesmo não descobre?

Ele riu, me puxando mais uma vez. Eu teria que deixar o resto das perguntas para depois, já que naquele momento estava ocupada demais para falar.

Abri os olhos. O quarto estava escuro, exceto pela luz da lua. Eu não estava mais nos braços de Daniel, nem podia sentir mais o colchão se inclinando em sua direção por causa do peso. Estava sozinha.

Me sentei, abraçando a mim mesma enquanto olhava em volta. Não havia nenhum sinal dele no cômodo, mas eu ouvia algo do lado de fora, como uma melodia suave de notas agudas vindas de um piano que passavam através da porta como os raios da lua atravessavam a janela. Me levantei. A tela do celular dizia que eram três e meia da manhã. Eu não havia dormido nem uma hora inteira. Estava prevendo olheiras para o dia seguinte, mas... quem se importava?

Fui até a porta na ponta dos pés e a abri, permitindo que o som invadisse o quarto de uma vez. Era, sim, o piano no andar de baixo. Eu conhecia aquela melodia, porque já a tinha dançado uma vez quando era menor. "Clair de lune", de Claude Debussy.

Me certifiquei de que não havia ninguém além dele fora da cama antes de descer a escada da forma mais silenciosa possível. Não queria aparecer na frente da família dele usando só uma camisa social branca.

O chão de mármore era frio, assim como o ar, que arrepiou meus braços. Quanto mais eu descia, mais alta era a música, e mais intensamente ela era tocada. Atravessei a sala de estar fazendo o máximo de silêncio possível. Daniel estava sentado ao piano, e suas mãos exploravam as teclas com tanta velocidade e agilidade que eu mal conseguia acompanhar. Estava tão concentrado que nem notou minha presença.

A luz da lua atravessava as quatro janelas em frente ao piano, penetrando na sala de forma pálida, iluminando a pele bronzeada dele de forma que parecia branca, e o cabelo, prateado. Como um anjo.

Observei-o a distância, sem querer atrapalhar. Ele nunca me disse que sabia tocar piano, e eu não poderia imaginar que, se tocasse, seria daquela forma. Era como se as teclas fossem uma extensão de seus dedos. Ele parecia ter ainda mais familiaridade com elas do que com o violão, como se tivesse nascido para fazer aquilo. Como conseguia me surpreender mesmo depois de tanto tempo? Como era possível que conseguisse me fazer amá-lo ainda mais? Sim. Era amor. Eu sabia, tanto quanto sabia que precisamos de ar para sobreviver.

Só quando terminou de tocar, quando saiu do transe, ele notou minha presença. Tinha o olhar triste. Me aproximei de um jeito hesitante, parando ao seu lado, e ele apoiou a cabeça em minha barriga. Passei os dedos por seu cabelo, me perguntando o que havia acontecido para que se entristecesse daquele jeito.

— O que houve, meu amor? — perguntei, no tom mais doce que consegui.

— Eu cumpri a minha promessa — respondeu, com a voz embargada.

— Que promessa?

Ele se endireitou, balançando a cabeça e respirando fundo. Eu podia ver que seus olhos azul-claros, quase brancos sob a luz da lua, estavam cheios de lágrimas. Passou o olhar para mim, visivelmente forçando um sorriso, e me puxou para baixo, a fim de apertar os lábios contra os meus por alguns segundos.

— Volta pra cama. Vou logo depois.

Assenti, dando as costas para ele e indo em direção ao quarto. Era óbvio que ele queria ficar sozinho, e é claro que eu iria deixá-lo. Não tinha ideia do que estava acontecendo, nem de que promessa ele falava, mas, se não queria me contar, estava tudo bem, eu entenderia. Ficaria ao seu lado seja lá qual fosse o problema.

Perdão

Quando acordei, Daniel estava sentado ao meu lado na cama. Eram onze horas. Ele me observava com o mesmo olhar triste da noite anterior, e tinha olheiras. Provavelmente não tinha dormido nada.

Levantei, sentando no colchão, e fiquei um pouco confusa quando vi que ele usava o mesmo terno preto da noite anterior, mas agora com camisa e gravata da mesma cor. Não havia sinal do cachecol vermelho.

— Bom dia — ele disse, num tom desanimado.

— O que aconteceu com você? — perguntei, sem perder tempo.

Seus olhos se encheram de lágrimas mais uma vez, e ele desviou o olhar, baixando a cabeça. Disse, com a voz rouca de quem estava segurando o choro:

— Meu pai passou mal durante a noite. A doença o consumiu até parar o coração dele, e não puderam fazer nada.

— Como assim? Por que você não me chamou? — indaguei, sem acreditar no que estava ouvindo.

— Só fiquei sabendo agora de manhã. Minha mãe o levou para o hospital com o enfermeiro. Achou que fosse mais uma crise, como tantas outras que ele já teve, mas dessa vez foi diferente — falou, e senti que sua voz se embargava a cada letra que pronunciava. — Ele nos deixou.

Meu coração descompassou, e as lágrimas encheram meus olhos, assim como haviam enchido os dele. Ele tinha... George tinha morrido? Tão de repente? Ele estava bem na noite anterior! Ele... Eu me aproximei de Daniel, puxando-o para mim e passando os braços ao seu redor. Enterrou a cabeça em meu ombro, retribuindo o abraço fracamente. Falei, sentindo as lágrimas quentes rolarem pelas minhas bochechas:

— Eu... eu sinto muito. Sinto muito.

Daniel assentiu, sem se afastar. Ele sabia quanto eu sentia, mesmo que nem se comparasse à sua dor naquele momento. Também tinha perdido meu pai, antes mesmo de nascer. Não havia sido criada com amor por ele, e nós nunca tínhamos sido próximos como eles eram. Eu sabia muito bem quanto Daniel admirava George.

— Seria tão mais fácil se fosse previsível — disse, os lábios pressionados contra minha camisa. — Mas não é, eles simplesmente se vão, como folhas levadas pelo vento. — Daniel fez uma pausa, segurando as lágrimas mais uma vez. — E eu nem pude dizer adeus. Não pude dizer como o amava, como o admirava.

— Mas ele sabia, meu amor — sussurrei. Me afastei um pouco, colocando as mãos em seu rosto e o fazendo olhar para mim. — Eu tenho certeza de que ele sabia disso, porque era visível como ele era importante pra você.

Ele assentiu mais uma vez, respirando fundo, e as lágrimas foram embora, sem deixar sinal de que um dia tinham existido. De alguma forma eu sabia que ele ainda não tinha se permitido chorar pela morte do pai, o que era impensável para mim. Eu sabia que chegaria um momento em que ele não iria mais aguentar. Falou, passando as mãos em minhas bochechas para secar minhas lágrimas:

— Você... você pode se trocar. Te encontro do lado de fora, pra te levar pra casa.

— Não — protestei. — Eu vou ficar com você. Não vou te deixar nesse estado. Posso ligar pra minha mãe e...

— Tudo bem, Mel — ele me interrompeu. — Acho que também preciso dirigir um pouco. Me concentrar em alguma coisa.

Se era o que ele queria... Antes que eu pudesse responder, foi para o lado de fora, fechando a porta atrás de si com gentileza.

Não levei mais de cinco minutos para me trocar, lavando o rosto e prendendo o cabelo num rabo antes de sair do quarto. Encontrei Daniel de pé ao lado da porta. Vi que o quarto de Helena, que ficava do outro lado da casa, estava aberto, e não tinha ninguém lá dentro. Provavelmente ele só tinha voltado para me avisar e me levar embora. Ficamos em silêncio durante todo o percurso, e ele segurou minha mão, como se tentasse encontrar um pouco de conforto naquele gesto.

Quando parou em frente à minha casa, eu o encarei por alguns segundos, imóvel dentro do carro:

— Vamos, desliga o carro. Vou só trocar de roupa, e depois vou com você para onde quer que precise ir. Não vou te deixar sozinho.

Ele me obedeceu em silêncio, me seguindo até dentro de casa e desabando no sofá da sala de estar, enquanto eu corria para o andar de cima e me trocava o mais rápido possível.

Tirei toda a maquiagem que havia sobrado do dia anterior, escovei os dentes e arrumei o cabelo numa trança. Vesti uma blusa preta de manga comprida, cuja gola terminava na base do pescoço, jeans da mesma cor e os únicos tênis pretos que eu tinha. Enfiei a chave de casa, o celular e a carteira dentro da bolsa mais discreta que tinha e o encontrei novamente no térreo. Ele estava exatamente na mesma posição.

— O velório vai começar ao meio-dia — anunciou. — Precisamos nos apressar.

Eu o segui em silêncio enquanto saía da minha casa e entrava em seu carro.

É difícil consolar alguém quando não temos as palavras certas. Quando sabemos que aquele sentimento de tristeza profunda que corrói o nosso coração não chega nem perto da dor que a pessoa está sentindo, é difícil saber o que dizer. Quando amamos aquela pessoa que está sofrendo, é pior ainda. Saber que não há nada no mundo que possa fazê-la se sentir melhor nos destrói.

E tudo se torna pior quando todos à sua volta te veem como um meio de fazer essa pessoa se sentir melhor, como a única saída e a única chance de fazê-la sorrir, e você sabe que na verdade, ao contrário do que todos pensam, você não pode fazer nada, e isso te faz sentir impotente e inútil. Como se não fosse capaz de fazer a única coisa que lhe cabia.

Chegamos ao local do velório. Era uma enorme igreja branca, com vitrais de todos os lados, e um grande crucifixo preso à torre mais alta.

— Era aqui que o meu pai pregava antes de se afastar — Daniel explicou enquanto saíamos do carro, estacionado ao lado do Range Rover branco de sua mãe.

Ele parou por um segundo, encarando as grandes portas de madeira escura da igreja. Entrelaçou os dedos nos meus, respirando fundo antes de entrar. Seus ombros estavam curvados, e a cabeça, baixa.

Ignorou cada um dos olhares que eram lançados a nós enquanto atravessávamos a nave, indo em direção aos primeiros bancos. O interior da igreja era quase todo de madeira, e a luz colorida dos vitrais era a única coisa que iluminava o local. Apesar de todas aquelas cores, o ambiente era monótono, como se estivesse tudo em tons de azul e branco.

No altar estava o caixão preto de George, e a seus pés havia cavaletes de vários tamanhos, cheios de fotos da época em que ele era jovem, e flores, dispospostas ali por todos os fiéis e familiares que tinham vindo se despedir. Olhei para uma das fotos e percebi que Daniel se parecia muito com ele. Do outro lado, havia um piano velho de madeira.

Helena estava sentada no primeiro banco, ao lado da mãe. Ambas tinham a cabeça baixa, e nenhum dos outros familiares ousava se aproximar, temendo não ter palavras para consolá-las, embora compartilhassem da mesma dor. A única pessoa sentada perto delas era Diana, que ladeava Helena.

Paramos ao seu lado, e Marcia levantou o olhar para o filho. Seus olhos estavam vermelhos, e as bochechas, úmidas, assim como os de Helena, mas esta parecia estar num estado ainda pior. A menina estendeu os braços para ele, que se sentou entre ela e a mãe. Daniel era o único pilar de força da família agora. A pessoa que mais lembrava aquele que tinham perdido.

Diana levantou o olhar para mim. Pude ver que ela também chorava. Eu a entendia, apesar de não gostar dela. Tinha crescido com Daniel e provavelmente era considerada uma filha pelos pais dele. Ela se levantou, ficando à minha frente:

— Pode sentar aqui. Ele precisa de você.

Eu a encarei, surpresa, por alguns segundos, tentando raciocinar e pensar na melhor resposta. Até que falei, balançando a cabeça:

— Eles precisam de você também. Pode ficar.

A garota não recusou, voltando a se sentar. Eu sabia que ela não tinha sido apenas educada ao me oferecer o lugar. Realmente queria o melhor para a família de Daniel, assim como eu. E não era o momento mais adequado para ter ciúme.

Sentei atrás de Daniel. Helena e Marcia tinham a cabeça apoiada nos ombros dele, que olhava para o chão. Elas estavam inconsoláveis. Eu faria qualquer coisa para diminuir sua dor, mas não havia nada a dizer. Não tinha como trazer George de volta.

Não demorou muito até que um pastor começasse a dizer algumas palavras de conforto. Baixei a cabeça, ouvindo o choro das pessoas ao redor. Não conhecia George, não tínhamos trocado mais que algumas frases, mas, ainda assim, ele foi tão gentil comigo... E eu nem teria como agradecer, assim como nenhum deles poderia se despedir.

Minha atenção se voltou ao pastor quando chamou Helena para se juntar a ele, anunciando que ela tinha algumas palavras a dizer.

A garota se levantou, deixando um espaço vazio entre Daniel e Diana. Ele se virou para mim, fazendo um gesto com a cabeça para que eu me sentasse no lugar dela. Pegou minha mão, apoiando a cabeça em meu ombro, enquanto assistíamos sua irmã se colocar atrás do púlpito. Ela não segurava nenhum papel. Diria apenas o que estava sentindo, e não é algo que se pode anotar.

— É compreensível que todos vocês pensem que eu vou falar sobre como me senti quando meu pai foi diagnosticado, ou como foram difíceis os anos em que grandes mudanças, como a vinda da cadeira de rodas e do aparelho usado para ele falar, aconteciam — começou, com a voz rouca e falhada. — Mas eu não vou falar disso, porque não era a doença que definia quem o meu pai foi ou deixou de ser. Não era um rótulo ou um limite imposto pela ELA que fazia dele quem era, mas todas as coisas incríveis que ele fez. Toda a bondade, todas as piadas, toda a coragem e todo o amor. — Ela fez uma pausa. — Era isso que o definia, e é isso que nunca mais vai se repetir, em pessoa nenhuma, em todo o universo. Porque ninguém nunca vai dizer as mesmas palavras da mesma forma, e ninguém vai conseguir preencher o buraco que ele deixou no nosso coração. — Balançou a cabeça, e um quase sorriso surgiu em meio às lágrimas. — Porque assim é a morte, não é mesmo? Ela é imprevisível e cruel, e leva embora não só as pessoas que amamos, mas todos os sentimentos bons e ruins que aquela pessoa nutria por nós, deixando apenas o vazio irreparável no lugar. Mas, se tem uma coisa que eu realmente quero dizer, e que diria pra ele agora se ainda pudesse, é "perdão". Perdão por todos os "eu te amo" que deixei de dizer, e por todas as vezes que deixei de abraçá-lo e de agradecer por me apoiar em cada idiotice que eu decidia fazer. Perdão por não ter compartilhado da sua dor e do seu sofrimento a cada vez que eu pude. E perdão por não poder acompanhá-lo nessa nova jornada, que você vai ter que traçar sozinho. — Helena fechou os olhos, se apoiando no púlpito, como se não tivesse mais forças para se manter de pé. — Nada é eterno, era o que você costumava falar, mas eu sinto dizer que estava errado, papai. O amor que temos por você, e o vazio que deixou no nosso coração, é. Tenho tanta certeza disso quanto sei que ainda vamos nos reencontrar, e que vou poder te dizer tudo isso pessoalmente.

Deu alguns passos para trás, escondendo o rosto nas mãos enquanto Daniel se levantava e ia até ela, envolvendo-a com seu abraço forte e gentil. Ele beijou sua testa e sussurrou algo para ela. Algo que eu nunca iria saber, mas que a fez sorrir por um segundo. Depois, a garota veio até nós, e Marcia a abraçou com toda a força que tinha, as lágrimas descendo por suas bochechas.

Baixei a cabeça, secando os olhos com o lenço que Diana havia me dado num ponto do discurso em que comecei a chorar.

O pastor anunciou que agora seria a vez de Daniel, e eu o observei enquanto se sentava ao piano, que tinha um microfone acoplado. Quando começou a falar, apesar de saber que o microfone estava ligado e funcionando bem, mal pudemos ouvir sua voz:

— Meu pai sempre foi apaixonado por música. Foi ele que me ensinou a maioria das coisas que sei hoje, inclusive a tocar piano. Quando perdeu o movimento das mãos, cinco anos atrás, eu disse que nunca mais ia tocar. Prometi que faria isso por ele, porque, se ele não podia compartilhar aquilo comigo, se não podia sentir a mesma alegria, então eu não era mais digno de fazê-lo. — Sorriu consigo mesmo. — Mas é claro que, como o meu pai era um homem sensato e racional, me chamou de idiota e disse que essa era a pior promessa que eu poderia fazer. — Balancei a cabeça. Só aquele vândalo para conseguir arrancar um sorriso de metade das pessoas ali num momento daqueles. — Me disse que não haveria por que passar o resto da vida sem desfrutar de uma coisa tão linda quanto tocar, sendo que, quando ele se fosse, estaria livre e num lugar melhor, onde teria de volta tudo o que perdeu, e que poderia fazer lá tudo o que não teve capacidade de fazer durante a vida. E então fez a melhor comparação que eu já ouvi na vida, porque ele era muito bom com essas coisas. — Daniel fez uma pausa, baixando o olhar. — Disse que tocar era tão libertador quanto o amor podia ser, porque em ambos, se fossem puros, não haveria obrigações ou parte ruim, e os dois podiam ser igualmente lindos se fossem guiados pelo coração. Naquele dia, mais tarde, ele veio ao meu quarto. Estava com o olhar sério de quem precisa dar uma notícia ruim. Perguntou: "Você sabe que eu vou morrer um dia, não sabe?" Eu disse que não, apesar de ser uma baita mentira. O problema é que eu simplesmente não queria aceitar que esse dia chegaria, e ele sabia disso. Respondeu: "Eu sei qual é o problema, e sei que é difícil aceitá-lo, mas vai chegar um dia em que você vai conseguir. O dia em que vai ver que eu tinha razão em dizer que o amor e o ato de tocar podem ser igualmente libertadores. Quando esse dia chegar, moleque, *quando esse dia chegar*, você finalmente vai ter aceitado o meu destino, e então eu vou saber que cumpri a minha missão, e finalmente vou poder ir em paz".

Daniel levantou o tampo que protegia as teclas do piano, apertando os lábios numa linha rígida enquanto segurava as lágrimas. Encarou o instrumento em silêncio por alguns segundos cheios de tristeza e hesitação. Continuou:

— Ele cantava essa música do Tom Jobim pra mim quando eu ia dormir, e acho que é a minha vez de retribuir o favor.

Quando tocou a primeira tecla, foi como se toda a sua tristeza e dor fossem transmitidas para nós, como uma onda que traz algo do mar para a praia. Ele manteve a cabeça baixa, cantando e tocando tão recolhido em si mesmo, mas ainda assim com tanta vontade, que eu tinha certeza de que, mesmo se não pudéssemos ouvir sua voz, saberíamos exatamente o que ele queria dizer.

♪ *Eu sei e você sabe, já que a vida quis assim*
Que nada nesse mundo levará você de mim
Eu sei e você sabe que a distância não existe
Que todo grande amor
Só é bem grande se for triste
Por isso, meu amor
Não tenha medo de sofrer
Que todos os caminhos me encaminham pra você. ♫

A voz dele falhava e ficava mais rouca a cada verso, mas ainda assim ele continuava firme e forte, tentando reprimir qualquer tipo de sentimento que pudesse expor ali.

♫ *Assim como o oceano*
Só é belo com luar
Assim como a canção
Só tem razão se se cantar
Assim como uma nuvem.. ♪

Daniel fez uma pausa que eu sabia que não existia na música, apesar de não conhecê-la muito bem, preenchendo o silêncio apenas com as notas quase inaudíveis do piano. Não conseguia mais cantar.

♪ *Só acontece se chover.*

E então ele parou, apoiando os cotovelos nas teclas do piano e entrelaçando os dedos no cabelo. Seus ombros tremiam, e ele balançava a cabeça enquanto murmurava algo para si mesmo em meio ao choro.

Meus olhos se encheram de lágrimas. Eu estava prestes a levantar para ir até ele, mas Helena colocou a mão em meu braço, balançando a cabeça. Sinal de que aquilo era algo que ele tinha de fazer sozinho.

Ficamos por alguns minutos assistindo Daniel chorar, debruçado sobre o piano. A cada segundo que se passava, mais eu sentia sua dor. A pessoa que ele mais admirava no mundo tinha sido tirada dele, e não havia nada que eu pudesse fazer para amenizar isso. A última coisa que queria era vê-lo sofrer, e ficar sentada olhando enquanto ele chorava chamando pelo pai, como se este pudesse escutá-lo, como se isso fosse fazê-lo voltar, partia meu coração.

Era a primeira vez que ele chorava pelo pai, como se finalmente tivesse se cansado de segurar as lágrimas, e agora elas não parassem mais de atormentá--lo. Mas ele conseguiu, como eu esperava que conseguisse.

Ergueu a cabeça, voltando a tocar, e cantou a última estrofe enquanto engolia o choro.

♬ *Assim como o poeta*
Só é grande se sofrer
Assim como viver
Sem ter amor não é viver
Não há você sem mim
E eu não existo sem você. ♪

Daniel levantou sem dizer mais nada, vindo em nossa direção e se sentando entre mim e Helena enquanto o pastor fazia suas considerações finais.

Ele manteve a cabeça apoiada nas mãos durante o resto do tempo, escondendo sua tristeza. Passei as mãos por seus braços, tentando consolá-lo de alguma forma, e permaneceu imóvel, ainda sussurrando coisas para si mesmo ou para o pai.

Minha garganta doía enquanto tentava segurar o choro, apesar de não estar tendo muito sucesso. Era a tristeza dele que me machucava. Eram as suas lágrimas que me entristeciam ainda mais.

Eu não podia dizer que tudo ficaria bem. Não seria verdade, e nós tínhamos combinado que não iríamos mais mentir um para o outro. Apesar de saber que ele não estava cumprindo sua parte do acordo, eu continuaria cumprindo a minha, porque então seria justo com os dois.

Adeus

Já fazia duas semanas desde o enterro de George, e faltavam duas para que eu fosse embora do país.

Na primeira semana, Daniel, Helena e sua mãe saíram da cidade. Marcia pediu afastamento da faculdade, e ele não foi a nenhuma das aulas. Não atendia minhas ligações, e também não respondia as mensagens. Fernanda me dizia que era porque estava chateado e precisava de um tempo. Eu dei esse tempo a ele. Parei de insistir e deixei que vivesse seu luto, porque eu o entendia e respeitava o que estava sentindo. Mas, quando, sem avisar, ele voltou para a cidade e começou a frequentar as aulas, percebi que havia algo de errado. Quer dizer, ele nem foi me procurar. Não me mandou uma mensagem nem ligou dizendo que tinha voltado.

Fui atrás dele. Nós conversamos e ele me pediu desculpas, mas estava tão distante que eu sabia que aquele pedido não era de verdade. Falava por falar, mas deixei para lá. Daniel não voltaria a si por um bom tempo, e eu sabia disso. Afinal, ele tinha perdido uma das pessoas que mais amava no mundo. Não havia por que encanar com isso. Não é mesmo? Até porque eu tinha que organizar os últimos detalhes da viagem.

Os preparativos já estavam quase todos prontos: tínhamos alugado um apartamento, renovado meu passaporte e conseguido um visto de estudante. Faltavam poucos detalhes, como arranjar um carro para eu usar lá e arrumar as malas.

Durante os ensaios, que passei a frequentar só por causa dele, já que iria embora para talvez nunca mais voltar, Daniel mal olhava para mim. Era sempre o último a chegar e o primeiro a ir embora, não me dando espaço nem tempo para falar com ele. Isso quando aparecia. Por diversas vezes fui até lá e era outro aluno do terceiro ano que estava responsável por tudo. Nunca tinha visto Daniel faltar aos ensaios; aquilo era a vida dele. Comecei a pensar que talvez estivesse me evitando, mas afastei esse pensamento. Estava ficando paranoica. Quando ele aparecia e eu conseguia sua atenção por alguns instantes, chamando-o para fazer alguma coisa ou simplesmente conversar, ele logo se despedia, dizendo que tinha um compromisso. Acabei ficando impaciente. Tínhamos pouco tempo para ficar juntos antes de eu ir embora, e ele nem sequer me dava atenção?

— Dani — chamei, segurando seu braço antes que ele pudesse sair do auditório. — Oi.

Ele parou, dando passagem aos alunos. O jeito distante e frio já havia quase se tornado um hábito, e me magoava muito.

— Você tem um tempo livre hoje? — perguntei. — É que faltam menos de duas semanas para eu viajar, e eu queria pelo menos aproveitar um pouco do tempo que resta com você.

Ele continuou me encarando, em silêncio, como se estivesse analisando se eu merecia sua atenção. Estávamos ali fazia uns cinco minutos quando soltei seu braço, recuando um ou dois passos e baixando o olhar. Estava me cansando de ser rejeitada, mesmo fazendo de tudo para dar certo. Tinha confiado nele. Me entregado de corpo e alma. Não queria chegar ao ponto em que teria de admitir que aquilo tinha sido um erro. Eu o conhecia o suficiente para saber que não. Pelo menos pensava conhecer. Falei, sentindo o choro subir pela garganta:

— Esquece. Eu não quero te atrapalhar.

— Tudo bem — ele disse finalmente, como se algo nas lágrimas que eu não consegui segurar o tivesse feito acordar. — Eu... eu acho que tenho algumas horas.

— Mesmo? — perguntei, e ele se aproximou, secando minhas bochechas com os dedos.

— Mesmo — respondeu, antes de beijar minha testa demoradamente. — Me desculpa. Eu não queria...

— Então, vamos pra minha casa — interrompi. Não estava a fim de entrar naquele assunto de "não queria te fazer chorar, mesmo nao sabendo o que fiz pra te magoar". Já tivemos aquela discussão uma vez, e acabou não dando em nada. — A gente pode assistir a um filme ou alguma coisa assim. O que você acha?

Daniel assentiu, me deixando puxá-lo para o lado de fora.

Nos últimos dias eu tinha passado a voltar para casa de táxi, já que ele não se dava o trabalho de continuar me oferecendo carona. Como em breve eu viajaria, não tinha comprado um carro novo.

Estava pressentindo que as coisas voltariam a ser como antes. Não pude conter o sorriso enquanto entrávamos em seu carro e eu colocava o cinto. Pela primeira vez desde o enterro de seu pai, ele tinha aceitado sair comigo, e acho que isso significava alguma coisa, não é? Eu sabia que não estava errada, que não tinha me enganado ao confiar nele.

Quando chegamos à minha casa, larguei a bolsa em cima do sofá e o guiei até o andar de cima, onde ficava meu quarto. Eu tinha alguns DVDs bem legais que faziam mais ou menos o estilo dele, então sabia que iria gostar.

Pedi que escolhesse alguma coisa para assistirmos enquanto eu descia, preparava uma pipoca e pegava algo para bebermos. É claro que praticamente corri até o banheiro antes, para ver se estava num estado minimamente apresentável. Pedir era uma coisa; ter o pedido aceito era outra bem diferente, e eu não pensei que Daniel fosse realmente aceitar.

Ajeitei o cabelo e a roupa, passando um pouco de maquiagem antes de ir fazer pipoca. Quando voltei, segurando um enorme balde e dois copos gigantes de chá gelado, o encontrei sentado em minha cama, encarando a tela preta da televisão. Não tinha movido um músculo desde que eu saíra do quarto. Perguntei, colocando tudo em cima da mesinha de cabeceira:

— O que foi? Não conseguiu escolher? São todos muito ruins?

— Não. É que... como você é a dona da casa, achei que deveria escolher — respondeu, sorrindo de um jeito sem graça. — Pra mim, qualquer coisa está boa.

— Hum... Ok, senhor "você é a dona da casa". Eu escolho, então. Mas não reclame depois! — brinquei.

Acabei colocando o DVD de um show do Legião Urbana que havia comprado na semana anterior. Eu sabia que era uma das bandas preferidas dele, e havia se tornado uma das minhas também, então não tinha erro, né?

Sentei na cama ao lado dele, depois de dar play, me recostando nos travesseiros e almofadas que se amontoavam na cabeceira. Ele não tinha tocado na pipoca. Aliás, acho que não tinha nem notado que estava ali. Juntei as sobrancelhas. Ele estava tão perto da ponta do colchão que eu sabia que, se inclinasse o corpo um pouquinho para o lado, acabaria caindo. Perguntei:

— O que você tem, hein?

Daniel deu de ombros, o olhar fixo na televisão, assistindo enquanto a banda cantava "Tempo perdido". Não era um bom começo, mas não éramos estranhos, então não havia motivo para toda aquela cerimônia. Me aproximei, puxando seu braço para que ficasse por cima dos meus ombros, e olhei para ele, esperando alguma reação negativa ou algo do tipo. Nada. Isso era um bom sinal.

Passei a mão pelo seu rosto, fazendo-o olhar para mim. Havia algo em seus olhos azuis. Algo que eu nunca pensei que veria de novo. Era aquele mesmo brilho de tristeza que lançava para mim antes de ficarmos juntos. Ele pegou minha mão, que estava em sua bochecha, entrelaçando os dedos nos meus com um suspiro. Perguntei:

— O que há com você?

— Nada, Mel — respondeu, sorrindo um pouco. — Nada mesmo.

— Então prova.

Ele sorriu um pouco, me puxando de um jeito meio hesitante para um beijo rápido. Não. Para mim aquilo não era o suficiente. Não depois de tanto tempo sem ele.

Soltei sua mão, entrelaçando os dedos em seu cabelo e o puxando para mim. E então o beijei com toda a intensidade do mundo, tentando deixar clara a saudade que sentia. Para minha felicidade, ele retribuiu da mesma forma, passando os braços ao meu redor e me puxando para seu colo.

Daniel se inclinou para a frente, permitindo que eu tirasse a jaqueta que ele estava usando e enfiando uma das mãos dentro da minha camiseta, pressionando os dedos com força em minhas costas. Era como se, me puxando para perto daquele jeito, ele pudesse fazer com que nos tornássemos um só. Sua respiração estava acelerada, e o coração batia rápido contra o meu. Quanto mais intenso se tornava o beijo, mais forte era o aperto. E eu gostava disso. Gostava muito.

Quando abaixei as mãos em direção ao cinto da sua calça e estava prestes a abri-lo, ele parou. Afrouxou o aperto e sussurrou, entre meus lábios:

— Mel, para.

— Parar o quê? — perguntei, antes de puxá-lo para mais um beijo. Estava perguntando por educação. Não queria uma resposta.

Ele afastou minhas mãos, se inclinando para trás, e disse, ofegante:

— Hoje não, tá bom?

— Para de bobagem, Dani — falei, abrindo um sorriso e tentando me aproximar mais uma vez, mas ele segurou meus ombros, me tirando de seu colo.

— Por favor. Eu já disse que não.

Bufei, cruzando os braços enquanto o encarava, irritada. Tudo bem. Pelo menos ele não estava bravo comigo. Se estivesse, nem teria me beijado. Já era bastante coisa, não é? Não.

— Eu vou embora daqui a pouco! Será que não posso aproveitar o tempo que me resta com você?

— Ainda temos tempo — ele disse. — Um dia a mais não vai mudar nada.

— Um dia, Daniel?! Faz duas semanas que nós mal nos falamos!

— O meu pai MORREU, Melissa! O que você quer?! — gritou.

Voltei a encarar a televisão. Não valia a pena discutir. Ele tinha razão. Seu pai tinha morrido. A última coisa em que ele estava pensando era... O que me restava era ser compreensiva, não é? Pude ouvi-lo bufar ao meu lado, enquanto eu voltava a me recostar na cabeceira. Foi quando ouvi algo se quebrar. Tinha sido um dos copos de chá gelado.

— Mas que droga! — ele disse, saindo da cama e se agachando no chão.

Começou a catar os cacos de vidro.

— Deixa isso pra lá. A Vera pode limpar depois.

— Não. Eu limpo — murmurou, colocando os cacos em cima da mesinha de cabeceira e tirando o cachecol vermelho para esfregá-lo no chão.

Me aproximei, me abaixando ao seu lado e segurando suas mãos. Elas tremiam, ele estava visivelmente nervoso. Sussurrei, fazendo-o olhar para mim:

— Deixa, Dani. Tudo bem!

— Não. Não, eu... eu posso limpar. Eu vou limpar — falou apressadamente, balançando a cabeça. — Está tudo sob controle.

— Dani...

— Me deixa em paz! — ele berrou, se levantando e colocando as mãos na cabeça, com a respiração acelerada. Encarei-o, confusa, me colocando de pé também. Mas o que...? — Pelo amor de Deus! Você só consegue me cobrar, mandar e ordenar! E nunca fica contente com nada que eu faço! O que você quer de mim, Melissa?!

— Eu quero o garoto pelo qual eu me apaixonei! — gritei de volta, sentindo os olhos se encherem de lágrimas pela segunda vez naquele dia. — Porque ele nunca seria capaz de gritar comigo ou de me olhar como se eu não estivesse aqui! Ele nunca seria capaz de me ignorar como se eu simplesmente não existisse, assim como você tem feito durante essas últimas semanas!

Daniel me encarou por alguns segundos em silêncio. Sabia que eu tinha razão, e nada que pudesse dizer ou fazer mudaria isso. Não era sobre o pai dele. Era sobre nós dois, porque, se ele conseguia conduzir um ensaio com mais de cem alunos, então podia responder uma mensagem ou atender um telefonema. Se podia cantar e tocar como se nada tivesse acontecido, então podia me contar o que estava acontecendo. Mas não. Ele preferia continuar me ignorando e pisando em mim como se eu não fosse nada. Como se nunca tivéssemos passado por tudo o que passamos juntos.

— Nós só temos duas semanas, Daniel — continuei, agora num tom sussurrado, pois era o máximo que eu conseguia. — E tudo o que eu quero, tudo o que estou pedindo, é que você fique comigo enquanto ainda nos resta tempo. Quando eu digo pra ficar comigo, não é só deixar implícito pra todo mundo que nós estamos juntos, mas me fazer companhia. Falar comigo. — Balancei a cabeça. — Não quero ir embora. Não sem você e não depois de tudo o que aconteceu, mas...

— Mas você precisa — interrompeu. — Vai seguir o seu sonho. Eu não quero atrapalhar nada disso.

— Não é isso que eu estou querendo dizer — murmurei.

— Mas é o que *eu* estou querendo dizer. — Seu tom era frio e cortante como uma lâmina. — Você vai de qualquer jeito, e eu vou ficar aqui. Nunca daria certo, então por que continuar com isso?

Recuei alguns passos. Aquelas palavras me atingiram como se fossem um soco, ainda mais forte do que aqueles que Pedro tinha me dado uma vez. O amor pode machucar mais que qualquer coisa, e pode matar de dentro para fora tão rápido quanto o tiro de um revólver. Como eu sabia isso? Porque, assim que ele terminou de falar, senti como se algo morresse dentro de mim.

Agora tudo fazia sentido. Seu afastamento, sua frieza e indiferença... Tudo se encaixava como peças de um quebra-cabeça. Perguntei:

— Foi só uma aposta, não foi?

— Eu não sei do que... — começou.

— Entre você e as suas aberrações — falei, sorrindo com descrença para mim mesma. — Como eu pude ser tão idiota? É tão óbvio! Você e as suas aberraçõezinhas apostaram que você conseguiria levar a garota mais popular da faculdade pra cama. Queriam provar alguma coisa pro mundo? Queriam provar que eu era idiota? Bom, conseguiram. — Bati palmas, dando as costas para ele e indo em direção à porta. — Parabéns. — Eu a abri, gesticulando para que saísse. — Agora pode ir correndo contar pra todo mundo.

— Você acha mesmo que eu seria capaz de uma coisa dessas, Melissa? Você, dentre todas as pessoas, acha que eu faria isso com alguém?

— Vai embora — praticamente cuspi, antes que pudesse falar mais alguma coisa.

Ele se manteve parado, imóvel, ao lado da cama. Me olhava de um jeito surpreso e confuso, como se eu mandá-lo embora fosse a última coisa que esperava. Também não era o que eu queria fazer, mas não queria chorar na frente dele, e, como estava ficando cada vez mais difícil segurar, fazê-lo sair era a opção mais fácil.

— Vai embora, Daniel — reforcei, desviando o olhar.

— Mel, eu... — O tom agora era bem mais suave. Quase... doce.

— O quê?! Você já conseguiu o que queria de mim! Não foi o suficiente?! — berrei. — SAI DAQUI AGORA! E nunca mais ouse falar comigo, seu covarde!

E ele foi, me deixando para trás com o coração em pedaços, sangrando por dentro, como se o tivesse arrancado do meu peito. Só quando o ouvi bater a porta da sala com força me permiti chorar, me ajoelhando no chão apoiada à porta, sem conseguir nem mesmo respirar. Ele tinha conseguido me fazer amá-lo mais do que qualquer um na vida, e agora tinha me deixado.

O amor era uma droga, e por causa dele eu não conseguia sentir raiva, só dor. Estava tão magoada que não havia espaço para mais nada dentro de mim. Ainda mais por saber que as coisas voltariam a ser como antes. Antes de eu tê-lo conhecido. Antes que eu tivesse de volta as minhas sapatilhas mágicas. Como na época em que aquele homem malvado as tirou de mim, me trancando num lugar feito de ódio e tristeza. E dessa vez eu duvidava de que algo ou alguém pudesse me tirar daquela torre.

Juilliard

Eu não tinha ido mais à faculdade. Não depois do que aconteceu, e ninguém além de Fernanda perguntou por mim.

Ligações? Recebi algumas, mas nenhuma de Daniel, e sim de Helena. Ela não parava de me atormentar com mensagens na caixa postal. Dizia que eu deveria dar uma chance para ele explicar o que estava acontecendo, mas, como ele mesmo tinha falado, nunca daria certo, então por que continuar?

Agora eu estava no aeroporto, acompanhada apenas por Fernanda e minha mãe, prestes a embarcar para o desconhecido.

— E você vai me ligar todo dia, entendeu? Não vai dormir muito tarde e vai tomar cuidado ao falar com estranhos na rua — disse minha melhor amiga, aos prantos, o que me fez rir. — Do... do que você está rindo, sua idiota?! Eu estou falando sério!

Ela passou os braços ao meu redor, me puxando para o abraço mais apertado que recebi em toda a minha vida. E eu retribuí, mas, ao contrário dos dela, meus olhos estavam secos. Eu estava em parte feliz por ir embora e deixar para trás qualquer lembrança de Daniel. Ele havia partido meu coração, e todas as lágrimas que eu tinha, gastei com ele. Não havia mais por que chorar.

— Eu te amo, Mel — ela disse, com a voz abafada pelo meu cabelo. — Promete que não vai me trocar por qualquer patricinha por aí.

— Não vou, Fê. Impossível alguém superar você — brinquei, e ela sorriu em meio ao choro, se afastando e dando lugar à minha mãe.

Era incrível como, em três meses, acabei me aproximando da minha melhor amiga. Antes, nossa amizade era só questão de conveniência, e eu tinha feito umas burradas bem grandes com ela, até porque nem me importava com seus sentimentos, mas de alguma forma e em algum momento passei a gostar dela de verdade.

— Eu ia falar algumas das precauções que você precisa tomar, mas... acho que a sua amiga já falou tudo por mim, não é mesmo? — disse Regina, parando à minha frente e abrindo um enorme sorriso para Fernanda.

O cabelo dela estava solto, o que era extremamente raro. Era tão cacheado e longo quanto o meu, e nós poderíamos parecer gêmeas, se ela não fosse vinte anos mais velha. E alguns centímetros mais alta também. Ela usava um suéter verde-musgo de gola alta e calça jeans escura com botas de couro marrom.

— Não precisa falar nada — murmurei. — Eu posso muito bem me cuidar sozinha. Foi isso que eu fiz a vida inteira, não é?

— Melissa... — começou.

— Tudo bem, Regina — falei, sorrindo de leve. — Ainda vamos nos ver um dia, não é mesmo?

— É o que eu espero — disse, me puxando para um abraço apertado que eu não retribuí com tanta força.

Talvez até fosse sentir a falta dela, mas sabia que não seria tão grande quanto a da minha amiga e... *dele*. Eu sabia que poderia conviver muito bem com aquilo.

Recuei alguns passos, sorrindo para as duas, triste e empolgada ao mesmo tempo, se é que isso é possível, antes de dizer:

— *See you soon!*

Depois, antes que nossas despedidas se prolongassem ainda mais e eu perdesse o voo, dei as costas para as duas e fui em direção ao portão de embarque.

Era ali que começaria minha nova vida. Não sabia se seria bom ou ruim, ou se tudo daria errado e eu teria que voltar para o Brasil no mês seguinte. Eu só sabia que, de uma forma ou de outra, tudo iria mudar. Querendo ou não.

— *Earth to Melissa!* — ouvi alguém chamar. — *Are you alive?*

Pisquei algumas vezes, voltando a mim depois do que pareceu uma eternidade.

Quem me chamava era Alex, um estudante do segundo ano do curso de artes cênicas da Juilliard que eu tinha conhecido havia uma semana, depois de uma visita ao campus da faculdade.

Estávamos num Starbucks próximo ao Central Park, com uma garota que estava a meio caminho de se tornar minha mais nova amiga. Eu a tinha conhecido no voo de São Paulo para Nova York. Coincidentemente, nós duas estávamos esperando que a temporada de audições na Juilliard começasse. Seu nome era Luna. Não é um nome muito comum, mas ela também não era. Seu cabelo era todo pintado de rosa-choque, e por algum motivo não tinha uma peça de roupa que fosse normal, tipo uma camiseta. Era... engraçado.

Já fazia três semanas que estávamos em NY, e ela tinha se tornado presença constante na minha vida. Confesso que ajudava a aplacar um pouco a saudade de tudo que eu tinha deixado para trás, mas não passava nem perto de amenizar a falta que Daniel me fazia.

— Ah, desculpe. Eu estava distraída — respondi, em inglês.

— Como sempre, não é mesmo, Honey-Honey? — Luna brincou. Ela costumava me chamar assim porque Mel, em inglês, é honey, e ela achava bonitinho.

Apenas baixei o olhar, sorrindo meio sem graça. Ela sabia a história de Daniel inteira, e sabia exatamente o porquê de eu ficar pensativa com tanta frequência. Ele era a minha distração, era a ele que estavam ligados todos os meus pensamentos. Nada poderia mudar isso.

— Você estava dizendo...? — falei, como um incentivo a Alex para que continuasse contando como tinha vontade de conhecer o Brasil por causa do Carnaval e do futebol (aparentemente, as únicas coisas pelas quais éramos conhecidos no resto do mundo).

— Bom... eu estava dizendo...

Em algum momento de seu discurso, senti o celular vibrar dentro do bolso. Fiz o máximo que pude para ver quem era sem que Alex percebesse minha distração. Sabendo que eu precisava de ajuda, Luna o encheu de perguntas, tentando se mostrar o mais interessada possível em tudo o que o rapaz estava falando.

> Vamos ter que falar sobre isso mais cedo ou mais tarde.

Senti algo revirar no meu estômago. Era o número de Helena, mas eu sabia muito bem que não havia sido ela quem tinha me mandado aquela mensagem. Era ele. Era *dele*. Eu tinha bloqueado seu número, apagado dos meus contatos e feito tudo o que podia para tirá-lo completamente da minha vida. E era isso que continuaria fazendo, até quando fosse possível. Até conseguir apagá-lo do meu coração.

> Devolve o celular pra sua irmã e me deixa em paz.

Respondi imaginando que, apesar de ter sido um tanto grosseira, o idiota conseguiria rir daquilo.

Apaguei a mensagem, colocando o celular em cima da mesa com a tela virada para baixo. Um claro gesto de "Não quero ver o que vai me responder, mas quero saber se vai fazê-lo. Quando o celular vibrar, sei que vou ter um ataque de pânico e deixar o copo de café cair". E foi exatamente o que aconteceu.

— Meu Deus, Honey-Honey! Hoje você está demais! — Luna exclamou, rindo da minha cara enquanto pegava o copo do chão para mim. Todos olharam em nossa direção, e eu senti as bochechas queimarem.

— Era ele — sussurrei. Isso foi suficiente para que ela soubesse que estávamos em alerta vermelho.

— Ok! Temos que ir agora! — ela disse, levantando tão rápido que quase bateu a cabeça na mesa. Sua voz quando falava inglês ficava alta e estridente, como um ganso engasgado, mas era engraçadinho. — Foi um prazer revê-lo, Alex!

O garoto nos encarou com o olhar confuso enquanto praticamente corríamos para fora do Starbucks, acenando de longe.

Entramos no Central Park, ali na frente, e Luna me puxou para o mais longe possível da entrada antes de permitir que eu finalmente olhasse de quem era a mensagem e o que dizia. Me encostei em um tronco antes de fazê-lo, com medo de acabar caindo dura no chão com o que quer que ele tivesse dito.

— Você precisa ver a foto do... sapato que eu comprei. É daquele tom rosé que eu... estava... procurando... faz... tempo — li em voz alta, para que minha amiga pudesse ouvir. A cada palavra, mais murcho o meu tom ficava.

— Quando você me falou dele, eu não pensei que fosse gay — ela disse, um pouco intrigada. — Tem algo que não me contou?

— É da Fernanda — falei, colocando as mãos na cabeça, envergonhada por ter dado um ataque por causa de uma mensagem que nem era dele.

Quer dizer, a primeira tinha sido, e eu sabia disso, mas, quando pedi para me deixar em paz, acho que foi realmente o que ele fez. Luna apertou os lábios numa linha rígida, segurando o riso. Idiota. Não devia rir de uma coisa dessas. Era sério, e muito grave!

— Hahaha. Que engraçado, né? — Eu a fuzilei com o olhar.

— Precisamos admitir que derrubar um copo de café por um sapato rosé é meio cômico — ela disse, dando um soco de brincadeira em meu braço. — Vamos! Alegre essa carinha. Vamos numa festa hoje à noite, e eu vou arranjar uns caras alternativos bem gatinhos pra você pegar.

— Por que a única brasileira que eu conheço aqui tinha que ser tão... — comecei.

— *Cool?* É, eu sei. Às vezes as pessoas podem nos surpreender com sua espetacularidade — brincou.

Eu sorri, seguindo-a na direção da sorveteria de que ela mais gostava. Aquela garota era completamente obcecada por sorvete. Jesus!

Eu não lembrava como tinha começado a confiar tanto nela. Talvez tenha sido no momento em que comecei a chorar descontroladamente no avião, quando o piloto anunciou que faltava uma hora para pousarmos, e ela me consolou. Tive de provar que não era uma doida, então decidi tirar aquela hora para contar a ela o porquê de estar surtando no avião.

Pousar significava que talvez eu nunca mais voltasse, nunca mais visse o garoto que, apesar de ter partido meu coração, eu ainda amava. E muito. Por isso o ataque. Não era culpa minha se tinha ficado sentimental nos últimos dois meses e meio. Era culpa dele.

Foi aí que acabamos virando amigas. Ainda mais quando ela, uma semana depois, foi despejada de seu apartamento por ter ligado o som alto no quarto durante todas as madrugadas. Aí eu a levei para morar comigo. Não havia problema, apesar de ser um pouco bagunceira demais, e eu sabia que, mais cedo ou mais tarde, acabaríamos nos tornando grandes amigas. Ainda mais, quero dizer.

Não mais

Luna tinha me convencido a ir à tal festa, assim como a todas as outras. Como sempre, me mantive sentada em um dos sofás que havia no flat para o qual havia me arrastado, só esperando o momento em que ela se cansaria do cara que tinha arranjado e me pediria para levá-la embora.

— Honey-Honey! — eu a ouvi dizer, passando os braços por cima dos meus ombros enquanto parava atrás de mim no sofá. — Por que você está tão amuada, aqui nesse sofá esquecido no canto da sala? — Ela era tão dramática...

— Você sabe que eu não gosto muito de festas, Luna — falei, encarando minhas mãos, pousadas no colo. — Pelo menos não mais.

— Não gosta de se divertir, isso sim! Sua chata! — reclamou, passando a ficar na minha frente, agachada.

Sob a luz negra, suas roupas amarelas flúor brilhavam mais do que qualquer outra coisa. Era um top e uma saia bem justa e curta de cintura alta. O cabelo cor-de-rosa ia até a altura do queixo, todo repicado, e caía na frente dos olhos escuros, cheios de maquiagem preta. Ela estava bonita, mas chamava a atenção demais. Aquilo não era para mim. Não mais.

— Mas, se é o que quer, ser a menina responsável, então que bom pra você — continuou.

Sorri para ela, vendo-a voltar para o meio da confusão de pessoas que se formava ao redor daquele único sofá vazio. Pelo menos eu tinha arranjado um bom lugar para ficar, sem um monte de caras enchendo o saco...

— Melissa! — Fechei os olhos. Aquela voz... tão familiar. — Melissa! Que coincidência.

— Alex! — falei, abrindo o maior sorriso que consegui naquele momento. — O que você está fazendo aqui?

Eu me levantei do sofá para cumprimentá-lo com um abraço. Sua roupa também não era nada discreta, cheia de estampas e cores. Estava abraçado a um garoto visivelmente mais novo e mais baixo. Devia ter uns dezoito anos. Seu cabelo era castanho-escuro como o de Alex, mas estava penteado para trás, no visual dos anos 60. Estava até de óculos escuros! Meu Deus... era a festa dos visuais estranhos ou o quê?!

— Melissa, eu quero te apresentar o meu namorado, o Tommy. — Fiz o máximo para disfarçar a expressão de surpresa. Então ele não estava dando em cima de nós! Só estava... empolgado com a chance de fazer uma nova amizade. — Tommy, esta aqui é a Melissa. Ela é brasileira.

— Brasileira?! Nossa! Que prazer! — o garoto exclamou, apertando minha mão com empolgação.

Mas o que o fato de ser brasileira mudava? Por que todo mundo ficava tão animado quando sabia minha nacionalidade?! E por que Tommy estava tentando sambar para mim?

— SAMBA! SAMBA! — ele disse, num tom animado e cheio de sotaque. — Hã?! Samba!

— É... samba... — repeti, tentando segurar o riso.

Ele sorriu, orgulhoso, antes de finalmente parar de tentar dançar. Todos ao redor já estavam olhando, e a última coisa que eu queria ali era ser o centro das atenções. Senão, aquele apartamento acabaria virando um sambódromo. Perguntei:

— E aí? Como vocês foram convidados?

— Esta festa é para os estudantes da Juilliard! Como poderíamos não ser convidados? Mas e vocês? O que estão fazendo aqui?

Aquela era uma ótima pergunta, já que quem tinha nos arranjado a festa tinha sido Luna. Eu teria que lembrar de perguntar isso a ela mais tarde, quando o efeito do álcool tivesse passado.

Nós nos entreolhamos por alguns segundos de puro constrangimento. Falta de assunto era uma das coisas que mais vinham me assombrando nos últimos tempos, como se tudo o que eu quisesse falar fosse algo que não podia sair compartilhando com qualquer um por aí. Foi um alívio quando meu celular começou a tocar no bolso da calça jeans e eu precisei pedir licença ao casal.

Fui até o corredor, do lado de fora do apartamento, e vi que quem me ligava era Fernanda. Deviam ser umas nove da noite no Brasil. Por que ela estava me ligando tão tarde? Tomara que não fosse alguma emergência. Me encostei na parede do hall.

— Mel?

— Não, o Bozo. O que foi? — perguntei.

Ela riu do outro lado, o que já diminuiu em oitenta por cento meu nível de tensão. Então não era nada grave ou urgente.

— Desculpe te ligar tão tarde. É que eu acabei de chegar em casa e pensei: *Por que não, né?* Aí eu liguei. Pelo volume da música aí, a festa tá boa.

— A Luna me arrastou pra mais uma das festas dela.

— E, como sempre, você deve estar aproveitando muito — ela supôs, com um certo tom irônico.

Era engraçado o fato de Fernanda, apesar de ser minha companheira de festas e bebedeiras antes, ser a única que entendia que eu havia desistido daquela vida para valer, e não queria mais nada que tivesse a ver com ela. Talvez só entendesse por causa do ciúme que tinha de Luna. Na primeira semana, tive que lembrar Fernanda, todos os dias, de que era ela a minha melhor amiga e que eu nunca a trocaria. Parecia criança.

— Qual foi o motivo da sua ligação, srta. Sapatos Rosé? — perguntei.

— Ah, a foto. Esqueci de te mandar, é verdade. Vou fazer isso agora. — Revirei os olhos, sorrindo, enquanto a ouvia afastar o celular do rosto e cantarolar enquanto me enviava a tal foto. — Pronto. Agora voltando... Bem. Eu posso ter ligado por saudade, não?

— Não a esta hora — falei. — Aconteceu alguma coisa, né?

— Ok, você ganhou. — Ela suspirou. — Eu encontrei o Dani no shopping hoje. Ele estava com a Helena e com a mãe.

Fechei os olhos, prendendo a respiração. Por que o destino insistia em fazer as pessoas esquecerem que eu não queria saber mais nada dele?! Me mantive em silêncio, esperando que ela continuasse sua sessão de tortura.

— Sei lá... Ele não parecia muito bem.

Me endireitei, desencostando da parede. Não parecia bem? Como assim? Senti o coração acelerar.

— O que você quer dizer com isso?

— Não sei. Acho que ele estava mancando ainda mais do que na última vez que nos vimos, na semana em que você foi embora. E também emagreceu um pouco, o que é estranho, já que ele já tinha proporções perfeitas e... Desculpe. Não que eu ficasse reparando...

— Continue — interrompi, antes que ela prolongasse o discurso de desculpas por ter notado o corpo do meu... ex? Já tínhamos chegado àquele nível? Enfim...

— Sei lá. Ele parecia... doente.

Doente. Sussurrei aquela palavra para mim mesma, como se, de repente, não lembrasse mais o seu significado. Preferia não lembrar.

Me mantive em silêncio por alguns minutos, tentando descobrir o que era aquela onda de sentimentos contraditórios que tinha me atingido em cheio. Preocupação, indiferença, amor, ódio, tristeza, saudade... Eu não sabia qual deles era maior, e a qual eu deveria dar mais importância. Decidi fazer algo mais fácil primeiro: encerrar a ligação.

— Bom... deve ser só uma gripe — menosprezei, mas algo fez meu coração se apertar. — Nada pra se preocupar. Além disso, eu não tenho mais nada com ele e nem quero ter. Não é problema meu.

— Ok. Se você quer continuar se enganando...

— E o que você quer que eu faça? Que volte correndo pro Brasil e pros braços dele, desistindo de tudo que eu conquistei, só pelo que pode ser... Sei lá. Uma tendinite no joelho?! Não. Eu ainda não perdi a sanidade. O coração e a felicidade talvez, mas não isso.

Ela não respondeu. Deixar Fernanda sem palavras era algo extremamente raro, e eu tinha conseguido, como acontecia sempre que tocávamos nesse assunto. Eram os meus sentimentos e a minha vida, e ela sabia que não podia discutir sobre isso. A escolha era minha.

— Vou deixar você aproveitar a sua festa — ela disse, finalmente. — Tchau.

Desligou antes que eu pudesse sequer me despedir. Bufei. Ela não tinha o direito de ficar brava comigo. Não era como se eu fosse a errada da história. Tínhamos terminado por causa dele. Por causa das coisas que fez e disse. Eu só havia tirado dele o direito de se explicar, mandando Daniel embora para sempre da minha casa. Não. Não ia começar a me culpar. Não mais. Afinal, Daniel mesmo disse: Nunca daria certo, então por que continuar com isso?

Voltei para dentro do apartamento, a fim de encontrar Luna e avisar que não estava me sentindo muito bem e iria voltar para casa. É claro que ela tentou me convencer a ficar, mas naquele momento eu não estava com cabeça para festa. Nunca estava.

Durante o caminho de volta, enquanto esperava um farol abrir, lembrei como tinha sido a noite em que George morreu. Era tão triste pensar que, de um dia para o outro, literalmente, eu tinha chegado ao ponto mais alto da minha felicidade e ao mais alto da tristeza também. E não estou falando apenas do que aconteceu na casa dele, não, mas de quando ele me pediu para passar a noite com ele, e o que eu senti naquele momento. Pela primeira vez eu tinha conseguido o que queria sem precisar passar por cima de alguém para isso. Pela primeira vez, não tinha sido algo que eu havia provocado à força. Foi a primeira vez que me senti plenamente feliz com alguma coisa sem ter o sentimento de culpa sobre meus ombros. Mas eu tinha perdido aquilo mais rápido do que consegui, e já não tinha esperança alguma de que voltaria a sentir aquilo algum dia.

Não mais.

O teste

Tinha se passado pouco menos de um mês desde aquela festa, e meus testes para entrar na Juilliard haviam começado naquela semana. Eu passava a maior parte do tempo livre praticando para a audição final, e havia convencido Luna a parar de me arrastar para suas festas. Ela não estava tão preocupada quanto eu. O curso de trompete (ou trombone? Eu nem lembrava mais o raio do nome da coisa que ela tocava) era bem menos concorrido que o meu, então...

É claro que contei a ela sobre a ligação de Fernanda naquela noite, e, ao contrário do que pensei que aconteceria, ela não ficou do meu lado, mas do da minha melhor amiga. Por que será que eu sempre parecia fazer as escolhas erradas para todo mundo? Não. Eu já tinha superado aquilo. Bola pra frente. Tinha a audição naquele mesmo dia e precisava me concentrar. Pelo menos era isso que dizia a mim mesma para me sentir um pouco melhor.

— Honey-Honey, está em casa? — ouvi Luna chamar ao entrar no apartamento.

Eu estava no quarto, que mais parecia uma casa inteira, me alongando na barra que tinha mandado instalar pouco antes de sair do Brasil.

— Sim!

— Eu trouxe uma coisa pra você! — ela avisou, toda animada.

Sorri, jogando um vestido amarelo florido por cima do collant branco e da meia-calça da mesma cor antes de prender o cabelo com um bico de pato. Saí do quarto e atravessei o corredor até a sala. Ela carregava um milhão de sacolas de lojas de marca. Quinta-feira era o dia oficial de compras para ela. Estendeu uma em minha direção. Era da Pink.

Franzi o cenho ao analisar o que havia dentro da sacola, agradecendo o presente enquanto o pegava. Era um conjunto de lingerie de renda cor-de-rosa. Luna falou, com um sorriso travesso, como se soubesse algo de que eu não tinha ideia:

— Espero que faça bom proveito.

— Como assim? — perguntei, sorrindo sem graça, enquanto sentia as bochechas esquentarem.

Mas que tipo de presente era aquele?! E quem falava uma coisa daquelas ao dar um presente assim? Ela estava aprontando alguma? Antes que eu pudesse perguntar qualquer coisa, Luna foi guardar as sacolas em seu quarto, saltitante. Meu celular vibrou em cima do balcão da cozinha americana. Era Fernanda. Já fazia uns dias que não recebia uma ligação dela.

— Alô?

— E aí? — ela disse, num tom ansioso.

— E aí o quê? Espera só um minutinho... — Ouvi um barulho vindo do quarto de Luna. Ela com certeza estava tramando alguma coisa. Estava agindo de forma muito estranha; costumava me mostrar o que comprava antes de guardar. Chamei: — Luna, o que você está aprontando? Não está tentando fazer aquela coisa idiota de desfile mais uma vez, né?

— Estou indo! — gritou. Tinha fechado a porta.

— Gostou do presente? — Fernanda perguntou, de repente, do outro lado da linha.

Fechei os olhos. Como é que ela sabia sobre o presente? O que as duas estavam aprontando? E desde quando elas faziam alguma coisa juntas? Quer dizer, pelo que eu sabia, uma não suportava a outra por causa do ciúme, e agora estavam comprando presentes juntas? Era um tipo de pegadinha?

— Gostei, mas desde quando vocês compram presentes juntas? — perguntei. O interfone tocou antes que ela tivesse a chance de responder. — Espera. Eu vou...

— DEIXA! DEIXA! DEIXA! — Luna gritou, disparando pelo corredor e esbarrando em mim ao pegar o interfone. Tinha uma blusa de mangas compridas azul-celeste vestida pela metade; um braço estava dentro da manga, o outro, fora.

— Ai! — murmurei, rindo. — O que foi?

— É um carinha que eu combinei de sair — respondeu, antes de dizer em português ao porteiro que já estava descendo.

— Ele é americano, Luna. Esqueceu?

— Ah, é! — Ela riu de si mesma enquanto traduzia a frase para ele.

— ALÔ?!?!?!?! — berrou Fernanda, do outro lado da linha.

Eu estava começando a ficar muito confusa. Era interfone, era Luna correndo de um lado para o outro, era Fernanda gritando, era presente tendencioso compartilhado... O que estava acontecendo? Respirei fundo, aproveitando o silêncio de quando Luna parou de gritar e saiu pela porta apressadamente, terminando de vestir a blusa e pegando a bolsa, mandando um beijo para mim e dizendo que voltaria só à noite.

Retornei ao telefone:

— Oi. Desculpa.

— Tudo bem. O que houve?

— A Luna saiu correndo que nem uma louca, falando em português com o porteiro e se vestindo ao mesmo tempo enquanto conversava comigo... Uma loucura. Agora você vai me explicar essa do presente.

— Ah, é que... — começou, mas meu celular vibrou na mesma hora, avisando da chegada de uma mensagem, e pedi que ela esperasse para que eu pudesse ver de quem era.

Hellooooooooooooo!

Era Alex. Nós tínhamos nos tornado amigos durante o último mês, e sempre saíamos juntos. Ele acabou se mostrando uma pessoa empolgada com novas amizades, e não um carinha inconveniente, como pensamos que fosse.

It's me!

— Desculpa. É o Alex. Ele está... — Mais uma mensagem.

I was wondering if after all these years you'd like to meet.

Revirei os olhos, rindo enquanto continuava minha explicação para Fernanda:

— Ele está cantando Adele para mim por mensagem. — Mais uma chegou.

Ele estava frenético. Qual era o problema? Agora perguntava se eu tinha gostado do presente, e disse que ele mesmo havia escolhido. Luna não me disse que iria sair com ele para fazer compras. Os três estavam contra mim, era isso? Falei para Fernanda:

— Vocês envolveram até o Alex nisso?!

— Ele é um pouco mais curioso do que eu pensava — ela respondeu. — Disse que não temos estilo e que rosa combina mais com você do que preto, ou vermelho, ou amarelo-fluorescente...

— Espera. Vocês ficaram discutindo qual cor de lingerie ficaria melhor em mim? No meio da loja?!

— É pra isso que serve o Skype. Mas, voltando à história do porquê...

A campainha tocou, e ela parou de falar na mesma hora, dizendo que tinha de sair. Fui até a porta, pedindo que ela esperasse, porque ainda precisava me explicar aquela loucura toda. Do jeito que Luna saiu, com certeza havia esquecido alguma coisa, aquela distraída. Tipo a chave.

— Não! Tudo bem! Você está ocupada — desculpou-se Fernanda, enquanto eu destrancava a porta e a abria, já dando as costas para que Luna entrasse logo e não me atrapalhasse ao telefone. Minha melhor amiga ficava muito irritada quando eu não dava atenção a ela.

— Mas é claro que não, Fê! Deve ser só a... — Me virei para a porta, estranhando o fato de Luna não ter entrado correndo e fazendo o maior estardalhaço, dizendo que tinha esquecido não sei o quê.

Larguei o celular assim que vi quem estava parado na porta, e ele se espatifou no chão.

Era ele. Daniel. Me encarava com tristeza, nervosismo e apreensão. O cabelo loiro cacheado havia crescido um pouco e caía na frente dos olhos azuis. Ele usava jaqueta de couro preta, camiseta branca e calça jeans, sem falar do velho cachecol vermelho de lã, aquele que era o seu preferido. O primeiro feito pela avó. Estava tão magro... e... O que era aquilo que ele segurava? Uma... bengala?

Nos entreolhamos por alguns segundos, enquanto eu sentia o coração acelerar e a cabeça girar. Meus olhos se encheram de lágrimas, que precisei de muito esforço para engolir. O que ele fazia ali? Será que eu estava sonhando?

— Oi — ele disse, me despertando do estado de choque.

— O... o... oi — gaguejei.

— Eu... posso entrar? — perguntou, baixando a cabeça, como se me olhar fosse difícil demais.

Permaneci em silêncio por alguns segundos, tentando lembrar o significado daquelas palavras estranhas que tinha acabado de pronunciar. Ele estava mesmo ali? E daquele jeito? Passei os olhos para a bengala. Era preta, sem nada de mais, para não chamar muita atenção. Daniel apoiava todo o lado direito do corpo sobre ela, e a segurava com tanta força que pude ver que os nós dos seus dedos estavam brancos. Suas mãos tremiam. Ele estava nervoso. Tanto quanto eu.

— Pode — falei de repente, voltando a mim enquanto me abaixava para pegar o celular no chão. — Claro que pode. Fique.... fique à vontade.

Não pude deixar de observá-lo enquanto ele entrava, hesitante, no apartamento. Por que estava usando aquilo? Por que a perna direita parecia estar se arrastando? Por que estava tão magro? O que estava acontecendo? E, o mais importante: por que estava ali?

Me abaixei, pegando as partes do celular que tinham se separado e as colocando em cima do balcão, sem conseguir tirar os olhos de Daniel enquanto ele parava bem no centro da minha sala, olhando em volta de forma curiosa. Tudo que eu mais queria naquele momento era abraçá-lo. Estava sentindo tanto a sua falta... e só percebi isso naquele momento. Não. Eu tinha que permanecer firme e lembrar da nossa briga. Respirei fundo antes de perguntar, tentando manter o tom indiferente:

— O que você está fazendo aqui?

— Eu disse que a gente tinha que conversar mais cedo ou mais tarde, não disse? — Ele voltou a olhar para mim.

Assenti, me aproximando dele. Três metros de distância era um pouco demais, né? Perguntei se queria sentar, e ele aceitou, desabando no sofá laranja cheio de almofadas coloridas que ficava de frente para a TV. Ele apoiou a bengala no colo. Me sentei no outro extremo do sofá, cruzando as pernas e apertando a barra do vestido, de repente o achando um pouco curto demais.

— E você achou que a melhor opção era voar até Nova York para vir atrás de mim — ironizei, tentando esconder o fato de estar surpresa e encantada. Meu Deus, como eu queria beijá-lo!

— Você não atendia os meus telefonemas, não respondia as mensagens... Essa foi a única opção que me restou, apesar de eu precisar esperar as férias.

E era verdade. Estávamos em junho. Finalmente, verão e calor. Pelo menos no hemisfério Norte... mas aquilo não vinha ao caso. Daniel estava mesmo ali, e tinha viajado meio mundo apenas para... para falar comigo. Quem faz isso? Ele. O cara mais incrível e... Para, Melissa. Foco. Vocês estão brigados... Meu Deus, como ficar brava com alguém que faz uma coisa dessas por você?

— E sobre o que quer conversar? Duvido que tenha vindo trocar receita de bolo — brinquei. Não. Sem brincadeiras. Tire a droga do sorriso do rosto. Continue séria, assim como ele.

— Acho que te devo uma explicação sobre o que aconteceu.

— Não acha que já disse o suficiente naquele dia? — perguntei.

— Melissa... por favor — suplicou. — Torne as coisas um pouco mais fáceis pra mim. Eu...

— Você tornou mais fáceis pra mim? — questionei, sentindo voltar a onda de raiva daquele dia. — Acho que não.

Ficamos em silêncio por alguns segundos. Um analisava o outro com atenção, tentando encontrar mudanças ou simplesmente reavivar a memória. Mas eu não precisava disso. Lembrava exatamente como ele era. Cada detalhe, cada expressão... Baixei o olhar. Realmente precisava dar uma chance a ele, certo? Tornar as coisas mais fáceis. Ir até ali, depois de tudo o que tinha acontecido, demandava muita coragem. O mínimo que eu podia fazer era deixá-lo se abrir.

— Desculpe — murmurei. — Pode falar.

Daniel respirou fundo, tentando reunir coragem ou encontrar as palavras certas.

— Primeiro, eu queria pedir desculpas — falou. — Não só pelo que aconteceu naquele dia, mas por todo o sofrimento que eu te causei. Sei que você deve pensar que eu só estava te usando pra conseguir o que queria, e eu entendo. As circunstâncias deram a entender exatamente isso, e não te culpo por nada do que você disse. Eu diria o mesmo se fosse você.

Ele fez uma pausa, como se quisesse ver minha reação. Tudo que fiz foi manter o olhar grudado nas mãos, que apertavam com força a barra do vestido. Eu não queria que ele visse a tristeza que devia estar refletida nos meus olhos. Apenas assenti uma vez, mostrando que havia entendido. Sabia que a pior parte ainda estava por vir.

— E eu também acho que você merece uma explicação, mais que qualquer um. — Mais uma pausa, e dessa vez foi mesmo para criar coragem. Eu podia sentir sua tensão, como se fosse minha. — Eu estou doente, Melissa — disse, finalmente. — Tenho a mesma doença que o meu pai. Tinha cinquenta por cento de chance de a mutação genética que causou isso nele passar pra mim e para a Helena. Mas fui o único que acabou desenvolvendo.

Prendi a respiração, ainda tentando esconder qualquer emoção, mas não estava dando certo. Meus olhos se encheram de lágrimas. Então ele... ele estava mesmo doente. Assim como seu pai, acabaria numa cadeira de rodas, sem chance de cura, apenas esperando a hora da morte chegar? Não. Não era justo com ele. Não era nem um pouco justo.

— É totalmente imprevisível — continuou. — Alguns têm mais tempo que outros, e ela avança de diferentes formas em cada um. Às vezes se manifesta primeiro nas mãos, ou nas pernas, como em mim. Alguns perdem a capacidade de respirar sozinhos antes mesmo de parar de andar, e outros, como o meu pai, conseguem viver anos e anos quase normalmente, com a doença avançando aos poucos, mas...

— Todos têm o mesmo fim — sussurrei, pois sabia que era isso que ele iria dizer.

Então era isso? Ele iria morrer e fim da história? Não. Isso eu não podia aceitar. Daniel era tão novo! Como podia ser possível? Ele iria perder a vida por causa de algo que não era culpa dele nem de ninguém? Simplesmente porque a vida é cruel e injusta? Sequei as lágrimas que tinham começado a correr pelas minhas bochechas. Ele não podia morrer. Não podia ficar numa cadeira de rodas. Não podia ficar doente.

— Eu descobri há pouco mais de um ano — contou. — Mas nunca pensei que, quando chegasse a hora, ia ser tão rápido. — Seu tom tinha se tornado descrente. — Quer dizer, meu pai levou anos pra precisar da cadeira de rodas, e eu só tenho alguns meses até isso acontecer. Chega a ser injusto, mas não há nada que possamos fazer pra mudar isso.

Finalmente olhei para ele, segurando o choro mais uma vez. Não era possível. Como eu poderia aceitar?

— Quando eu vi a minha mãe e a minha irmã sofrendo tanto pela morte do meu pai, imaginei como seria se fosse comigo — disse. — Imaginei você ali, sofrendo tanto quanto elas, por minha causa, e percebi que não era aquilo que eu queria. — Passou o olhar, antes grudado no chão, para mim. — Porque a última coisa que eu queria era ver você sofrer daquele jeito, então decidi que seria melhor pra nós dois se eu simplesmente me afastasse. E foi exatamente por isso que eu não continuei o beijo aquele dia na praia. Antes mesmo do meu pai, e antes de tudo. Já podia prever que isso acabaria acontecendo. Eu parei porque não queria me apaixonar por você e provocar toda essa dor e sofrimento que acabei causando, mas foi impossível, e todas as tentativas de me manter longe só me fizeram te amar ainda mais. Só que eu nunca pensei que poderia doer tanto desistir de ficar com você.

Queria muito poder dizer alguma coisa, mas minha garganta doía tanto que eu sabia que, se tentasse, nada sairia da minha boca além de ar. Já era difícil demais digerir aquilo. Ainda mais com ele falando uma coisa daquelas.

— E só percebi isso aquele dia, quando nós brigamos — ele continuou. — Quando deixei aquele copo cair porque, por um segundo, a minha mão falhou, eu senti como se estivesse começando a perder o controle da minha vida, e fiquei nervoso. Pensei em quanto tempo iria levar para que eu perdesse completamente os movimentos e achei que estava prolongando demais aquele sofrimento. Quanto mais rápido eu me afastasse, menos dor nós dois íamos sentir. Pelo menos foi o que pensei, mas, depois que você foi embora, eu vi que viver sem você é a mesma coisa que não viver.

— Não sei do que você está falando — menti, finalmente encontrando forças para dizer alguma coisa.

Levantei do sofá, dando as costas para ele e abraçando a mim mesma, me sentindo vulnerável de repente. Eu sabia exatamente aonde ele estava querendo chegar, mas tinha de impedi-lo antes que tivesse a chance. Por algum motivo, eu estava tentando me convencer de que Daniel estava certo quando disse que, quanto mais rápido nos afastássemos, melhor seria para ambos.

— Mel, você precisa entender que...

— Eu não preciso entender nada, Daniel — rosnei. — Agora, se você puder ir embora, eu agradeço. Tenho uma audição daqui a uma hora e meia, e não posso me atrasar.

— Mel... — começou.

— O quê?! — perguntei, irritada. — O que você quer que eu faça?! Não tenho como salvar a sua vida. Sinto muito.

— Mas tem como tornar melhor o que resta dela.

Balancei a cabeça, andando de um lado para o outro na sala com o peso de seu olhar sobre meus ombros. Ele levantou, pegando a bengala e parando bem no meio do meu caminho. Fechei os olhos. Eu não queria vê-lo assim. Não queria vê-lo com aquela coisa. Era demais para mim.

— Você quer que eu desista, é isso? — perguntei, finalmente olhando para ele. — Quer que eu desista do meu sonho pra voltar e ficar empurrando a sua cadeira de rodas? Pra ver você definhar aos poucos? E depois que você morrer, o que eu vou fazer? Você acha que vou conseguir voltar a dançar? Você acha que a Juilliard vai ficar me esperando?

Era cruel? Sim. Eu era uma idiota? Era. Mas não desistiria de tudo o que conquistei por ele. Não para passar o resto da vida, ou seja lá quanto tempo ele ainda tivesse, cuidando de um doente. Aquilo realmente não era para mim, não importava o que eu sentia e muito menos o que *ele* sentia. O que importava era que eu estava tendo a maior chance de todas, e nunca teria aquilo de novo. Era agora ou nunca. No fundo eu sabia que estava mais uma vez sendo covarde, pois não conseguiria ver Daniel sucumbindo dia após dia, sem poder fazer nada. Não aguentaria ver o espírito mais livre que eu conhecia preso dentro dele mesmo, e no fim assisti-lo morrer.

— Eu entendo — falou, depois de recuar um passo. Vi em seus olhos toda a tristeza que aquela resposta tinha lhe causado.

— Você não entende — praticamente cuspi. — Se entendesse, simplesmente teria me deixado em paz, como eu pedi! Se entendesse, não teria vindo até aqui pra pedir que eu desistisse disso tudo pra ficar com você! — gritei. — Porque, se você quer saber, eu estava, sim, conseguindo te esquecer. Estava indo muito bem! E agora você vem e estraga tudo, todo o esforço que eu fiz pra seguir em frente, me enchendo de bobagens, dizendo que está doente e que vai morrer?! Não, Daniel. Não vai dar certo. Sabe por quê? Porque o amor que eu sentia por você acabou naquele dia em que você foi embora, me deixando pensar que tinha me usado, sem nem se dar o trabalho de dizer tudo isso na minha cara e me dar um motivo bom o suficiente pra terminar comigo que não me fizesse pensar que a culpa era minha!

Me afastei, indo em direção à porta e a abrindo para ele. Repeti a mesma cena da última vez que nos vimos. Ao contrário daquela vez, ele não parecia nem um pouco irritado, ou a fim de criar resistência. Tinha vindo e dito tudo o que queria. Tinha me explicado o que aconteceu e estava disposto a aceitar qualquer coisa que eu dissesse. E eu o estava mandando embora.

— Agora, se você ainda me ama ou se importa pelo menos um pouco comigo, vai embora.

Daniel assentiu, baixando o olhar enquanto seguia para a porta. Antes de sair, como se meu coração já não estivesse destruído o suficiente, tudo o que ele disse foi:

— Adeus, Melissa.

Bati a porta com força assim que ele saiu, mordendo o lábio e tentando segurar o choro.

Então era isso? Era assim que iria acabar? A última lembrança que eu teria dele seria aquela? Encostei a testa na parede, colocando as mãos na cabeça enquanto tentava acalmar a respiração. O que ele pensou que iria acontecer? Que eu diria que o amava e voltaria com ele para o Brasil, ficando ao seu lado até o momento da sua morte? Eu nunca poderia fazer isso. Não suportaria vê-lo se deteriorando aos poucos, ficando preso dentro do próprio corpo com o tempo. Sem lembrar como foi um dia. Já era difícil o suficiente vê-lo usando aquela bengala.

Escorreguei até estar sentada no chão, encostada na parede, como se fosse meu único apoio naquele momento. E era.

Tudo o que eu faria agora seria esperar até receber uma mensagem dizendo que ele finalmente havia morrido? O garoto que eu, apesar de negar com todas as forças, ainda amava?

Vi Luna entrar pela porta.

— Foi rápido. Pensei que não poderia voltar pelo resto da semana. Aproveitou bem o pre... — Ela parou de falar assim que me viu, praticamente correndo até mim e se abaixando ao meu lado. — O que aconteceu, Honey-Honey?

Tudo o que fiz foi abraçá-la, finalmente deixando que o choro tomasse conta de mim. Não queria perdê-lo. Não daquele jeito cruel e injusto, e não o deixando pensar que eu não o amava mais, mas era o melhor para nós dois.

— O Dani vai morrer — falei, enterrando a cabeça em seu ombro. — E eu vou perder ele, Luna. Eu vou perder ele pra sempre.

— Ô, meu Deus — ela disse, apertando o abraço e passando a mão pelo meu cabelo. — E por que você o deixou ir embora, então?

— Porque assim vai doer menos — respondi. — Eu não quero ver o Daniel ficando doente. Não quero ver que o estou perdendo dia após dia. Quando chegar a hora, não vou suportar vê-lo partir.

Ela ficou em silêncio. Sabia que nada do que dissesse iria me fazer sentir melhor. A única pessoa que conseguiria isso seria ele, e eu o tinha mandado embora. A última coisa que Daniel ouviria de mim era uma mentira, era eu dizendo que não o amava, o que era a coisa mais cruel que eu poderia ter dito.

— Eu sou um monstro, Luna. Um monstro sem coração.

— Não, você não é. Só está assustada e perdida. Tenho certeza de que ele vai entender.

— É aí que tá, Luna. Eu não queria que ele precisasse entender coisa alguma, mas... — Me afastei dela, secando os olhos e engolindo o choro. Ou pelo menos tentando. — Eu... eu preciso me arrumar. Tenho que ir pra audição.

A garota me observou em silêncio enquanto eu levantava e ia na direção do banheiro, me apoiando nas paredes do corredor. Eu só precisava de um tempo sozinha para me recuperar. Só isso.

Fiquei alguns minutos sentada no chão do box, abraçando os joelhos, sentindo o jato de água quente do chuveiro bater com força em minhas costas, imaginando o que Daniel faria agora. Voltaria direto para o aeroporto? Ou ficaria na cidade, sozinho, durante a noite? E aquele presente? Havia sido por causa dele, provavelmente, mas nada disso importava mais. Eu o tinha mandado embora para sempre e estragado qualquer chance que tivéssemos de tentar mais uma vez.

Saí do banheiro, fui para o quarto e vesti um collant preto e uma meia-
-calça da mesma cor. Coloquei as sapatilhas na mochila e vesti por cima de
tudo um vestido também preto. Não estava com vontade de usar cor alguma
naquele dia.

— Luna, eu estou indo — avisei, antes de fechar a porta atrás de mim sem
esperar resposta. Só precisava sair dali o mais rápido possível.

Me apressar só acabou piorando as coisas, já que o cheiro do perfume dele,
como que por castigo, continuava no elevador. Prendi a respiração, como se
isso pudesse poupar pelo menos um pouco do meu sofrimento, e corri para
o lado de fora assim que as portas começaram a se abrir, parando apenas do
lado de fora do prédio. Respirava fundo, a fim de tentar acalmar as batidas
do meu coração e ignorar mais uma onda de lágrimas que ameaçava voltar.
Precisava sair dali. Precisava sair dali. Precisava sair dali. Essa frase ecoou pela
minha mente durante todo o caminho.

Eu ouvia a música que iria dançar no volume mais alto, com os vidros do
carro fechados, tentando tirar da mente a imagem dele indo embora. Continuei escutando a música nos fones de ouvido ligados ao meu celular depois
que estacionei, enquanto percorria o campus da faculdade até o auditório, onde
aconteceriam os testes finais.

Eu a escutei até o último momento, enquanto me alongava nos corredores, à espera da minha vez, e enquanto calçava as sapatilhas, as únicas pretas
que eu tinha. Eu a escutei enquanto me trocava e enquanto prendia o cabelo.
Mas, quando parei no centro do palco, me apresentando para as três pessoas
que me assistiriam, deixei de escutá-la.

Deixei de escutar o que quer que o compositor queria passar através dela.
Talvez fosse irônico, já que o nome da música era "Beethoven's Silence", mas
não era hora para ironia, e tudo que eu conseguia pensar era na minha própria tristeza, e nas coisas que tinha dito a Daniel para que ele fosse embora.
Cada uma das mentiras, cada um dos gritos.

A música começou a tocar, e só naquele momento percebi que tinha esquecido a coreografia. Não importava mais. Iria improvisar. Já estava ali, não
é mesmo? Qual era o problema de perder mais uma coisa importante? Eu já
estava acostumada. Comecei a dançar, seguindo o ritmo da música, tentando
me concentrar em algo que não fossem todos os meus pensamentos melan-
cólicos, mas não estava dando certo.

Agora, a frase que tomava conta da minha mente contradizia tudo que eu
havia obrigado a mim mesma e todos que eu conhecia a acreditar. A frase que

deixava óbvio que tudo o que eu havia dito para ele era mentira, e que a única coisa que eu queria era ficar ao seu lado.

Eu estava triste, meu coração estava partido, e o dele também, graças a mim e ao meu egoísmo.

Esperar por uma mensagem já não me parecia suficiente nem a melhor escolha a fazer, porque, apesar de saber que não conseguiria suportar vê-lo se deteriorar diante dos meus olhos, imaginar viver esperando o momento em que descobriria que o garoto que eu amava, e que tinha me ajudado em alguns dos momentos mais difíceis da minha vida, havia partido para sempre era ainda mais difícil.

Ele era meu, e eu era dele. Nada poderia mudar isso. Doença, audição, viagem, distância, tristeza, mentira ou omissão. Eu amava dançar, assim como o amava, mas naquele momento escolher um era quase como excluir completamente o outro. Pelo menos até que um dos dois deixasse de existir.

O meu teste não era simplesmente dançar para aqueles professores, profissionais, jurados ou seja lá o que fossem. Era escolher qual dos dois, dança ou Daniel, iria me fazer sentir mais completa. Mais feliz. Talvez aquela não fosse a maior escolha que eu faria na vida, mas era importante, e mudaria completamente o meu destino.

Aquela frase, aquela simples e única frase de cinco palavras, dava sentido a tudo, como um farol na escuridão, iluminando a noite para guiar os barcos, finalmente os levando para casa. E qual era a minha casa? Qual era o meu destino? Qual era a minha escolha? Qual era o meu sonho? Qual era a minha frase?

Parei de dançar, percebendo que a música finalmente havia acabado, depois de longos minutos, e agradeci aos jurados.

Antes que eu pudesse dar um passo na direção da saída, ouvi um deles chamar o meu nome.

— Melissa! — parei, voltando a olhar para eles. — Não costumamos dar nenhum tipo de prévia, mas... se eu fosse você, respiraria aliviada.

Sorri para ele. O maior sorriso que tinha dado nas últimas semanas, feliz por finalmente ter feito minha escolha. Falei:

— Se me permite dizer, senhor, essa é a última coisa que eu consigo fazer no momento. Respirar aliviada. Muito obrigada.

Ah, sim... Qual era a minha frase?

Ele era o meu sonho.

Até o fim

— Helena?! Helena, é a Melissa — falei, assim que ela atendeu o telefone
— Mel? Tudo bem?! O Dani está bem?! — perguntou, desesperada.
— Está sim... Quer dizer... eu não sei. Ele falou com você?
— Bom... ele não deu detalhes, mas disse que iria voltar amanhã. Vocês... voltaram?
— Não. *Ainda* — respondi, sorrindo um pouco. — Será que você pode me fazer um favor? Outro?
— Manda.

Pedi que ela entrasse em contato com ele, solicitando todas as informações do voo, e depois me mandasse tudo em uma mensagem.

Nunca pensei que teria apenas um dia para arrumar tudo e arranjar um voo para o Brasil, muito menos que desistiria assim da Juilliard, mesmo depois de um jurado adiantar que o resultado seria positivo, mas não podia deixar Daniel para trás. Ninguém sabia quanto tempo ele tinha, então eu não queria perder mais nenhum segundo.

Cheguei em casa como um furacão, gritando para Luna me ajudar a fazer as malas. Ela estava ensaiando no quarto, já que sua audição seria no dia seguinte. Quando falei que tinha feito minha escolha, a garota praticamente saltou em cima de mim de tanta alegria. É claro que ficou feliz também pelo fato de eu não despejá-la só porque iria embora. O apartamento continuaria sendo meu, então por que não deixar que ela ficasse? Desde que pagasse as contas...

Fiz todas as ligações que precisava fazer: Fernanda, Alex, minha mãe, Marcia... todas. Refiz a matrícula na faculdade e tirei meu nome da lista de inscrição da Juilliard. Pedi ajuda a Alex também para arrumar as malas, e ele chegou tão rápido que eu mal tinha desligado o telefone quando a campainha tocou. Agora só me restava esperar que Daniel me perdoasse por tudo o que eu tinha dito, mas eu tinha um plano infalível. Mentira. Não tinha, mas... o que eu podia fazer? Improvisar sempre foi o meu forte, não importava a situação.

— *Oh, my God!* — Alex exclamou, ao abrir a porta do apartamento e dar de cara com a bagunça na qual eu e Luna estávamos afundadas.

— *Oh, my God* mesmo, né, Honey-Honey? — disse Luna, em inglês. — Você podia se planejar um pouco antes de fazer as coisas! Olha só! São seis da tarde e nós não fizemos metade do que precisamos fazer.

— E a melhor parte é que o voo é às cinco da manhã! — gritei, sorrindo como uma idiota enquanto passava por cima do sofá com uma montanha de roupas, jogando-as completamente desarrumadas em uma das cinco malas.

Um sentimento maldito de felicidade tinha tomado conta de mim naquela última hora, só de imaginar a cara de Daniel quando eu pulasse nele e fizesse um escândalo no meio do aeroporto, gritando, dançando e cantando, com Luna e Alex jogando confetes e flores, papéis recortados em forma de coraçõezinhos... Ok, meus planos estavam começando a ficar espalhafatosos demais. Nada de confetes. Nem flores. Nem papéis recortados em forma de coraçõezinhos. O escândalo, tudo bem.

— O que é isso, garota? Quem se anima para acordar de madrugada e estar às cinco da manhã num aeroporto? — Alex disse, se aproximando de nós depois de fechar a porta. Ele carregava algumas sacolas de supermercado. — Se fosse eu, estaria é chorando e pedindo piedade a Deus!

Eu ri, correndo para o quarto mais uma vez, fazendo o que devia ser a décima viagem. O que foi? Eu tinha comprado algumas roupas na cidade, e só tinha aumentado três malas. Quem liga para excesso de bagagem, não é mesmo?

— O que você trouxe pra gente, Alex? — ouvi Luna perguntar.

— Não toque nesse condicionador, querida — ele pediu. — Vale mais do que toda essa sua cabecinha coberta de ouro.

— Cruel. Mas eu gostei — ela disse, rindo.

Voltei para a sala carregando uma montanha de sapatos. É claro que os dois enxeridos quiseram olhar um por um, dizendo qual estava fora de moda e qual não estava, enquanto enfiavam tudo em uma das malas.

— Credo, Melissa. Você é a única pessoa que eu conheço que fica cantarolando Beethoven quando está feliz — comentou minha amiga.

— É bonitinho — disse Alex.

— É cultura — corrigi, levantando um dedo.

Já eram onze da noite quando finalmente terminamos de arrumar tudo e ajudamos Luna a espalhar suas coisas pela casa. Algumas de suas roupas tinham ficado em caixas por falta de espaço, e eu concedi a ela um lugar no meu guarda-roupa.

Desabamos os três no sofá, exaustos, depois de fechar a última mala com muito esforço. Precisei me sentar em cima dela com Luna para que Alex conseguisse fechá-la. Ele abriu um pacote de chocolates, e minha amiga passou por cima de mim como um trator para pegar um. Ela ainda tinha energia para se mover?! Como?

— Tenho que falar, Mel — ela começou. — Agora que você já resolveu, preciso dizer: meu Deus, como o Dani é lindo!!!

— Vocês vão ter que me explicar aquela do presente — falei.

— A Helena... É Helena, né? — Alex perguntou. Assenti. — A menininha irmã dele ligou para a sua amiga Fernanda dizendo que ele estava vindo, e ela ligou pra Luna, que ligou pra mim.

— Aí eu dei a ideia de comprar aquilo pra você, pensando que iria perdoar o garoto, porque quem é que viaja meio mundo atrás de alguém? Ninguém, né? Pensei que você fosse pular em cima dele! — Luna continuou.

— Então nós dois saímos enquanto você ensaiava e fomos pro shopping. Ligamos por Skype pra Fernanda e ela nos ajudou a escolher — concluiu o rapaz.

Coloquei as mãos na cabeça. Malucos. Total e completamente malucos, mas eu era muito grata por isso. Acho que seria pouco dizer que devia minha vida a eles. Passei o olhar de um para o outro. Cada um estava deitado de um lado, encarando o teto com uma expressão vazia de cansaço. Luna estava suada, com mechas do cabelo cor-de-rosa grudadas na testa, e Alex continuava impecável como sempre. Só o cabelo estava um pouco desgrenhado.

— E a história do carinha que ia sair comigo... era só uma desculpa pra eu descer e deixar o Dani subir sem ter que avisar você primeiro — ela explicou.

— Uma jogada de mestre — Alex complementou. — *High five!*

Os dois deram seu "high-five" bem perto do meu rosto. Quase pude sentir a brisa no nariz, o que me fez rir. Falei, voltando a encarar o teto mais uma vez:

— Eu vou sentir tanta falta de vocês...

— Ah, Honey-Honey! Também vamos sentir a sua falta — disse a garota, enquanto os dois praticamente se jogavam em cima de mim.

— E eu ainda vou ter as minhas férias no Brasil! — comemorou o meu amigo. — SAMBA!

— É. Samba — falei, sorrindo um pouco quando saíram de cima de mim e eu finalmente pude respirar.

Levantei do sofá, colocando as mãos na cintura enquanto olhava para os dois, largados, com pernas e braços abertos, em cima das almofadas. Provavelmente aquela seria a última vez que os veria por um bom tempo.

— Eu acho que vou dormir. Tenho que acordar em algumas horas, então...

Os dois se levantaram, se colocando cada um de um lado meu e fazendo um belo sanduíche de Melissa. Quando me soltaram, eu estava chorando pela milésima vez no dia. Mas agora era de felicidade, por tê-los conhecido e por terem me ajudado tanto.

— Não chore, bebê — disse Alex, secando minhas lágrimas com as mangas de sua camiseta. — Vai estragar a sua maquiagem.

Ri enquanto ele me abraçava mais uma vez. Quando me soltou, fui para o quarto, fechando a porta e ficando alguns segundos de pé, no escuro.

Então era o fim. Era ali que minha jornada em Nova York terminava, e eu partiria para uma nova vida, com lembranças e pessoas antigas. É. Acho que eu estava pronta.

Saí sem fazer barulho no dia seguinte. Eu sabia que Alex tinha passado a noite lá, e ambos dormiam no quarto de Luna. Eu não queria acordá-los. Já tínhamos feito nossas despedidas.

Chamei um táxi, que me levou até o aeroporto. Tinha deixado o carro para Luna também, para que cuidasse dele até eu voltar. Se eu voltasse.

Durante todo o caminho, fiquei pensando no que diria a Daniel quando o visse. Isso se eu conseguisse encontrá-lo. Eu sabia que estávamos no mesmo voo e tinha conseguido comprar um lugar ao lado dele na classe executiva, mas o aeroporto era grande, e eu não queria ter a conversa que sabia que teríamos no meio de um avião.

Coloquei todas as malas no carrinho, me dirigindo ao guichê para despachá-las. Não demorou muito e consegui fazer o check-in. O voo estava bem vazio, o que era uma surpresa, considerando a alta temporada. Mas aquilo não vinha ao caso. Meu celular vibrou no bolso. Era Helena. Seria possível? Era uma da manhã no Brasil e a menina continuava acordada, se certificando de que tudo daria certo?

> Starbucks. Segundo andar. Boa sorte.

> Obrigada. E vá dormir.

Respondi, sem conseguir conter um sorriso de puro nervosismo. Aquela garota... Daniel e eu com certeza devíamos tudo a ela. A melhor irmã do mundo.

Passei no banheiro, correndo até lá, para garantir que estava tudo certo. Eu usava calça jeans, regata branca e sobretudo cinza-escuro, já sabendo que estava frio em São Paulo. Ajeitei o cabelo, incapaz de conter a ansiedade, e praticamente corri até o segundo andar, rezando para que Daniel ainda estivesse lá. E foi quando finalmente o vi.

Estava sentado sozinho a uma mesa, com a cabeça baixa. Provavelmente lia um livro, e quase só pude reconhecê-lo graças ao cachecol. E à bengala. Me aproximei lentamente, tentando pensar num bom jeito de abordá-lo. Tapando seus olhos e pedindo que adivinhasse quem era? Dando um susto? Não. Eu queria algo um pouco mais sutil.

— Posso sentar aqui? — perguntei, parando em frente à cadeira vazia.

Ele subiu o olhar até mim, e o livro que segurava caiu no chão. Sorri, indo até ele e me abaixando ao seu lado para pegá-lo. Daniel parecia em estado de choque.

— Melissa...

— Por que nós temos a mania de fazer o outro derrubar as coisas quando aparecemos de surpresa? — brinquei, voltando a colocar o livro em suas mãos.

— M... M... Melissa... — começou, fechando o livro e o pousando em cima da mesa.

— Shhh... — Coloquei as mãos em seu rosto e me aproximei. — Não precisa falar nada. É a minha vez de me explicar. É a minha vez de dizer que eu sinto muito, e como me arrependo de ter dito aquelas coisas pra você. Porque não importa se está usando uma bengala, duas, uma cadeira de rodas ou um aparelho de respiração. Não importa se temos pouco ou muito tempo. Não importa se vai doer ou se eu posso não suportar perder você. O que importa é fazermos o tempo que nos resta valer a pena, e estarmos juntos até que ele se acabe, porque eu te amo, Daniel Oliveira Lobos. Sendo você um vândalo, um artista, um maluco ou qualquer coisa do tipo. Eu te amo, e sempre vou amar. Até o fim.

Ele sorriu antes de eu beijá-lo, passando os braços por cima dos seus ombros e o abaixando um pouco mais na minha direção. Deslizou os dedos pelo meu rosto antes de se afastar, sorrindo, com os olhos cheios de lágrimas. Perguntou, levantando um pouco as sobrancelhas:

— Mas e a Juilliard? E a audição? E o seu sonho?

— A Juilliard está lá. Eu fiz a minha audição. E o meu sonho é você. Fim. Não precisamos mais falar sobre isso. — Dispensei o assunto com um gesto de mãos antes de me levantar, puxar a cadeira livre até estar ao seu lado e me sentar.

Seu sorriso sumiu de repente, e ele analisou meu rosto com pesar por alguns segundos antes de eu perguntar por quê. Disse, entrelaçando os dedos nos meus:

— Você sabe que vai ficar muito pior, não sabe? Que eu não vou só parar de andar, mas...

— Eu sei de tudo isso, Dani. Mas não importa, desde que nós estejamos juntos, não é mesmo? Até o fim.

— Até depois dele — sussurrou, antes de me puxar para um beijo mais uma vez.

Sob os olhares

Tínhamos voltado e estávamos a toda. Não só no relacionamento, mas em tudo. Daniel continuava ensaiando todos os dias, ainda mais com a apresentação de fim de ano chegando. E eu continuava fazendo parte dela, então passava bastante tempo praticando. Ele também costumava me assistir, no início, mas eu o proibi depois de um mês, quando tinha ensaiado quase todos os dias e não lembrava de mais que um minuto da coreografia. Era muita distração.

Com o passar do tempo, ele não conseguiu mais tocar. Suas mãos tremiam, e os dedos já não funcionavam tão bem. Eu lembrava quanto nós dois tínhamos chorado por causa disso, mas ele, como sempre, me ajudava a superar cada uma de suas perdas, mais do que o contrário. Era como se fosse eu quem precisasse de apoio, e não Daniel.

Agora era muito perceptível que ele estava começando a ficar rouco, o que era um dos sinais da perda da habilidade da fala. Quem não o conhecia achava sexy (alerta de ciúme), mas nós, amigos e parentes, sabíamos que não era algo bom. Só que ele continuava cantando tão bem quanto antes, e regendo melhor ainda.

A cada dia ficava mais difícil para Daniel andar com apenas a bengala, e as pernas pareciam começar a se arrastar, mas não nos importávamos com isso. Nenhum dos dois. Afinal, ele ainda estava lá, não é mesmo?

Ele agora carregava uma carteirinha que recebeu do médico indicando todos os cuidados necessários, no caso de emergências médicas, e também os procedimentos que não devem ser realizados em pacientes portadores de ELA. Aquilo me assustou um pouco, mas eu me mantinha forte. Por ele.

— Você vai ter que ir mais rápido — o vândalo disse, sentado no banco do passageiro do meu carro novo: um Santa Fe preto.

— Quieto! As normas de trânsito ainda existem para aqueles que dirigem.

— E as normas de pontualidade ainda existem pra mim — brincou.

— Se eu levar uma multa, é você que vai pagar.

Ele riu enquanto eu pisava no acelerador, querendo chegar mais rápido ao shopping. Tínhamos comprado ingressos para a última sessão de um filme de terror. Começava às dez e meia, e, como não queríamos ficar com sono durante o filme, acabamos tirando um cochilo antes. Só que este tinha se estendido um pouco mais do que esperávamos.

Quando chegamos, havia algumas pessoas saindo do shopping, que já começava a fechar as portas. Por pouco conseguimos entrar, mostrando os ingressos para um dos seguranças. Uma fila se formava na frente da sala. Todos esperavam que uma das funcionárias do cinema começasse a checar os ingressos.

Sob os olhares de todos, entramos no fim da fila. Estávamos acostumados a chamar aquele tipo de atenção. Afinal, era óbvio que ele era bonito demais, e eu também, era impossível não olhar. Ok. Não era exatamente por causa disso que ficavam nos encarando, mas eu preferia pensar que era pelo primeiro motivo, para evitar brigas bobas com estranhos.

Quando continuaram nos observando, mesmo que disfarçadamente, e comecei a ficar incomodada, eu o puxei para o beijo mais intenso que aqueles desgraçados deviam ter visto na vida, e aí eles pararam de olhar. Era infalível. A melhor jogada do mundo para incomodar quem ficava nos encarando. E vamos admitir: não era nenhum sacrifício fazer aquilo.

Só nos afastamos algum tempo depois, quando a moça anunciou que estavam abrindo a sala.

Entramos. Tínhamos feito questão de comprar um lugar acima do nível da entrada, para fingir que subir três degraus, para ele, não era desafio nenhum. Ele gostava. Dizia que era seu exercício semanal e que precisava se manter em forma. Eu sempre ria quando ele dizia isso.

Sentamos bem no meio da fileira, e, graças a Deus, ninguém sentou ao nosso lado. Geralmente ficavam passando o olhar dele para suas pernas e a bengala, como se não fosse possível alguém tão bonito como ele ter alguma... limitação. Pois eu dizia: Daniel podia até precisar da ajuda de uma bengala para andar, mas era só isso. Continuava sendo melhor que muitas pessoas que caminhavam perfeitamente por aí, e eu tinha muita sorte de tê-lo ao meu lado.

— A cada vez que você diz isso, seu discurso se torna um pouco mais curto — ele disse, sentado à minha direita. — Está enjoando de mim, srta. Garcia?

— Claro que não, seu bobo — falei, rindo e o empurrando para o lado na poltrona. O filme ainda não tinha começado. — Eu só estou perdendo um pouco da criatividade.

— Falta de inspiração? Hum... Desse problema eu entendo.

— E como eu posso resolvê-lo, doutor? — perguntei, num tom exageradamente formal.

— É muito simples — respondeu, se aproximando e passando um braço por cima dos meus ombros e o outro ao redor da minha cintura. — Você só precisa... — ele estava tão próximo que eu podia sentir sua respiração em meu rosto — se resolver com a sua mãe.

Bufei, afastando-o de mim e cruzando os braços. Daniel realmente tinha um péssimo timing, apesar de ser muito bom em conseguir qualquer coisa que quisesse. Só que ele precisava escolher justo aquele momento? Estávamos mesmo chegando a uma "boa conclusão sobre falta de inspiração" ali, e ele faz isso?

— Sabe que isso é uma coisa que eu... — comecei.

— Não. Não sei — interrompeu. — Mel, você fez coisas muito mais difíceis do que conversar com ela nos últimos sete meses.

— Mas é complicado. Você sabe que é difícil pra mim.

Ele se manteve em silêncio, olhando enquanto a tela se acendia e diversos trailers começavam a passar. Era engraçado como seus olhos azuis mudavam de cor com as luzes que iluminavam o ambiente. Azul, rosa, laranja, amarelo... Ah, como ele ficava lindo quando estava irritado. A mandíbula estava rígida, e os braços, cruzados. As sobrancelhas estavam levemente juntas, e os olhos, um pouco cerrados. Chegava a ser injusto comigo fazer aquela carinha. Eu não sabia se também ficava irritada ou se o beijava logo. Decidi que a segunda opção seria mais produtiva. Pelo menos ele retribuiu. Já era um bom começo!

— Eu quero conhecer a sua mãe — ele disse, quando eu me afastei por apenas um segundo. Droga. Eu sabia que não deveria ter lhe dado chance de falar.

— Por quê? — perguntei.

— Porque nós estamos namorando há quatro meses, desde que você voltou da viagem, e eu nunca vi nem o rosto dela — sussurrou. O filme acabava de começar. — Ela pelo menos sabe que eu existo?

A resposta era não, e Daniel sabia muito bem disso. Quando voltei de Nova York, largando tudo para trás, ela quis saber o motivo, e eu disse que fiz o que me deu vontade. Ela sabia que aquilo não era verdade, mas eu ainda não estava pronta para falar. Depois de inúmeras discussões, Regina acabou desistindo de saber o motivo. Eu sei que isso era injusto com os dois, e até um pouco comigo, mas... não era culpa minha se Regina não parava em casa. Se o fizesse, notaria que Daniel ia me ver ensaiar quase todos os dias. Pelo menos no primeiro mês. Suspirei. Qual era o problema, não é mesmo? Só um jantar. Uma hora de convivência com meu namorado para me dar apoio. Ok. Mas eu só faria isso por ele.

— Você ganhou — anunciei, e alguém me mandou fazer silêncio, o que nos fez rir.

— Sério?

Assenti, revirando os olhos. Ele ficou me encarando por alguns segundos, com um sorriso idiota no rosto, como se não acreditasse que eu tinha cedido. Com certeza pensou que eu seria mais resistente com relação àquele assunto, mas ele sabia exatamente como me pedir as coisas. Não deveria se surpreender tanto.

— É claro! Se eu não cedesse, você ficaria o resto da noite sem nem olhar pra mim! — falei.

— Tem razão. Sou tão irresistível que uma hora e meia sem poder tocar em mim seria o fim do mundo pra você, né?

— Idiota — murmurei, sorrindo um pouco. — Mas tenho que admitir que você tem razão.

Daniel riu, me puxando para perto mais uma vez como desculpa para ajudá-lo a disfarçar o riso. Eu? Bem... o que eu podia fazer se ele era tão irresistível que uma hora e meia sem poder tocar nele seria o fim do mundo para mim?

— Você está voltando cada vez mais tarde, Melissa — disse minha mãe, ao me surpreender enquanto entrava em casa.

Regina estava sentada no sofá, provavelmente me esperando, como naquelas cenas de filme de terror. Achei aquele comentário engraçado. Mal sabia ela que essa era uma das vezes em que eu tinha chegado mais cedo. Isso quando voltava, no tempo das baladas. Me mantive em silêncio enquanto trancava a porta. Fui até a cozinha, e ela me seguiu. Abri um dos armários, pegando um copo e o enchendo de água gelada, ignorando-a completamente.

— Estou falando sério, mocinha. Você não pode simplesmente voltar pra casa à uma e meia da manhã e esperar que eu não te questione...

— Eu já sou maior de idade, se você ainda não percebeu, Regina — interrompi. — Mas, se é tão importante assim pra você que eu te dê uma explicação, bom... eu estou namorando. Surpreendente, não? — Ela me olhou de um jeito chocado, como se essa fosse a última coisa que imaginaria ouvir. Dei algum tempo para que digerisse a notícia, bebendo o copo de água em apenas alguns segundos. Continuei: — Estamos juntos há quatro meses, mas nos conhecemos há mais tempo. — Passei por ela, ajeitando minha bolsa em cima do ombro. — Se você estivesse um pouco mais presente na minha vida, saberia disso.

— Melissa, você sabe que eu...

Parei no meio da sala, me virando para ela, que parou de falar na mesma hora. Qual seria a próxima desculpa? Que precisava trabalhar para manter o meu padrão de vida? Não. Essa já havia sido usada muitas vezes. Se dissesse isso de novo, seria muita falta de criatividade.

— Eu preciso trabalhar. Não posso simplesmente deixar de ir, mas estou tentando. Estou tentando me aproximar, mas você não me deixa nem chegar perto!

— Então, aqui está a sua chance — falei. — O Daniel, meu namorado, virá jantar aqui em casa depois de amanhã. Vamos sentar à mesma mesa, comer a mesma comida e respirar o mesmo ar. Isso já é bem mais do que nós fizemos em muito tempo, e espero que não tenha que ser a última vez.

— Não vai ser — ela disse, visivelmente animada. — Obrigada.

— Ele quer te conhecer — acrescentei. — A ideia não foi minha.

Antes que ela pudesse dizer qualquer coisa, dei as costas e subi correndo as escadas até o meu quarto. Aquela tinha sido a conversa mais longa que tivemos em meses, o que era um péssimo sinal. Não era algo pelo que um relacionamento entre mãe e filha passava, não é mesmo? Pelo menos não geralmente. Ah, Daniel... Olha só onde você foi me meter... Agora tudo o que me restava era rezar para que não acabássemos brigando na frente dele, e que ele não ficasse magoado se acontecesse.

Mil e uma desculpas

Felizmente (ou infelizmente) havia chegado o dia. O tão esperado jantar. Eu, é claro, tinha ficado o dia inteiro no sótão. Não estava praticando minha apresentação, mas tentando me concentrar em algo que não fosse o encontro entre dona Regina e Daniel e em como poderia terminar.

Minha mãe tinha ido pessoalmente comprar as coisas para que Vera preparasse o jantar, o que me surpreendeu bastante, mas me deixou no meio de um mar de sentimentos controversos. Aquilo era sinal de que realmente se importava, ou só estava tentando me agradar? Ela queria mesmo fazer, ou se sentia obrigada? Eu não tinha como saber. Pelo menos não até que ela o conhecesse, porque Daniel tinha o talento de fazer as pessoas revelarem seus segredos mais profundos em pouquíssimo tempo. Eu sabia muito bem disso.

Só havia um segredo que eu escondia dele desde o dia em que voltei para o Brasil. Minha coreografia na apresentação de fim de ano não seria aquela que ele tinha me visto ensaiar no primeiro mês, e a música também não. Eu estava combinando em segredo com seus "alunos" uma surpresinha para ele. Era um presente especial. O mínimo que eu poderia fazer para agradecer por tudo o que Daniel fez por mim.

Já era a hora de ir buscá-lo, e eu ainda nem tinha me trocado. Estava tão nervosa que havia perdido a noção do tempo. Não tinha contado a minha mãe que Daniel usava bengala e tinha ELA, e estava com medo de que, com a surpresa, ela deixasse transparecer algum sentimento que pudesse magoá-lo de alguma maneira. Daniel não gostava quando o tratavam de forma diferente apenas por causa de sua doença, até porque isso não o diferenciava das outras pessoas. Pelo menos não para mim, nem para ele.

Saí do banho correndo, pus um vestido roxo simples, o único sobretudo que eu tinha, que era cinza bem escuro, meia-calça preta e sapatilhas da mesma cor, antes de sair de casa a toda. Penteei o cabelo com os dedos enquanto dirigia e, quando cheguei à casa dele, buzinando para que saísse, aproveitei aqueles minutinhos para passar um batom marrom-escuro e o tal delineador que Millah me enchia o saco para sempre usar.

— Você não sabe como eu fico feliz a cada dia que entro num carro sem precisar da ajuda de ninguém — ele disse, fechando a porta, logo depois de entrar.

— Você sempre fala isso — brinquei, sorrindo, antes de me aproximar para cumprimentá-lo com um beijo rápido.

— E você sempre fala *isso* — retrucou, o que me fez rir enquanto dava partida no carro.

Ele estava muito bonito, por sinal, com sua jaqueta preferida de couro preta, camiseta da mesma cor do Pink Floyd, calça jeans escura e os mesmos All Stars surrados de sempre. E, é claro, um cachecol vermelho.

Durante todo o caminho para minha casa, me mantive em silêncio. Estava nervosa demais para conversar, e ele percebeu. Colocou a mão por cima da minha, que estava em meu colo, e disse, sorrindo de um jeito confiante:

— Vai dar tudo certo, Mel. Eu tenho certeza disso. Até porque vou estar lá pra te apoiar com o que for.

— Eu não mereço você mesmo... — falei, virando a esquina da rua da minha casa.

— Olha, com isso eu preciso concordar. Mas o amor é assim, né? A gente não escolhe por quem vai se apaixonar, mesmo que essa pessoa não nos mereça.

— Convencido! — exclamei.

Parei o carro na garagem, saindo antes que ele pudesse ter a chance de responder. O idiota estava rindo da minha cara.

Eu o guiei até a porta, e paramos um de frente para o outro diante dela. Respirei fundo. Minha mãe ia fazer questão de atender quando chegássemos, por isso eu tinha deixado minha chave. Teríamos que tocar a campainha. Ele colocou as mãos em meus ombros, apoiando a bengala na própria perna.

— Ei. Cabeça erguida e sorriso no rosto. É só um jantar.

Assenti, concordando, antes de abraçá-lo com toda a força. Ele retribuiu com a mesma intensidade, beijando meu ombro ao se afastar e tocar a campainha ele mesmo. Entrelacei os dedos nos dele, ao ouvi-la virar a chave do outro lado, e endireitei as costas. Que a tortura comece!

Quando Regina abriu a porta, a primeira coisa que fez foi nos dar o maior sorriso do mundo. Entramos, parando lado a lado à sua frente enquanto ela fechava a porta e depois se virava para cumprimentá-lo com um aperto de mão:

— É um prazer enorme conhecer você, Daniel.

— O prazer é todo meu, pode ter certeza — ele disse, sorrindo de volta. Eu me mantive em silêncio, apenas esperando o momento em que ela perceberia que... Tarde demais.

Ela só pareceu notar a bengala naquele instante, e levantou um pouco as sobrancelhas, sem deixar de se mostrar um pouco surpresa. Pedi a Daniel que fosse se sentar no sofá, e ele foi, um pouco sem graça com o olhar de minha mãe sobre ele.

— Você não me disse que... — começou Regina, para mim.

— E isso importa? — perguntei, antes que ela pudesse terminar, antes de me dirigir até ele e me sentar ao seu lado.

Minha mãe nos seguiu, sentando na poltrona à direita, com sua postura impecável de sempre. Ela voltou a assumir o sorriso elegante de costume.

— Preciso dizer que estou realmente feliz em conhecer você. A Melissa nunca trouxe ninguém aqui em casa antes.

— Nenhum deles valia a pena — admiti, dando de ombros.

— Você está sendo gentil — brincou meu namorado, e eu o fuzilei um pouco com o olhar, o que o fez rir. Era o único que parecia não notar a tensão naquele momento. — A Melissa me falou muito da senhora — continuou, se voltando para minha mãe.

— Pode me chamar de "você".

E então se iniciou toda aquela conversa típica entre sogra e genro. Fiquei quieta o tempo todo, rezando para que nenhum dos dois desse uma mancada muito grande. Tive de admitir que Daniel estava se saindo muito melhor do que eu pensava, e eu o admirava por isso. Quer dizer, como ele conseguia ficar tão calmo sabendo que estava passando pelo temido "teste", que era a primeira conversa com os pais (ou a mãe, no meu caso) da namorada?! Eu teria que lembrar de perguntar isso a ele mais tarde.

Quando a conversa começou a ir para o rumo da doença, decidi que era hora de interferir. Mais uma vez, Regina voltava ao seu papel de médica. Não. Não dessa vez.

— Que tal, em vez de ficar falando sobre isso, você perguntar quais são as intenções dele comigo? Muito mais comum e cômodo para todos nós — interrompi, enquanto ela fazia a estúpida pergunta sobre qual era o tipo de esclerose dele. Daniel me lançou, discretamente, um olhar de gratidão.

— Minhas intenções com você, srta. Garcia, são as melhores possíveis.

— É uma resposta vaga — disse Regina, num tom de brincadeira que eu não lembrava de tê-la ouvido usar antes. Ela olhava para mim, como se dissesse: "Isso não é bom sinal! Fique de olho aberto!"

Não pude deixar de sorrir um pouco, baixando a cabeça para que ela não visse. Precisava admitir que, apesar do pequeno deslize com relação à doença de Daniel, Regina até que estava se saindo bem. Para os limites dela, é claro.

— Respostas vagas costumam impor menos limites. Nesse caso, é um bom sinal — explicou o garoto, passando um braço ao meu redor e me apertando um pouco contra ele.

— Bom... eu vou checar como está o jantar — anunciou minha mãe, levantando e interrompendo o silêncio que havia se imposto entre nós depois da resposta dele. Uma jogada de mestre, devo dizer.

Eu a observei indo em direção à cozinha antes de voltar a olhar para o garoto com uma expressão de surpresa. Ajeitei o cachecol vermelho-escuro de lã enrolado em seu pescoço, enquanto o questionava sobre sua resposta de bom samaritano que quer agradar a "sogrinha". Ele riu quando usei o termo.

— Como eu disse, todas as minhas intenções são as melhores possíveis. — O olhar dele foi tão malicioso que quase conseguiu me fazer ficar constrangida. Quase.

— Agora você vai ter que me explicar o porquê de dizer isso me olhando como se eu fosse um prato de sobremesa.

Daniel sorriu, prestes a responder, mas, no momento em que abriu a boca ouvimos Vera gritar que o jantar estava sendo servido.

— Essa resposta vai ter que ficar pra sua imaginação — ele sussurrou enquanto levantava do sofá.

Apenas balancei a cabeça, claramente perplexa com o senso de humor dele, transformando uma resposta romântica em algo totalmente tendencioso. Eu o guiei até a sala de jantar, separada da de estar apenas pela enorme estante onde ficavam uma TV e vários DVDs. Ele sentou do meu lado direito à mesa, e eu fiquei de frente para Regina.

Vera serviu nós duas e, quando chegou a vez do meu namorado, ele segurou a mão dela com gentileza:

— Não precisa fazer isso. Aliás, sou eu quem vai fazer. Você poderia ir buscar um prato e talheres pra nos acompanhar nesse jantar maravilhoso? Se a senhora, quer dizer, *você* não se importar — falou, olhando para minha mãe. Que sorriu e fez um gesto de "tudo bem".

Em poucos instantes Vera voltou com tudo o que precisava para nos acompanhar no jantar, e eu observei, surpresa, enquanto Daniel mesmo se servia e também à minha empregada. Ele e seu senso de educação, respeito e igualdade.

— Quantos anos você tem, rapaz? — perguntou Vera ao se sentar à mesa.

Precisei segurar o riso. Eu sabia exatamente qual seria sua pergunta seguinte, depois que Daniel respondesse que tinha vinte e dois. Com certeza teria a ver com a bengala. E teve mesmo.

— Mas é tão novo! Por que precisa dessa coisa pra andar?

— Eu tenho uma doença chamada fico-de-perna-bamba-quando-vejo-a Melissa — brincou, o que nos fez rir. Mas logo depois seu tom voltou a ser compreensivo e gentil, assim como o sorriso. — Brincadeira. Ela se chama esclerose lateral amiotrófica.

Nesse caso, ele entendia perfeitamente a leve indiscrição. Ela era uma pessoa simples e talvez nunca tivesse tido contato com alguém com aquela doença. Assim como eu.

— Saúde! — brinquei, e todos riram mais uma vez. Era mesmo um nome complicado. Eu quase não conseguia pronunciar, mesmo depois de quatro meses ouvindo aquilo.

— Mas eu prefiro chamar de fraqueza — ele continuou. E era verdade. Costumava dizer que dar nome à doença só servia para dar força a ela.

— Acho que o primo de uma amiga lá do interior teve isso esses dia. Ele se curou com muito caldo de mocotó. Tu divia tomar também, menino. Vai fazer bem, e logo se livra disso aí — comentou Vera.

Nós nos entreolhamos, sorrindo um pouco. Eu via em seus olhos que, apesar de achar graça naquilo e levar na boa, ele preferia não entrar no assunto "o que eu tenho é incurável e leva à morte, ao contrário de uma fraqueza comum".

Continuamos conversando sobre amenidades pelo resto do jantar. Eu estava bem mais à vontade agora, e as piadas que Dani contava só serviam para me fazer sentir cada vez melhor. Eu devia muito a ele por causa disso. Quando chegamos à sobremesa, não pude deixar de trocar olhares maliciosos com ele.

— É a minha parte preferida — comentou, enquanto Vera trazia as coisas para a mesa, o que me fez rir alto. Felizmente, ninguém mais entendeu o sentido daquilo.

Ao terminarmos, minha mãe disse que estava tarde e que iria se deitar. Ela se despediu de Daniel e disse, pela milésima vez na noite, que tinha sido um prazer conhecê-lo. Vera foi para seu quarto logo a seguir, desejando melhoras ao garoto e elogiando seu cachecol vermelho. Quando finalmente ficamos sozinhos na sala, um ar estranho de solidão me atingiu. Todo aquele silêncio depois de um jantar daqueles chegava a ser esquisito.

— Foi até legal, preciso admitir — falei, depois de ter certeza de que éramos os únicos no cômodo.

— Mais que legal — corrigiu. — Foi incrível. Sua mãe é realmente uma boa pessoa, e pude ver claramente que ela está tentando se reaproximar de você.

— Lá vem você com as suas tentativas de me converter. Pensei que o acordo tivesse acabado meses atrás.

Ele sorriu, colocando um cacho do meu cabelo atrás da orelha. Manteve a mão em meu rosto, acariciando minha bochecha com o polegar. Perguntei:

— Você sabe que eu não tenho a menor intenção de te levar pra casa, não sabe?

— Sei — respondeu, abrindo ainda mais o sorriso que já estava em seu rosto.

— E você sabe que eu *não vou* te levar pra casa, não sabe?

— Disso eu não sabia — devolveu, me lançando um olhar forçado de surpresa.

Eu ri enquanto o pegava pelo braço e o puxava na direção das escadas que levavam ao segundo andar. Sua cara de desânimo ao vê-la foi impagável. Nós levamos dois séculos para subi-la. Eu tinha que praticamente carregá-lo a cada degrau. Quando finalmente chegamos ao meu quarto, me joguei em cima da cama depois de trancar a porta, exausta. Falei, com o rosto pressionado contra o travesseiro:

— Morri.

— Bom... nesse caso, acho que vou ter que chamar um táxi pra me levar pra casa — ele brincou.

Levantei a cabeça, olhando para ele. Havia se sentado ao meu lado no colchão, apoiando a bengala na mesinha de cabeceira. Me olhava como se me desafiasse a fazer ou dizer alguma coisa. Eu não sabia se odiava ou amava quando ele me olhava assim. Decidi que, naquele caso, deveria amar. Falei:

— Espera... Eu não estou tão cansada assim, também.

Riu enquanto eu me levantava, devolvendo a ele aquele olhar enquanto me aproximava, me sentando em seu colo, com uma perna de cada lado de seu quadril.

— Acho bom decidir logo qual é o seu estado de ânimo, antes de chegarmos a um ponto em que não haverá mais volta, srta. Garcia — ele disse, num tom sério, com o olhar grave, como se estivesse fazendo uma ameaça ou dando um aviso.

Me inclinei para a frente, pressionando os lábios contra seu pescoço antes de sussurrar:

— Passamos desse ponto a partir do momento em que entramos neste quarto, porque eu tranquei a porta e escondi a chave.

— Tecnicamente, você a colocou em cima da mesinha, aqui ao lado.

— A gente pode fingir que eu escondi.

— Boa ideia — ele sussurrou, antes de me puxar para um beijo.

Daniel passou os braços ao meu redor, entrelaçando os dedos em meu vestido com tanta força que chegou um momento em que eu pensei que iria rasgá-lo. Felizmente, tive a brilhante ideia de tirá-lo antes que isso acontecesse.

Nossa respiração estava cada vez mais ofegante e meu corpo respondia a cada toque dele. Arranquei sua camiseta, jogando-a no chão, e colei meu corpo ao dele, enquanto o beijava ainda mais intensamente.

Senti suas mãos deslizarem da base da minha coluna até em cima, e só quando ele começou a rir em meio aos beijos, enquanto tentava tirar meu sutiã, percebi que havia algo errado. Perguntei, me afastando:

— O que foi?

— Eu não consigo — respondeu, mordendo o lábio para não acabar rindo mais ainda, e vi que suas bochechas começavam a ficar coradas. Parecia fazer todo o esforço do mundo para tirar meu sutiã.

Seria extremamente trágico se não fosse tão cômico. Eu não sabia se ria com ele ou se começava a chorar, então pensei que a primeira opção era melhor para aquele momento. Tirei suas mãos das minhas costas, sorrindo de um jeito malicioso antes de falar:

— Não tem problema. Isso me dá a chance de fazer uma coisa muito especial pra você.

— Se a sua ideia é um striptease, saiba que eu prefiro ver você dançando balé — ele disse, sorrindo e levantando as sobrancelhas.

— Quer que eu traga o tutu?

— Embora seja uma ótima ideia — ele passou os braços ao redor da minha cintura e me apertou ainda mais contra si —, acho melhor deixarmos pra outro dia. Não quero ter problemas pra tirar mais alguma peça de roupa sua.

Eu o encarei com um sorriso idiota no rosto por mais alguns segundos. Como será que ele ainda era capaz de brincar depois de ver que não conseguia fazer mais uma coisa com as mãos? Tudo o que eu podia fazer era continuar entrando na onda, né?

— Combinado. Então, a partir de agora, a tarefa do sutiã fica por minha conta.

Daniel riu enquanto via meu sutiã cair e, depois de soltar um gemido que fez todos os pelos do meu corpo se arrepiarem, me puxou para um beijo mais uma vez.

Eram cinco horas da manhã. Ele estava dormindo, e acho que senti um pouco de inveja dele por causa disso. Eu não dormia direito desde o dia em que voltamos para o Brasil, pensando no que havia acontecido com George. E se Daniel também passasse mal durante a noite? Eu esperava a noite inteira por uma ligação de Marcia ou Helena dizendo que ele estava morto, e dava graças a Deus a cada dia em que o sol nascia e eu continuava sem receber essa notícia.

Eu estava deitada em silêncio havia mais de uma hora, observando-o dormir, passando os dedos em seu cabelo com delicadeza. A luz azulada que iluminava o quarto, vinda do lado de fora, dava um ar meio melancólico a tudo. O sol iria nascer em pouco tempo, e eu finalmente poderia respirar aliviada.

Não queria me levantar. Queria ficar ali o dia inteiro, trancada no quarto, só olhando para ele, mas sabia que não podia. Em breve teríamos que voltar ao mundo real. Suspirei. Um mundo em que existia tristeza e preocupação. Um mundo que, na maioria das vezes, não merecia ter alguém como Daniel vivendo nele.

É claro que Dani não era perfeito e, como ele mesmo havia me dito uma vez, não era santo, mas era extremamente raro encontrar alguém que, apesar de tudo, ainda fosse capaz de ajudar outra pessoa que não tivesse nenhum grau de parentesco ou proximidade, apenas pelo simples prazer de vê-la feliz. O que ele fez com Vera na noite anterior foi um exemplo disso, e a pior parte foi todas nós, inclusive ela mesma, termos ficado surpresas com aquela atitude. Se fosse algo comum, como deveria ser, não reagiríamos dessa forma. Mas para ele era. Sempre foi.

Quando ouvi os passos de alguém em frente ao meu quarto, alguns minutos mais tarde, decidi que era hora de levantar. Não porque tivéssemos compromisso, já que nossas aulas começavam apenas às sete e eram poucos minutos de carro até a faculdade, mas porque eu sabia que era minha mãe e sabia que tinha que falar com ela.

Apertei os lábios contra os dele com gentileza, para não acordá-lo, e sentei na cama. Peguei minhas roupas do chão, passando apenas o vestido por cima da cabeça e jogando o resto no cesto de roupa suja, no banheiro. Escovei os dentes, lavei o rosto e saí na ponta dos pés, fechando a porta sem fazer som algum.

— Bom dia — disse minha mãe, quando cheguei à cozinha.

Eu a cumprimentei com um aceno de cabeça, pegando uma maçã na fruteira e me encostando ao balcão, ao lado de Vera, que preparava uma vitamina de abacate. Regina estava arrumada, vestindo até mesmo seu jaleco, já que sairia em alguns minutos.

— Ele é realmente uma pessoa muito boa — comentou, finalmente. Eu sabia que se referia a Daniel. — Gostei muito de conhecê-lo.

— Eu tenho sorte — falei, dando de ombros e sorrindo um pouco.

— Os dois têm — ela corrigiu, sorrindo de volta, mas de um jeito ainda mais discreto.

Baixei a cabeça, um pouco sem graça, enquanto Vera colocava a vitamina em uma garrafa e lhe entregava. Depois, minha empregada colocou a mão em meu ombro e disse:

— Sua mãe tem razão, menina. Ele é um moço muito bom, e, assim como você tem sorte de ter encontrado alguém como ele, o menino teve a sorte de encontrar alguém que ame ele tanto quanto você ama.

— Obrigada, Verinha — agradeci.

— Assim que ele acordar, vou preparar um bom café da manhã pros dois. Daqueles que só eu sei fazer.

— Como assim? — perguntou Regina, arregalando um pouco os olhos.

— Eu fui lá no quarto dela pra pegar as roupa suja agora pouco e a porta tava trancada — respondeu Vera, dando uma piscadinha para mim.

— Ele passou a noite aqui, Melissa?! — minha mãe quis saber.

— Nem começa, patroa — falei, dando as costas para ela antes que arruinássemos todo o avanço da noite anterior e o de alguns minutos antes.

Não pude deixar de sorrir sozinha enquanto subia as escadas. Regina e sua mania de esquecer que eu tinha dezenove anos e que já era maior de idade. Eu até podia perdoá-la por isso, já que toda mãe vê os filhos como bebês, mas, que era engraçado, era. Entrei no quarto, me certificando de que Daniel ainda estava dormindo, e deixei que tivesse mais meia hora de sono antes de acordá-lo.

— Hora de acordar, meu vândalo preferido — sussurrei um tempo depois, ficando em cima dele.

Ele abriu um dos olhos, preguiçosamente, mostrando um lindo sorriso logo em seguida.

— Essa foi a coisa mais carinhosa que veio à sua mente?

— Talvez — respondi, antes de apertar os lábios contra os dele apenas por um segundo.

— Que horas são? — perguntou, quando me afastei.

— Cinco e meia.

— Você só pode estar brincando.

Ele passou os braços pelas minhas costas, me puxando para baixo e para o lado, me fazendo deitar na cama mais uma vez. Eu o encarei em silêncio por alguns minutos, acompanhando cada contorno de seu rosto com a ponta dos dedos:

— Se você quer chegar na faculdade a tempo, tem que levantar agora.

— Eu não quero chegar a tempo — resmungou. — Quero ficar aqui com você. O dia todo.

Sorri, lembrando que havia sido exatamente aquilo que eu tinha pensado alguns minutos mais cedo. Ele tornava tudo tão mais difícil... Perguntei, num tom um pouco mais sério:

— Tem certeza?

O garoto apenas assentiu antes de me puxar para perto, me envolvendo num abraço antes de fechar os olhos mais uma vez. Além de vândalo, era preguiçoso. De um jeito bonitinho, claro. E nos momentos certos.

Se ele tinha tanta certeza assim, o que eu podia fazer? Então, simplesmente relaxei em seus braços, me permitindo voltar a dormir, agora aliviada, já que o sol tinha nascido e ele estava a salvo.

A despedida

Havia, finalmente, chegado o grande dia: 30 de novembro, dia da apresentação de fim de ano.

Eu tinha resolvido todos os últimos detalhes da minha performance no dia anterior. Andava me sentindo muito cansada e sonolenta ultimamente. A correria dos preparativos estava consumindo todas as minhas horas livres, e muitos problemas para pôr meus planos em prática haviam surgido de última hora. Mas não era isso que me faria desistir. Valia a pena, porque era para ele, e aquele dia deveria ser o mais importante da sua vida.

Choveu a semana inteira, mas naquele único dia o sol tinha resolvido aparecer. Estava tudo finalmente dando certo. Todos ensaiados, preparados e prontos para mostrar aos alunos da faculdade e aos seus pais como tinham se dedicado, como Daniel era talentoso.

Só que havia um problema: tudo o que envolvia minha apresentação era confidencial, para que meu namorado nem imaginasse o que estava por vir. Seria grandioso, espetacular, e manter toda essa "coisa magnífica" em segredo era incrivelmente trabalhoso. Mas daria certo. Eu sabia muito bem disso.

A apresentação começaria às dezesseis horas e terminaria por volta das dezenove. Três horas de pura música boa. Valeria a pena. Porém meu trabalho começou muito antes, na noite anterior, em segredo com Helena, quando precisei ir à casa dele de madrugada... fazer o que tinha que fazer.

— Posições! — ouvi Daniel anunciar, passando rapidamente por mim. Acho que só não estava correndo graças à bengala.

No último mês, a única mudança em seu estado tinha sido a perda quase total do movimento dos dedos, que estavam levemente em forma de garra. A única coisa que ainda conseguia fazer com eles era segurar a bengala. A doença poderia ter avançado muito mais nesse período, mas, como se fosse um presente do destino, ele continuava firme e forte, apoiado em apenas uma bengala, andando tão bem quanto no dia em que foi jantar na minha casa.

— Vamos começar em cinco minutos! — disse, passando mais uma vez na minha frente, indo na direção do palco, para se posicionar.

— Ei, espere aí, sr. Apressadinho — falei, segurando seu braço. — Antes que você vá para o palco, eu quero ter a minha chance de desejar boa sorte.

— E eu quero desejar a você que quebre a perna, que é como se diz no teatro — completou, se aproximando de mim.

— Você vai precisar mais do que eu — sussurrei.

Ele sorriu, colocando a mão em minha nuca para me puxar para um beijo. Não sei quanto tempo se passou, quando ouvimos alguém bater palmas ao nosso lado:

— Pombinhos, pombinhos! Vamos começar em dois minutos.

Daniel se afastou para ver quem era. Enzo. Brincou, enquanto o garoto passava correndo por nós na direção da fila que se formava para entrar no palco:

— Estávamos desejando que quebrássemos a perna mutuamente! — Se virou para mim mais uma vez. — Acho que vamos ter que começar de novo.

— Fica pra depois — sussurrei, ajeitando o chapéu coco estilo Chaplin em sua cabeça.

— Com certeza — sussurrou de volta, antes de me dar um beijo rápido e se afastar.

Corri para fora da coxia, sentando na primeira fileira, reservada para membros do espetáculo, a fim de vê-lo abrindo a apresentação. As luzes do auditório escureceram, e a multidão que se apertava nas poltronas ficou em silêncio. Algo se revirou em meu estômago. Eu estava muito nervosa. Por ele, por mim e por todo mundo. Só queria que tudo desse certo. AI, MEU DEEEEUS! Que nervoso...

O som do piano começou a ecoar pelo auditório. *Tum, tan, tum, tan, tum, tan.* Eu sabia que a primeira música seria de uma das bandas preferidas dele: OneRepublic. O nome era "Dreaming Out Loud".

Pudemos ouvir o som do holofote ligando, apontando para algum lugar no canto esquerdo do palco, onde havia um garoto de cachecol vermelho, calça e sapato social pretos, suspensórios da mesma cor, camisa branca, chapéu coco e bengala. Era ele. Era o meu Daniel. Tão bonito...

— *Well, hello sir! We look for Monday. Confident we'll get there someday, pushing all the papers to a wealthy man** — ele cantou, começando a andar até o centro

---

* "Bom, olá, senhor! Nós procuramos pela segunda-feira. Confiantes de que vamos chegar lá um dia. Empurrando todos os papéis para um homem rico."

do palco. Quando terminou aquela estrofe, já estava lá, girando a bengala de um jeito brincalhão em uma das mãos. — *Break all my thoughts hit the floor, like I'm makin' the score. I'm the king of the world. I'm a popular man...* — Quando o refrão chegou, alguns versos depois, ele tirou o chapéu com a mão livre e o apertou contra o peito, com o olhar sonhador de quem dizia... — *I'm dreamin' out loud, dreamin' out loud! And all at once it's so familiar to see. I'm dreamin' out loud, dreamin' out loud! Can't find a puzzle to fit into piece of part of me.***

Ele caminhou até a beirada do palco durante a estrofe seguinte, ainda segurando o chapéu, e, antes do último verso, fez uma reverência para mim, o que me fez sorrir. Aquilo não estava no script.

Quando a música cresceu, no segundo refrão, uma multidão de alunos entrou no palco. Todos vestidos com roupa social, andando de um lado para o outro, como numa rua cheia, e alguns o puxaram para o meio da confusão, como se tentassem tirá-lo de seu mundo de sonhos e trazê-lo de volta à realidade. Finalmente o soltaram, e ele cantou o verso "Take a look at yourself". Todos pararam de andar, como estátuas, e apenas o holofote voltou a iluminá-lo. Ele era o único que se movia, enquanto cantava os versos restantes antes do refrão. Quando finalmente chegou, todos pareceram despertar, assumindo o mesmo olhar sonhador que ele, cantando juntos até o fim da música.

A plateia explodiu em aplausos enquanto os artistas voltavam para seu lugar atrás da coxia, e eu não pude deixar de abrir o maior sorriso do mundo. Ele tinha se saído tão bem... E todos os outros, mas principalmente o meu vândalo.

Agora o que me restava era esperar a minha vez e rezar para que tudo desse certo até lá.

DANIEL

O dia havia começado de forma muito estranha. Primeiro, fui acordado aos berros pela minha irmã e praticamente expulso do meu quarto. Estávamos um

---

* "Romper todos os meus pensamentos, bater no chão, como se eu estivesse marcando pontos. Eu sou o rei do mundo. Eu sou um cara popular..."

** "Estou sonhando em voz alta, sonhando em voz alta! E de repente é familiar demais para ver. Estou sonhando em voz alta, sonhando em voz alta! Não consigo encontrar uma peça do quebra-cabeça para encaixar numa parte minha."

pouco atrasados, mas não era por causa disso que eu iria deixar de tomar banho. Foi o que precisei dizer a ela para que me deixasse usar seu banheiro, e ela praticamente jogou todas as minhas roupas em cima de mim, com um cachecol que eu nem queria usar naquele dia. Não era o cachecol da sorte. Isso podia alterar a ordem natural das coisas e causar um grande furo no espaço--tempo, destruindo todo o universo com uma explosão gigante. Ou não aconteceria nada e eu estava sendo bem supersticioso. Acredite no que quiser.

Tivemos que nos arrumar rápido para chegar a tempo, e eu estava começando a ficar bem nervoso por causa da correria. Me mandavam correr, mas eu não podia. Me mandavam carregar caixas, mas eu também não podia. Me mandavam fazer malabarismos, mas... certo. Nem tanto.

Só que, quando chegamos à faculdade, e a primeira pessoa que eu vi ao abrir as portas do auditório foi Melissa, todo aquele nervosismo desapareceu. Ela estava ali, e era isso que importava.

— Pronto para a despedida? — ela perguntou, antes mesmo de me cumprimentar. Não era uma pergunta de quem estava animada, e sim preocupada.

Assenti, sorrindo para ela ao tentar passar o máximo de segurança possível. Era, sim, a minha despedida dos palcos. Eu não queria me apresentar depois daquilo sem dar tudo o que podia, então preferia parar logo. Naquela noite eu apresentaria duas músicas: a de abertura e a penúltima. Por que não a de fechamento? Porque a teimosa da minha namorada me convenceu a ceder a ela. E é claro que eu aceitei, porque Melissa sabia exatamente como me pedir as coisas.

Agora, num piscar de olhos, estávamos no meio da apresentação, e eu precisava me aprontar para a minha última música. Óbvio que eu não queria deixá-los sozinhos. Óbvio. Mas Enzo me garantiu que tomaria conta de tudo, então não tinha por que não confiar nele. Eu acreditava muito no seu talento, e sabia que tinha aprendido tudo o que ensinei. Se não tivesse aprendido, as turmas do ano seguinte estariam ferradas, porque era ele quem tomaria o meu lugar.

Fui até o banheiro me trocar. Precisei de ajuda, e praticamente proibi Melissa de se oferecer, embora lamentasse muito por isso. Eu sabia que acabaríamos nos prolongando um pouco mais se fosse ela a me ajudar, então a minha mãe foi comigo. Resmungando, mas foi. Qual o problema?! A culpa não era minha! Era da minha genética. Foi isso que eu disse a ela.

— Pronto para a despedida? — perguntou minha mãe, me observando enrolar o cachecol vermelho do dia ao redor do pescoço.

— Por que todo mundo me pergunta isso, como se fosse o fim do mundo? — Ela me fuzilou um pouco com o olhar. — Estou sim, dona Marcia. Nasci pronto.

Ajeitei a jaqueta por cima dos ombros antes de sair do banheiro, seguido de perto por ela até o palco.

Como eu disse, e não era mentira: eu havia nascido pronto para aquilo, então não tinha por que ficar nervoso, certo? Errado. Eu estava morrendo de medo, mas isso não me serviria de nada, então fiz o máximo que pude para respirar fundo e relaxar quando os alunos que apresentaram a música anterior à minha passaram por mim, colocando as mãos em meus ombros e me desejando sorte.

Sorte. Eu sorri. Isso era exatamente do que eu estava precisando naquele momento.

MELISSA

Eu chorei. Sim, chorei até não poder mais, desde o instante em que Daniel entrou no palco para sua última música até o momento em que ele mesmo começou a chorar ali em cima, pouco antes de a música terminar. A partir daí eu chorei mais ainda, assim como todos na plateia e nos bastidores. Sabíamos que seria sua última vez ali, tanto se apresentando quanto ensinando, ensaiando, dando apoio moral ou broncas homéricas. Seria a última vez sentado naquele bendito banquinho ou segurando aquele microfone, que já tinha até mesmo o nome dele gravado.

E aquela música... Ah, aquela música não ajudava nem um pouco. "Prodigal", também do OneRepublic, era a música perfeita para que se despedisse, e ele sabia muito bem disso. Sabia que era triste, e sabia que acabaria com nosso emocional tanto quanto com o dele, mas preferiu um final emocionante a um grandioso.

Ele estava sozinho no palco, sentado em seu banquinho, para não precisar segurar na bengala. Queria ser ele mesmo mais uma vez. O Daniel que havia começado aquilo tudo. Luzes de cores frias iluminavam o palco, e havia gelo seco cobrindo o chão. Só isso. Sem alunos, a banda escondida atrás do palco. Só ele.

Foi mágico. Não há outra palavra para descrever o que aconteceu em cima daquele palco. Desde o primeiro verso até o último foi mágico, e se tornou esplendoroso quando Daniel, apesar de estar engolindo o choro com todas as forças, sorrindo para tentar disfarçar a tristeza e com as bochechas úmidas por causa das lágrimas, alcançou a nota mais alta que eu o tinha visto alcançar, como se tirasse fôlego e força de não sei onde para conseguir fazer uma coisa tão perfeita.

Assisti a tudo nos bastidores, é claro, já pronta para me apresentar, logo depois dele. Mesmo assim, pude sentir cada palavra que ele cantou como se estivesse falando comigo. E estava.

O anjo

DANIEL

E eu fui expulso da coxia. Mal tinha secado os olhos, saindo do palco, quando me empurraram para a plateia antes que eu pudesse até mesmo ganhar um abraço de consolo. Não que eu estivesse precisando de um.

Me empurraram para fora e me fizeram sentar no meio da primeira fileira, dizendo que eu não poderia ver, que era surpresa, que não sei o que e blá-blá-blá. Melissa, Melissa... O que será que ela estava aprontando?

Todas as luzes do auditório se apagaram, e tudo o que pudemos ouvir foi o som de um violino e de um piano. Aquela não era a música dela. Pelo menos não a que tinha me mostrado. Juntei as sobrancelhas, surpreso, quando um holofote se acendeu no centro do palco e Helena estava lá, segurando o microfone, apertando o suporte com todas as forças. Ela começou a cantar:

— *You call me out upon the waters. The great unknown, where feet may fail.**

Eu conhecia aquela música. Era "Oceans (Where Feet May Fail)", do Hillsong United. Era a música gospel preferida do meu pai, e não parecia nem um pouco com a que Melissa tinha dito que iria dançar. Algo me dizia que o resto também não seria nada parecido. Sorri para minha irmã quando seu olhar encontrou o meu. Ela nunca tinha se apresentado para tantas pessoas, e odiava ficar sozinha no palco. Com certeza estava enfrentando ali um dos seus piores medos.

— *And I will call upon your name, and keep my eyes above the waves.***

Assim que ela cantou esse verso, as luzes se acenderam, e alguém entrou. Era Enzo. Ele segurava um enorme cartaz, onde estava escrito em letras garrafais: "VOCÊ ME AJUDOU A PERDER O MEDO DO PALCO!"

---

* "Você me evoca às águas. Para o grande desconhecido, onde os pés podem falhar."

** "E eu vou clamar seu nome e manter meu olhar acima da ondas."

Atrás dele veio Millah, com seu novo cabelo, mas a mesma maquiagem e o visual de sempre. Ela também segurava um desses. Assim que tomou seu lugar, o garoto saiu do palco. No dela estava escrito: "VOCÊ ME MOSTROU COMO É MARAVILHOSO SER EU MESMA".

Tomando seu lugar, logo em seguida, entrou Victor, em sua cadeira de rodas. Seu cartaz estava apoiado no colo e tinha uma grande seta com lantejoulas douradas apontando para o lado esquerdo, por onde Millah tinha saído. Dizia: "VOCÊ ME APRESENTOU A ELA".

Não... Não era possível que... Melissa só podia estar brincando comigo. Apertei os lábios, sentindo os olhos se encherem de lágrimas. Ela não tinha feito isso. Ela... ela tinha chamado todos eles para... para agradecer? Não pude deixar de rir ao ver qual era a frase de Bruno, que veio logo depois: "VOCÊ ME ENSINOU A MELHOR RECEITA DE QUEIJO QUENTE QUE JÁ VI".

Diana veio em seguida. Mel tinha mesmo incluído até a minha melhor amiga, que ela odiava, na sua apresentação? Eu não merecia mesmo aquela garota... No cartaz dela não havia palavra nenhuma, mas desenhos de mãos, que, em linguagem de sinais, formavam a frase· "VOCÊ APRENDEU ISSO SÓ PARA ME FAZER SENTIR MELHOR".

Logo depois dela, quando a música cresceu um pouco mais, várias crianças e adultos entraram enfileirados no palco. Eu os reconhecia tão bem quanto a mim mesmo quando me olhava no espelho: eram as crianças do hospital, acompanhadas de seus pais. Nenhuma delas tinha um fio de cabelo sequer na cabeça, e os cartazes eram quase de seu tamanho. Cada um deles continha uma palavra, formando a frase: "VOCÊ CONSERTOU A CAQUINHA QUE A MELISSA PINTOU NO NOSSO ROSTO!" Assim que saíram, veio Sofia, sozinha, saltitando enquanto segurava seu cartaz, que era o único cor-de-rosa: "BRINCADEIRA! VOCÊ NOS ENSINOU QUE PODE SER DIVERTIDO FICAR NO HOSPITAL. ÀS VEZES".

Ri alto, vendo-a mandar um beijo na minha direção antes de correr para fora do palco. Como é que Melissa tinha conseguido uma coisa daquelas?

Depois dela, quando a música cresceu ainda mais, uma multidão de alunos, amigos e pessoas importantes que eu tinha conhecido na vida inteira invadiu o palco. Cada um segurava um cartaz, com frases diferentes que eu não pude ler, porque passavam tantos ao mesmo tempo, e tão rápido, que a única coisa que consegui notar foi a quantidade de gente grata por alguma coisa que eu tinha feito, por mais boba que fosse.

Quando a última pessoa saiu do palco, tudo escureceu mais uma vez, e a música voltou a ser composta apenas pelo piano.

Não. Ainda não havia acabado, disso eu sabia.

— *Spirit, lead me where my trust is without borders** — ela cantou, enquanto uma luz azul iluminava o palco. Agora minha irmã estava mais para o canto esquerdo, usando um dos meus cachecóis vermelhos, e no centro... no centro estava ela. O meu anjo. A minha Melissa.

Estava ajoelhada, encolhida no chão. Usava uma roupa branca de bailarina, cujo nome eu não sabia, e o tutu (a única coisa que eu conhecia) era enorme, da mesma cor, mas tinha pontos cintilantes. Seu cabelo, cheio de cachos grossos e definidos, estava preso de forma que alguns deles caíam dos dois lados do rosto e do coque. Ao redor do seu pescoço estava ele, o meu primeiro cachecol. Era de lã, vermelho-vivo, bem cheio e grande. Sob a luz, parecia preto, mas eu o reconheceria em qualquer lugar.

Ela levantou do chão. Segurava alguma coisa na mão direita, bem apertado. Não consegui identificar o que era. Ficou na ponta dos pés, nas sapatilhas brancas que eu adorava, percorrendo o palco vagarosamente, com passos bem pequenos, girando algumas vezes no lugar de vez em quando. Ela sabia como eu adorava quando fazia suas piruetas. Era como se vencesse a gravidade.

— *Spirit, lead me where my trust is without borders. Let me walk upon the waters wherever you would call me. Take me deeper than my feet could ever wander, and my faith will be made stronger in the presence of my savior.***

Helena cantou esse trecho mais uma vez, enquanto Melissa fazia a coreografia mais linda e suave que eu já tinha visto na vida, ocupando todo o espaço. A certa altura, Enzo entrou no palco. Ele também usava um cachecol. Foi a vez dele de cantar com minha irmã, se colocando ao lado dela.

Melissa foi para o centro do palco, dando piruetas e mais piruetas enquanto o espaço se enchia com as mesmas pessoas que tinham feito os cartazes. Cada uma com um dos meus cachecóis. Logo depois de a música crescer de novo e os dois pararem de cantar, durante a parte instrumental, os meus melhores amigos, como Millah, Bruno e Diana, desceram e vieram até mim, me chamando para ir até lá e me ajudando a subir os degraus que levavam direto ao palco, sem ter que passar pela coxia. Eles me guiaram entre as pessoas, que

---

* "Espírito, me conduza para onde minha confiança não tem limites."

** "Espírito, me conduza para onde minha confiança não tem limites. Me deixe caminhar sobre as águas sempre que você me chamar. Me leve mais fundo do que meus pés jamais poderiam vagar, e minha fé ficará ainda mais forte na presença do meu salvador."

abriram caminho ao centro. Pela primeira vez, o palco me pareceu maior do que eu gostaria.

Quando finalmente chegamos ao centro, a música diminuiu, e a única voz que pudemos ouvir foi a de Helena. Havia um grande espaço vazio, onde Melissa fazia suas piruetas antes. Agora ela estava parada ali, virada para mim com um sorriso hesitante e triste. Fui devagar até ela, só percebendo naquele momento, devido à minha visão embaçada, que estava chorando.

Quando parei à sua frente, bem próximo, ela revelou o que segurava. Era uma folha de caderno amassada. Eu a abri, e a frase que li me fez chorar ainda mais, feito um bebezinho. Estava escrito: "E VOCÊ ME ENSINOU A AMAR. P.S.: OBRIGADA PELAS SAPATILHAS MÁGICAS, MEU VÂNDALO".

Sorri ao ler a última frase, e ela segurou o meu rosto entre as mãos. Estava tão linda sob aquela luz azul... tão linda... Suas bochechas também estavam úmidas. Tanto quanto as minhas. E havia pontos de luz em seu rosto, por causa da purpurina, que refletiam os holofotes e faziam com que ela parecesse um sonho. Encostou a testa na minha, sorrindo do jeito mais maravilhoso do mundo. Sussurrei:

— Eu te amo. Eu te amo muito.

— Eu também te amo, Daniel Oliveira Lobos. E sempre vou amar — sussurrou de volta, abrindo ainda mais o sorriso.

Oxigênio

MELISSA

Todos foram embora, e agora só restávamos eu, Daniel, Millah, Victor, Diana, Bruno e Enzo, arrumando os cachecóis do meu namorado em várias caixas. Foi uma ótima ideia usá-los na apresentação, mas guardar todos estava sendo um sacrifício.

Quando finalmente terminamos, carregamos as caixas para o lado de fora e descobrimos que estava chovendo. Era uma surpresa, já que o dia tinha nascido ensolarado, mas agora... agora tudo o que restava eram as nuvens acinzentadas e tristes no céu.

Daniel parou no meio do estacionamento, olhando para o alto enquanto deixava a chuva molhá-lo. Não se importava com isso, ao contrário de todos os outros, que já tinham entrado em meu carro para irmos comemorar o sucesso da apresentação. Fui até ele, sem deixar de me encolher um pouco com as gotas frias que faziam os pelos dos meus braços se arrepiarem.

— Eu gosto disso — ele disse, quando parei ao seu lado.

— Por quê? — perguntei, já sabendo que haveria uma resposta poética. Com Daniel, sempre havia uma dessas.

— Porque, como diz um dos meus filmes preferidos, Deus está na chuva. E porque... sei lá. Elas vêm direto do céu. É quase como se fossem as lágrimas dos anjos.

— Isso é triste. Não é bem a sua cara — comentei, e não era mesmo.

Havia algo no olhar dele, algo em sua postura, que deixava claro que tinha alguma coisa de errado. Desviou o olhar para mim, sorrindo de forma discreta antes de se aproximar, passando um braço ao redor da minha cintura e me guiando até o carro. Falei:

— Mas eu te entendo. Ter que se despedir do palco e de tudo isso é...

— Não estou me despedindo — ele corrigiu, antes que eu pudesse terminar. — Nunca é um adeus, e sim um "até logo".

Não pude deixar de encará-lo de um jeito confuso enquanto ele abria a porta para que eu entrasse no banco de trás. Nunca tinha ouvido aquele tom vindo dele antes, nem mesmo quando seu pai morreu. Era como se algo o atormentasse. Algo que não queria me contar. Suspirei, me virando para o interior do carro e entrando. Sabia muito bem que, quando ele não queria compartilhar algo comigo, havia um bom motivo.

Daniel entrou logo atrás de mim, precisando de um pouco de ajuda, já que o carro era alto. Fechou a porta e, depois de colocar o cinto, se encostou nela. Olhei para o banco do motorista, em que Enzo estava sentado, e dei algumas batidas fracas em seu ombro para que fôssemos embora. Ao seu lado estava Diana.

Atrás de nós, Victor e Millah se espremiam nos bancos sobressalentes. Bruno estava ao meu lado esquerdo. Sorri ao vê-los, colocando o cinto, e, quando Enzo saiu com o carro, eu me encostei em Daniel, que passou um braço por cima dos meus ombros, me apertando mais contra si enquanto olhava o lado de fora.

As gotas de chuva batiam com força na janela. Todos no carro estavam em silêncio, o que era estranho, mas eu podia entendê-los. Havia algo no ar. Uma tristeza compartilhada, estranha, que nos fazia apenas querer olhar através do vidro sem pronunciar palavra alguma. Era exatamente isso que eu via refletido nos olhos azuis de Daniel. Coloquei a mão em seu rosto, fazendo com que olhasse para mim, e sorri um pouco. Falei:

— É um "até logo", então.

Ele assentiu uma vez, beijando o meu cabelo demoradamente antes de voltar a olhar pelo vidro. Fechei os olhos, apoiando a cabeça em seu ombro, sentindo seu abraço quente e reconfortante. A música que tocava em volume baixo era sertaneja, o estilo preferido de Enzo, o que parecia um clichê, de alguma forma, mas eu estava feliz. Estava com meus amigos, com Daniel, e tudo tinha dado certo.

Meu namorado deu um sobressalto no banco, e eu me afastei um pouco, confusa. Ele olhou para os lados, arregalando de leve os olhos. Seu rosto estava pálido. Disse, com a voz rouca e baixa, como se lhe faltasse ar:

— Tem algo errado.

E então, no mesmo segundo, o carro se iluminou com as luzes de um farol, e a última coisa que eu ouvi antes de tudo escurecer foi a buzina de um caminhão.

Abri os olhos. Minha cabeça doía muito, assim como o ombro direito, e algo me sufocava. Era o cinto de segurança. O carro estava tombado para o lado direito, e eu estava praticamente pendurada pelo cinto em cima de Daniel. Todos os air bags tinham sido acionados.

Tentei me soltar do cinto, mas o fato de Bruno estar praticamente em cima de nós dois me impediu. Olhei em volta, sentindo a respiração acelerar, assim como o coração. Eu era a única que havia acordado, e todos estavam cobertos de arranhões, cortes e sangue. Os vidros haviam se estilhaçado, e as portas estavam deformadas. O carro havia capotado.

Pelo para-brisa, vi que havia ambulâncias e viaturas parando ao nosso redor. Ao longe, a parte da frente de um caminhão destruída. Meus olhos se encheram de lágrimas, sentindo o pânico me invadir. Olhei para Daniel, ao meu lado. Ele não estava respirando. Ele não estava respirando. Gritei, tentando chacoalhá-lo, chamando seu nome, mas ele não se movia.

Alguém arrancou a porta pelo lado de Bruno. Foi preciso três bombeiros para tirá-lo, e eu fui socorrida logo depois, gritando para que se apressassem. Ele não estava... ele não estava respirando... ele...

Tudo havia se tornado um borrão de lágrimas, e eu só podia ver luzes de flashes e faróis de ambulâncias, carros e viaturas. Eu estava no chão, sentada, era o máximo que conseguia fazer. Eles precisavam ajudá-lo. Precisavam se apressar.

— Dani... — chamei, mas minha voz estava tão rouca que duvido que alguém tivesse ouvido.

Levantei quando conseguiram tirá-lo do carro, indo para cima dele para ver se não era tudo uma ilusão, mas não me deixaram chegar perto. Eles o colocaram no asfalto frio e molhado, cortando sua camiseta enquanto outro paramédico corria em sua direção com desfibriladores. Coloquei as mãos na frente da boca, gritando. Por que precisavam daquilo? Por que eles...?

— Ele não está respirando! Oxigênio! Oxigênio! — ouvi alguém dizer, e foi como se eu despertasse do meu estado de transe.

— NÃO! — berrei, mas alguns policiais me seguraram. — Não! Vocês não podem dar oxigênio pra ele! Está na carteirinha! Ele...

— Você acha que sabe mais do que os médicos, menina? — eles perguntaram, me afastando ainda mais.

— Por favor! Vocês não estão entendendo! Ele... ele...

Minha cabeça começou a girar. Eu não conseguia respirar direito. Estava entrando em pânico.

Minhas mãos tremiam, e eu já não conseguia me manter de pé.

Desabei no chão. Minha visão embaçou, e eu não conseguia me mexer. Pude ver entre os policiais e os médicos ao meu redor que tentavam reanimá-lo, dando-lhe oxigênio, e queria gritar mais uma vez que não o fizessem, mas... eu não tinha mais forças. Não podia ajudá-lo.

E foi quando tudo escureceu uma segunda vez.

— Melissa? — ouvi alguém chamar, ao longe. — Melissa, você pode me ouvir? Pode abrir os olhos?

Mexi a cabeça, o máximo que conseguia fazer. Era como se cada membro do meu corpo pesasse dez toneladas, e as pálpebras, mais ainda. Reconheci aquela voz. Era da minha mãe.

— Graças a Deus — eu a ouvi murmurar, e senti que estava passando a mão pelo meu cabelo.

Havia algo espetado em meu braço, e eu estava deitada em uma cama. Podia ouvir o bipe da máquina que media os batimentos cardíacos. Abri os olhos, mas, na claridade do ambiente, os fechei mais uma vez. Estava num lugar todo branco, com cheiro de hospital. Minha cabeça latejava, e eu sentia uma dor aguda no ombro direito. Tentei mais uma vez abrir os olhos.

Tinha mais de uma pessoa ao redor da minha cama, mas não consegui reconhecer os rostos de primeira. Estava tudo embaçado demais. Pisquei algumas vezes, e tudo pareceu ficar um pouco mais nítido. Eram... Fernanda, Helena, Marcia e Victor, além da minha mãe. Passei o olhar para ela, arregalando um pouco os olhos ao me lembrar do que havia acontecido antes de eu desmaiar, ouvindo o bipe da máquina começar a acelerar.

— D... D... Daniel. Da... Daniel — repeti, várias vezes, até que compreendessem que eu estava perguntando por ele.

— Shhh... Calma — disse minha mãe, pegando minha mão. — Ele está vivo.

Prendi a respiração, sentindo meus músculos relaxarem na mesma hora. Ele estava vivo. Estava vivo. Fechei os olhos mais uma vez, encostando a cabeça no travesseiro e me permitindo respirar fundo. Vivo. Vivo? Mas... estava bem?

— Você precisa descansar — alguém falou. Era a voz de Marcia.

Balancei a cabeça, enrijecendo a mandíbula. Não. Eu não podia fazer isso. Precisava levantar. Precisava vê-lo. Abri os olhos mais uma vez, tentando sentar, mas alguém me impediu. Não. Eu precisava ir. Precisava...

— Onde ele está? — perguntei.

— Ele ainda está vivo, Mel. Não precisa... — Helena começou.

— Se ele está vivo, por que vocês não estão com ele?! — quase gritei, encontrando forças não sei onde para finalmente me sentar, me livrando dos braços de minha mãe, que tentava me fazer permanecer deitada. — Hã?! Onde ele está?!

Quando Helena e Marcia se entreolharam, senti o coração apertar. Engoli em seco. Elas não mentiriam daquele jeito para mim, e, como não estavam desoladas, chorando, ele realmente não estava morto, certo?

— O Daniel teve uma parada respiratória. Depois de reanimá-lo, deram oxigênio para ele, mas, como não sabiam que ele era portador de ELA, não usaram o ventilador, e isso fez o organismo dele acumular oxigênio e aumentar os níveis de gás carbônico. — Vendo que eu não estava entendendo nada, Marcia resolveu simplificar: — Enfim, o cérebro entendeu que tinha algo errado e fechou o diafragma dele, causando mais uma parada respiratória e o levando ao coma. Infelizmente, muitos pacientes com esclerose lateral amiotrófica sofrem com esse tipo de erro médico, por isso sempre andam com a carteirinha de instruções para emergências, mas nem sempre os médicos a veem ou seguem as instruções.

— Eu tentei avisar, mas eles não me ouviram — comecei a falar, mas senti que estava perdendo o controle sobre mim. Meu corpo começou a tremer e as lágrimas inundaram meus olhos. — Foi culpa minha. Eu devia ter avisado, eu devia ter...

— Não foi culpa sua, Mel. Você estava muito fraca, nem deve ter percebido como estava machucada — falou Marcia, vindo em minha direção e me abraçando. — Vai ficar tudo bem.

Aquilo tudo era surreal, não podia estar acontecendo. Ele estava bem. Ele estava bem antes de... Pisquei algumas vezes, tentando conter as lágrimas. Estava começando a ficar enjoada. O quarto parecia cada vez menor. Perguntei, fechando os olhos, enquanto sentia a cabeça girar:

— E... e os outros?

— Estão todos bem — foi a vez de Victor responder. — A Millah quebrou o braço, e o Bruno, a perna. O Enzo foi o que mais se machucou, quebrou al-

gumas costelas, o braço e a perna, mas está bem. Já está consciente e se recu-
perando.

— E a Diana? — perguntei, e pude ver o olhar surpreso de Fernanda.

Eu podia até não gostar da garota, mas não era por isso que não daria a
mínima se sofrêssemos um acidente grave como aquele. Perdê-la seria desola-
dor para Daniel.

— Ela teve alguns cortes e arranhões, mas está bem. — Quem respondeu
foi Helena. — Os que se deram mal de verdade foram o Enzo, o Dani e você,
porque era a única que estava sentada entre duas pessoas.

— E o que eu tenho? — perguntei.

— Deslocou o ombro direito, sofreu vários cortes por causa do vidro da
frente, que se estilhaçou, e acabou perdendo muito sangue — disse minha mãe.
— Você precisou de uma transfusão. Ficou desacordada por dois dias inteiros.

Assenti, respirando fundo. Nada tão grave. Minha maior preocupação agora era Daniel. Quando ele iria acordar? Quando eu poderia vê-lo? Ela colocou
a mão sobre a minha mais uma vez, como se ainda não tivesse terminado de
falar. Olhei para minhas pernas. Ainda estavam lá, assim como os braços.

— E... tem mais uma coisa. Essa é novidade pra todo mundo aqui. Eu soube hoje de manhã, quando vi o resultado da sua bateria de exames. — Regina
me olhou como se procurasse as palavras certas, com um misto de preocupação e dúvida. — Não sei se essa é a melhor hora para isso, mas se tem uma coisa que aprendi nesta vida é que a hora certa pode nunca chegar. — Ela parou
mais uma vez, passando os olhos pelo meu rosto, o que me deixou ainda mais
agoniada. — Parece que eu vou ser vovó.

A notícia caiu como uma bomba atômica na minha mente. Por um segundo apaguei, não consegui entender aquelas palavras; era como se ela tivesse
falado em uma língua desconhecida. Pisquei algumas vezes, como se aquilo
pudesse me ajudar a reiniciar o cérebro.

— O... O... O QUÊ?! — perguntei, e mais uma vez o bipe da máquina se
acelerou tanto que eu pensei que fosse explodir. — Do que você está falando?
Como assim?

Helena colocou as mãos na frente da boca, me encarando com os olhos
arregalados, e Marcia sentou no sofá atrás de si, parecendo tonta de repente.
O que ela queria dizer com aquilo? Avó? Mas... eu era filha única, e com certeza não estava grávida. Imagine! Grávida? Não. Eu e Dani tínhamos tomado
cuidado todas as vezes. Não havia por que...

— Pelo menos foi o que o seu exame de sangue acusou — ela continuou. Coloquei as mãos na barriga, sentindo a respiração acelerar. Nós... nós tínhamos tomado cuidado, eu... Tínhamos usado preservativo. Senti o estômago embrulhar. Vinha me sentindo cansada e sonolenta nos últimos dias, mas pensei que fosse por causa dos preparativos da apresentação. Minha menstruação estava atrasada, mas isso era muito normal para mim. Nunca fui regulada, por causa dos treinos intensivos, e várias vezes ficava sem menstruar por um ou dois meses, e depois voltava ao normal, então nem por um momento desconfiei que pudesse estar grávida. Respirei fundo, tentando organizar as ideias. Não havia nada que eu pudesse fazer, nem que quisesse fazer. Sorri um pouco, sentindo os olhos se encherem de lágrimas. Era dele. Era um bebê meu e de Daniel, que tinha sobrevivido ao pior. Era o nosso pequeno milagre.

— Eu vou ser titia? — perguntou Helena, sorrindo e vindo em minha direção. — Ah, meu Deus. Eu quero escolher o nome. Eu vou escolher o nome. Quando ele souber...

Ela me abraçou com força, o que doeu bastante por causa do ombro. Eu ainda estava meio em estado de choque. Olhei na direção de Marcia, ainda sentada, pálida, encarando o nada, dizendo:

— Não é possível. Não é...

— Eu preciso ver o Daniel — falei de repente, voltando à realidade. Aquilo era uma tremenda notícia, mas ainda tínhamos um bom tempo para chorar, entrar em choque, comemorar ou qualquer coisa do tipo. No momento, a prioridade continuava sendo ele. — Já estou bem.

Regina me encarou, hesitante, por algum tempo, como se me avaliasse para saber se eu realmente estava em condições de sair do quarto para vê-lo. Eu sabia que não era a especialidade dela, mas, como médica, acho que pensava que poderia saber, só de olhar, se eu estava pronta ou não.

— Agora — reforcei, e então ela saiu do quarto para chamar um médico que pudesse avaliar com mais precisão se eu poderia sair da cama.

Helena e Fernanda sentaram em meu colchão, uma de cada lado, tagarelando coisas sobre o bebê, mas eu não estava com cabeça para aquilo. Não ainda. Precisava me certificar de que Daniel estivesse a salvo antes de qualquer coisa.

— Ele vai ficar muito feliz, Mel — disse minha melhor amiga.

— Quando acordar? — perguntei, sorrindo com um pouco de descrença. — Existe alguma chance de que isso aconteça?

A mãe dele baixou a cabeça.

Um médico entrou no quarto seguido por Regina, fez um monte de perguntas e analisou cada centímetro de cada hematoma antes de finalmente dizer que eu podia ir para casa, mas só no dia seguinte, depois de uma noite inteira sob observação, e se eu ficasse bem. Além de deixar uma série de recomendações e me fazer prometer que voltaria a qualquer sinal de algo errado.

Acordei no dia seguinte com uma angústia e uma ansiedade incontroláveis. Apesar de todos garantirem que ele estava "bem", eu precisava ver com meus próprios olhos. Precisava tocá-lo, fazê-lo sentir que eu estava do lado dele e que tudo ficaria bem.

Minha mãe tinha trazido algumas roupas para que eu pudesse ir para casa: um moletom cinza, uma camiseta preta e pantufas horrorosas que eu não usava desde os quinze anos. Ela me ajudou a me trocar. Quando estava pronta e prestes a sair do quarto, parei por um segundo, sentindo as pernas bambearem.

— Eu não vou conseguir, Regina. Não vou conseguir ir até lá e ver ele deitado naquela cama, vulnerável. Não vou conseguir ir lá e falar pra ele que vai ficar tudo bem, que nós vamos sair dessa. — Voltei e sentei na poltrona ao lado da cama, sentindo que ia desmaiar. — Como vou falar pra ele desse bebê? Como vou conseguir criar essa criança sozinha? Porque, mesmo que consiga se recuperar, o Daniel não vai vê-lo crescer, se formar ou se casar, não vai estar lá quando ele tiver filhos, ou quando... — Não consegui falar mais nada. As lágrimas que tentei conter por tanto tempo já tinham me vencido.

— Filha, você é a pessoa mais forte que eu conheço, e vai conseguir passar por tudo isso, eu tenho certeza. Não vai ser fácil, não vou mentir. Um filho implica muitas responsabilidades, e você vai ter que abrir mão de muita coisa, mas eu vou estar do seu lado — ela falou, se ajoelhando na minha frente e segurando minhas mãos. — Eu sei que é difícil acreditar em mim. Sei que falhei como mãe, que nem sempre estive ao seu lado quando você precisou, mas quero que acredite que, se eu pudesse voltar atrás, se eu tivesse uma segunda chance, faria tudo diferente. E esse bebê é a minha segunda chance.

Olhei para aquela mulher ali na minha frente, como nunca tinha me permitido olhar antes. Nunca tinha percebido como o tempo havia sido cruel com ela. Em seu olhar havia uma sombra de tristeza que eu sabia de onde vinha. A perda do meu pai. Ele era o amor da vida dela, e desde que nasci nunca vi minha mãe com mais ninguém. Uma vez minha avó me disse, quando liguei para ela reclamando que minha mãe me odiava, que eu não sabia do que estava falando, que minha mãe me amava tanto que não suportava me deixar ver o sofrimento dela por causa da morte do meu pai, e por isso se mantinha afastada e trabalhava tanto. Ela queria que eu tivesse o melhor e sentia que não poderia me dar isso, sentia que nunca seria uma boa mãe, já que uma parte dela tinha morrido com meu pai.

Naquele momento, consegui entender Regina. É engraçado como o destino funciona. Éramos tão diferentes e ao mesmo tempo tão parecidas. Nossas vidas se desenhando da mesma forma, mas nos dando uma nova chance de ser melhores.

— Obrigada, mãe — falei, experimentando pela primeira vez a sensação de me conectar realmente com ela. — Obrigada por não desistir de mim, nem me deixar desistir.

Levantei, sentindo minhas forças renovadas, e me apressei para o lado de fora, seguida por ela e por todo mundo que estava no dia anterior, enquanto procurava as placas que levavam à UTI.

— Mel... Eu acho que você não vai poder entrar lá agora — disse Fernanda, me alcançando.

— É claro que vou. Onde já se viu?!

— A Fê tem razão. Ele estava sendo levado pra fazer alguns exames pouco antes de você acordar — contou Helena.

Parei na mesma hora. Não só por causa do que ela disse, mas também porque estávamos passando no meio da ala da maternidade, e havia um enorme vidro cheio de bebês atrás, expostos como numa vitrine. Me aproximei, como se estivesse em um sonho, olhando para cada um deles com certo pesar. Eles tinham todo o tempo do mundo para crescer, e não faziam ideia do que os esperava. Assim como o bebê dentro de mim nem sabia da própria existência ainda, e não tinha ideia de quem eu era ou de quem era o seu pai. Ele não sabia de acidente nenhum, nem da ELA. Não tinha problema algum para se preocupar. Não ainda, e a única pessoa da qual dependia era eu. Só.

Naquele momento percebi quão dependentes nós somos, apesar de independentes. Quanto mais envelhecemos, de mais pessoas e coisas precisamos para viver. Eu, por exemplo, precisava da minha mãe. Sem ela, eu não teria casa nem comida, e muito menos uma faculdade. Também precisava dos meus amigos, porque sem eles eu seria uma pessoa infeliz. E, por fim, precisava de Daniel. Tinha vivido em função dele por tanto tempo que agora, sem ele ali, ao meu lado, para conversar comigo, eu me sentia vazia. Sentia como se não tivesse mais um coração.

Também precisava de comida, água e oxigênio. Ah, oxigênio. Aquele que nos permitia viver, mas que ao mesmo tempo podia matar tão facilmente quanto dar a vida. Esse era o caso do garoto que eu amava. Era por causa do oxigênio que ele estava ali, vivo, e ao mesmo tempo morto. Tão controverso quanto Daniel poderia ser. Para viver, ele precisava daquilo que o mataria, e isso o tornava ainda mais dependente do que eu.

Mas aquele bebê, não. Aquele bebê só precisava de mim, e foi aí que descobri que, apesar de pequenininho e de não saber nada sobre si ou sobre o mundo real, ele era mais independente do que eu mesma havia sido durante a vida inteira, apesar de pensar que não precisava de ninguém. E por um segundo, mesmo que breve, senti inveja dele por isso.

Última vez

— Melissa — ouvi alguém chamar, tocando com gentileza em meu ombro.
— Melissa, acorda.

Abri os olhos, sonolenta, me endireitando na cadeira do hospital. Estava apoiada na cama dele, dormindo com a cabeça em seu colo. Era a enfermeira que me chamava, usando um uniforme amarelo-bebê.

— Melissa, você está aqui há dois dias. Não come, não dorme direito... Precisa ir pra casa... — ela disse.

— Não, eu... — Fiz uma pausa, esfregando os olhos para tentar despertar. Estava com um livro no colo. O preferido dele. — Eu estou na parte preferida dele.

Ela me lançou um olhar de repreensão e ao mesmo tempo carinho antes de sair. Estava tão frio...

Olhei para Daniel. Estava como da primeira vez que o vi depois do acidente, duas semanas antes. Usava um respirador, que mandava ar para os seus pulmões através de uma máquina, e um fio injetava soro em suas veias, para dar todos os nutrientes de que precisava para permanecer vivo. Uma parte do cabelo, na lateral da cabeça, estava raspada, e havia um corte ali, quase cicatrizado. Ele tinha batido a cabeça no vidro enquanto o carro capotava.

O rosto estava cheio de arranhões e cicatrizes de pequenos cortes, assim como um dos braços. Estava um pouco pálido e frio. Ajeitei o cobertor em cima dele. Por que aquele ar-condicionado precisava ser tão forte? Isso não fazia nada bem a ele.

Todos haviam reduzido as visitas, e na maior parte do tempo era eu quem ficava com Daniel no hospital. Nunca o deixava sozinho, e só saía dali para que sua família o visitasse. Eles sabiam que não havia mais nada que pudessem fazer. Não depois de duas semanas sem nenhum avanço, mas meu coração se recusava a desistir.

— Eu menti para ela. Você sabe disso — falei, fechando o livro. — Sabe que eu perdi o ponto em que paramos faz tempo. Não vai ficar bravo comigo por isso, né? — Sorri um pouco quando não recebi resposta, apesar de já saber que ela não viria. — Foi o que eu pensei.

Eu o encarei em silêncio por alguns segundos, passando os dedos pelo seu cabelo. Ele sabia que eu estava ali, disso eu tinha certeza, apesar de não poder me ver, e talvez nem mesmo ouvir.

— Tem uma coisa que estou querendo te contar faz alguns dias. Uma coisa que eu descobri... há pouco tempo. — Eu não contaria a ele quanto tempo havia se passado. Não queria que se preocupasse. — Vai ser uma grande surpresa, então não adianta me encher de perguntas, porque eu não tenho nenhuma resposta pra elas.

Eu ainda não tinha contado sobre... sobre o bebê. Estava esperando o momento certo, mas depois de alguns dias percebi que esse momento nunca chegaria e que, se eu não me apressasse, talvez nunca tivesse a chance de dizer.

— Não vou perguntar se você está pronto pra ouvir. Sua resposta sempre é "nasci pronto", então não adianta eu enrolar nessa... Tá, eu estou enrolando agora. Ok... Como vou contar isso?

Havia uma forma certa de dar uma notícia assim? Ou era simplesmente dizer e pronto?

Me aproximei dele, ficando com o rosto bem próximo ao seu, e sussurrei:

— Você vai ser papai.

Sorri ao me afastar. Era estranho dizer aquilo em voz alta. Daniel, pai de um filho meu. Uau. Era realmente impressionante dito dessa forma. Continuei, sentindo os olhos se encherem de lágrimas:

— Embora eu saiba que talvez você não tenha a chance de estar cem por cento quando ele chegar, tenho certeza que você vai ser o melhor pai do mundo. E realmente espero que ele, ou ela, seja igual a você, em toda a sua bondade e vontade de ajudar os outros, porque sei que isso não é uma coisa que eu vou poder ensinar. Esse trabalho vai ter que ficar por sua conta, ouviu, vândalo?

Minha garganta doía por tentar segurar o choro, e eu sentia o coração apertar a cada vez que fazia algum plano com ele, mesmo sabendo que quase não havia chance de ele sair daquela cama de hospital. Quando vi uma única lágrima escorrer de seus olhos, não consegui mais segurar as minhas.

Ele podia me ouvir. Ele podia...

— Você sabe, não é? — perguntei, tentando não deixar tão óbvio que eu estava chorando. — Você sabe que eu te amo, não sabe? Mais do que qualquer um neste mundo. E sabe que eu vou ficar ao seu lado até o fim.

Sequei sua lágrima com um dedo. A única prova de que ele ainda estava ali, e ainda podia me ouvir. Não. Ele não iria me abandonar. É claro que estava ouvindo.

— E eu sou muito grata por tudo o que você fez por mim nos últimos meses... Eu... — Balancei a cabeça, sorrindo com descrença para mim mesma enquanto chorava. — Por que isso está parecendo uma despedida?

Porque era. Eu sabia disso. Assim como ele sabia que havia algo errado no dia do acidente.

Daniel não sairia daquela cama, e eu nunca mais veria seus olhos azuis olhando para mim como se eu fosse a coisa mais incrível do mundo. Ele nunca mais poderia me abraçar, ou dizer que me amava uma última vez. Eu não o ouviria mais cantar ou fazer qualquer uma das suas piadas idiotas, e saber de tudo isso partia o meu coração. Eu só... eu só queria que ele soubesse que eu o amava.

— Você sabe — sussurrei. — Você sabe que está chegando, não é? — Mais uma lágrima. Ele... ele sabia. — Eu só não quero que você sinta dor. E não quero que sofra, se obrigando a permanecer aqui só porque tem medo de nos magoar, porque não vai. Você... você foi a melhor coisa que aconteceu na nossa vida, e não haveria por que nos entristecer por causa disso. — Passei os dedos por seu cabelo, prendendo a respiração a fim de conter pelo menos um pouco do choro, mas não conseguia. Eu sabia que era o fim, para nós dois. — E a última coisa que nós queremos é te ver sofrer. Por isso... por isso está tudo bem se você quiser ir embora.

Entrelacei os dedos nos dele, apoiando a cabeça em seu peito. Eu só queria poder abraçá-lo, só isso. Mas não podia. Nunca mais poderia. Continuei:

— Nós vamos sempre lembrar de você. Sempre que chover, sempre que virmos alguém usando um cachecol vermelho e sempre que olharmos para o céu, lembrando dos seus lindos olhos azuis. Vamos lembrar de você a cada vez que ouvirmos uma música de uma banda que gosta e todas as vezes que alguém disser que nasceu pronto pra alguma coisa. E eu... — Fiz uma pausa, tentando encontrar forças para continuar falando. — E eu vou lembrar de você sempre que olhar pra ele. O melhor presente que você poderia me dar, e a maior lembrança que vamos ter de você, meu amor. Você vai estar sempre no meu coração, e eu sempre vou te amar, como amo agora, porque prometi pra você que nós ficaríamos juntos até o fim. Mesmo que o fim não seja o mesmo pra nós dois, e mesmo que chegue em momentos diferentes, eu sei que você vai ter cumprido a sua promessa, assim como eu devo cumprir a minha.

Levantei a cabeça mais uma vez, olhando para seu rosto, tentando me lembrar do seu último sorriso, do nosso último beijo e da forma como olhou para mim antes de entrarmos naquele carro. Mas, principalmente, da última vez em que o ouvi dizer que me amava, em cima daquele palco, depois da minha apresentação.

Ele era meu, e eu era dele. Nada poderia mudar isso, nunca, mas agora... agora ele precisava ir. Precisava me deixar, e, apesar de não ser justo com nenhum de nós dois, eu sabia que era necessário, porque ele estava sofrendo, e eu não queria que sofresse. Beijei sua testa demoradamente antes de dizer, sabendo que seria a última vez que ele poderia ouvir:

— Eu te amo, Daniel Oliveira Lobos, e sempre vou amar.

Então, aquele bipe que antes indicava sua frequência cardíaca, a única coisa que realmente mostrava que ele ainda estava ali, vivo e comigo, se tornou um som contínuo e agudo, e eu soube que ele não estava mais lá.

Sapatilhas brancas

— Mamãe! — ouvi Daniel gritar de um dos quartos no andar de cima do duplex.

Ouvi seus pezinhos correndo em direção às escadas para vir até mim. Eu sabia que minha mãe estava cuidando dele enquanto eu me arrumava para a audição, e que não o deixaria alcançar os degraus sozinho, o que era um alívio.

— O que foi, meu amor? — perguntei, vendo-o descer a escada agarrado às grades do corrimão.

Sorri. Era incrível como ele estava crescendo rápido. Eu nem podia acreditar que já haviam se passado três anos desde o seu nascimento. Um dos dias mais felizes da minha vida. O farol que tinha trazido a salvação depois daqueles meses de escuridão que sucederam a morte... a morte dele.

Ele correu até mim, seguido de Regina, e pulou no meu colo, sorrindo de um jeito travesso. O mesmo sorriso do pai. Estava com as minhas antigas sapatilhas jogadas por cima dos pequenos ombros.

— Eu achei suas sapatilhas, mamãe.

Passei os dedos pelo seu cabelo cacheado preto, apertando-o contra mim para que não visse as lágrimas enchendo meus olhos.

Aquele era um dia importante. O dia em que eu teria a segunda chance de fazer uma audição na Juilliard. O dia em que voltaria àquele palco, no qual havia pisado pela primeira vez logo depois de descobrir sobre a doença de Daniel. E agora o nosso filho vinha até mim com as mesmas sapatilhas que eu usava quando fizemos a homenagem a ele, no dia em que entrou em coma. Foi a última vez que suportei olhar para elas.

— É, você achou — falei, mordendo o lábio.

— Desculpe, querida — minha mãe murmurou, parando ao meu lado enquanto eu o colocava de volta no chão. — Ele encontrou em uma das suas bolsas com coisas de balé. Nem sei como elas foram parar lá...

— Tudo bem — respondi, pegando-as dos ombros dele, que me encarava curioso com seus grandes olhos azul-celeste. Voltei a olhar para ele, mantendo o mesmo sorriso triste no rosto. — Por que não volta a brincar no seu quarto? A mamãe ainda precisa terminar de se arrumar.

Daniel assentiu, retribuindo o sorriso e correndo mais uma vez em direção às escadas. Dessa vez, pedi que minha mãe ficasse, permitindo que ele fosse sozinho, mas mantendo os olhos atentos a cada movimento seu.

— Se quiser, posso guardá-las. Ele não vai... — começou ela.

Não ouvi nada do que ela disse a seguir, perdida em pensamentos. Encarei aquele par de sapatilhas, que eu segurava pela primeira vez em muitos anos. Brancas e surradas, assim como da última vez. Enrolei a fita nos dedos. Ainda me lembrava das luzes azuis do palco durante a música, e do jeito como ele me olhava quando disse que me amava pela última vez.

Os meses após a morte de Daniel foram de trevas. Não consegui sair da cama por muito tempo. Eu só chorava e dormia. Tenho lembranças vagas do funeral, ele deitado entre flores, usando seu cachecol vermelho preferido, eu abraçada a ele. Depois, a escuridão que tomou conta do meu coração.

Lembro dos discursos que as pessoas faziam todos os dias. Eu precisava superar, precisava seguir em frente, precisava reagir, precisava voltar a viver, como se o fato de ele ter deixado de existir fisicamente fosse razão para esquecer todos os momentos que passamos juntos. E tudo o que eu pensava era que precisava que me deixassem sofrer, me deixassem viver o meu luto, chorar todas as lágrimas que ameaçavam afogar meu coração. Tudo tem um tempo. A dor e o luto não são diferentes, e é isso que as pessoas precisam entender.

Foi só quando senti a primeira pontada de vida dentro de mim que consegui voltar à realidade. Quando senti que na verdade Daniel ainda vivia, naquele pequeno ser que crescia a cada dia dentro de mim. A partir dali, me dei conta de que precisava seguir em frente, ser forte e lutar por nós dois.

Tranquei a faculdade no primeiro ano de vida do nosso pequeno milagre. Queria estar com ele o tempo todo, e minha mãe também conseguiu se afastar da clínica e reduziu muito as viagens. Estava mesmo cumprindo sua promessa. Marcia e Helena foram fundamentais nesse período, principalmente quando resolvi que voltaria a dançar.

Meu professor da Joffrey conseguiu, não sei como, que aceitassem me conceder uma nova audição na Juilliard, desde que eu passasse por todo o processo novamente. Então, depois de meses de treinos exaustivos e testes intermináveis, ali estava eu, esperando finalmente conseguir minha vaga.

Como eu queria que Daniel estivesse comigo, que pudesse estar em casa me esperando quando voltasse, com nosso filho no colo, contando algo sobre como nos connecemos e enrolando um dos cachecóis vermelhos no pescoço dele apenas para dizer mais uma vez como o menino se parecia com o pai. Mas não estaria, e, por mais que o tempo passasse, esse desejo jamais deixaria de existir em meu coração.

— Ele estaria muito orgulhoso de você. Pode ter certeza disso — falou minha mãe, finalmente, apertando meu ombro.

— Eu sei — sussurrei. — É só que... você não tem ideia de como eu queria que o Daniel tivesse conhecido o nosso filho.

— Tenho sim — ela disse. — Eu sei exatamente como você se sente.

Olhei para ela. Sim, ela sabia, e agora, mais do que nunca, eu a entendia. Meu pai havia morrido antes do meu nascimento, e eu lembrava a ela todos os dias a falta que ele fazia. Eu a abracei, enterrando a cabeça em seu ombro.

— É tão difícil — falei. — Já se passaram quatro anos, e eu ainda me lembro exatamente do que disse a ele da última vez que estivemos aqui.

— Não é disso que você deve se lembrar — ela respondeu. — Porque você não o abandonou. Você foi atrás dele, e deu a ele os melhores últimos meses de vida que poderia ter.

Assenti. Minha mãe tinha razão, embora não fosse fácil esquecer como eu havia sido cruel com ele naquele dia, mas tudo tinha ficado no passado. Nós tínhamos vivido nossa história, tínhamos nos permitido viver nosso amor completamente, e valeu cada segundo, mesmo que tenham sido tão poucos. Eu pude estar ao seu lado até o último instante, e agora sabia que ele estava ao meu lado também.

Ouvi o celular vibrar em cima da cômoda e me afastei, indo até ele. Era Helena. Ela continuava me ligando todos os dias, ansiosa pelo momento em que eu finalmente teria uma nova audição.

— Hey! — ela exclamou. — Como vai meu sobrinho preferido?

— Eu também vou bem, e você? — brinquei, passando os dedos pelas bochechas a fim de secar as lágrimas.

Eu a ouvi rir do outro lado da linha. Pelo barulho de um alto-falante anunciando o nome de algum doutor, ela devia estar no meio da residência médica. Helena havia decidido fazer faculdade de medicina, com especialização em neurologia. Era algo para poucos, mas ela estava tirando de letra. Era uma das pessoas mais inteligentes e dedicadas que eu conhecia, e estava determinada a realizar seu projeto de pesquisa para encontrar a cura da ELA. Eu tinha uma certeza: se existia alguém capaz de fazer aquilo, esse alguém era Helena.

— Está nervosa? — ela perguntou, finalmente. — Porque eu estou, mesmo morando do outro lado do mundo.

— Você não tem ideia — admiti.

— Vai dar tudo certo — me tranquilizou. — Todos sabemos que você é capaz. E está tão em forma aos vinte e três quanto estava aos dezenove. — Eu ri, balançando a cabeça. Era incrível como o fato de ela ter se tornado uma das melhores amigas de Fernanda havia feito com que aprendesse com ela a ser otimista em todas as ocasiões. — Lembre-se de respirar fundo e dançar com o coração — continuou. — Tenho certeza de que você vai conseguir, e saiba que nós estamos aqui pro que der e vier.

Agradeci, baixando o olhar para meus pés, que ainda estavam descalços. Continuava segurando as sapatilhas com a mão livre, e as apertava contra o peito com força, como se fossem a única coisa que ainda me mantinha ali.

— Enfim, é melhor você ir. Pelas minhas contas, você tem vinte minutos pra sair de casa — continuou. — E... Mel. Eu tenho certeza de que, se o Dani estivesse aí, diria pra você quebrar tudo naquele palco. Então... quebra tudo naquele palco.

Eu ri, me despedindo dela antes de desligar, colocando o telefone de volta na cômoda e me sentando no braço do sofá, fazendo o que podia para que a risada não se transformasse num choro descontrolado.

— Ei — começou minha mãe, se aproximando e passando as mãos pelas minhas costas. — Não se preocupe. Faça isso por eles. Pelo seu filho e pelo pai dele, mas também faça por você. Se tem alguém que merece conquistar os seus sonhos, essa pessoa é você, filha. Tenho certeza de que você vai conseguir. Faça valer a pena.

Respirei fundo, controlando as lágrimas enquanto encarava as sapatilhas com atenção. Devia haver um motivo para, depois de tanto tempo, elas terem voltado às minhas mãos, não é mesmo?

— Agora você precisa...

— Colocar as sapatilhas na bolsa? — perguntei.

Em cima da mesa, ao lado da mochila preta que iria levar com minhas roupas, havia um par delas, mas eram pretas, assim como todas as outras que eu tinha comprado quando voltei a treinar. Levantei, indo em sua direção.

— Será que você pode me dar um momento sozinha, por favor? — perguntei, por cima do ombro, para Regina, que assentiu e foi para o andar de cima, a fim de ver o que Daniel estava fazendo tão quieto no quarto.

Me apoiei na mesa, passando o olhar de uma para a outra, me perguntando se era aquilo realmente o que eu queria. Voltar àquele palco que só me trazia lembranças ruins não era a opção mais fácil, mas eu tinha levado tanto tempo para conseguir aquilo que me parecia burrice simplesmente cogitar a ideia de desistir.

— Eu posso fazer isso, não é? — falei em voz alta, imaginando se, seja lá onde ele estivesse, podia me ouvir. — Você acreditava mesmo em mim, e sabia de alguma forma que eu conseguiria, mas não sei se posso sem você. Tudo o que eu queria agora era sentir o seu abraço, e ouvir a sua voz me dizendo que tudo vai dar certo. — Fiz uma pausa, sentindo a garganta apertar. — Mas não é possível, e não há nada que eu possa fazer pra mudar isso além de confiar que você estava certo quando tinha esperanças em mim, e ir até lá pra enfrentar e dar o meu melhor. Eu quero muito provar que você estava certo por acreditar em mim.

Afinal, era aquele o problema, não era? Eu ainda não acreditava que ele estava certo ao fazer tudo aquilo, e precisava provar a mim mesma que tudo o que passamos tinha valido a pena para ele.

Os meses que passei ao lado de Daniel foram os melhores da minha vida. Ele me ensinou tantas coisas... E mudou minha forma de ver o mundo, de um jeito que eu jamais imaginaria ser possível. O mais engraçado disso tudo é que não mudei por causa dele. Me dei conta de que ele foi apenas a fagulha da mudança. Ela veio de dentro de mim, da minha vontade de encontrar, finalmente, a minha liberdade. A mudança estava lá, escondida no fundo do meu ser; eu só não tinha coragem de encará-la e enfrentá-la. Afinal, tudo o que é novo assusta um pouco. Sair da zona de conforto exige coragem, e foi ele quem me deu essa coragem.

Peguei as sapatilhas brancas, suspirando. Daniel ainda estava comigo da última vez que as usei, e eu sabia que isso me traria a coragem de que precisava para fazer aquela audição. Eu sabia que, estando com elas, ele poderia me ver. Mais uma vez, a única coisa de que eu precisava era ter esperança em mim, para que eu pudesse fazer o impossível e me sentir invencível como era quando estávamos juntos.

Se estivesse ali, Daniel não me mandaria quebrar tudo naquele palco. Ele simplesmente me chamaria de senhorita e diria o meu sobrenome ao perguntar se eu estava pronta. E eu responderia, usando a mesma frase que ele costumava usar:

— Eu nasci pronta, meu vândalo preferido.

Agradecimentos

O caminho do escritor, ao contrário do que sempre pensei, não é solitário. Já começa com a questão da escrita em si — estamos sempre cercados de personagens que sussurram suas histórias em nossos ouvidos, nos perturbam o tempo todo para contarmos aos leitores suas travessuras, desventuras e aventuras. Há também as pessoas que nos apoiam durante o processo de publicação: leitores beta, revisores, editores, capistas, diagramadores e outras tantas por trás da publicação do livro. Depois vêm os parceiros, blogueiros e vlogueiros, que nos ajudam a divulgar, e por fim os mais importantes: os leitores!

Nós, escritores, estamos sempre cercados de pessoas, de forma positiva ou negativa, mas todas elas, de algum modo, nos ensinam que podemos ser melhores, que podemos vencer as adversidades e que, não importa a quantidade de pedras que atirem em nosso caminho, podemos pular todas elas e alcançar nosso destino. Agradeço a todos que, de um jeito ou de outro, me ajudaram a realizar mais este sonho.

Agradeço aos meus anjinhos leitores, por lerem as minhas histórias; aos meus parceiros, por divulgarem a literatura nacional; e às minhas betas queridas — Angélica, Carol, Camila, Beatriz, Thays, Aline e Alexandra —, por sempre serem sinceras e me xingarem (com muito amor) quando mato um personagem que elas amam.

Aos meus pais, que sempre estiveram a meu lado e não me deixaram desistir, obrigada por todas as broncas, todos os castigos e, acima de tudo, pelo exemplo de honestidade, caráter e lealdade. Agradeço por me ensinarem que, para realizar um sonho, não basta querer: temos que trabalhar duro para conquistá-lo.

Agradeço à Verus Editora, essa casa editorial maravilhosa, que me acolheu de braços abertos, e ao Thiago Mlaker, que acreditou em mim, no meu sonho e na minha história. Vamos com tudo, Thi!

E, por fim, agradeço à Melissa e ao Daniel, que sussurraram sua história linda em meus ouvidos, me emocionaram e me ensinaram que o amor pode mudar o mundo, basta termos fé. Obrigada por me permitirem contar a história de vocês.

VOCÊ SABIA QUE JÁ ESTÁ DOANDO PARA A ABrELA?

Desde que comecei a pesquisa sobre a esclerose lateral amiotrófica (ELA) para *O garoto do cachecol vermelho*, pensei em como poderia contribuir com a Associação Brasileira de Esclerose Lateral Amiotrófica (ABrELA) e ajudar os anjinhos que estão passando por esse desafio. Fico feliz em dizer que, por meio deste livro, com o apoio da Verus Editora, uma parte dos meus direitos autorais vai para essa instituição, que ajuda a melhorar a vida de tantas famílias.

A você, leitor, só tenho a agradecer por ter adquirido o livro e fazer parte da realização desse sonho.

SOBRE A ABrELA

Em 1998, Acary Souza Bulle Oliveira, neurologista responsável pelo Setor de Investigação de Doenças Neuromusculares da Universidade Federal de São Paulo/ Escola Paulista de Medicina (Unifesp/EPM), idealizou implantar no Brasil um modelo de suporte ao paciente com ELA. Essa ideia motivou um grupo de neurologistas, que deu o primeiro passo para a criação da ABrELA, iniciativa pioneira de mobilizar a sociedade civil, científica e política para a importância de conhecer a doença e a necessidade de usar todos os recursos disponíveis para o tratamento. Ainda em 1998, a ABrELA participou do primeiro estudo epidemiológico brasileiro, visando conhecer as características da doença no país, e desde então tem participado de todos os eventos que envolvem a ELA. Hoje, a ABrELA é membro da Associação Internacional de ELA/DNM e está em fase de expansão de atividades, com o objetivo de beneficiar um número cada vez maior de pacientes.

Voluntarie-se na ABrELA. Acesse: www.abrela.org.br

Impresso no Brasil pelo Sistema Cameron da Divisão Gráfica da
DISTRIBUIDORA RECORD DE SERVIÇOS DE IMPRENSA S.A.